동주 野

〖완역 결정본〗
東周 列國志
사관史官의 붓

7

솔

# 차례

요堯

순舜

# 우왕 · 탕왕 · 신농씨 · 복희씨

우왕禹王

탕왕湯王

신농씨神農氏

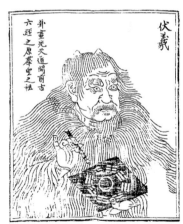

복희씨伏羲氏

# 주요 제후국의 관계

# 제나라를 에워싸는 제후들

　손임보孫林父는 드디어 위헌공衛獻公을 내쫓고 영식甯殖과 함께 의논하여 공자 표剽를 임금으로 세웠다. 그가 바로 위상공衛殤公이다. 손임보는 진晉나라에 사람을 보내어 임금을 새로 갈아세우지 않을 수 없었다고 보고했다.

　진도공晉悼公이 순언荀偃에게 묻는다.

　"위나라는 임금을 내쫓고 새로 임금을 세웠다 하니 이는 옳지 못한 일이다. 장차 그들을 어떻게 처벌해야 할까?"

　순언이 대답한다.

　"이번에 쫓겨난 위나라 임금 간衎(위헌공의 이름)은 모든 나라 제후들 간에 어리석고 무도無道하기로 널리 알려진 사람입니다. 이제 위나라 신하와 백성들이 자원해서 공자 표를 임금으로 세웠다고 합니다. 그러니 우리는 이번 위나라 일엔 간섭하지 않는 것이 좋을 성싶습니다."

　그래서 진도공은 순언의 말을 좇았다.

한편, 제나라 제영공齊靈公은 위나라 손임보와 영석이 임금을 내쫓았건만 진도공이 그들의 죄를 치지 않고 내버려두는 것을 보고서 탄식했다.

"진후晉侯도 이젠 타락했구나. 내가 이 기회에 패업을 도모하지 않는다면 다시 어느 때를 기다리리오."

이에 제영공은 군사를 거느리고 노魯나라 북비北鄙 땅을 치고 성성郕城 땅을 포위하여 닥치는 대로 노략질을 하고 돌아갔다. 이때가 주영왕周靈王 14년이었다.

그럼 제영공은 어째서 노나라를 미워했는가? 물론 그만한 이유가 있었다.

원래 제영공의 첫째 부인은 노양공魯襄公의 딸 안희顏姬였다. 안희는 자식을 낳지 못했다. 그런데 제영공의 잉첩媵妾이며 노나라 출신인 종희鬷姬의 몸에서 아들 광光이 태어났다. 이에 제영공은 공자 광을 세자로 세웠다.

제영공에겐 또 융자戎子라는 애첩이 있었다. 한데 융자 역시 자식을 낳지 못했다. 이때 융자의 친정 동생인 중자仲子도 언니와 함께 제영공을 섬기고 있었다. 그 중자의 몸에서 아들이 태어났다. 그 이름을 아牙라고 했다. 융자는 동생 중자가 낳은 공자 아牙를 자기 소생처럼 사랑했다.

그 밖에 또 다른 여자가 낳은 공자 저구杵曰도 있었지만 제영공의 사랑을 받지 못했다. 융자는 자기가 총애를 받고 있다는 걸 믿고서 중자의 소생인 공자 아를 세자로 세우려고 제영공을 졸랐다. 이에 제영공은 그러기로 허락했다.

그러나 정작 공자 아의 생모인 중자가 간한다.

"공자 광이 이미 세자가 된 지도 오래됐습니다. 세자 광은 모든 나라 제후와 여러 번 서로 만난 일도 있습니다. 아무 이유도 없이 세자 광을 폐한다면 우선 백성들이 복종하지 않을 것입니다. 나중에 후회할 일은 아예 하지 마십시오."

제영공이 대답한다.

"폐하고 세우는 것은 다 내 맘대로 할 일이다. 누가 감히 나에게 복종하지 않으리오."

제영공은 세자 광에게 군사를 주어 즉묵卽墨 땅을 지키게 했다. 세자 광이 떠나간 뒤에 제영공은 세자를 폐한다는 전지傳旨를 내리고 공자 아를 세자로 세웠다. 그리고 세자 아를 위해서 상경 고후高厚를 태부太傅로 삼고, 시인寺人•(후궁의 사무事務를 맡아보는 환관宦官) 숙사위夙沙衛를 소부少傅로 삼았다.

한편 노양공魯襄公은 자기 나라 출신인 종희의 아들 공자 광이 세자 자리에서 쫓겨났다는 소식을 듣고 분기충천했다. 그래서 즉시 제영공에게 사신을 보내어 시비를 따졌다. 제영공은 아무 대답도 못했다.

그러나 제영공은 속으로 딴생각을 했다.

'장차 노나라가 공자 광을 적극 후원한다면 우리 나라에 일대 혼란이 일어날 것이다. 노나라가 앞으로 어떤 태도로 나올지 모르니 차라리 우리 편에서 먼저 노나라를 쳐야겠다.'

그래서 제영공은 노나라 북비北鄙 땅을 쳤다. 그리고 제영공은 후환이 없도록 이 참에 아예 공자 광을 죽여버리려고 작정했다. 아비로서 자식을 죽일 생각을 했으니, 이만하면 제영공의 무도함도 극단에 이른 셈이었다.

한편 노나라는 진晉나라로 사신을 보내어 제영공의 횡포를 호소하고 원조를 청했다. 그러나 이때 진도공은 병이 들어 노나라를 원조하지 못했다.

이해 겨울에 진도공은 병으로 세상을 떠났다. 진나라 모든 신하는 세자 表彪를 임금으로 모셨다. 그가 바로 진평공晉平公이다.

노나라는 다시 숙손표叔孫豹를 사신으로 보내어 진도공의 죽음을 조문하고, 진평공의 즉위를 축하하면서 제나라의 횡포를 호소했다. 이에 순언은 노나라 사신에게,

"우리 상감께서 내년 봄에 모든 나라 제후를 불러 회會를 열 것인즉, 만일 제후齊侯가 회에 오지 않거든 그때에 제나라를 쳐도 늦지 않을 것이오."

하고 돌려보냈다.

그 다음해인 주영왕 15년, 그러니까 진평공 원년 봄에 진나라는 모든 나라 제후諸侯를 취량溴梁 땅으로 소집하여 회를 열었다. 제나라에서는 대부 고후高厚가 제영공을 대신해서 회에 참석했다.

순언은 제나라 대표 고후를 잡아가두기로 작정했다. 고후는 자기 신변이 위험하다는 걸 재빨리 눈치채고 본국으로 도망쳐 돌아갔다.

제나라는 또다시 군사를 일으켜 노나라 북비 땅을 치고 방防 땅을 포위하여 노나라 수신守臣 장견臧堅을 잡아죽였다. 이에 노나라는 숙손표를 다시 진晉나라로 보내어 제나라의 횡포를 호소하고 원조를 청했다.

마침내 진평공은 순언과 여러 나라 제후들에게 군사를 일으켜 제나라를 치도록 분부했다.

순언은 군사를 점검하고 집으로 돌아갔다.

그날 밤에 순언은 이상한 꿈을 꿨다.

꿈에 누런 옷을 입은 한 사자가 문서를 들고 와서 좀 조사할 일이 있으니 가자는 것이었다. 순언은 그 사자를 따라 큰 궁전에 당도했다. 전상殿上엔 한 왕이 면류관을 쓰고 단정히 앉아 있었다. 사자가 순언을 궁전 뜰에 꿇어앉혔다.

순언은 자기말고도 좌우에 꿇어앉은 사람이 많기에 둘러봤다. 바로 진여공晉厲公·난서欒書·정활程滑·서동胥童·장어교長魚矯·삼극三郤 등 지난날에 죽은 사람들이 앉아 있지 않은가!

순언은 깜짝 놀라며 속으로 참 이상한 일도 있구나 하고 생각했다. 그때는 서동 일파와 삼극 일파가 무언가를 놓고 서로 다투며 변명하기에 한창이었다. 그러나 순언의 귀엔 그들의 말소리가 잘 들리지 않았다.

이윽고 옥졸獄卒이 나타나 그들을 어디론지 끌고 가버렸다. 남은 사람이라고는 진여공과 난서와 순언과 정활 네 사람뿐이었다. 이제 진여공이 자기가 맞아죽은 그 당시 경과를 소상히 호소하는 참이었다.

난서가 변명한다.

"그때 하수인은 정활이었습니다."

정활이 변명한다.

"주모자는 순언이었습니다. 저는 시킨 대로 한 것뿐입니다. 어찌 모든 죄를 나에게만 덮어씌우시오?"

전상殿上에서 왕이 판결을 내린다.

"난서는 그 당시에 정권을 잡고 있었으니 임금을 죽인 원흉이다. 앞으로 5년 안에 난서의 자손을 멸망시켜라."

진여공이 분연히 말한다.

"나를 죽인 데엔 순언의 도움이 컸습니다. 어째서 순언은 처벌하지 않습니까!"

그러면서 즉시 일어나 칼로 순언의 목을 쳤다. 꿈속에서도 순언은 자기 머리가 땅바닥에 떨어져 구르는 걸 봤다. 순언은 떨어진 자기 머리를 주워안고 전문殿門 밖으로 달아났다. 그는 전문 밖에서 우연히 경양梗陽 땅의 무당 영고靈皐와 만났다.

영고가 묻는다.

"그대의 머리가 왜 비뚤어졌소? 내가 바로잡아드리리다."

영고는 순언이 들고 있는 머리를 움켜잡고 비틀었다. 순언은 너무나 아파서 외마디 소리를 질렀다.

깨고 보니 꿈이었다. 참으로 괴상한 꿈이었다.

이튿날이었다.

순언은 궁으로 가다가 도중에 우연히 경양 땅 무당 영고를 만났다. 순언은 영고를 자기 수레에 태우고 지난밤에 꾼 꿈 이야기를 했다.

이야기를 다 듣고 나서 영고가 말한다.

"원혼이 왔으니 장군도 이젠 죽었지 별수 없습니다."

순언이 묻는다.

"장차 동쪽 제나라를 칠 작정인데, 그럼 혹 싸움이 끝나기도 전에 죽지나 않겠는가?"

"동쪽에 좋지 않은 기운이 가득 차 있습니다. 비록 장군이 죽을지라도 이번 싸움은 이길 것입니다."

"제나라를 쳐서 이길 수만 있다면 나는 죽어도 한이 없겠다."

며칠 뒤 마침내 순언은 군사를 거느리고 하수河水를 건너가 노나라에 있는 제濟 땅에서 모든 나라 제후들을 만났다.

이리하여 진晉 · 송宋 · 노魯 · 위衛 · 정鄭 · 조曹 · 거莒 · 주邾 ·

등滕·설薛·기杞·소주小邾 열두 나라 대군은 일제히 제나라로 쳐들어갔다.

한편 제나라에서는 상경上卿인 고후高厚가 세자 아牙를 도와 나라를 지키기로 하고, 제영공은 최저崔杼˙·경봉慶封˙·석귀보析歸父·식작殖綽·곽최郭最·시인寺人 숙사위夙沙衛 등과 함께 대군을 거느리고 평음성平陰城에 가서 둔屯쳤다.

평음성 남쪽에는 방防이란 곳이 있는데, 그 방에도 성문이 있었다. 제영공은 석귀보를 시켜 방문防門 밖에다 큰 참호塹壕를 파고 정병을 뽑아 파수를 보도록 했다.

제영공은 이렇듯 진晉나라 연합군을 맞아 싸울 방비를 빈틈없이 했다.

시인 숙사위가 나아가 아뢴다.

"비록 열두 나라 대군이 오지만 그들의 마음은 결코 한결같지 않을 것입니다. 맨 먼저 어느 나라 군사가 오든 간에 기습 작전을 써서 그들을 치십시오. 어느 한 나라 군사만 패하면 나머지 여러 나라 군사는 다 기운을 잃고 싸울 생각이 없어질 것입니다. 그러니 험악하고 요긴한 곳을 골라 그곳을 지키십시오. 방문防門 밖의 참호는 믿을 만한 것이 못 됩니다."

제영공이 자신만만하게 대답한다.

"적군이 저렇듯 깊은 참호가 있는 줄 아는 한 어찌 넘어올 수 있으리오."

한편, 진나라 원수 순언은 제군齊軍이 참호를 파고 지킨다는 보고를 듣고서 웃었다.

"제나라가 우리를 매우 두려워하는 모양이니 우리와 싸우지 못할 것이다. 내 마땅히 계책을 써서 제군을 격파하리라."

순언이 열국列國 군사들에게 분부한다.

"노군魯軍과 위군衛軍은 수구須句 땅을 경유해서 진격하고, 주군邾軍과 거군莒軍은 성양城陽 땅을 경유해서 진격하되 모두 일단 낭야琅邪 땅을 거쳐서 쳐들어가라. 우리 대군은 평음성으로 곧장 진격하겠다. 이리하여 우리는 다 같이 임치성臨淄城 아래에서 만나기로 한다."

이에 노·위·주·거 네 나라 군대는 각기 순언의 지시대로 떠났다. 그리고 순언도 대군을 거느리고 평음 땅으로 진격했다. 평음 땅 가까이 당도한 순언은 사마司馬 장군신張君臣에게 무엇인가 지시를 내렸다.

사마 장군신은 산과 못〔澤〕이 있는 험악하고 요긴한 곳마다 기치旗幟를 가득 세웠다. 그리고 풀로 무수한 허수아비를 만들어 낱낱이 갑옷을 입혀 빈 병거 위에 세우고, 그 병거 뒤에 나무를 비끄러매어 각기 이끌고서 달렸다.

이렇게 하자 먼지가 누렇게 일어나 하늘을 뒤덮었다. 또 장사壯士들은 대패大斾(깃발의 일종)를 병거에 세우고 산골짜기 사이를 끌고 다녔다. 실로 천군만마가 집결한 것 같았다.

이에 순언과 범개范匃는 중군中軍을 거느리고서 송·정 두 나라 군사와 함께 한가운데에 위치하고, 조무趙武와 한기韓起는 상군을 거느리고서 등滕·설薛 두 나라 군사와 함께 오른편에 위치하고, 위강魏絳과 난영欒盈은 함께 하군을 거느리고서 조曹·기杞·소주小邾 세 나라 군사와 함께 왼편에 위치했다.

이렇게 삼군으로 나눈 뒤 모든 군사는 각기 나무와 돌을 수레에 싣고, 보졸들은 각기 흙을 넣은 가마니를 등에 지고 일제히 방문쪽으로 나아갔다.

그리고 세 방향에서 포 소리가 서로 오갔다.

방문에 가까이 이르자 군사들은 각기 수레에 싣고 온 나무와 돌을 참호 속에 던져넣었다. 수만의 병사가 지고 온 수만 가마니의 흙은 참호를 완전히 메워버렸다.

순식간에 참호는 평지로 변했다. 그 위로 모든 군사는 큰 칼을 휘두르고 도끼를 돌리며 바닷물처럼 쳐들어갔다.

사세가 이 지경이 되고 보니 제군齊軍은 연합군을 당해낼 도리가 없었다. 제군은 반수 이상의 사상자를 내고 달아났다. 제나라 장수 석귀보도 진군晉軍에게 붙들릴 뻔하다가 겨우 싸움 속에서 빠져나와 평음성 안으로 도망쳐 들어갔다.

석귀보가 제영공에게 아뢴다.

"진군이 삼로로 참호를 메우고 쳐들어옵니다. 적의 형세가 너무나 커서 당적하기 어렵습니다."

제영공은 그제야 겁이 났다.

이에 무산巫山으로 올라가서 진나라 연합군을 바라보았다. 험하고 요긴한 산과 못마다 기치가 가득 나부끼고 무수한 병거와 군마가 떼를 지어 달리고 있었다.

제영공은 저으기 당황하며,

"모든 나라 제후의 군사가 어찌 저렇게도 많으냐. 잠시 적의 날카로운 기세를 피하는 수밖에 없다. 누가 과인의 뒤를 맡아 적을 막겠는가?"

하고 모든 장수를 둘러보았다.

시인 숙사위가 나서며 자원한다.

"소신小臣이 원컨대 일군을 거느리고 후방을 막으며 힘써 상감을 보호하겠습니다."

이 말을 듣고 제영공은 안도했다.

홀연 두 장수가 앞으로 나서며 함께 아뢴다.

"당당한 우리 제나라에 어찌 용력勇力 있는 군사가 없어서 한갓 보잘것없는 시인寺人에게 군사를 맡기고 모든 나라 제후의 웃음거리가 될 수 있겠습니까? 신臣들이 숙사위를 대신해서 뒤를 맡겠습니다."

그 두 장수는 식작殖綽과 곽최郭最였다. 두 사람은 그 누구도 당적할 수 없는 용력을 갖추고 있었다.

제영공이 말한다.

"두 장군이 뒤를 맡겠다 하니 과인은 이제야 마음을 놓겠다."

숙사위는 임금이 자기를 쓰지 않는 걸 보고 부끄러워서 얼굴을 붉혔다. 그는 달아나는 제영공을 따라 출발했다.

제영공은 20여 리를 달아나 석문산石門山에 이르렀다. 산은 험하고 길은 매우 좁았다. 길 양편은 온통 큰 바위로 둘러싸여 있고 그 사이로 한가닥 좁은 길이 나 있었다.

숙사위는 식작과 곽최를 원망했다. 그는 두 장수가 혹시 뒤에서 공로라도 세우지 않을까 하고 시기했다. 그래서 제영공 일행이 다 지나간 뒤에 말 30여 필을 죽여 길을 막고 좁은 석문石門 어귀에다 큰 수레를 얽어서 쌓아올렸다.

한편 식작과 곽최는 군사를 거느리고 진군晉軍의 추격을 막으면서 천천히 후퇴하여 석문 어귀에 이르렀다. 그들은 죽은 말과 수레가 잔뜩 쌓여 큰 바위 사이로 난 좁은 길을 막고 있어서 빠져나갈 수가 없었다.

두 장수가 서로 말한다.

"이건 숙사위가 우리를 따라오지 못하게 하려고 길을 막아놓은 것이 틀림없소."

군사들은 죽은 말들과 겹겹이 쌓인 수레를 치우느라 꽤 오랜 시간이 걸렸다.

아직껏 길은 열리지 않았는데 먼지가 뿌옇게 일어나면서 진나라 장수 주작州綽이 군사를 거느리고 달려왔다. 제나라 장수 식작은 곧 병거를 돌려 추격해오는 진군을 맞이해서 싸울 준비를 했다.

그러나 그보다 먼저 주작이 화살 한 대를 쏘아 식작의 왼편 어깨를 맞혔다. 이를 본 곽최가 주작을 향해 쏘려고 곧 활을 당겼다. 이때 식작이 조용히 손을 들어 곽최를 말렸다. 주작도 식작이 곽최를 말리는 걸 바라보고 잠시 상황을 관망했다.

식작이 왼편 어깨에 박힌 화살을 뽑아들고 묻는다.

"나를 쏜 진나라 장수가 누구냐? 참으로 그대는 호남아다. 우리 서로 이름이나 알아두자!"

"내가 그대를 쐈다. 나는 진나라 명장名將 주작이다."

"오오 알겠다, 그대가 바로 주작인가! 나는 다른 사람이 아니라 제나라 명장 식작이다. 일찍이 세상 사람들이 장군과 나에 대해서 뭐라고 말하는지 아는가? '까불지 마라. 두 작 장군이 무섭지 않느냐!' 이렇게 말을 하고 있다. 나와 장군은 서로 이름도 비슷하거니와 둘 다 용력이 있어 천하에 유명한 존재다. 영웅이라야 영웅을 알아주는 법인데 우리가 어찌 서로를 해칠 수 있겠느냐."

주작이 대답한다.

"그대 말이 비록 옳긴 하나, 우리 두 사람은 각기 섬기는 임금이 달라 부득불 싸우게 됐다. 장군이 만일 우리에게 귀순한다면 내가 장군의 목숨만은 어떻게 해서라도 보호하겠다."

식작이 묻는다.

"장군이 혹 나에게 속임수를 쓰는 건 아니오?"

주작이 대답한다.

"장군이 내 말을 믿지 않는다면 내 지금 곧 천지신명께 맹세하겠소. 장군이 죽게 되는 경우엔 나도 함께 죽겠소."

식작과 곽최가 동시에 말한다.

"우리의 목숨을 장군에게 맡기니 장군은 그 맹세를 잊지 마오."

이에 식작과 곽최는 결박을 받고 진나라 사졸士卒들에게 끌려 진영晉營에 가서 투항했다.

사관史官이 시로써 이 일을 읊은 것이 있다.

제나라 두 장수는 무서운 신하지만
좁은 길이 막혔으니 뜻을 펼 수 없었도다.
개인적 감정으로 수레를 쌓아 길을 막고 두 장수를 붙들려가게 했으니
나라 망신을 시킨 것은 역시 환관 놈이로구나.

綽最赶赶二虎臣
相逢狹路志難伸
覆車擒將因私怨
辱國依然是寺人

제나라 장수 식작과 곽최를 데리고 왔기 때문에 공을 세운 주작은,

"그들은 참으로 대단히 용맹한 장수들입니다. 잘 대접하면 우리 나라를 위해서 힘쓸 사람들입니다."

하고 적극 천거했다.

그러나 순언은 제나라 장수 식작과 곽최를 중군 안에다 가두어

두고 싸움이 끝난 뒤에 결정하기로 했다.

순언은 대군을 거느리고 평음성을 떠나 제나라 도성 임치성臨淄城으로 진군했다. 진군晉軍은 제나라 여러 고을을 지나갔으나 제군의 저항을 받지 않고 바로 임치성 아래에 이르렀다.

임치성 밖엔 이미 노魯 · 위衛 · 주邾 · 거莒 네 나라 군대가 다 와 있었다. 범앙范鞅이 먼저 옹문雍門을 공격했다. 옹문엔 갈대〔蘆〕가 무성히 나 있었다. 범앙은 불을 질러 갈대를 다 태워버렸다. 그리고 주작은 신지申池 주변에 우거진 대숲을 태워버렸다.

이에 네 나라 군사도 일제히 불을 지르고 공격했다. 사방 외곽外郭은 벌겋게 타오르면서 내려앉았다. 이에 진나라 연합군은 임치성 내곽內郭을 사면으로 포위했다. 함성은 지축을 뒤흔들고 화살은 성루를 향해 빗발치듯 날았다.

문자 그대로 임치성 안의 백성들은 어찌할 바를 몰라 했다. 그제야 제영공은 겁이 나서 비밀히 달아날 생각으로 동문東門을 열고 병거에 올라탔다. 고후高厚가 이를 알고 달려가서 칼을 뽑아 제영공이 타고 있는 수레의 말고삐를 끊었다.

고후가 울면서 간한다.

"적군이 아무리 강할지라도 우리 도성 앞까지 깊이 들어왔으니, 적군인들 어찌 후방에 대한 걱정이 없겠습니까? 오래지 않아 적군은 돌아가지 않을 수 없습니다. 그러나 주공께서 달아나시면 이 성을 지킬 사람은 아무도 없습니다. 그저 바라건대 앞으로 열흘만 더 참고 계십시오. 힘이 다하고 사세가 더 버틸 수 없을 때에 달아나도 늦지 않습니다."

제영공은 하는 수 없이 수레에서 내렸다. 이에 고후는 모든 백성들을 통솔하고 지휘하며 굳게 임치성을 지켰다.

어느덧 진나라 연합군이 제나라를 친 지도 6일이 지났다.

7일째 되던 날이었다. 정鄭나라 사자가 급히 말을 달려 왔다.

정나라 사자가 정간공鄭簡公에게 바친 봉함封函 겉에는 대부인 공손사지公孫舍之와 공손하公孫夏의 이름이 나란히 적혀 있었다. 매우 기밀한 사연이 들어 있는 모양이었다.

정간공은 급히 봉함을 뜯어봤다.


신臣 사지와 하는 상감께서 떠나신 뒤 공자 가嘉와 함께 나라를 지키고 있던 중, 뜻밖에도 공자 가가 모반하여 초楚나라로 비밀히 사람을 보냈습니다. 곧 공자 가는 초군에게 우리 나라로 쳐들어오게 하고 내응內應하기로 일을 꾸민 것입니다. 이제 초군이 이미 어릉魚陵 땅까지 왔다고 하니 불원간에 우리 나라는 포위를 당하게 되었습니다. 사세가 매우 급합니다. 상감께선 주야를 가리지 말고 속히 회군하사 종묘사직을 보호하십시오.


정간공은 매우 놀라 곧 사람을 시켜 그 서신을 진평공晉平公에게 바쳤다. 진평공은 그 서신을 통해 정나라의 위급한 상황을 전해듣고 곧 순언을 불러 상의했다.

"이번에 우리 군사는 한번 싸우지도 않고 바로 제나라 도성 임치까지 쳐들어왔습니다. 이제 제나라를 굴복시키는 건 시간 문제지만, 제나라의 수비 또한 그리 녹록치 않습니다. 이런 참에 정나라는 또 초군의 위협을 받게 됐습니다. 만일 정나라를 잃게 되면 그 책임은 우리 진나라에 있습니다. 그러니 곧 돌아가서 정나라를 구원해야겠습니다. 이번에 비록 제나라를 격파하진 못했으나 제후는 이미 혼비백산했을 터이니 다시는 노나라를 침범하지 못할 것입니다."

이에 진평공은 임치성의 포위를 풀고 정나라로 출발했다. 이때는 정간공이 먼저 본국으로 돌아간 뒤였다.


진평공은 모든 나라 제후와 함께 축아祝阿 땅에 이르렀다. 진평공은 초군에 대한 걱정 때문에 모든 나라 제후와 함께 술을 마시면서도 우울했다.

사광師曠이 아뢴다.

"청컨대 신이 음악과 노래로써 앞날을 짐작해보겠습니다."

사광은 악기를 탄주彈奏하며 남풍南風의 노래를 부르고 또 북풍北風의 노래를 불렀다. 그런데 북풍의 노래는 평화롭게 울러퍼졌으나, 남풍의 노래는 부드럽지 못하고 살기가 등등했다.

사광이 노래를 마치고 아뢴다.

"남풍의 곡을 불러본즉 그 소리가 쓸쓸하여 죽음에 가깝고 살기가 가득했습니다. 이는 남쪽 초군楚軍이 불행을 자초할 징조입니다. 주공께서는 근심 마소서. 반드시 사흘 안에 반가운 소식이 올 것입니다."

사광의 자字는 자야子野로, 진晉나라에서도 가장 총명한 선비였다. 그는 어려서부터 음악을 매우 좋아했다. 그러나 늘 음악에 전심專心하지 못하는 자신에 대해서 고민했다.

어느 날 사광은 길이 탄식했다.

"기법技法이 정밀하지 못한 것은 생각이 여러 곳으로 흩어져 있기 때문이다. 또 마음을 하나로 통일하지 못하는 것은 눈으로 너무 많은 것을 보기 때문이다."

이에 사광은 쑥에 불을 붙여 자기 두 눈을 태웠다. 그는 마음을 통일하고 오로지 음악에만 전심전력을 기울이기 위해서 스스로 소경이 됐다. 그리고 음악에만 몸과 마음을 바쳤다.

드디어 사광은 음악으로써 기후氣候의 영허盈虛와 음양陰陽의 소장消長을 통달하기에 이르렀다. 사광은 하늘의 변화와 인간의 일을 음악으로써 알아맞히되 추호도 틀리지 않았다. 심지어 물건 놓는 소리와 새나 짐승의 울음소리만 들어도 그 길흉吉凶을 짐작했다.

그리하여 사광은 진나라 태사太師•가 되어 장악관掌樂官으로 있었다. 진나라 역대 임금은 다 사광을 깊이 신임했다. 그래서 행군할 때는 반드시 장님인 사광을 데리고 다녔다.

진평공은 사광의 말을 듣고서 군사와 함께 축아祝阿 땅에 주둔한 채 세작을 보내어 그 뒤의 정나라 소식을 알아오게 했다.

그런 지 사흘이 채 못 된 어느 날, 그 세작이 정나라 대부 공손채公孫蠆와 함께 돌아와 보고한다.

"초군은 이미 본국으로 돌아갔습니다."

진평공은 의외의 기쁜 소식에 도리어 놀랐다.

"그 경위를 좀 자세히 말하오."

공손채가 대답한다.

"초나라 공자 오누는 공자 정貞을 대신해서 영윤令尹이 된 뒤로, 지난날의 앙갚음을 하기 위해서 늘 우리 정나라를 칠 생각이었습니다. 그러던 차에 우리 정나라 공자 가가 반란을 일으킬 맘을 품고 초나라와 내통했던 것입니다. 공자 가嘉는 초군이 쳐들어오기만 하면 나가서 함께 합세하여 난亂을 꾸밀 작정이었습니다. 그런데 하늘이 도우사 우리 정나라에선 공손사지와 공손하가 반역하려는 공자 가의 계책을 미리 알았기 때문에 즉시 군사를 지휘하여 성을 굳게 지키고 일체 출입을 엄금했습니다. 그래서 공자 가는 초군과 합세하기 위해 성을 나가려고 해도 나갈 수 없게 됐습니다. 초나라 영윤 공자 오는 초군을 거느리고 영수穎水를 건너 우리 정나라 성 밑까지 왔으나, 이미 서로 밀약한 대로 공자 가가 내응해주지를 못했기 때문에 하는 수 없이 어치산魚齒山 아래에 진을 꾸렸습니다. 때마침 큰비와 눈이 연일 쉬지 않고 쏟아졌습니다. 초영楚營은 물이 1척 이상이나 불어서 초군은 다 산 위로 몸을 피했습니다. 그러나 연일 눈과 비를 맞고서야 그들인들 어찌 견뎌낼 도리가 있겠습니까? 원래 남쪽 나라에서 생장한 초군은 거의 반수 가량이나 얼어죽었습니다. 이에 초군은 그들의 장수를 원망하고 소란을 일으켰습니다. 그래서 초나라 공자 오는 하는 수 없이 군사를 거느리고 본국으로 돌아갔습니다. 동시에 우리 주공께서도 반심을 품고 초나라와 내통한 공자 가를 죽여없앴습니다. 주공께선 신에게, '진후晉侯께서 대군을 거느리고 우리 정나라를 구원하러 오시기에 그 수고가 대단하실 터이니 속히 가서 이 사실을 보고하여라' 하고 분부하셨습니다. 그래서 밤낮을 가리지 않고 달려온 것입니다."

진평공이 무척 기뻐하며 찬탄한다.

"사광은 참으로 음악의 성인聖人이로다!"

진평공은 모든 나라 제후에게 초군이 정나라를 쳤으나 아무 성과도 없이 돌아갔다는 소식을 알렸다. 이에 모든 나라 제후는 각기 군사를 거느리고 본국으로 돌아갔다.

사신史臣이 시로써 사광을 찬讚한 것이 있다.

　　그는 남풍과 북풍을 노래하고서

문득 정나라와 초나라의 길흉을 알았도다.
음악이 지극하면 천지 이치에 통하나니
사광은 일찍이 맹인이었느니라.
歌罷南風又北風
便知兩國吉和凶
音當精處通天地
師曠從來是瞽宗

　그때가 바로 주영왕周靈王 17년 겨울 12월이었다. 그리고 진군
晉軍이 본국을 향해 강을 건넌 것은 주영왕 18년 봄이었다.
　군사를 거느리고 돌아가는 도중에 순언은 머리에 큰 종기가 났
다. 그는 심한 고통을 참을 수 없어서 우선 저옹著雍 땅에 머물러
치료했으나 백약이 무효였다.
　2월이 되자, 순언은 머리뿐만 아니라 온 얼굴이 짓물러 터지기
시작했다. 그러다가 마침내 두 눈알까지 썩어서 빠졌다. 참으로 흉
악한 모습이었다. 결국 순언은 며칠 뒤에 숨을 거뒀다. 목이 떨어
진 꿈과 경양梗陽 땅의 무당이 한 말이 이제야 들어맞은 셈이었다.
　진군에게 붙들려가던 제나라 항장降將인 식작殖綽과 곽최郭最
는 어느 날 밤 순언이 죽어서 군중軍中이 어수선해진 틈을 타 발
에 채워진 쇠사슬을 끊고 달아났다.
　범개范匄와 순오荀吳는 죽은 순언을 관에 넣어 수레에 싣고 진
나라로 돌아갔다. 이에 진평공은 순오를 대부로 삼고, 범개를 중
군中軍 원수元帥로 삼았다. 그 뒤에 다시 순오는 범개의 부장이 되
었다.

한편, 제나라 제영공齊靈公은 이해 여름 5월에 병이 났다. 대부인 최저와 경봉慶封은 서로 상의하고 비밀히 즉묵卽墨 땅으로 사람을 보내어, 지난날의 세자인 공자 광光을 몰래 온거溫車(사람이 누워서 타고 다니는 수레)로 모셔왔다.

어느 날 밤이었다.

경봉은 자기 집 병사를 거느리고 가서 태부太傅인 고후高厚의 집 대문을 두드렸다. 고후는 경봉이 왔다는 전갈을 듣고 그를 영접하러 나갔다. 경봉은 문을 열고 나오는 고후를 붙들어 한칼에 쳐죽였다.

이때 지난날의 세자 광은 최저와 함께 궁으로 들어갔다. 오랜만에 비밀히 궁으로 돌아온 세자 광은 자기를 즉묵 땅으로 몰아내고 공자 아牙를 세자로 세운 장본인인 서모庶母 융자戎子부터 한칼에 쳐죽이고, 다시 그 피 묻은 칼을 들고 들어가서 자기 대신 세자가 된 공자 아를 쳐죽였다.

병상에 누워 있던 제영공은 궁중에 이런 변이 일어났다는 보고를 받고 얼마나 놀랐던지 입에서 피를 두 말 가량이나 쏟아냈다. 제영공은 다시 정신을 수습하고 일어나려다가 병상 밑으로 굴러 떨어져 죽었다.

이리하여 세자 광이 즉위했다. 그가 바로 제장공齊莊公•이다.

한편 시인寺人 숙사위夙沙衛는 지난날 세자 광을 즉묵 땅으로 몰아내고, 공자 아를 세자로 세우기까지 여러모로 애를 썼기 때문에 공자 아의 소부少傅가 되었다.

그는 하루아침에 세상이 바뀌자 집안 식구를 데리고 고당高唐으로 달아났다.

제장공은 즉시 경봉으로 하여금 군사를 거느리고 가서 달아난 숙사위를 추격하게 했다. 그러나 이미 고당 땅에 당도한 숙사위는 그곳 군사를 모아 뒤쫓아온 경봉을 쳤다. 숙사위는 마침내 군사를 거느리고 관군官軍에 반역한 것이었다.

이에 제장공은 친히 군사를 거느리고 가서 고당성高唐城을 포위하고 공격했다. 그러나 한 달이 지나도록 고당성을 함락시키지 못했다.

이때 고당 땅에 공누工僂란 사람이 있었다. 그는 용력이 매우 뛰어났다. 그래서 숙사위는 공누를 시켜 동문東門을 지키게 했다. 그러나 공누는 숙사위가 결국 성공하지 못할 것을 알고 있었다.

어느 날 달밤이었다.

공누는 성 위에 올라가 화살에 편지를 꿰어 성 아래로 쏘아보냈다.

그 편지의 내용은, 밤중에 성 동북쪽에서 기다리겠으니 대군은 성 위로 올라올 준비를 하라는 것이었다. 그러나 제장공은 그 편지를 전적으로 믿지 않았다.

식작과 곽최가 청한다.

"저쪽에서 이렇게 편지를 보낸 바에야 우리와 내응하지 않을 리 없습니다. 원컨대 저희 두 사람이 가서 숙사위를 잡아오겠습니다. 지난날에 숙사위가 석문산石門山 좁은 길을 막아놓는 바람에 진군에게 붙들려가서 갖은 곤욕을 치른 그 원수부터 갚겠습니다."

제장공이 대답한다.

"그대들은 조심해서 가거라. 과인이 그대들의 뒤를 접응接應하리라."

식작과 곽최는 군사를 거느리고 고당성 북쪽 모퉁이로 갔다. 그들은 한밤중이 되기를 기다려 다시 성 밑을 따라 동북쪽으로 갔다.

그때 문득 성 위에서 기다란 줄이 소리도 없이 내려왔다. 동시에 여기저기서 긴 줄이 내려왔다. 식작과 곽최는 그 줄을 붙들고 올라갔다. 군사들도 그 뒤를 따라 성 위로 올라갔다.

공누는 식작과 곽최 두 장수를 영접하고 자기 부하 군사에게 신호를 보냈다. 이윽고 그 부하 군사들이 가서 누워자는 숙사위를 잡아일으켜 결박해 왔다.

식작과 곽최는 즉시 고당성 문을 열었다. 밖에 있던 제군齊軍은 일제히 성안으로 들어갔다.

이리하여 아직 대세가 어떻게 기울었는지도 모르는 고당의 군사들과 제군 사이에 잠시 동안 혼전이 벌어졌다. 그러나 제장공이 입성했을 때는 전투도 끝난 뒤였다. 공누와 식작, 곽최는 결박당한 숙사위를 제장공 앞으로 끌어냈다.

제장공이 큰소리로 꾸짖는다.

"이 개 같은 환관 놈아! 과인이 일찍이 너에게 잘못한 일이 없었거늘, 너는 어찌하여 지난날 어린 놈을 돕고 나를 추방하는 데 힘썼느냐! 네가 섬기던 공자 아는 지금 어디 있느냐. 너는 공자 아의 소부로 있었으니 저 세상에 가서 너의 주인을 섬겨라."

숙사위는 머리를 숙이고 아무 대답도 못했다.

"속히 저놈을 끌어내어 참하여라!"

제장공의 추상같은 호령이 떨어지자 군사들은 숙사위를 끌고 나가서 그 목을 끊었다.

제장공은 숙사위의 시체를 칼로 썰어서 젓〔醢〕을 담게 하여 모든 신하에게 나누어 주었다. 연후에 제장공은 공누를 고당성 수장守將으로 임명하고서 군사를 거느리고 돌아갔다.

한편, 진晉나라 중군 원수가 된 범개范勻는 전번에 제나라를 쳤으나 항복을 받지 못하고 돌아왔기 때문에, 다시 진평공에게 아뢰고 대군을 일으켜 제나라를 치려고 출발했다.

진군晉軍이 황하를 건넜을 때였다. 범개는 비로소 제나라 제영공이 세상을 떠났다는 소문을 들었다.

"제나라에 국상이 났다 하니 상중에 있는 나라를 친다는 것은 예의가 아니다."

이에 범개는 군사를 거느리고 다시 황하를 건너 본국으로 되돌아갔다.

이 사실은 즉시 세작을 통해 제나라에 보고됐다. 제나라 대부 안영晏嬰*이 아뢴다.

"진나라가 상중에 있는 우리 나라를 치지 않은 것은 우리에게 어진 마음을 베푼 것입니다. 그런데도 진나라를 배반한다면 우리는 불의不義에 떨어지고 맙니다. 그러니 화평을 청하고 앞으로 두 나라가 싸우지 않도록 하십시오."

안영의 자는 평중平仲이니, 그는 키가 5척도 안 되는 왜소한 사람이었다. 그러나 안영은 제나라에서 가장 어질고 지혜 있는 인물로 유명했다.

제장공도 이제야 겨우 나라가 안정되려는 참에 다시 진군이 쳐들어온다면 낭패라고 생각했다. 그래서 안영의 의견을 좇아 진나라로 사람을 보내어 사죄하고 동맹을 청했다. 이에 진평공은 모든 나라 제후를 전연澶淵 땅으로 초청하여 대회를 열었다.

이 대회에서 범개가 진나라 대표로 상相이 되어 제장공과 함께 희생의 피를 바르고 동맹하고 우호를 맺었다. 그 뒤로 진·제 두 나라는 오래도록 싸우지 않았다.

진나라 하군 부장 난영欒盈은 앞에서도 말한 바와 같이 난염欒

黶의 아들이다. 또 난염은 바로 범개의 사위다. 난염에게 출가한 범개의 딸이 난기欒祁였다.

난씨의 계열을 보면 난빈欒賓부터 난성欒成·난지欒枝·난돈欒盾·난서欒書·난염·난영에 이르기까지 무릇 칠대七代나 진나라의 경상卿相을 지냈다. 그러니 그들의 부귀영화는 말할 것도 없거니와 그 세력 또한 대단했다.

어떻든 진나라 조정의 문무 관원의 반수 가량이 난씨 문중 출신이었다. 그외의 반은 거개가 난씨의 인척이거나 그 일당이었다.

곧 위씨 문중엔 위서魏舒가 있고, 지씨 문중엔 지기智起가 있고, 순씨 문중엔 순희荀喜가 있고, 양설씨 문중엔 양설호羊舌虎가 있고, 적씨 문중엔 적언籍偃이 있고, 기씨 문중엔 기유箕遺가 있어 그들은 모두 난영을 도우며 그 이익과 생사를 함께하겠다는 일당들이었다.

게다가 난영은 선비를 대하는 태도가 매우 겸손했다. 또 재물을 뿌려 많은 인물과 널리 사귀었다. 그의 문중에는 난씨를 위해서라면 생명도 아끼지 않겠다는 역사力士가 수도 없이 드나들었다. 곧 주작州綽·형괴邢蒯·황연黃淵·기유箕遺 등은 다 난영의 심복 부하로 이름난 장수들이었다. 또 독융督戎은 1,000균鈞의 무게도 가볍게 들어올리는 천하장사이며, 특히 쌍창雙槍의 명수로서 무엇이고 찌르기만 하면 죽지 않는 것이 없었다. 그래서 독융은 언제나 난영을 그림자처럼 따라다니며 호위했다.

난영의 가신家臣으로선 신유辛兪, 주빈州賓(주작의 동생) 등이 있었다. 그외에도 난씨를 위해 몸을 아끼지 않고 분주히 돌아다니는 자들이 무수했다. 이만하면 그 당시 난씨의 세도를 가히 짐작할 수 있을 것이다.

그런데 난염이 죽었을 때 그의 부인 난기는 나이가 마흔 살이었다. 여자 나이 마흔이면 한창 사내 맛을 알 나이다.

그 뒤 주빈은 상의할 일이 있어 자주 난씨 부중府中에 드나들었다. 그럴 때마다 과부 난기는 방 안에서 문틈으로 유심히 주빈을 내다보았다. 과연 주빈은 젊고 체격이 좋았다.

마침내 난기는 주빈에게 비밀히 시녀를 보냈다.

시녀가 주빈에게 가서 말을 전한다.

"마님께서 한적한 기회를 보아 내실로 들라 하십디다."

이리하여 주빈은 기회 있을 때마다 내실로 들어가서 난기와 정情을 나눴다. 또 난기는 주빈에게 집안 기물器物과 많은 재물을 주곤 했다.

그러니까 난영이 진평공을 따라 제나라를 치러 간 뒤였다. 두 남녀에게 그것은 절호의 기회였다. 주빈은 공공연히 난씨 부중에 머물면서 난기와 정을 나누었다.

그후 난영이 전쟁에서 돌아왔다. 그는 자기가 없는 사이에 어머니와 주빈 사이에 아름답지 못한 일이 자주 있었다는 얘기를 들어서 알았다. 그러나 난영은 자기 어머니 난기의 체면을 생각해서 그 일을 캐지 않았다. 그 대신 다른 일을 트집잡아, 집 안팎 문을 지키는 하인들을 잡아들여 호되게 볼기를 쳤다.

그리고는 엄명을 내렸다.

"앞으로 비록 가신家臣일지라도 함부로 드나들지 못하도록 각별히 문단속을 하여라."

일이 이렇게 되자 난기는 우선 늙은 여자의 몸으로서 부끄러움이 지나쳐 분노로 변했고, 둘째는 음탕한 마음을 참을 수 없었으며, 셋째는 아들 난영이 혹 주빈을 죽이지나 않을까 염려되어 괴로웠다.

그러던 중 마침 그날이 범개의 생일이었다. 난기는 친정 아버지인 범개의 수壽를 빌고 생일을 축하하기 위해서 범부范府로 갔다.

한가한 틈을 타서 난기가 아버지 범개에게 호소한다.

"지금 난영이 난을 일으키려고 하니 어찌하리이까?"

범개가 깜짝 놀라며 묻는다.

"난을 일으키려 하다니 그게 무슨 말이냐?"

"난영은 늘 형 난침欒鍼을 죽게 한 것은 범앙范鞅이라고 하면서 이를 갈고 있습니다. 또 범앙은 진秦나라로 달아났다가 다시 돌아온 뒤로 죽음을 당하기는커녕 도리어 상감의 사랑을 받게 되어, 이젠 범씨 부자가 이 나라를 맘대로 휘두르고 있다는 거지요. 그래서 범씨 집안은 날로 번영하고 반면 난씨 집안은 날로 기울어지니 차라리 죽을지언정 범씨 일파와 함께 살지 않겠다면서, 요즘 난영은 밤낮없이 밀실에서 지기智起, 양설호羊舌虎 등과 모여앉아 의논만 하고 있습니다. 더구나 난영은 이런 비밀이 외가外家에 알려지면 안 된다면서 문 지키는 종놈들까지 엄격히 다스리고 있습니다. 오늘 제가 아버지 생신 잔치에 오는 데도 여간 힘이 들지 않았습니다. 저는 장차 아버지를 또 뵙게 될지 어떨지 그것마저 모르겠습니다. 그러나 부녀간의 막중한 천륜을 속일 수 없어 사실대로 아뢰는 것입니다."

곁에서 범앙이 아버지에게 말한다.

"저도 그런 소문을 들었는데, 이제 누님의 말씀을 듣고 보니 그게 사실이었군요. 어떻든 난씨 일당의 세력은 가공할 정도입니다. 지금부터라도 그 세력을 꺾지 않으면 어떤 사태가 일어날지 예측할 수 없습니다."

아들과 딸이 동시에 그렇게 말하는데야 범개도 믿지 않을 수 없었다. 이에 범개는 궁으로 들어가서 진평공에게 난씨를 축출해야 한다고 비밀히 아뢨다.

진평공은 보통 일이 아닌 만큼 대부 양필陽畢을 불러들여 그의 의견을 물었다. 그런데 양필은 원래 난영을 미워하고 범씨와 가까운 사이였다.

"사실을 말씀드리면, 상감께서도 아시다시피 난서는 진여공을 죽인 역적입니다. 그런데 난염도 일생을 호화롭게 살았고 지금 난영 또한 부귀하는 것은 다 하늘이 아실까 두려워해야 할 일입니다. 상감께서 난씨 일파를 숙청하여 역적의 자손임을 천하에 밝히고 상감의 위엄을 들날리신다면, 이는 진나라의 큰 다행입니다."

진평공이 한참 생각하다가 말한다.

"난서는 선군 진도공을 군위에 세웠으며, 또 난영으로 말할지라도 아직 드러난 죄가 없으니 어찌하리오?"

양필이 아뢴다.

"난서가 선군 진도공晉悼公을 임금 자리에 세운 것은 자기 죄를 감추기 위해서 한 짓입니다. 그래서 진도공께서는 이 나라의 원수를 갚지 않고 다만 난서한테 개인적인 신세를 진 것입니다. 이제 상감께서도 국가보다 개인적 은혜를 더 소중히 생각하신다면 장차 큰 해를 당하십니다. 아직 난영에게 드러난 죄가 없다면, 우선 그 일당부터 숙청하십시오. 난영이 자기 일당을 유지하려고 일을 꾸미거든 그것으로 죄목을 삼아 죽여버리면 그만입니다. 만일 난영이 세력을 잃고 다른 나라로 달아나거든 쫓지 마십시오. 그러면 상감의 은덕이 그만큼 커지는 것입니다."

진평공은 연방 머리를 끄덕였다.

이튿날 진평공은 범개를 불러들여 다시 그 일을 상의했다. 범개가 진평공한테 양필의 계책을 듣고 나서 대답한다.

"난영을 가만두고 그 일당만 숙청한다면 참으로 큰 난이 일어나고야 맙니다. 그러지 마시고 난영을 저읍著邑으로 보내어 성을 쌓게 하십시오. 일단 난영이 이곳을 떠나기만 하면 그 일당은 주인이 없습니다. 그런 연후에 그들을 숙청해야 합니다."

"그 계책이 참 좋다."

하고 진평공은 허락했다. 이에 난영은 상감의 분부를 받고 성을 쌓으러 저읍으로 가게 됐다.

난영이 저읍으로 떠나는 날이었다. 그 일당의 일원인 기유箕遺가 간한다.

"아시다시피 요즘 난씨 일문을 원망하는 사람이 많소. 지금 저읍에다 성을 쌓는 것이 결코 이 나라의 급한 일은 아니오. 그런데 왜 하필이면 그대를 보내는지 알 수 없구려. 그대는 상감에게 가서 다른 핑계를 대고 이번 길을 사양하시오. 그리고 상감의 속뜻을 살피는 동시에, 만일을 위해서 무슨 대책이라도 세워야 하오."

난영이 대답한다.

"신하로서 상감의 분부를 사양하는 법은 없소. 내가 만일 죄가 있다면 어찌 살기를 바라리오. 그러나 죄가 없으면 이 나라 백성들이 모두 나를 동정할 것인즉 누가 나를 해치리오."

마침내 난영이 수레에 오르자 천하장사 독융督戎이 수레를 몰았다. 그들은 강주성絳州城을 떠나 저읍으로 달렸다.

난영이 떠나간 지 사흘 뒤였다. 진평공이 조회朝會에서 모든 대부에게 묻는다.

"난서는 지난날 임금을 죽인 자다. 그런데 아직 그 죄가 밝혀지지 않고 있다. 오늘날도 그 자손들이 조정에서 벼슬을 살고 있으니, 과인은 이 일을 부끄럽게 생각하노라. 장차 이 일을 어찌하면 좋을꼬?"

모든 대부가 이구동성으로 대답한다.

"마땅히 그 일문一門 일당까지도 축출해야 합니다."

그날로 진나라 국문國門에는 진여공을 죽인 난서의 죄상罪狀이 나붙었다. 드디어 대부 양필은 군사를 거느리고 난씨 종족을 모조리 국외로 추방하고, 난읍欒邑을 몰수하고, 다시 난영마저 축출하려고 저읍으로 달려갔다.

하루아침에 대세는 뒤집혀 난낙欒樂과 난방欒魴은 그 권속을 거느리고 주작州綽, 형괴邢蒯와 함께 강성絳城을 빠져나가 달아났다.

양설호羊舌虎도 기유箕遺, 황연黃淵과 함께 그 뒤를 따라 강성을 나가려는데 그땐 이미 성문이 굳게 닫힌 뒤였다. 들리는 소문에는 장차 나라에서 난씨 일당을 철저히 잡는다는 것이었다.

진퇴양난에 빠진 양설호는 일단 자기 집으로 돌아가서 기유, 황연과 앞일을 상의했다. 그들은 상의한 결과 각기 집안 장정들을 거느리고 밤을 틈타 난을 일으켜 동문東門을 쳐부수고 달아나기로 했다.

이때 조씨 문객으로 장감章鑑이란 사람이 있었다. 장감은 양설호의 바로 이웃집에 살고 있었다. 그는 공교롭게도 양설호의 집에서 세 사람이 모의하는 소리를 엿듣게 되었다.

장감은 즉시 조무趙武의 부중府中에 가서 양설호 등이 모의하던 내용을 낱낱이 밀고했다. 조무는 다시 이 정보를 범개에게 가서 알렸다. 이에 범개의 아들 범앙은 군사 300명을 거느리고 풍우같이 달려가서 양설호의 집을 포위했다.

# 충신을 살려낸 기해祁奚의 열정

양설호羊舌虎와 기유箕遺는 황연黃淵이 집안 장정들을 모두 다 모아 돌아올 때만 기다렸다. 그들은 밤에 난을 일으키려고 초조히 기다리고 있었던 것이다.

그런데 천만 뜻밖에도 도리어 범앙에게 집을 포위당하고 말았다.

이때 황연의 분부를 받고 그들 일당의 장정들이 몰려왔다. 장정들은 양설호의 집이 이미 군사들에게 포위당한 걸 보고는 슬금슬금 달아나기 시작했다.

양설호가 사닥다리를 밟고 올라가서 담 밖을 내다보고 묻는다.

"범앙 장군은 무슨 일로 군사를 거느리고 와서 나의 집을 포위하고 있는 거요?"

범앙이 대답한다.

"너는 평소 난영欒盈의 일당이었다. 한데 너희들은 이제 관문關門을 쳐부수고 달아날 계획이라지! 너희들은 반역죄에 해당한다. 그래서 나는 상감의 분부를 받고 너희들을 잡으러 왔다."

양설호가 시침을 뗀다.

"우린 전혀 그런 모의를 한 일이 없소. 누가 그런 근거 없는 말을 합디까?"

범양은 즉시 장감章鑑을 내세워 그들이 모의한 사실을 증언토록 했다. 그제야 양설호는 어째서 비밀이 탄로났는가를 알았다.

순간 천하장사 양설호는 담 위의 돌을 들어 장감에게 냅다 던졌다. 장감은 번개처럼 날아오는 돌에 맞아 머리가 두 조각으로 깨져 즉사했다.

이를 보고 격노한 범앙은 군사들을 시켜 양설호의 집에 불을 지르고 직접 대문을 공격했다. 사방에서 불이 활활 타오른다.

당황한 양설호가 기유에게 말한다.

"우리는 목숨을 걸고 내뺄지언정 이대로 앉아서 결박을 당할 순 없소!"

드디어 양설호는 창을 들어 앞장서고, 기유는 칼을 짚고 뒤따르며 타오르는 불 속을 뚫고 나갔다.

범앙이 불 속을 뚫고 나가는 그들을 보고 즉시 명령한다.

"속히 활을 쏘아 저 두 놈을 잡아라!"

이에 모든 군사가 일제히 활을 쐈다.

이때 두 사람은 불길이 대단해서 맘대로 몸을 피할 수 없었다. 그런데 바깥에서는 화살이 메뚜기 떼처럼 날아들어왔다. 양설호와 기유가 비록 하늘을 꿰뚫을 만한 재주가 있다고 해도 이젠 별수 없었다. 두 사람은 결국 화살에 맞아 쓰러졌다.

군사들이 긴 갈고리[鉤]를 들이밀어 쓰러진 양설호와 기유를 끌어냈다. 갈고리에 끌려나온 두 사람은 이미 반은 죽은 상태였다. 군사들은 양설호와 기유를 결박하고 불을 끄기 시작했다.

이때 병거 소리가 요란하게 나면서 무수한 횃불들이 몰려왔다. 중군中軍 부장 순오荀吳가 본부군本部軍을 거느리고 범앙을 도우러 온 것이었다. 순오는 도중에서 황연을 사로잡아 오는 길이었다.

범앙과 순오는 군사들을 합친 후 사로잡은 양설호·기유·황연을 이끌고 중군 원수 범개范匃에게 갔다.

범개가 분부한다.

"난가欒家 일당이 많은데, 이까짓 세 놈만 잡아서 무엇 하리오. 즉시 성안을 샅샅이 뒤져 남김없이 잡아들여라."

이리하여 그날 밤에 진晉나라 강주성絳州城 안은 발칵 뒤집혔다. 어느덧 동쪽 하늘이 밝기 시작했다.

범앙은 지기智起·적언籍偃·주빈州賓 등을 잡아 왔다. 또 순오는 순희荀喜·신유辛兪·양설호의 형 양설적羊舌赤과 그 동생 양설힐羊舌肹 등을 잡아 왔다.

범개는 모든 죄인들을 조문 밖에 꿇어앉히고 궁으로 들어가서 진평공에게 경과를 보고했다.

여기서 잠시 양설씨에 관해서만 이야기하겠다. 양설적과 양설힐과 양설호는 다 양설직羊舌職의 아들이었다. 그 가운데 양설호만은 서모庶母 소생이었다.

그럼 양설호의 생모는 어떤 여자인고 하니, 바로 양설 부인의 방안 여비女婢였다. 그 여비는 얼굴이 매우 아름다웠다. 평소에 양설직은 그 여비를 매우 욕심냈다. 그러나 양설 부인은 여비를 남편 양설직의 방으로 들여보내지 않았다.

이땐 양설적과 양설힐이 다 장성한 뒤였다. 그래서 두 형제는 그 어머니에게 간했다.

"어머니는 투기하지 마시고 그 여비에게 아버지를 모시게 하십시오."

양설 부인이 웃으면서 두 아들에게 대답한다.

"내가 어찌 투기하는 여자리오. 내 듣건대 여자가 너무 아름다우면 그만큼 좋지 못하다고 하더라. 혹 깊은 산, 큰 못〔澤〕에서 용이나 뱀이라도 태어나면 장차 너희 형제 앞날에 불행이 될까 염려하여, 그 여비를 너희 아버지 방에 보내지 않는 것이다."

그러나 양설적과 양설힐은 아버지를 만족시켜주려고 굳이 어머니에게 허락하기를 청했다.

이에 양설 부인은 남편 방으로 그 여비를 들여보냈다. 여비는 양설직과 하룻밤을 같이 자고서 그날 밤으로 아이를 뺐다. 이리하여 열 달 만에 낳은 것이 양설호였다.

양설호는 점점 커가면서 그 어머니처럼 용모가 아름다웠고 힘도 세었다. 그래서 양설호는 어릴 때부터 난영과 친했고, 서로 침식을 함께하며 동성同性 부부처럼 사랑했다. 말하자면 양설호는 난영과 가장 가까운 일당이었다. 결국 서庶동생인 양설호 때문에 그 형인 양설적과 양설힐도 붙들려온 것이었다.

이때 대부 악왕부樂王鮒는 진평공의 총애를 받고 있었다. 악왕부는 평소부터 양설적과 양설힐이 어진 사람들임을 알고서 서로 사귈 뜻을 가지고 있었으나 아직껏 기회를 얻지 못했다. 그러던 중 악왕부는 양설적, 양설힐 형제가 죄인으로 붙들렸다는 소문을 듣고 즉시 조문朝門으로 갔다.

악왕부가 양설힐 앞에 가서 읍하고 위로한다.

"그대는 근심 마오. 내 상감께 가서 그대가 풀려나도록 힘껏 주선하겠소."

그러나 양설힐은 전혀 대답을 하지 않았다. 이에 악왕부는 도리어 무안해서 얼굴을 붉히고 궁으로 들어갔다.

양설적은 곁에서 동생이 악왕부의 호의를 싹 무시하는 걸 보고서 꾸짖는다.

"까딱 잘못하면 우리 형제는 이곳에서 죽는다. 그러면 우리 양설씨는 자손이 끊어지고 만다. 지금 대부 악왕부는 상감의 총애를 받는 처지로, 상감도 그의 말이면 다 들어주시는 판이다. 이럴 때 악왕부의 호의에 감사하고 그의 힘을 입어 우리가 살아나야만 조상의 대라도 이을 수 있지 않느냐! 그런데 너는 어째서 악왕부의 고마운 호의를 그렇게도 싹 무시해버렸느냐?"

그제야 양설힐이 웃으며 대답한다.

"형님! 사느냐 죽느냐 하는 것은 천명天命입니다. 만일 하늘이 우리 형제를 도우신다면 노대부老大夫 기해祁奚께서 힘써주실 것입니다. 그까짓 소인놈 악왕부 따위에게 부탁해서 뭐 합니까!"

양설적이 불평한다.

"그래도 악왕부는 날마다 아침부터 저녁까지 상감을 곁에서 모시는 사람이다. 너는 노대부 기해를 믿는 모양이지만, 그 어른은 이미 벼슬을 내놓고 한가히 계시는 몸이다. 그러니 어느 쪽이 우리에게 더 힘이 되어줄 수 있겠느냐? 난 네가 말하는 뜻을 알 수가 없구나!"

양설힐이 설명한다.

"악왕부는 상감에게 아첨하는 것만 압니다. 그는 임금이 옳다고 하시면 자기도 무조건 옳다고 합니다. 임금이 부정하시면 그도 무조건 부정하는 그런 위인입니다. 그래서 임금의 총애를 받고 있습니다. 그러나 노대부 기해는 옳다고 생각하면 모든 사람과 원수간이 될지라도 자기 소신을 굽히지 않으며, 옳지 못하다고 생각할 때엔 평소에 아무리 친한 사람일지라도 자기의 신념을 위해서 사적인 정情을 두지 않습니다. 그렇게 강직하신 노대부 기해께서 어찌 우리 양설씨가 멸족하는 것을 내버려두실 리 있습니까?"

한편, 궁 안에선 진평공이 조회에 나왔다.

범개는 잡아온 난씨 일당의 성명을 낱낱이 아뢰었다. 진평공이 범개의 보고를 듣다가, 양설씨 삼형제가 몽땅 잡혀왔다는 말을 듣고서 잠시 머리를 돌려 악왕부에게 묻는다.

"양설호가 난영의 일당이란 건 익히 들었다만, 그의 형 양설적과 양설힐도 난영과 한패였단 말인가? 혹 그대는 증거가 될 만한 그런 사실이라도 들은 일이 있는지?"

대부 악왕부는 조금 전에 조문에서 양설힐에게 무안당한 것을 잊지 않았다.

"이 세상에 가장 친한 관계가 형제간입니다. 동생이 그런 짓을 했는데 어찌 그 형들이 모를 리 있겠습니까?"

마침내 진평공은 잡아온 자들을 모두 옥에 가두라 명하고 사구司寇에게,

"일일이 그들의 죄를 다스려라."

하고 분부했다.

이때 노대부 기해는 이미 벼슬을 내놓고 기祁 땅에서 한가로이 늙은 몸을 조섭하고 있었다.

한편, 기해의 아들 기오祁午는 궁에서 벼슬을 살고 있었기 때문에 양설적과는 동료간이라 서로 절친한 터였다. 기오는 급히 기읍祁邑으로 사람을 보내어 아버지 기해에게 양설적 형제를 구해달라고 청했다.

아들 기오의 서신을 읽고 기해는 깜짝 놀랐다.

"양설적과 그 동생 힐은 다 우리 나라의 어진 신하다. 어쩌다가 이런 횡액에 걸려들었을까! 내 마땅히 가서 그들 형제를 구제하겠노라."

기해는 수레를 타고 밤길을 달려 강주성으로 향했다. 그는 도성에 당도하는 즉시 범개를 찾아갔다.

범개가 황망히 기해를 영접하며 묻는다.

"연만하신 노대부께서 이렇듯 먼 길을 왕림하시다니 무슨 교도 敎導하실 일이라도 있으십니까?"

기해가 대답한다.

"노부老夫는 우리 진나라 사직社稷의 존망存亡을 위해서 왔소."

범개가 당황하며 묻는다.

"사직에 관한 일이라니 무슨 일입니까?"

"원래 어진 신하는 바로 사직의 주석柱石이오. 양설직은 살아 생전에 우리 진나라를 위해서 많은 공로를 세웠소. 지금 그의 아들 양설적과 양설힐 또한 능히 그 아버지의 훌륭한 점을 이어받은 어진 신하들이오. 이번에 서자인 양설호가 불초한 짓을 했기로서니 그 집안 사람들을 모조리 죽인다면 어찌 아깝지 않으리오. 옛날에 극예郤芮는 역신이었지만, 그 아들 극결郤缺은 궁에서 대관 大官을 지냈소. 아비의 죄도 자식에게 미치지 않거늘 하물며 형제 간의 일이야 더 말할 것 있으리오. 그대가 사적인 원한으로 무고한 사람을 많이 죽이면, 이는 옥과 돌을 동시에 태워버리는 짓이오. 어찌 이 나라 사직이 위태롭지 않겠소?"

범개가 일어나 자리를 피하며 대답한다.

"노대부의 말씀은 참으로 지당하십니다. 그러나 아직 상감의 진노가 풀리지 않았습니다. 그러므로 저는 노대부와 함께 상감께 가서 이 일을 아뢰는 것이 유리하리라고 생각합니다."

두 사람은 수레를 타고 궁으로 들어갔다. 그들이 진평공에게 아뢴다.

"양설적 형제는 그들의 서제庶弟인 양설호와는 결코 인품부터가 다릅니다. 양설적과 양설힐만은 난씨 일당에 관여한 사실이 없습니다. 또 양설씨가 이 나라에 끼친 공로와, 장차 이 나라에 끼칠 수 있는 공로를 생각하셔야 합니다."

진평공은 그제야 깊이 깨닫고 즉시 양설적과 양설힐을 석방시키고 그들에게 다시 지난날의 벼슬을 줬다. 그러나 지기智起 · 순희荀喜 · 적언籍偃 · 주빈州賓 · 신유辛兪는 다 서민으로 몰려나고, 양설호 · 기유 · 황연 등은 능지처참을 당했다.

양설적과 양설힐 형제는 풀려나오자 바로 궁에 가서 진평공에게 사은謝恩했다.

궁에서 물러나오며 양설적이 동생 양설힐에게 말한다.

"이번에 우리가 살아난 것은 다 노대부 기해 덕분이다. 그러니 그 어른께도 인사를 가자."

양설힐이 대답한다.

"노대부 기해를 찾아가 뵈올 것 없습니다. 그는 나라를 위해서 우리를 살려준 것뿐이지, 우리 형제를 위해서 애쓰진 않았습니다. 그러니 가서 무엇을 감사한단 말입니까?"

양설힐은 말을 마치자 혼자서 수레를 타고 집으로 돌아갔다. 그래도 양설적은 양심상 그럴 수 없어서 기해를 뵈오려고 기오의 집으로 갔다.

기오가 양설적에게 말한다.

"우리 아버지는 상감을 뵈온 뒤 즉시 기읍으로 돌아가셨지요. 내 집엔 들르시지도 않았소."

양설적이 집으로 돌아가면서 길이 탄식한다.

"기해는 남에게 은혜를 베풀되 보답을 바라지 않는 분이다. 나는 내 동생 힐의 높은 식견만 못하구나!"

염옹髥翁이 시로써 이 일을 읊은 것이 있다.


조금만 남을 위해서 애써도 보수를 바라는 세상인데
감사하기 위해서 남을 찾아가는 사람이 어찌 부끄러운 걸 알리오.
세상이 다 기해와 양설힐처럼 공명정대하다면
어지러이 뇌물을 주고받는 추잡한 일도 없으리라.
尺寸微勞亦望酬
拜恩私室豈知羞
必如奚肹纔公道
笑殺紛紛貨賂求


한편 요행히 죽지 않고 서민으로 몰려난 주빈州賓은 그후로도 난부欒府에 드나들면서 난기欒祁와 애정 생활을 계속했다. 그러니 어찌 소문이 나지 않을 수 있으리오.

범개는 자기 딸 난기가 서방질을 한다는 소문을 듣고 역사力士 한 사람을 주빈에게 보냈다. 그 역사는 주빈의 집에 가서 비수로 그를 찔러죽였다.

한편, 난영은 저읍著邑으로 가려고 도중에 곡옥曲沃 땅을 지나갔다. 그때 곡옥 땅 관장官長인 대부 서오胥午는 지난날 난서의 문객이었다.

서오는 난영을 영접하고 성대히 대접했다. 난영은 상감의 분부로 저읍에 성을 쌓으러 가는 길이라고 말했다.

서오가 자청한다.

"그러면 우리 곡옥에서도 사람을 보내어 성 쌓는 일을 도와드리겠소."

이리하여 난영은 서오의 만류로 곡옥에서 사흘을 머물렀다. 사흘째 되던 날이었다. 도성에서 난낙欒樂 등이 와서 집안이 모조리 결딴났다고 그간의 경과를 알렸다.

"지금 양필陽畢이 군사를 거느리고 올 것이니 속히 몸을 피하십시오."

이 천만 뜻밖의 소식에 난영은 모든 걸 각오한 듯 아무 대답도 하지 않았다.

곁에서 독융督戎이 말한다.

"양필이 군사를 거느리고 오거든 싸웁시다. 고분고분히 그놈에게 붙들려갈 필요는 없습니다."

난낙과 함께 온 주작州綽과 형괴邢蒯가 말한다.

"우리도 은주恩主(난영을 말함) 밑에 사람이 부족할 줄 알고 도우러 온 것이오."

난영이 침착한 목소리로 대답한다.

"나는 상감께 아무 죄도 짓지 않았는데, 원수인 범씨范氏 일가 때문에 모함을 받은 것이다. 내가 지금 나를 잡으러 오는 군사와 싸우면, 나를 미워하는 자들이 또다시 상감에게 무슨 모함을 할지 모른다. 이젠 달아나는 수밖에 없다. 그리고 상감께서 나의 무죄를 알아주실 때까지 기다리는 수밖에 없다."

서오도 관군官軍과 싸우는 것은 여러모로 이롭지 못한 일이라고 말했다.

난영은 짐을 수습하고 도성에서 도망온 난낙·주작·형괴 등을 거느리고 수레에 올라, 서오와 눈물을 흘리면서 작별했다. 이리하여 난영 일행은 초楚나라로 달아났다.

며칠 뒤 양필은 군사를 거느리고 저읍에 당도했다.

저읍 땅 사람들이 양필에게 말한다.

"난영은 아직 이곳에 오지 않았습니다. 들리는 소문에 의하면 이곳으로 오다가 곡옥 땅에서 다른 곳으로 달아났다고 합니다."

양필은 군사를 거느리고 돌아가면서 도중마다 백성들에게 난씨 일가의 죄를 크게 선포했다. 그러나 백성들은 누구보다도 난씨가 대대로 진나라의 공신이란 걸 잘 알고 있었다. 더구나 난영은 재산을 나누어 남을 도와주기 좋아하고, 많은 선비를 공경한 사람이었다. 그래서 진나라의 선비와 백성들은 난씨 일가의 운명을 슬퍼했다.

그 뒤 범개가 진평공에게 아뢴다.

"지난날 난씨의 가신家臣으로 난영의 뒤를 따라가는 자가 없도록 단속하십시오. 만일 이 나라를 버리고 따라가는 자가 있거든 모두 죽이십시오."

진평공은 머리를 끄덕였다.

이때 난씨의 가신이었던 신유辛兪는 난영이 초나라에 가 있다는 소문을 듣고, 집안 살림을 여러 수레에 가득 싣고서 초나라로 가려다가 성문을 지키는 관리에게 붙들렸다.

신유는 진평공 앞으로 끌려갔다.

진평공이 묻는다.

"과인이 법으로 금한 것을 너는 어찌하여 범했느냐?"

신유가 두 번 절하고 대답한다.

"신은 상감께서 왜 난씨를 따라가지 말라고 금하시는지 진실로 그 뜻을 모르겠습니다."

진평공이 대답한다.

"난씨를 따르는 자는 바로 임금을 무시하는 것이 되기 때문에 금했다."

신유가 말한다.

"진실로 임금을 무시하는 것이기 때문에 금하신다면 안심했습니다. 신은 죽는 줄 알았더니 이제야 살았습니다. 신이 듣건대 삼대三代 동안 한 집을 섬기면 그 집주인을 임금처럼 섬겨야 하며, 이대二代 동안 한 집을 섬기면 그 집주인을 주인으로서 섬기되 임금을 위해선 목숨을 아끼지 않아야 하며, 주인을 위해선 근면해야 한다고 하옵니다. 그런데 신의 집은 원래 미천해서 조부와 아버지는 나라를 위해서 아무런 공도 세우지 못했습니다. 다만 난씨 집에 대대로 예속隸屬되어 있으면서, 난씨의 녹祿을 받고 살아온 지가 신까지 꼭 삼대째 됩니다. 그러므로 난씨는 신에게 임금과 같습니다. 그러므로 신하로서 난씨가 있는 곳으로 가려는데 어째서 금하십니까? 또 이번에 난영이 비록 죄가 있다지만, 상감께선 그를 국외로 몰아냈을 뿐 죽이진 않으셨습니다. 상감께선 난씨의 선대 조상들이 나라를 위해서 애쓴 공로를 생각하셨기 때문에 그 자손인 난영의 목숨만은 살려준 것이 아닙니까. 그런데 지금 난영은 타국에서 외로운 신세가 되어 입을 것도 못 입고 먹을 것도 넉넉히 못 먹고 있습니다. 난영이 하루아침에 다른 나라 산골이나 길바닥이나 시궁창에서라도 쓰러져 죽는다면 이는 상감의 어진 덕에 손상이 됩니다. 신이 이번에 난씨 있는 곳으로 가려는 것은, 신하로서의 의무를 다하는 동시에 상감의 인덕에 손상이 없도록 해

드리기 위해서입니다. 또 백성들이 이 소문을 듣는다면 반드시 '비록 임금이 곤경에 처했을지라도 신하가 임금을 버려서는 안 된다'고 말할 것입니다. 그러니 신을 난영에게 보내주시면 천하에 임금을 무시하는 신하가 없어질 것입니다."

진평공이 신유의 말을 듣고 기뻐한다.

"그대는 이곳에 있으면서 과인을 섬겨라. 과인은 지금까지 난씨가 받던 국록을 그대에게 주겠다."

신유가 대답한다.

"신이 이미 말씀드린 것처럼 난씨가 바로 신의 임금입니다. 한 임금을 버리고 다른 임금을 섬기라고 하신다면, 이는 천하 백성에게 임금을 무시하라고 권하는 것밖에 안 됩니다. 상감께서 꼭 이곳에 머물러 있으라고 하시면 신은 차라리 죽음을 청하겠습니다."

마침내 진평공이 허락한다.

"그대는 이곳을 떠나도 좋다. 과인은 그대의 소원을 들어주리라."

신유는 진평공에게 재배하고 머리를 조아린 뒤 궁에서 물러나갔다. 이에 신유는 다시 난씨의 재물을 여러 대의 수레에 싣고 앙연히 진나라 강주성을 떠났다.

사신史臣이 시로써 신유의 충성을 읊은 것이 있다.

세상 인심이란 믿을 수 없지만
눈이 내린 뒤라야 소나무가 더욱 푸르다는 것을 알지로다.
삼대를 섬긴 신유는 죽음으로써 주인에게 보답하려고
감히 진후晉侯 앞에서 난영을 자기 임금이라고 우겼도다.
翻雲覆雨世情輕
霜雪方知松柏榮

三世爲臣當效死
肯將晉主換欒盈

한편, 난영은 초나라 국경 지대에 이르러 몇 달을 보냈다. 그는 초나라 도성 영성郢城으로 가려다가 문득 생각을 고쳤다.

'우리 조상은 진나라를 섬겼기 때문에 대대로 초나라와 원수간이었다. 내 만일 초왕楚王에게 용납되지 않으면 어찌할꼬!'

난영은 방향을 바꾸어 제齊나라로 갈 생각을 했다. 하지만 수중에 노비路費가 없었다.

그러던 차에 진나라에서 신유가 재물을 실은 수레를 여러 대 몰고 왔다. 이에 난영은 수레를 수리하고 신유를 데리고 제나라로 갔다. 이때가 바로 주영왕周靈王 21년이었다.


한편 제나라 제장공齊莊公은 용맹勇猛을 좋아하고 어떻게든 이기려고 기를 쓰는[好勝之癖] 사람이었다. 그는 다른 사람에게 지는 걸 극히 싫어했다. 그는 지난날 평음平陰 땅에서 진군晉軍에게 패한 일을 항상 분통해했다.

그래서 제장공은 널리 용기 있는 역사力士를 모아 일대一隊를 편성하고 친히 그 역사들을 거느렸다. 그는 경卿·대부大夫·사士의 반열班列에다 다시 역사들을 위해 용작勇爵이라는 직품職品을 신설했다. 이 용작이 받는 국록은 대부급과 같았다.

그렇다고 아무나 용작의 벼슬에 들 순 없었다. 반드시 천근 무게를 드는 힘이 있어야 하며, 화살 17대로 과녁을 모두 적중시키는 솜씨가 있어야만 용작으로 뽑혔다.

맨 처음에 용작으로 뽑힌 사람은 식작殖綽과 곽최郭最였고, 그 다음에 가거賈擧 · 병사邴師 · 공손오公孫傲 · 봉구封具 · 탁보鐸甫 · 양윤襄尹 · 누인僂堙이 뽑혀 모두 아홉 사람이었다.

제장공은 날마다 9명의 역사를 궁중으로 불러들여 서로 말을 달리고 활을 쏘고 검술을 익히면서 즐겼다.

어느 날이었다.

시신侍臣이 와서 고한다.

"진나라 대부 난영이 본국에서 추방되어 우리 나라로 망명해왔습니다."

제장공이 반색을 한다.

"그렇지 않아도 과인은 늘 진나라에 보복을 하려는 생각뿐이었는데, 대대로 진나라를 섬기던 신하가 망명해왔다니 반갑다. 이제야 과인의 뜻이 이루어지려나 보다. 속히 사람을 보내어 난영을 정중히 영접하라고 일러라."

대부 안영晏嬰이 아뢴다.

"그건 안 될 말씀입니다. 그 분부를 거두십시오. 약한 나라는 신용信用으로써 큰 나라를 대해야 합니다. 우리 나라는 진나라와 동맹을 맺은 사이입니다. 진나라에서 추방당한 신하를 우리가 받아들일 순 없습니다. 다음날 진나라가 우리를 책망하면 그땐 뭐라고 대답하시렵니까?"

제장공이 껄껄 웃는다.

"경의 생각은 잘못이다. 우리 제나라는 진나라와 필적할 만한 나라다. 어찌 우리가 약하다고 자처할 수 있으리오. 지난날에 우리가 진나라와 맹약盟約한 것은 위급한 상황을 일시적으로 면하기 위해서였다. 과인이 어찌 저 노魯 · 위衛 · 조曹 · 주邾 따위처럼 끝까지 진나라를 섬기리오."

제장공은 단호한 태도로 안영의 말을 듣지 않았다. 이에 난영은 영접을 받고 제나라 궁으로 들어가서 제장공 앞에 엎드려 억울하게 쫓겨난 경위를 읍소泣訴했다.

제장공이 위로한다.

"경은 근심하지 마라. 과인은 경이 다시 진나라에 돌아갈 수 있도록 도와주리라."

난영은 제장공에게 재배하고 칭송했다. 이에 제장공은 난영에게 큰 공관을 하사하고 큰 잔치를 베풀어 성대히 대접했다.

잔치 자리에서도 주작과 형괴는 난영의 곁을 잠시도 떠나지 않았다. 제장공이 주작과 형괴의 거대한 체격을 유심히 바라보며 묻는다.

"두 장사의 이름은 무엇이냐?"

이에 두 사람은 각기 자기 이름을 아뢰었다. 제장공이 주작을 향해 다시 묻는다.

"지난날 평음에서 싸웠을 때, 우리 나라 장수 식작과 곽최를 사로잡아 간 자가 바로 그대 아니냐?"

이야말로 원수는 외나무다리에서 만난다는 격이었다. 주작은 곧 무릎을 꿇고 머리를 조아리면서 지난 일을 사죄했다.

그러나 제장공은 호쾌히 웃으면서,

"과인은 그대를 사모한 지 오래다."

하고 좌우 사람에게 분부한다.

"저 두 장수에게 술과 고기를 더 많이 주어라."

그러고서 제장공이 다시 난영에게 말한다.

"경에게 한 가지 부탁이 있으니 경은 사양하지 마라."

난영이 대답한다.

"군후의 말씀이라면 어찌 이 몸을 아낄 리 있겠습니까."

"과인의 청은 다름이 아니라, 경이 거느리고 온 저 두 장사를 잠시 과인에게 빌려주기를 바라노라."

난영은 싫지만 어쩔 도리가 없어서 마지못해 허락했다. 잔치가 끝난 후 난영이 우울한 심사로 혼자 수레를 타고 공관으로 돌아가며 탄식한다.

"제후齊侯가 나의 장사 독융督戎을 못 보았기에 망정이지, 만약 보았더라면 그까지 뺏고야 말았을 것이다."

제장공은 주작과 형괴를 뺏어 용작의 말석末席에 참가시켰다. 물론 주작과 형괴는 이를 치사스럽게 생각했다.

어느 날 용작勇爵 전원全員이 제장공과 자리를 함께했다. 그때 주작과 형괴가 일부러 놀란 체하면서 제나라 식작과 곽최를 향해 부르짖는다.

"너희는 지난날 우리 진나라 군중에 사로잡혀 있던 자들이 아니냐! 그런데 어째서 이곳에 있느냐!"

제나라 곽최가 주작을 보고 눈을 부라리며 대답한다.

"우리는 전날 개 같은 네놈에게 속아서 붙들려갔다가 하마터면 죽을 뻔한 것을 겨우 도망쳐왔다!"

주작이 분노하며 꾸짖는다.

"너는 나의 입 속에 들어 있는 고기나 다름없다. 그래도 감히 주둥아리를 놀리느냐!"

식작이 분기충천하여 응수한다.

"이제 너희들은 우리 제나라에 와 있다는 걸 알아야 한다. 너희들이야말로 우리의 밥상 위에 놓인 고기가 아니냐!"

형괴가 나서며 말한다.

"오, 너희는 우리를 용납하기 싫다는 거로구나. 좋다! 그럼 우리는 우리 주인 난영에게 돌아가겠다."

곽최가 코웃음을 치며 되받아친다.

"당당한 우리 제나라가 그렇게 곱게 네놈들을 돌려보낼 줄 아느냐?"

네 사람은 얼굴이 벌게져서 씨근덕거리며 각기 칼자루를 잡고, 오냐 덤벼라, 얼마든지 싸워주마 하는 태도를 취했다.

이에 급히 제장공이 양편을 무마하고 술을 주어 위로한 후, 주작과 형괴에게 말한다.

"과인은 그대들이 우리 제나라 사람 밑에 있기를 싫어하는 심정도 이해하겠다. 장차 서로 불평이 없도록 제도制度를 고쳐주마."

이에 제장공은 용작을 다시 용작龍爵과 호작虎爵이라는 좌우반左右班으로 나눴다. 주작과 형괴를 우반右班인 용작의 지휘자로 삼고, 그 밑에 제나라 사람인 노포계盧蒲癸와 왕하王何를 소속시켰다. 그리고 식작과 곽최를 좌반左班인 호작의 지휘자로 삼고, 그 밑에 일곱 사람을 소속시켰다.

다른 사람들은 다시 좌우반에 뽑힌 것을 영광으로 생각했지만 진나라 장수 주작과 형괴, 제나라 장수 식작과 곽최 네 사람만은 서로 더욱 감정을 품게 됐다.

이때 최저崔杼와 경봉慶封은 제장공을 임금으로 세운 공로로 둘 다 상경 벼슬을 누렸다. 제나라 정사는 최저와 경봉이 도맡아 잡고 있었다.

또 제장공은 심심하면 최저와 경봉의 집에 행차해서 그들과 술도 마시고 음악도 듣고, 칼을 뽑아들고 춤도 추고 서로 활쏘기 내기도 했다. 그래서 임금과 신하 사이가 문자 그대로 무엄無嚴하기 짝이 없었다.

그런데 여기선 잠시 최저에 대해서만 이야기해야겠다. 최저에 겐 전처 소생으로 아들 둘이 있었다. 큰아들의 이름은 최성崔成이며, 둘째아들의 이름은 최강崔彊이었다. 그런데 아들 둘이 장성하기도 전에 최저의 아내는 죽었다.

그래서 최저는 동곽언東郭偃의 여동생에게 재취 장가를 들었다. 동곽언의 여동생은 원래 당공棠公에게 시집갔던 여자였다. 그래서 세상에선 그녀를 당강棠姜이라고 불렀다. 당강은 당공과 사는 동안에 아들 하나를 낳았다. 그 아들의 이름은 당무구棠無咎였다. 당강은 용모가 당대 절색이었다.

최저는 당공이 병으로 죽었을 때 문상하러 갔다가 우연히 당강을 보고는 그 아름다운 용모에 반했다. 그래서 동곽언에게 간청하여 과부 당강을 후처로 맞이했던 것이다.

그후 최저와 당강 사이에 아들이 태어났다. 그 아들의 이름은 최명崔明이었다. 최저는 재취인 당강을 몹시 사랑했다. 그래서 처남이 된 동곽언과, 당강이 전남편과의 사이에서 낳은 아들 당무구를 다 자기 가신家臣으로 삼았다.

최저는 동곽언과 당무구에게 자기의 어린 아들 최명의 장래를 부탁했다. 그리고 당강에게,

"명明이 장성하면 나는 전처 아들을 버리고 명을 적자嫡子로 세우겠다."

하고 약속했다. 물론 이건 지난날의 일이었다.

어느 날이었다.

제장공이 최저의 집에 행차했다. 이날 최저는 당강으로 하여금 제장공에게 술을 따라 바치게 했다. 그런데 제장공은 당강의 아리

따운 용모를 보고 단박에 반해버렸다.

그후 제장공은 당강의 친정 오라비 동곽언에게 많은 뇌물을 주고 간곡한 뜻을 전했다. 이에 동곽언의 주선으로 당강은 기회를 보아 제장공과 정을 나누었다.

그런 후로 제장공은 자주 최저의 집에 행차했다.

그러나 남녀 관계에 어찌 비밀이 있을 수 있으리오. 최저는 점차 눈치를 채고, 하루는 당강에게 사실을 고백하라고 다잡아 물었다.

당강이 말한다.

"사실 그런 일이 있었소이다. 이 나라 임금이 협박하니 한낱 여자의 힘으로 어찌 항거할 수 있겠소?"

"그럼 너는 왜 지금까지 나에게 그걸 말하지 않았느냐?"

"첩이 뭘 잘했다고 그걸 자랑할 수 있겠습니까."

최저는 한동안 생각하더니,

"그렇다. 이 일은 네가 관여할 바 아니다."

하고 신음했다.

최저가 제장공을 죽이기로 결심한 것은 이때부터였다. 주영왕 22년이었다.


한편 오왕吳王 제번諸樊이 진晉나라에 청혼했다. 이에 진평공은 자기 딸을 오왕 제번에게 출가시키기로 승낙했다.

그후 제나라 제장공은 진과 오가 통혼通婚했다는 소문을 듣고 하루는 최저를 불러 상의했다.

"과인은 난영欒盈을 진나라에 돌아갈 수 있도록 해줄 생각이지만 아직 그 기회를 얻지 못하였음이라. 들건대 진나라 곡옥曲沃 땅 수신守臣인 서오胥午는 난영과 지극히 친한 사이라고 한다. 이번에 진후晉侯의 딸이 오나라로 출가하게 됐으니 우리 나라에선 그 혼인에 대한 예의 겸 부조扶助로서 잉첩媵妾 하나를 진나라에 보내기로 하고, 난영을 그 일행 속에 넣어 일단 곡옥 땅까지 들여보내면 어떨까? 그리고 다시 기회를 보아 난영으로 하여금 진나라를 치게 할까 하는데, 경의 뜻은 어떠하냐?"

최저는 제장공에게 원한을 품고 있는 만큼 속으로 이제야 때가 왔다고 생각했다.

'어떻든 우선 임금과 진나라 사이가 악화되어야만 나의 계획이 성취된다. 일이 악화되기만 하면 진군晉軍은 필시 우리 제나라를 치러 올 것이다. 그러면 모든 죄를 임금에게 뒤집어씌우고, 기회를 보아 임금을 죽여버리기로 하자! 그러면 나는 원한을 쉽사리 갚을 수 있다. 지금 임금이 난영을 진나라로 돌려보내려고 서두르는 것부터가 나에겐 유리한 조건이다.'

그래서 최저는 제장공을 충동했다.

"비록 곡옥 땅 사람들이 난영을 좋아할지라도 자기 나라 도읍을 치지는 못할 것입니다. 그러니 상감께서는 반드시 군사를 거느리고 가서 그들의 뒤를 도와주셔야 합니다. 곧 난영은 곡옥 땅에서 진나라 도읍으로 쳐들어가고, 한편 상감께선 위나라를 친다고 헛소문을 내고서 실은 복양濮陽 땅을 경유하여 남에서 북쪽을 향해 진나라로 쳐들어가십시오. 이렇게 양쪽에서 동시에 협공해가면 진나라를 무찔러버릴 수 있습니다."

제장공은 최저의 말을 듣고 만족해했다. 제장공은 난영을 불러들여 자기의 계책을 알렸다. 이 말을 듣고 난영은 당장 본국으로 돌아갈 수나 있는 것처럼 기뻐했다.

가신인 신유辛俞가 난영에게 간한다.

"저는 오늘날까지 주인을 위해서 충성을 다해왔습니다. 그리고 주인께서도 항상 우리 진나라를 위해 충성을 다해주시기를 바랐습니다."

난영이 변명한다.

"진나라 임금이 나를 신하로서 대접하지 않으니, 난들 어찌 그를 임금으로서 대접할 수 있으리오."

신유가 말한다.

"진나라 임금은 난씨 선대의 공적을 생각지 않고 주인을 국외로 추방했기 때문에 모든 백성이 다 주인을 동정하고 있습니다. 그런데 앞으로 자기 나라에 반기叛旗를 든다면 주인은 이 천지간 어느 곳에서도 용납되지 않을 것입니다."

그러나 난영은 신유의 충고를 듣지 않았다. 신유가 다시 울면서 간한다.

"주인께서 이번에 진나라로 쳐들어가신다면 앞으로 도저히 누명을 벗지 못할 것입니다. 저는 차라리 죽음으로써 주인을 전송해 드리리다."

신유는 즉시 허리에 차고 있던 칼을 뽑아 자기 목을 찌르고 쓰러져 죽었다.

사신史臣이 시로써 신유를 찬한 것이 있다.

주인이 쫓겨났을 때엔 주인을 따랐고
주인이 반역했을 때엔 스스로 목숨을 끊었도다.
그는 공도公道를 위해선 임금을 저버리지 않았고
개인적으로는 주인을 저버리지 않았도다.
높구나, 신유여

그대는 참으로 진나라의 의사義士로다.

盈出則從

盈叛則死

公不背君

私不背主

卓哉辛兪

晉之義士

드디어 제장공은 공족公族인 강씨姜氏를 잉첩으로 진나라에 보내기로 작정했다. 대부 석귀보析歸父가 진나라까지 그녀를 데려가기로 했다. 그리고 난영과 그 종족은 여러 대의 온거溫車를 타고 석귀보 일행을 따라 곡옥까지 숨어서 들어갈 작정이었다.

이에 주작과 형괴도 주인인 난영을 따라가겠다고 나섰다. 그러나 제장공은 주작과 형괴를 보내면 그들이 진나라에 돌아가서 다시 오지 않을까 두려웠다. 그래서 주작과 형괴 대신에 식작과 곽최를 딸려보내기로 했다.

"너희는 과인을 모시듯 난영 장군을 잘 모시고 갔다 오너라."

이에 대부 석귀보는 식작과 곽최와 함께 공족 중에서 뽑은 강씨를 데리고, 난영은 자기 종족들과 함께 여러 대의 온거에 나누어 탔다. 이리하여 그들 일행은 일제히 진나라 곡옥 땅을 향해 떠났다. 그후 난영 일행은 온거 안에서 옷을 바꿔입고 석귀보 일행과 작별한 뒤 곡옥 땅에서 내렸다.

그날 한밤중에 난영은 곡옥성으로 들어가서 곧장 대부 서오가 거처하는 관가의 대문을 두드렸다.

서오는 이 밤중에 어떤 사람이 와서 문을 두드리나 이상히 생각하면서 문을 열고 나가봤다. 서오는 문밖에 난영이 서 있는 걸 보고 눈이 휘둥그레졌다.

"주인이 어찌 이곳에 오셨소?"

난영이 조그만 소리로 급히 대답한다.

"속히 나를 밀실로 안내해주오. 이야기는 들어가서 하겠소."

서오는 난영을 깊숙한 밀실로 데리고 들어갔다. 난영이 서오의 손을 잡고서 무엇인가 말할 듯하더니 말은 못하고 눈물만 흘린다.

서오가 묻는다.

"주인이 나와 상의할 일이 있다면 울지 말고 어서 이야기나 들려주시오."

난영이 눈물을 씻고 말한다.

"대부도 알다시피 나는 범씨, 조씨 등 모든 대부에게 모함을 당해서 조상 제사도 받들지 못하고 그간 제나라에 망명해 있었소. 이번에 제후齊侯가 나의 억울한 신세를 불쌍히 생각하고 나를 이곳으로 보내준 것이오. 내 뒤를 따라 곧 제군齊軍이 올 것이오. 이런 때에 그대가 곡옥 땅의 군사를 일으켜 나와 함께 강주성을 친다면, 제군이 바깥에서 우리를 원조할 것인즉 쉽사리 안으로 들어갈 수 있을 것이오. 일단 들어가서는 그간 나를 모함한 악당들부터 숙청하고, 상감을 받들어 제나라와 친목하면 우리 난씨는 다시 일어날 수 있소. 이제야 그 좋은 기회가 온 것이오. 자, 대부는 나를 도와주오."

서오가 대답한다.

"우리 진나라는 나날이 강대해지고, 또 범씨·조씨·지씨智氏·순씨荀氏 들이 모두 단결하고 있소. 우리가 요행수만 믿다가 결국 역적 누명이나 쓰게 되면 어찌하려오?"

난영이 대답한다.

"내가 거느리고 있는 천하장사 독융 한 사람만으로도 가히 일군一軍쯤은 당적해낼 수 있소. 또 이번에 내가 데리고 온 식작과 곽최는 다 무서운 제나라 장수들이오. 게다가 나의 친척인 난낙欒樂과 난방欒魴은 천하 명궁名弓들이오. 제아무리 진나라가 강하다 할지라도 우리는 두려울 것이 없소. 또한 지난날에 내가 하군에서 위강魏絳의 보좌로 있었을 때 위강의 손자 위서는 아쉬운 일이 있을 때마다 내게 부탁했고, 나는 그의 청이라면 아무리 어려운 일이라도 다 주선해줬소. 그래서 위서魏舒는 항상 나에게 그 은혜를 갚겠다고 했소. 내가 기별만 하면 위서는 성안에서 우리와 내응해줄 것이오. 이만하면 일은 이미 십중팔구는 성공한 거나 진배없소. 그런데도 거사해서 성공 못할 리 있겠소?"

서오가 말한다.

"어쨌든 내일이라도 이곳 인심부터 알아본 후에 일을 시작합시다."

이리하여 난영과 그 일행은 서오가 사는 관가의 밀실에서 묵게 되었다.

이튿날 서오가 여러 관속官屬에게 말한다.

"나는 요즘 며칠 동안 밤마다 꿈에 헌공獻公 당시 억울하게 세상을 떠나신 세자 신생申生을 뵈었다. 그래서 세자 신생의 억울한 영혼을 위로하기 위해 제사를 지낼 생각이다."

이에 서오는 곡옥 땅에 있는 세자 신생의 사당에 제사를 지냈다. 그리고 모든 관속에게 제사지낸 음식을 대접했다.

이때 난영은 벽 뒤에 숨어서 세자 신생의 영혼을 위로하는 음악을 연주했다. 서오가 벽을 향해 음악을 멈추게 하고, 모든 관속을 둘러보며 탄식한다.

"참으로 세자 신생은 원통히 세상을 떠나신 분이다. 우리가 어찌 저 음악을 차마 들을 수 있으리오."

모든 관속도 다 슬피 탄식했다.

그제야 서오가 푸념한다.

"임금 이외에는 모두 신하며, 신하 된 사람은 다 마찬가지라. 난씨로 말할지라도 대대로 이 나라에 큰 공로가 있었건만 애매한 모함을 받아 국외에 추방됐으니, 어찌 세자 신생의 신세와 다를 것이 있으리오."

모든 관속이 일제히 묻는다.

"전번에 난씨가 국외로 추방된 데 대해선 이 나라 모든 사람들이 분개하고 있습니다. 장차 난영이 돌아올 수 있을지요?"

서오가 되묻는다.

"만일 난씨의 자손 난영이 지금 이곳에 있다면, 너희는 어떤 태도를 취하겠느냐?"

모든 관속이 대답한다.

"만일 난영이 이곳에 있다면 우리는 그를 주인으로 삼고 전력을 기울여 돕겠습니다. 우리는 난영을 돕다가 죽는대도 후회하지 않을 것입니다."

좌중엔 너무 흥분한 나머지 흐느껴 우는 자도 있었다. 서오가 정중히 좌중을 둘러본다.

"모두 슬퍼 마라. 난영이 여기 있다."

서오의 말이 끝나자 병풍 뒤에서 난영이 뛰어나왔다. 그는 모든 사람에게 너부시 절을 했다.

"이 몸이 다시 진나라 도읍 강주絳州에 돌아갈 수만 있다면 곧장 죽어도 눈을 감겠습니다. 여러분은 이 원통한 사람을 도와주오."

모든 사람이 열렬히 종군하겠다고 자원했다.

이날 그들은 앞날을 위해서 술을 마시고 흩어졌다.

이튿날 난영은 곡옥 상인商人에게 밀서를 주어 강주에 있는 위서魏舒에게 보냈다.

원래 위서도 범씨와 조씨가 난씨 일족을 추방한 데 대해서 너무 지나친 처사라고 분개했다. 위서는 밀서를 받아보고 즉시 답장을 써서 난영에게 보냈다. 그 내용은 자기 소속 군사를 거느리고 내응하겠다는 것과, 곡옥 땅 군사가 쳐들어오기만을 기다리겠다는 것이었다.

난영은 위서의 답장을 받고 환영했다. 이에 서오는 곡옥 땅의 군사를 일제히 일으켰다. 모두 합쳐보니 220승의 병력이었다.

마침내 난영은 곡옥군曲沃軍을 거느리고 강주성으로 출발했다. 난씨 일족 중에서 싸울 수 있는 자는 다 따라나섰다. 다만 늙고 병약한 자만 곡옥 땅에 남았다. 독융은 선봉이 되고, 식작과 난낙은 우대장右隊將이 되고, 곽최와 난방은 좌대장左隊將이 되었다.

곡옥군이 곡옥 땅을 떠난 것은 황혼 무렵이었다. 곡옥 땅에서 강주까지의 거리는 불과 60여 리였다.

곡옥군은 해 뜨기 전에 강주성으로 물밀듯이 들이닥쳤다. 그들은 즉시 성곽을 부수고 곧 남문으로 육박해갔다.

강주성 안의 사람들은 그야말로 자다가 날벼락을 맞은 격이었다. 약간의 군사들이 허둥지둥 성문 위로 올라갔으나 뜻하지 않은 공격에 대비할 만한 아무런 준비도 없었다.

불과 한식경도 못 되어 독융은 성을 쳐부수고 곡옥 군사를 거느리고서 성안으로 들어갔다. 곡옥군은 무인지경처럼 강주성 안으로 들어갔다.

이때 범개는 아침 식사를 막 마친 후였다. 악왕부樂王鮒가 헐레 벌떡 뛰어들어와서 고한다.

"난영이 군사를 거느리고 이미 남문까지 들어왔다고 합니다."

범개는 깜짝 놀라 즉시 아들 범앙을 불렀다.

"속히 군사를 소집하고 적을 막아라!"

악왕부가 곁에서 말한다.

"사세가 매우 급합니다. 대감은 속히 상감을 모시고 고궁固宮 으로 피하십시오. 그래야만 우선 급한 것을 면할 수 있습니다."

고궁이란 진문공晉文公 때 공궁公宮 동쪽에다 따로 신축한 궁의 이름으로, 뜻밖의 변란이 일어났을 때 피하기 위해서 지은 것이었 다. 그 넓이는 10리가 넘고 안에 궁실宮室과 대관臺觀이 있었다. 또한 고궁 안에는 많은 곡식이 쌓여 있고, 진나라 방방곡곡에서 뽑아온 장사 3,000명이 늘 지키고 있었다. 게다가 궁 바깥엔 참호 가 둘러져 있고 담은 아주 높았다. 실로 견고한 궁이었다. 그래서 고궁이라고 했다.

범개는 무엇보다도 혹 난영의 입성入城에 내응하는 자가 있지 나 않을까 근심했다.

악왕부가 말한다.

"모든 대부가 난영을 미워하지만, 이럴 때 마음을 놓을 수 없는 것은 위씨魏氏입니다. 대감은 속히 사람을 보내어 상감의 명령이 라 속이고서 우선 위서를 불러들이십시오."

범개가 역시 머리를 끄덕이면서 범앙에게 분부한다.

"그럼 우선 네가 가서 위서를 데리고 오너라."

그러고는,

"어서 속히 수레를 대령시켜라!"

하고 시종배에게 재촉했다.

악왕부가 또 말한다.

"이 일을 사람들에겐 널리 알리지 말고 상감만 고궁으로 모셔야 합니다. 혹 인심이 변할지도 모릅니다."

이때 진평공은 외가外家에 초상이 나서 상중喪中이었다. 그래서 범개와 악왕부는 속엔 갑옷을 입고 겉에는 여인의 상복을 입고서 부인처럼 가장했다. 그런 후에 그들은 수레를 타고 내궁內宮으로 들어갔다.

그들은 아무도 모르게 진평공에게만 사태의 진상을 아뢰었다. 이에 진평공도 다른 사람에겐 내색하지 않고 산책 나가듯이 고궁으로 거처를 옮겼다.

한편, 위서의 집은 원래 강주성 북쪽에 있었다. 범앙은 초거輅車를 급히 달려 위서의 집으로 갔다. 위서의 집 문 앞엔 이미 수레와 군사들이 늘어서 있었다. 위서는 벌써 전복戰服을 입고 수레에 올라타고서 난영을 영접하기 위해 막 떠나려던 참이었다.

범앙은 급히 수레에서 내렸다. 범앙이 위서가 타고 있는 수레 앞에 가서 말한다.

"난영이 반란군을 거느리고 성안으로 쳐들어왔소. 상감도 이미 고궁으로 거처를 옮겼소이다. 지금 우리 부친과 모든 대신이 다 고궁에 모여 있소. 상감께서 그대를 부르시니 나와 함께 속히 갑시다."

순간 위서는 당황했다. 위서가 미처 대답도 하기 전이었다. 범앙은 소리도 없이 몸을 날려 위서가 타고 있는 수레 위로 뛰어올랐다. 범앙은 번개같이 오른손에 칼을 뽑아들고, 왼손으론 위서의 띠를 움켜잡았다. 위서는 감히 소리도 지르지 못했다.

범앙이 어자御者에게 호령한다.

"속히 수레를 몰아라!"

어자가 묻는다.

"어디로 가리이까?"

범앙이 추상같이 호령한다.

"동쪽 고궁으로 수레를 몰아라!"

마침내 수레는 동쪽을 향해 달렸다.

# 기양杞梁의 높은 충용忠勇

범개范匃는 위서魏舒를 데리고 오도록 아들 범앙范軮을 보낸 후, 도무지 마음이 놓이지 않아 친히 성 위에 올라가서 바라보았다.

저편 서북쪽에서 수레 한 대가 달려오고 있었다. 그는 그 수레 위에 자기 아들과 위서가 함께 타고 있는 걸 보고서야 안심했다.

"난씨 일족은 머지않아 망할 것이다."

범개는 즉시 수레가 들어올 수 있도록 궁문을 열어주라고 분부했다. 범개 앞에 끌려들어간 위서는 이미 안정을 잃은 상태였다. 범개가 반가이 위서의 손을 덥석 잡으며 말한다.

"어떤 사람은 나에게 장군과 난씨가 가까운 사이니 주의하라고 합디다. 그러나 나는 장군이 결코 그런 분이 아니란 것을 믿고 있소. 장군이 나를 도와 함께 난씨를 쳐부수는 날에는, 내 상감께 여쭈어 곡옥 땅을 장군에게 하사하도록 하겠소."

위서는 이 한마디로 범개의 수단에 떨어지고 말았다. 그는 그저 예예 하며 응낙했다.

이에 범개와 위서는 함께 진평공에게 가서 적을 격파할 계책을 의논했다. 이윽고 조무趙武·순오荀吳·지삭智朔·한무기韓無忌·한기韓起·기오祁午·양설적羊舌赤·양설힐羊舌肹·장맹적張孟耀 등 신하들이 계속 들어왔다. 그들은 모두 각기 병거와 군사를 거느리고 왔기 때문에 그 형세가 자못 컸다.

원래 고궁固宮은 앞뒤로 문이 둘뿐이었다. 조무와 순오의 군사는 남쪽 관문을 이중으로 지키고, 한무기와 한기 형제는 북쪽 관문을 이중으로 지키고, 기오와 그외 여러 사람들은 고궁 주위를 돌아다니며 지키고, 범개와 범앙 부자는 좌우로 진평공을 모셨다.

한편 난영은 마침내 강주성絳州城 안으로 들어오긴 했으나, 약속한 대로 위서가 군사를 거느리고 나와 영접해주지 않아서 여러모로 의심이 났다. 그래서 난영은 군사를 일단 시정市井 어귀에 머물게 하고 세작細作을 보내어 상황을 알아오게 했다.

얼마 후에 세작이 돌아와서 보고한다.

"상감은 이미 고궁으로 드시고, 모든 문무백관들도 고궁으로 따라 들어갔다고 합니다. 그리고 위서 또한 고궁으로 들어갔다고 합니다."

난영이 펄펄뛴다.

"위서란 놈이 나를 속였구나! 내 그놈을 만나기만 하면 단칼에 목을 쳐죽이리라."

그러고는 독융督戎의 등을 쓰다듬으면서 속삭인다.

"곧 가서 고궁을 공격하되 조심하고 조심하오. 내 장차 부귀를 그대와 함께 누리리라."

독융이 대답한다.

"저는 군사 반을 거느리고 혼자서 남쪽 관문을 치겠습니다. 주인은 나머지 군사를 거느리고 모든 장수와 함께 북쪽 관문을 치십시오. 누가 먼저 고궁으로 들어가나 봅시다."

이때 제나라 장수 식작殖綽과 곽최郭最는 비록 난영을 도우려고 따라왔지만, 어찌 자기 나라나 자기 일처럼 전력을 기울일 리 있으리오. 더구나 제장공齊莊公이, 난영이 제나라로 망명 올 때 데려온 장수 주작州綽과 형괴邢蒯를 사랑하기 시작한 이후부터 그들의 지체는 점점 떨어졌던 것이다. 그래서 제나라 장수 식작과 곽최는 실상 난영을 그다지 탐탁하게 생각지 않았다.

또 난영은 늘 입버릇처럼 독융의 용기만 칭찬하고 식작과 곽최는 거들떠보지도 않았다. 이에 식작과 곽최 등 제나라 장수들은 이번 일에 흥미를 잃었다. 어느 쪽이 이기든 간에 구경이나 하자는 배짱이어서 매사에 힘을 쓰지 않았다. 난영이 믿는 사람도 실상 독융 한 사람뿐이었다.

이에 독융은 두 손에 쌍극雙戟을 들고 수레를 달려서 고궁의 남쪽 관문을 쳤다.

독융의 늠름한 위풍과 등등한 살기는 마치 흑살신黑殺神이 하강한 듯했다. 진나라 관군은 원래 독융의 용맹을 잘 알고 있는 터라 그를 한번 보자 모두 간담이 서늘해졌다. 조무는 비록 적이지만 독융의 씩씩한 모습을 바라보고 감탄했다.

이때 조무의 부하 중에 두 용장勇將이 있었다. 그들은 해옹解雍, 해숙解肅 형제로 둘 다 장창長槍을 잘 쓰기로 유명했다. 두 형제는 주장主將인 조무가 독융을 바라보며 감탄하는 걸 보고서 불쾌했다.

"독융이 비록 용맹하다지만, 제깐 놈이 대가리가 셋이 있다거나 팔이 여섯 개 달린 것은 아닐 것입니다. 우리 형제가 일지병一

枝兵을 거느리고 관문 밖에 나가서 당장 독융을 사로잡아오겠습니다."

조무가 대답한다.

"그대들은 조심하고 조심하여라. 결코 적을 가벼이 봐서는 안된다."

이에 두 장수가 나는 듯이 병거를 달려 관문 밖으로 나가면서 큰소리로 외친다.

"너는 바로 독융 장군이 아니냐! 너 같은 영웅이 역적 놈을 돕다니 참으로 안타깝다. 속히 귀순하라. 그러면 불행이 변하여 복이 되리라."

독융이 몹시 분개하여 군사들에게 분부한다.

"속히 참호를 메우고 쳐들어가거라."

군사들은 돌을 나르며 참호를 메우기에 바빴다.

성급한 독융은 더 기다리지를 못해 쌍극을 짚고 외마디 소리를 지르며 몸을 솟구쳐 단번에 참호를 뛰어넘었다. 이에 해옹과 해숙 형제는 깜짝 놀랐다.

두 형제는 장창을 바로잡고 독융에게 덤벼들었다. 독융은 두 손에 쌍극을 나누어 잡고 춤추듯이 싸웠다. 그는 두 사람을 상대로 싸우건만 조금도 두려워하는 기색이 없었다.

독융이 내리치는 극戟에 해옹이 탄 병거의 말이 등을 맞고 뼈가 으스러져서 쓰러졌다. 해숙이 달려와 장창으로 독융을 찔렀다. 그러나 독융은 날쌔게 몸을 피하며 극으로 장창을 내리찍었다. 해숙의 장창은 두 동강이 나버렸다. 이에 해숙은 병거를 급히 돌려 달아났다.

말이 쓰러지는 바람에 병거와 함께 쓰러진 해옹은 황망히 일어나려고 했다. 그러나 이미 때는 늦었다. 독융은 일어나려는 해옹을 극으로 단번에 찍어죽였다.

독융은 몸을 돌려 달아나는 해숙의 뒤를 쫓았다. 해숙은 북쪽 관문으로 달려가다가 너무나 황급해서 담 위에서 내려주는 줄을 타고 다람쥐처럼 기어올라갔다.

해숙을 놓친 독융은 성난 사자처럼 죽어자빠진 해옹에게 다시 가려고 했다. 그러나 그땐 이미 관군이 해옹의 시체를 끌고 궁 안으로 들어간 후였다. 독융이 더욱 분을 참지 못해 극을 짚고 부르짖는다.

"한두 놈은 귀찮기만 하다. 모두 한꺼번에 몰려나오너라. 간단히 승부를 결정짓자!"

그러나 관문을 나오는 자는 한 사람도 없었다. 이에 독융은 군사를 거느리고 본영으로 돌아갔다. 그리고는 군사들에게 분부했다.

"내일은 반드시 관문을 쳐부숴야 한다."

한편 고궁에선 죽은 해옹의 염을 마쳤다.

조무가 애석해한다.

곁에서 해숙이 말한다.

"내일 소장小將이 다시 나가 독융과 싸워서 기필코 형님의 원수를 갚겠습니다. 원수와 함께 사느니보다 차라리 죽는 편이 낫습니다."

순오荀吳가 조언한다.

"나의 부하 모등牟登은 이제 늙었지만, 그의 아들 모강牟剛과 모경牟勁은 다 천근의 무게를 들어올리는 장사들이오. 지금 그들은 상감을 시위侍衛하고 있소. 오늘 밤에 모등을 시켜 그 두 아들을 불러오게 할 작정이오. 내일 세 사람이 함께 나가서 싸우면 독융을 이길 수 있을 것이오."

조무가 대답한다.

"그거 참 좋은 생각이오."

그날 밤에 순오는 이 일을 부탁하려고 친히 모등에게 갔다. 모등은 두 아들을 싸움에 내보내기로 응낙했다.

이튿날이었다. 모강과 모경이 조무에게 왔다. 조무가 본즉 과연 그들 형제는 신체가 건장하고 기상이 씩씩했다.

조무가 그들 형제에게 간곡히 부탁한다.

"해숙과 함께 관문 밖에 나가서 꼭 이기고 오기를 바란다."

한편, 독융은 새벽부터 군사를 거느리고 와서 참호를 다 메우고 바로 관문 앞에 나아가 싸움을 걸었다. 이윽고 관문이 열리면서 세 장수가 달려나왔다.

독융이 달려나오는 세 장수를 보고 부르짖는다.

"죽는 것이 무섭지 않거든 한꺼번에 덤벼들어라!"

세 장수는 대답 없이, 하나는 장창을 잡고 나머지 둘은 큰 칼을 휘두르며 독융에게 달려들었다. 독융은 조금도 두려워하는 기색이 없고, 도리어 전신에서 살기가 이글이글 끓어올랐다.

독융은 병거에서 뛰어내려 쌍극을 빙글빙글 돌리며 춤을 추었다. 그 극으로 후려치면 천근 무게가 떨어지는 것이었다.

왁자지끈! 무엇인지 크게 부서지는 소리가 났다. 순간 모경의 병거 바퀴가 독융의 극에 맞아 부서져 날아갔다. 순간 모경은 가벼이 병거 위에서 뛰어내렸다. 이를 본 모강이 독융에게 달려들었다. 그러나 가까이 접근할 수가 없었다. 독융이 휘두르는 쌍극은 마치 큰 수레바퀴가 눈부시게 휘도는 것 같았다.

늙은 장수 모등이 이 광경을 보고 두 아들을 향해 부르짖는다.

"경솔히 덤벼들지 말아라!"

동시에 관문에서 금金을 울리는 소리가 났다. 모등은 친히 뛰어나가 아들 형제와 해숙을 데리고 돌아왔다. 그러자 독융은 군사를 휘몰고 일제히 관문을 공격했다. 관문 위에서 돌과 화살이 빗발치듯 쏟아져내려왔다. 독융의 군사들은 많이 상하고 쓰러졌다. 그러나 독융은 추호도 동요하지 않았다. 참으로 그는 용맹무쌍한 장수였다.

그러니 조무와 순오는 이틀을 연달아 진 셈이었다. 그제야 그들은 범개에게 사람을 보내어 이 사실을 보고했다.

범개가 초조히 탄식한다.

"한낱 독융을 이기지 못하고서야 어찌 난영의 군사를 무찌를 수 있으리오."

그날 밤 범개는 촛불을 밝힌 채 잠을 이루지 못했다. 그 곁에서 노예 한 사람이 범개를 모시고 있었다. 그 노예가 머리를 조아리며 묻는다.

"원수元帥께서 잠을 이루지 못하고 고민하시는 것은 독융 때문이 아닙니까."

그 노예의 성은 비斐이며 이름은 표豹였다. 원래 비표는 도안가屠岸賈의 수하에 있던 장수 비성斐成의 아들이었다. 그래서 도안가 일당이 몰락당했을 때 비표도 관직을 삭탈당하고, 이제 노예 신세로 중군中軍에 소속되어 있었다.

범개가 비표의 말을 기특히 여기고 묻는다.

"네게 독융을 이길 수 있는 좋은 계책이라도 있느냐? 그렇다면 내 마땅히 큰 상을 주리라."

비표가 대답한다.

"소인의 이름은 노예 명부에 올라 있기 때문에 비록 하늘을 찌를 만한 뜻이 있다 해도 출세할 도리가 없습니다. 만일 원수께서 노예 명부에서 소인의 이름만 지워주신다면, 소인은 반드시 독용을 죽여 원수의 높은 은혜에 보답하겠습니다."

범개가 응낙한다.

"네가 독용을 죽일 수만 있다면 상감께 여쭈어 너에 관한 명부와 문서를 다 불살라버리고, 너에게 중군 아장牙將 자리를 주겠다."

"원수께선 공연히 소인놈에게 신용을 잃지 마십시오."

"내가 신용 없는 말을 한다면 우선 천지신명이 나를 용서하지 않을 것이다. 그건 염려 말고 너에게 병거와 군사를 얼마나 주면 되겠느냐?"

비표가 대답한다.

"지난날 독용이 이곳 강주성에 있었을 때부터 소인은 그와 잘 아는 사이입니다. 소인은 그와 늘 내기를 걸고 씨름을 했습니다. 원래 독용은 자기 용기만 믿고 성미가 조급해서 오로지 단독으로 싸우기를 좋아합니다. 그러므로 소인이 병거와 군사를 거느리고 나가면 안 됩니다. 소인에겐 혼자 관문 밖에 나가서 독용을 사로잡아올 계책이 이미 서 있습니다."

범개가 묻는다.

"네가 한번 나가기만 하면 돌아오지 않고 어디로 달아날 작정이 아니냐?"

비표가 웃으며 대답한다.

"소인에겐 늙은 어머니가 계신데 올해 연세가 일흔여덟이십니다. 그리고 어린 자식과 아름다운 아내도 있습니다. 어찌 죄인의 몸으로서 또 죄를 저질러 불충불효한 자가 되려고 하겠습니까? 만일 다른 생각을 품고 있다면 우선 천지신명이 소인을 결코 용서하지 않을 것입니다."

범개는 비표에게 술과 음식을 주어 위로하고 투구와 갑옷 한 벌을 내줬다.

이튿날이었다.

비표는 속에 갑옷을 입고 겉엔 연포練袍를 입고, 머리엔 위변韋弁을 쓰고, 발엔 마구麻屨를 신고, 허리엔 날카로운 칼 한 자루를 감추고, 손엔 무게가 52근이나 나가는 동추銅鎚를 들고 범개에게 하직 인사를 드렸다.

"소인은 이제 싸우러 나갑니다. 이번에 독융을 죽이면 돌아올 수 있지만, 그렇지 못할 경우엔 독융의 손에 죽고 맙니다. 결코 이 하늘 아래 소인과 독융이 함께 살지는 못할 것입니다."

범개가 정중히 대답한다.

"내 마땅히 친히 가서 그대가 싸우는 모습을 지켜보리라."

범개는 수레를 타고 비표는 준마를 타고 함께 남쪽 관문으로 갔다.

조무와 순오가 범개를 영접하고 말한다.

"독융은 실로 놀라운 영웅입니다. 우리 나라 무서운 장수들이 이틀을 싸웠으나 다 그에게 무참히 패했습니다."

범개가 대답한다.

"오늘은 비표가 단신으로 나가서 싸울 것이오. 우리는 상감의 천복天福을 빕시다."

범개의 말이 끝나자마자, 관문 밖에서 싸움을 거는 독융의 목소리가 쩌렁쩌렁 울렸다.

비표가 관문 위에 엎드리고 있다가 머리를 내밀며 소리친다.

"독융은 이 비표를 알아보겠는가?"

독융이 머리를 들어 비표를 보고 대답한다.

"비표는 생사를 걸고 나와 한번 싸워볼 각오가 되어 있느냐?"

비표가 대답한다.

"다른 사람은 너를 무서워하지만 나는 무섭지 않다. 너의 군사와 병거를 뒤로 물러서게 할 생각은 없느냐? 나와 너 단둘이서 목숨을 걸고 한번 싸워보자. 그래야만 누가 이기든 간에 후세에나마 대장부의 이름을 남길 수 있다!"

독융이 쾌히 응낙한다.

"네 말이 꼭 내 뜻과 같다. 자, 그러기로 하자!"

독융은 거느리고 온 군사를 멀리 물러서게 했다.

마침내 관문이 열리고 비표가 혼자서 걸어나왔다. 두 사람은 관문 앞에서 20여 합을 싸웠으나 승부가 나질 않았다.

비표가 싸우다 말고 문득 말한다.

"내가 오줌이 마려우니 잠시 손을 멈춰라."

독융이 대답한다.

"오냐, 속히 급한 일을 마치고 오너라!"

비표는 이미 서쪽 빈터 일대에 단장短牆이 둘러져 있는 걸 계산에 넣고 있었다. 순간 그는 휙 돌아서서 그 빈터를 향해 뛰었다.

독융이 비표를 뒤쫓아가며 큰소리를 부르짖는다.

"이놈, 어디로 달아나느냐!"

이때 관문 위에서 내려다보고 있던 범개 · 조무 · 순오 등은 비표가 쫓겨 달아나는 걸 보고 일시에 당황했다. 아무도 비표의 계책을 몰랐던 것이다.

달아나던 비표는 일순 몸을 날려 단장을 붙들고 그 안으로 뛰어넘어갔다.

독융은 비표가 단장 안으로 넘어가는 걸 보고서 곧 그 뒤를 쫓아 단장을 넘었다. 그는 비표가 앞에 있을 줄로만 알았지 바로 자기 뒤의 큰 나무에 숨어 있는 줄은 몰랐다.

독융이 앞으로 나서려던 순간이었다. 나무 뒤에 숨어 있던 비표가 번개같이 내달아 52근이나 되는 동추로 독융의 뒷머리를 후려 갈겼다. 으악! 소리와 함께 독융의 머리는 깨져 뇌장腦漿이 쏟아져 나왔다.

참으로 무서운 광경이었다.

독융은 고꾸라지면서 번개같이 손으로 자기 오른편 다리를 탁 치며 소리도 없이 발딱 일어나 비표의 앞가슴을 움켜잡았다. 순간 비표는 허리춤에 감춰둔 칼을 뽑아 독융의 목을 쳤다. 독융의 목이 떨어진 것과 비표의 갑옷 자락이 떨어져나간 것은 동시였다.

비표는 땅바닥에 떨어진 독융의 목을 상투째 주워들고 다시 단장을 뛰어넘어 나갔다.

관문 위의 범개 등 모든 장수들은 독융의 목을 들고 나타난 비표를 바라보고 그제야 비로소 한숨을 몰아쉬었다.

이에 관문이 열리고 해숙解肅과 모강牟剛이 군사를 거느리고 내달아가 난군欒軍을 무찔렀다.

독융을 잃은 난군은 대패하여 반은 죽고 반은 항복했다. 달아난 자라고는 열에 한두 명 꼴이었다.

범개가 땅에 술을 뿌리며 하늘을 우러러 외친다.

"이는 우리 진나라 임금의 복이시로다!"

범개는 친히 술을 따라 비표에게 권했다. 그리고 비표를 데리고 진평공에게 갔다.

진평공이 비표에게 병거 1승을 하사하고, 사관史官을 불러 분부한다.

"비표를 공적功績 제일第一로 기록하여라."

잠연潛淵이 시로써 이 일을 읊은 것이 있다.

독융의 무서운 힘은 세상에 둘도 없었는데
노예가 그 적수일 줄이야 뉘 알았으리오.
비로소 알지니, 사람을 쓸 때에 신분과 지체만 따지지 마라
상류 계급이라고 다 훌륭한 것은 아니다.
督戎神力世間無
敵手誰知出隷夫
始信用人須破格
笑他肉食似雕瓠


한편, 난영은 군사를 거느리고 북쪽 관문을 공격했다. 그러면서 독융으로부터 남쪽 관문을 격파했다는 소식이 오기만을 고대했다.

난영이 부하들에게 말한다.

"이럴 때 독융 같은 사람이 한 명만 더 있어도 이런 고궁固宮쯤 함몰시키는 데 무엇을 근심하리오."

이 말을 듣자 식작이 곽최의 발을 슬쩍 밟았다. 곽최는 식작에게 눈짓으로 대답했다. 두 사람은 머리를 숙이고 각기 소리 없이 냉소했다.

다만 난낙欒樂과 난방欒魴만이 공로를 세우려고 관군의 시석矢石(옛날 전쟁에서 무기로 쓰인 화살과 돌)을 무릅쓰며 용감히 싸웠다.

한편 고궁 북쪽 관문을 맡은 한무기韓無忌와 한기韓起는 그간 난군에게 여러 번 패했기 때문에 나가서 싸우지 않고 그저 굳게

지키기만 했다.

공격을 시작한 지 사흘째 되던 날이었다. 난영은 비로소 남쪽 관문을 치던 독융이 죽었다는 것과 군사들이 완전히 패했다는 보고를 받았다. 난영은 눈앞이 캄캄해졌다.

난영은 어찌할 바를 몰라 이때야 비로소 제나라 장수 식작과 곽최에게,

"장차 이 일을 어찌하면 좋겠소?"

하고 물었다.

식작과 곽최가 비웃는다.

"독융도 이기지 못했는데 우린들 무슨 수가 있겠소?"

난영은 하염없이 울기만 했다.

난낙이 말한다.

"이러고 있을 때가 아닙니다. 우리는 오늘 밤 사느냐 죽느냐를 결판내야 합니다. 모든 군사를 북문에 모으고 밤 삼경三更이 지난 뒤에 일제히 소거輼車에 올라 관문을 불살라버리면 고궁 안으로 쳐들어갈 수 있습니다."

이에 난영은 눈물을 거두고 난낙의 말대로 비상 수단을 쓰기로 결심했다.

한편, 진평공은 모든 신하와 함께 술을 마시며 독융의 죽음을 기뻐했다. 한무기와 한기도 와서 진평공에게 술을 따라 바치고 축하했다. 신하들은 밤 이경二更까지 술을 마시다가 돌아갔다.

한무기와 한기가 북쪽 관문으로 돌아가서 군사들의 점호를 마쳤을 때였다. 문득 바깥에서 병거들이 달려오는 소리가 진동했다.

순식간에 난군亂軍은 풍우처럼 달려와 관문 높이만한 소거 위로 올라가서 일제히 화전火箭을 쏘았다. 화전은 마치 메뚜기 떼처

럼 날아올라 관문을 태우기 시작했다. 관문 안의 관군官軍은 맹렬한 불길 때문에 어찌해볼 도리가 없었다.

드디어 난낙이 앞장서서 쳐들어가고 난방이 그 뒤를 따라들어갔다. 난군은 마침내 외관문外關門을 점령했다.

이에 한무기 등은 달아나듯 쫓겨들어가 내관문內關門을 지켰다. 그리고 곧 범개에게 사람을 보내어 위급한 사태를 보고하고 구원을 청했다. 이 급한 보고를 받고 범개가 즉시 분부한다.

"위서魏舒는 남쪽 관문에 가서 지키고, 대신 그곳에 있는 순오를 북쪽 관문으로 보내어 한무기를 돕도록 전하여라."

범개는 진평공을 모시고 대臺 위에 올라가서 북쪽을 바라보았다. 난군은 북쪽 외관문 일대에 가득 모여 있었다. 그런데 웬일인지 고요할 뿐 아무 소리도 들리지 않았다.

범개가 다시 분부한다.

"이건 적에게 필시 무슨 계책이 있기 때문이다. 즉시 한무기에게 가서 내관문만은 무슨 일이 있어도 적에게 뺏기지 말라고 전령傳令하여라."

아니나 다를까, 얼마간 시간이 지나자 난군은 또 개미 떼처럼 소거 위로 올라가서 이번엔 내관문에다 화전을 쏘았다. 그러나 이미 내관문엔 우피牛皮로 만든 장막이 둘러쳐져 있었다. 더구나 물에 불은 우피 장막이기 때문에 불이 붙지를 않았다.

난군과 진군은 밤이 새도록 일대 공방전을 계속했다. 이윽고 동쪽으로 해가 뜨자 서로 싸움을 멈추고 잠시 휴식 상태에 들어갔다.

범개가 심각히 걱정한다.

"만일 도적의 무리를 속히 물리치지 못하면, 분명 이번 기회에 제나라가 우리 나라로 쳐들어올 것이다. 그러면 우리 진나라는 큰

일이다."

범개가 자기 아들 범앙에게 명령을 내린다.

"너는 비표와 함께 일지군을 거느리고 남쪽 관문을 빠져나가 북문으로 돌아가서 적의 배후를 쳐라. 한무기와 한기에겐 그냥 북쪽 내관문을 지키게 하고, 다만 순오와 모강에게 일지군을 거느리고 내관문 밖으로 나가서 정면으로 적과 싸우도록 일러라. 너와 순오는 동시에 앞뒤로 적을 협공해야 한다. 그리고 조무와 위서는 만일을 위해서 자리를 뜨지 말고 남쪽 관문만 굳게 지키도록 하라."

그런 후에 범개는 싸움을 보기 위해서 진평공을 모시고 다시 대위로 올라갔다.

범앙이 떠나면서 아버지 범개에게 청한다.

"소자는 아직 젊고 경험이 적으니 중군의 기旗와 북을 빌려주시면 한결 든든하겠습니다."

범개는 아들의 청을 허락했다.

이에 범앙은 병거에다 중군기中軍旗를 꽂고 남쪽 관문을 빠져나갔다. 범앙이 난군의 배후를 치려고 북문으로 달려가면서 부하들에게 명령한다.

"오늘 싸움엔 다만 진격이 있을 뿐 후퇴란 있을 수 없다. 만일 우리가 지면 누구보다 내가 먼저 칼로 목을 치고 자결할 결심이다. 나는 제군諸君만 죽이지는 않겠다!"

이 말을 듣고 범앙을 따르는 군사들은 다 용기백배했다.

한편 순오는 범개의 장령將令을 받고 군사들을 배불리 먹인 후 전투 준비를 갖추었다.

이윽고 외관문 안까지 들어와 집결해 있던 난군이 갑자기 혼란해지면서 허둥지둥 흩어지기 시작했다.

순오는 범앙이 난군의 배후를 치고 있음을 알았다. 바로 기다리던 때가 온 것이다. 관군은 일제히 북을 울리며, 지금까지 지키기만 하던 내관문을 활짝 열어제쳤다.

이에 모강이 앞서나가고 그 뒤를 이어 순오가 나가고 군사들이 일제히 뒤따라 쏟아져나갔다.

한편, 난영도 관군이 안팎으로 협공하지나 않을까 하고 미리 준비하고 있었다. 난영이 명령을 내리자, 난방은 관군이 쏟아져나오지 못하도록 외관문 출구를 철엽거鐵葉車로 단단히 가로막아버렸다.

이에 순오와 모강은 내관문을 나왔으나 철엽거 때문에 외관문 바깥으로 나가지를 못했다.

이때 바깥에선 범앙이 난군의 배후를 쳤다. 난낙은 진나라 중군기를 꽂은 병거가 이리저리 내닫는 걸 보고서 깜짝 놀라 부하에게 분부한다.

"진나라 원수가 친히 출전하였나 보다! 속히 가서 자세히 살펴보고 오너라."

부하가 분부를 받고 간 지 얼마 뒤에 돌아와서 보고한다.

"중군 원수가 출전한 것이 아니라 소장군小將軍 범앙이 왔을 뿐입니다."

난낙이 그제야 안심한 듯,

"그렇다면 족히 염려할 것 없다!"

하고 활을 잡고 병거 위에 올라가서 좌우 군사들에게 분부한다.

"내 화살에 맞아 죽은 자를 끌어낼 수 있도록 올가미와 밧줄을 많이 준비하여라."

난낙은 관군 속으로 달려들어가면서 좌우로 마구 활을 쏘았다.

난낙이 쏘는 화살은 하나도 빗나가는 것이 없었다. 같은 병거에 탄 난영欒樂이 형인 난낙에게 말한다.

"형님, 그렇게 화살을 낭비하는 건 아깝습니다. 보잘것없는 것들을 많이 쏴죽이면 뭘 합니까?"

그제야 난낙은 활 쏘기를 그만두었다.

조금 지나서이다. 저편에서 한 떼의 관군이 달려온다. 그중에 한 장수가 위변韋弁을 쓰고 연포練袍를 입고 병거를 달려 휘몰아오는데, 그 용모가 매우 괴이했다.

난영이 급히 손가락으로 그 장수를 가리키며 난낙에게 말한다.

"저자가 바로 우리 독융 장군을 죽인 비표입니다. 형님, 저놈을 쏴죽이십시오."

난낙이 대답한다.

"잠깐만 기다려라. 저놈이 이쪽으로 100보쯤 가까이 오거든 그때 쏴죽이자."

바로 이때 관군 병거 한 대가 난낙이 탄 병거 옆으로 나는 듯이 달려 지나갔다. 난낙은 곧 그 병거에 범앙이 타고 있는 것을 봤다.

순간 난낙은 비표보다 먼저 범앙을 쏴죽이고 싶었다. 그는 지나간 병거를 뒤쫓으며 활을 들어 범앙을 쏘았다. 원래 난낙의 화살은 백발백중이었다. 그런데 웬일인지 화살이 빗나갔다.

범앙은 화살 한 대가 자기의 귀 밑을 스치고 지나가는 바람에 뒤를 돌아봤다. 난낙이 뒤쫓아오고 있었다.

범앙이 큰소리로 꾸짖는다.

"임금에게 반역한 역적놈아, 너의 죽음이 임박했거늘 감히 나를 쏘느냐!"

난낙은 아무 말 하지 않고 즉시 병거를 돌려 달아났다. 그가 무서워서 달아나는 것은 아니었다. 범앙을 유인하기 위해서였다. 가장 적당한 곳까지 유인해서 화살 한 대로 범앙을 쏴죽일 작정이었다.

그러나 누가 알았으리오.

그때 이 광경을 본 제나라 장수 식작과 곽최는 난낙이 범앙을 죽이기만 하면 큰 공을 세우겠기에 심술이 났다. 그래서 식작과 곽최는 자기네 앞을 달려 지나가는 난낙의 병거를 향해 큰소리로 외쳤다.

"이미 난씨는 패했소!"

이때 난낙의 병거를 몰던 어자가 이 소리를 듣고 놀라 머리를 들어 사방을 둘러보았다. 그 순간이었다. 전속력으로 달리던 난낙의 병거가 길 옆 커다란 회화나무[槐]를 들이받았다. 난낙의 병거는 큰소리를 내며 뒤집혔다.

크게 부서진 병거 밑에서 난낙이 겨우 정신을 수습하고 기어나왔다. 어느새 비표가 비호처럼 달려와 장창으로 난낙을 마구 찔러 죽였다. 난낙의 죽음은 너무나 비참했다.

그는 난씨족欒氏族 중에서 으뜸가는 장수였는데, 오늘날 회화나무 곁에서 죽을 줄이야 뉘 알았으리오. 참으로 운수라고 할 수밖에 없었다.

염옹이 시로써 이 일을 탄식한 것이 있다.


팔이 긴 난낙 장군은 활만 들면 백발백중이었는데
그 화살 한 대 때문에 영웅의 신세를 망쳤도다.
하늘이 이미 난씨 일족을 없앨 작정이시니
어찌 그에게 큰 공을 세우게 할 리 있으리오.

猿臂將軍射不空
偏教一矢誤英雄
老天已絶欒家祀
肯許軍中建大功


　난낙과 함께 타고 있던 난영欒榮은 병거가 회화나무를 들이받고 뒤집힐 때 날쌔게 뛰어내렸다. 그는 형 난낙을 구출할 여가도 없이 황급히 달아나 간신히 죽음을 면했다.

　이렇게 가장 중요한 때에 대사를 망쳐버리게 한 식작과 곽최는 제나라로 돌아가기가 난처했다. 그래서 식작은 위衛나라로, 곽최는 진秦나라로 달아났다.

　난영은 난낙이 죽었다는 소식을 듣고 하늘을 우러러 대성통곡했다. 군사들도 눈물을 흘리며 슬퍼했다.

　이제 난방欒魴은 더 싸울 수가 없었다. 그는 군사를 거두고 난영을 보호하며 남쪽으로 달아났다. 순오와 범앙은 군사를 합쳐 거느리고, 달아나는 난군의 뒤를 쫓았다. 난방은 달아나다 말고 지난날 곡옥 땅에서 거느리고 온 군사들과 함께 돌아서서 죽기를 각오하고 관군을 맞아 한바탕 싸워 무찔렀다. 그제야 관군은 겨우 물러갔다. 그러나 난방은 중상을 입었다.

　난영이 중상을 입은 난방과 패잔군을 거느리고 남쪽 관문 가까이 이르렀을 때였다. 위서魏舒가 군사를 거느리고 나타나 난군 앞을 가로막았다.

　난영이 눈물을 흘리며 위서에게 말한다.

　"그대는 지난날 나와 함께 하군下軍에서 일하던 정리를 잊었는가?"

난영은 물론 자기가 살아나지 못할 것을 알고 있었다. 그러나 그는 전날 내응하겠다고 약속까지 하고서 배반한 위서의 손에 붙들려 죽긴 싫었다.

위서도 난영을 대하기가 부끄러웠다. 본의든 본의가 아니든 간에 결과적으로 난영을 배신한 것만은 사실이었다. 이에 위서는 군사를 양편으로 나눠 세우고 난군에게 길을 비켜줬다. 난영과 난방은 패잔군을 거느리고 급급히 곡옥 땅을 향해 달아났다. 잠시 후 조무가 군사를 거느리고 달려와서 위서에게 묻는다.

"난영이 조금 전에 이곳을 지나갔을 텐데 그대는 왜 추격하지 않았소?"

위서가 대답한다.

"그들은 이미 솥 안의 고기이며 독 안의 쥐나 다름없소. 나는 지난날 난씨와 여러 가지 정의情誼가 있기 때문에 차마 칼을 뽑지 못했소."

조무는 머리를 끄덕였다. 그 역시 마음속으로 측은한 생각이 들어서 난군의 뒤를 추격하지 않았다.

범개는 난영이 이미 멀리 달아났다는 보고를 받았다. 그는 필시 위서가 난영을 잡지 않고 인정을 쓴 것이라고 생각했다. 그래서 거기에 대해선 말하지 않고 자기 아들 범앙을 불렀다.

"이번에 난영을 따라온 자는 전부 곡옥 땅 군사들이었다. 그러므로 그들은 다 곡옥 땅으로 달아났을 것이다. 이제 난영 일당은 세궁역진勢窮力盡했다. 네가 군사를 거느리고 갈지라도 그들을 치기에 별로 힘들지 않으리라."

순오荀吳 또한 함께 가겠다고 자원했다. 범개는 순오의 청을 허락했다.

이에 범앙과 순오는 300승을 거느리고 강주성을 떠나 곡옥 땅으로 향했다. 동시에 범개는 진평공을 모시고 고궁을 나와 공궁公宮으로 돌아갔다.

궁으로 돌아간 진평공은 그날로 노예 명부를 불살라버렸다. 그리하여 노예를 면한 자는 비표 외에도 20여 명이나 되었다. 범개는 약속대로 비표를 아장牙將으로 등용했다.

한편, 제나라 제장공齊莊公은 난영을 앞서 보내어 진나라 강성을 치게 한 것이었다. 그러고는 친히 대대적으로 군사를 일으켜 왕손휘王孫揮를 대장으로 삼고, 신선우申鮮虞를 부장으로 삼고, 진나라 장수인 주작州綽과 형괴邢蒯를 선봉으로 삼고, 안이晏犛를 후군後軍으로 삼고, 가거賈擧와 병사邴師 등 장수를 거느리고 떠나 먼저 위나라를 쳤다.

그러나 위나라는 굳게 지키기만 할 뿐 나와서 제군齊軍과 싸우려 하지 않았다. 그래서 제장공은 위나라와 싸우지 않고 예정대로 북쪽 제구帝邱 땅으로 방향을 바꾸어 직접 진나라 경계를 쳤다.

제군은 우선 조가朝歌 땅을 포위하고 사흘 만에 함몰시켰다. 제장공은 조양산朝陽山에 올라가서 잔치를 베풀고 군사를 배불리 먹인 뒤 다시 군사를 2대隊로 나누었다.

왕손휘王孫揮와 모든 장수는 전대前隊가 되어 왼편 맹문애孟門隘로 나아갔다. 제장공은 용龍과 호虎의 두 작爵을 후대後隊로 삼아 친히 거느리고서 오른편 공산共山으로 나아갔다. 그들은 태행산太行山에서 다시 만나 진나라로 깊이 쳐들어가면서 살육과 약탈을 맘껏 벌일 작정이었다.

그후 제장공이 공산에 이르렀을 때였다. 노숙露宿을 하던 중 형괴邢蒯가 독사한테 물려 그날 밤을 넘기지 못하고 온몸에 독이 퍼져서 죽었다. 제장공은 그의 죽음을 매우 애석해했다.

제장공은 다시 군사를 거느리고 떠났다. 이틀 후에 제장공은 예정대로 태행산에 당도해서 왕손휘가 거느리고 온 전대와 합쳤다. 마침내 제장공은 태행산에 올라가서 그들과 함께 장차 진나라 도성 강주성을 칠 일을 상의했다.

그러나 회의를 마치고 태행산에서 내려왔을 때, 제장공은 너무나 의외의 보고를 받았다.

"난영欒盈은 패하여 곡옥 땅으로 달아났고, 진후晉侯는 대군을 일으켰습니다."

제장공이 길이 탄식한다.

"나의 계획이 다 틀어졌구나!"

이에 제장공은 소수少水 땅에서 군사를 사열하고 그냥 제나라로 돌아가버렸다.

한편, 범앙과 순오가 곡옥 땅을 포위한 지도 벌써 한 달이 지났다. 그동안에 난영은 여러 번 관군과 싸웠으나 번번이 패했다. 그래서 곡옥성의 군사도 태반이나 전사했다. 난영은 더 이상 버틸 수가 없었다.

마침내 곡옥성이 함몰되던 날, 곡옥 땅 수신守臣 서오胥午는 칼을 물고 엎어져 자살했다. 그리고 난영欒盈과 난영欒榮은 다 진군에게 체포되었다.

난영欒盈이 길이 탄식한다.

"신유辛兪의 말을 듣지 않았다가 이 지경이 됐구나!"

순오는 난영欒盈을 함거檻車에 태워 강주로 돌아갈 생각이었다. 범앙이 말한다.

"상감은 성격이 우유부단하셔서 난영이 애걸하면 죄를 용서해주실지 모르오. 그렇게 되면 이건 원수를 살려주는 것이 아니겠소?"

그날 밤에 범앙은 사람을 시켜 잡혀 있는 난영의 목을 밧줄로 졸라 죽였다. 이리하여 그날 밤에 난영欒盈은 죽고, 이튿날 난영欒榮과 난씨 일족도 다 몰살당했다.

난씨 일족 중에서 난방欒魴 한 사람만이 해 뜨기 전에 곡옥성을 몰래 넘어 송나라로 달아났기에 겨우 목숨을 건졌다.

이에 범앙은 군사를 거느리고 강주로 돌아가서 진평공에게 승전을 아뢨다. 진평공은 이 일을 모든 나라 제후에게 알렸다. 모든 나라 제후는 각기 진나라로 사자使者를 보내어 난씨 일족을 평정한 진평공을 축하했다.

사신이 시로써 이 일을 읊은 것이 있다.

> 그 조상 난빈欒賓은 환숙桓叔의 스승이었고
> 난지欒枝는 진문공晉文公을 도와 공로를 세웠도다.
> 조돈趙盾과 난서欒書의 대에 이르러
> 난씨 일족은 조씨趙氏와 함께 진나라 세도를 잡았도다.
> 난염이 오로지 부귀를 자랑하다가
> 마침내 가문의 명성을 잃었도다.
> 난영欒盈은 비록 의욕이 없지 않았으나
> 마침내 아무 보람도 없이 죽음을 당하고 말았도다.
> 자고로 집안을 유지하는 법도가 없지 않으니
> 누구나 난씨 일족의 흥망성쇠를 거울삼아 그 자손을 교훈할지니라.
>
> 賓傅桓叔

枝佐文君

傳盾及書

世爲國楨

驔一汰侈

遂墜厥勳

盈雖好事

適殞其身

保家有道

以誡子孫


그후 범개는 너무 늙어서 스스로 벼슬에서 물러났다. 그리고 조무가 진나라 정사를 맡았다.


한편, 제장공은 진나라를 치려다가 그 뜻을 이루지 못했으나 야심만은 버리지 않았다. 그래서 제나라 경계까지 회군回軍한 제장공이 모든 군사에게 말한다.

"지난날 우리가 진나라와 평음平陰 땅에서 싸웠을 때, 거莒나라는 진나라와 결탁하고 우리를 치려 했다. 이제 그 앙갚음을 해야겠다."

이에 제장공은 제나라 국경에서 대대적으로 병거를 모으고, 주작州綽·가거賈擧 등에게 각기 병거 5승씩을 내주며 그들에게 오승지빈五乘之賓이란 이름을 붙여주었다.

가거가 제장공에게 천거한다.

"우리 제나라의 임치臨淄 사람으로 화주華周와 기양杞梁이란 두 장사壯士가 있습니다. 그들을 불러서 등용하십시오."

제장공은 곧 사람을 보내어 그들을 불러오게 했다. 이에 화주와 기양이 와서 제장공을 뵈었다.

제장공이 두 사람에게 병거 1승을 내주며 말한다.

"그대들은 이 병거를 함께 타고 이번 싸움에 나가서 공을 세우도록 하라."

화주가 제장공 앞에서 물러나와 기양에게 불평한다.

"상감은 오승지빈이란 걸 편성했소. 그리고 우리 두 사람도 불렀소. 그들이나 우리나 다 용력勇力이 있다 해서 뽑은 것은 마찬가지오. 그런데 그들에겐 각기 병거 5승씩을 주고, 우리는 두 사람인데도 병거 1승만을 주니 세상에 이런 법이 어디 있소! 이건 우리를 쓰려는 것이 아니라 모욕하자는 것이오. 그대는 나와 함께 그 병거 1승을 돌려주고 다른 곳으로 갑시다."

기양이 대답한다.

"나는 늙은 어머니가 계시오. 일단 집에 돌아가서 말씀을 드린 후에 그대를 따라 떠나겠소."

이에 기양은 자기 집으로 돌아가서 어머니에게 다른 곳으로 가겠다는 뜻을 아뢰었다.

늙은 어머니가 대답한다.

"너는 이 세상에 태어난 후로 의로운 일을 한 것이 전혀 없다. 이러고 산다면 너는 죽어도 후세에 이름을 남기지 못할 것이다. 너는 오승지빈과 동등한 대접을 받지 못해서 다른 곳으로 간다지만, 세상 사람들은 너를 용기 없는 사람이라고 비웃을 것이다. 자고로 임금의 명령은 거역하는 법이 아니니라."

기양은 화주에게 가서 어머니한테서 들은 바를 말했다. 화주는 머리를 끄덕이면서,

"노부인老婦人도 임금의 명령을 거역해선 안 된다고 하시는데, 내가 어찌 감히 임금의 명령을 거역하리오."

하고 생각을 고쳤다.

드디어 화주는 기양과 함께 병거 1승을 가지고 제장공을 모셨다. 제장공이 군사를 경계상境界上에서 며칠 동안 쉬게 한 뒤 명을 내린다.

"왕손휘는 대군을 거느리고 이곳에 그냥 주둔하여라. 그리고 오승지빈과 정예 부대 3,000명만 함매銜枚한 채 북도 치지 말고 먼저 거나라로 쳐들어가거라."

화주와 기양이 제장공에게 청한다.

"저희 두 사람이 전대前隊가 되어 앞서가겠습니다."

제장공이 묻는다.

"그럼 그대들은 병거와 군사가 얼마나 더 필요하냐?"

두 사람이 대답한다.

"애초에 저희 두 사람만이 상감의 부르심을 받았습니다. 그러므로 저희들만 가고자 합니다. 상감께서 내려주신 병거 1승만으로 족합니다."

제장공은 화주와 기양의 용기를 시험하려고 웃으면서 허락했다. 화주와 기양은 교대로 어자가 되어 병거를 몰기로 했다. 두 사람이 출발 직전에 말한다.

"누구고 한 사람만 융우戎右가 되어 우리와 동행해주면 가히 적군 일대一隊쯤은 무난히 당적하겠다."

한 소졸小卒이 앞으로 나오며 청한다.

"소인이 두 장군을 모시고 가겠습니다."

화주가 묻는다.

"너의 성명은 무엇이냐?"

"저는 제나라 사람으로 이름은 습후중隰侯重이라고 합니다. 두 장군의 의기와 용기를 사모하기에 기꺼이 동행하려는 것입니다."

이에 화주·기양·습후중 세 사람은 병거 하나에 같이 타고 기를 꽂고 북을 달고 바람처럼 떠나갔다. 그들은 거나라 교외에 이르러 하룻밤을 노숙했다.

이튿날이었다.

거나라 임금 여비공黎比公은 장차 제齊나라 군사가 쳐들어올 것이라는 보고를 받고, 친히 군사 300명을 거느리고 교외를 순시하다가 마침 화주 등이 탄 병거를 만났다.

거나라 임금 여비공이 힐문하려는데, 화주와 기양이 먼저 눈을 부라리고 날카로이 외친다.

"우리 두 사람은 제나라 장수다. 누가 감히 우리와 결투를 하려는가!"

여비공은 처음엔 깜짝 놀랐으나, 제나라 병거가 단 한 대뿐이고 후속 부대도 뒤따라오지 않은 걸 보고서 마침내 그들을 포위하기 시작했다.

이에 화주와 기양은 습후중에게,

"너는 쉬지 말고 북을 쳐라!"

하고 명한 뒤 각기 장극長戟을 들고 병거에서 뛰어내렸다. 두 장수는 좌충우돌하며 거莒나라 병사를 닥치는 대로 쳐죽였다. 거나라 군사 300명 중에서 부상을 입거나 죽은 자만 해도 거의 반이나 됐다.

여비공이 외친다.

"과인은 이미 두 장군의 용맹을 알았노라. 우리는 서로 죽음을 걸고 이렇듯 싸울 필요가 없다. 과인이 거나라를 두 장군에게 나누어줄 터이니 함께 부귀를 누림이 어떠하냐?"

두 장군이 대답한다.

"자기 나라를 버리고 적에게 귀순하는 것은 충忠이 아니며, 임금의 명령을 받은 몸이 그 명령을 어기는 것은 신信이 아니다. 적군 속에 깊이 쳐들어가서 많이 죽이는 것만이 장수 된 자의 직분이다. 거나라의 이해 관계는 우리가 알 바 아니다."

두 장수는 말을 마치고 더욱 용기를 내어 다시 싸웠다. 여비공은 대패하여 당적하지 못할 것을 알고 달아났다.

이윽고 제장공의 대대大隊가 왔다. 제장공은 두 장수가 싸워 이겼다는 말을 듣고 사람을 보내어 그들을 불렀다. 제장공이 화주와 기양에게 말한다.

"과인은 이제야 두 장군의 용맹을 알았다. 그대들은 다시 적과 싸울 필요 없다. 내 장차 제나라를 나누어주겠으니 나와 부귀를 함께하여라."

화주와 기양이 대답한다.

"상감께서는 오승지빈을 편성하셨으면서도 저희 두 사람을 그들 속에 넣지 않으셨습니다. 이는 우리의 용기가 그들만 못하기 때문입니다. 저희 두 사람이 이제 이익만 생각한다면, 이는 스스로를 더럽히는 결과가 됩니다. 적진 깊숙이 쳐들어가서 적을 많이 죽이는 것이 장수의 직분입니다. 제나라의 이해 관계는 신들이 알 바 아닙니다."

두 장수는 제장공에게 읍하고 함께 병거를 타고서 다만 싸우기 위해 거성莒城의 차우문且于門으로 향했다.

거나라 임금 여비공이 두 장수가 오는 걸 보고서 군사들에게 분부한다.

"좁은 길목에 도랑을 파고 숯불을 가득 피워라!"

이에 군사들은 도랑을 파고 숯불을 가득히 피워놓았다. 그래서 화주와 기양은 더 나아갈 수가 없었다.

습후중이 두 장수에게 말한다.

"듣건대 자고로 후세에 이름을 남긴 사람은 다 어려운 때에 그 생명을 아끼지 않았다고 합니다. 제가 두 분 장수로 하여금 이 도랑을 건너가게 하리이다."

습후중이 방패를 짚고 벌겋게 숯불이 타는 도랑에 몸을 던지면서 외친다.

"두 장군은 속히 제 몸을 밟고 건너가십시오!"

이에 화주와 기양은 숯불 위에 엎어진 습후중의 몸을 밟고 껑충 뛰어 도랑을 건넜다. 무사히 도랑을 건넌 두 장수는 곧 습후중을 돌아봤다. 습후중의 몸은 노린내를 풍기며 지글지글 타고 있었다. 두 장수는 거성으로 걸어가면서 자기들도 모르는 사이에 소리 높여 울었다.

이윽고 기양은 눈물을 닦았으나 화주는 울음을 멈추지 못했다.

기양이 묻는다.

"그대는 죽는 것이 무서운가! 어째서 자꾸 우오?"

화주가 대답한다.

"내 어찌 죽음을 두려워하겠소. 그런데 습후중은 나보다 먼저 죽었구려. 그러므로 그를 애달파하는 것이오."

한편, 거나라 임금 여비공은 두 장수가 숯불이 벌겋게 타는 도랑을 건너 점점 가까이 오는 것을 보고 군사들에게 하령했다.

"속히 활 잘 쏘는 궁수弓手 100명만 차우문 좌우에 매복시켜라.

그리고 저들이 가까이 오기를 기다렸다가 일제히 활을 쏘아라."

화주와 기양은 성문을 향해 쳐들어갔다. 그와 동시에 무수한 화살이 빗발치듯 날아왔다. 두 장수는 일변 방패로 화살을 막으며 일변 싸우면서 거나라 병사 27명을 죽였다.

그러는 동안에도 거군莒軍은 성 위에 둘러서서 마구 화살을 쏘아댔다. 마침내 기양이 먼저 중상을 입고 쓰러져 죽었다. 그리고 화주도 몸에 화살 수십 대를 맞았다. 그는 힘이 다해 거군에게 사로잡히고 말았다.

이에 여비공은 기양의 시체와 중상을 입은 화주를 성안으로 실어다 옮겼다.

옛사람이 시로써 이 일을 증명한 것이 있다.

서로 용맹을 뽐내는 오승지빈五乘之賓은
그 모양이 범 같고 힘은 능히 천근의 무게를 들었도다.
그러나 적을 무찌르고 목숨을 버린 자는
바로 병거 한 대로 의義를 위해서 죽은 세 사람이었다.
爭美趓趓五乘賓
形如熊虎力千鈞
誰知陷陣捐軀者
却是單車殉義人

한편 제장공은 전방에서 들어온 보고를 듣고, 화주와 기양이 싸우다가 죽기로 각오한 것을 알았다. 그는 곧 대군을 거느리고 거성 차우문으로 급히 쳐들어갔다.

그러나 제장공은 기양과 습후중이 이미 전사하고 말았다는 보고를 받았다. 분기충천한 제장공은 거성에 대한 일제 공격을 명령했다.

이에 거나라 임금 여비공은 제군에게 사자를 보내어 화평을 청했다.

거나라 사자가 제군에 가서 아뢴다.

"우리 상감께선 그들 세 사람이 병거 한 대를 타고 왔기에 귀국에서 보내신 장군들인 줄 모르고 그만 이런 결과를 저질렀습니다. 그러나 이번 싸움에서 귀국은 겨우 두 사람만 죽고 한 사람이 부상당했지만, 우리 나라 군사는 이미 100여 명이나 죽었습니다. 실로 세 사람은 스스로 죽기 위해서 온 것 같았습니다. 그러니 어찌 우리 나라에서 죽였다고 할 수 있겠습니까? 우리 상감께선 군후의 위엄을 못내 두려워하사 하신下臣에게 명하시기를, '너는 가서 제후齊侯께 백배사죄하고, 원컨대 해마다 제나라에 조공을 바치겠다는 것과 다시는 두 마음을 품지 않겠다고 아뢰라' 하기시에 이렇게 왔습니다."

그러나 격분한 제장공은 화평을 허락하지 않았다.

이에 다급해진 거나라 여비공은 다시 사자를 보냈다.

거나라 사자는 제장공에게 가서,

"저희 나라는 기양의 시체와 부상당한 화주를 돌려보내겠습니다. 그리고 약소하나마 이걸로 우선 군사들을 배불리 대접해주시기 바랍니다."

하고 가지고 온 황금과 음식과 비단을 바쳤다. 그러나 제장공은 역시 화평을 응낙하지 않았다.

이때 왕손휘가 위급한 소식을 가지고 왔다.

"급한 일이 생겼습니다. 지금 진晉나라는 송宋 · 노魯 · 위衛 ·

정鄭 등 모든 나라 군후와 이의夷儀 땅에서 회합하고 장차 우리 제나라를 치려고 상의하는 중이라고 합니다. 청컨대 주공께서는 속히 회군하도록 하십시오."

제장공은 그제야 다시 거나라 사자를 불러들여 화평하기로 승낙했다.

거나라 여비공은 다시 많은 황금과 비단을 제장공에게 바친 뒤 온거溫車에다 중상 입은 화주를 태우고, 특히 연輦(임금이 타는 손수레)에다 기양의 시체를 실어 제군에게 돌려보냈다.

그러나 습후중만은 이미 숯불에 타서 재가 되어버렸기 때문에 도저히 시체나마 수습할 방도가 없었다.

제장공은 받을 것 다 받고 화평을 맺고서 그날로 즉시 거나라를 떠났다.

제나라에 돌아온 제장공은 제성齊城 교외에다 기양의 시체를 안치시켰다. 제장공이 성안으로 들어가려고 교외를 떠나려던 참에 성안에서 기양의 아내 맹강孟姜이 남편의 시체를 영접하려고 나왔다. 이를 보고 제장공은 수레를 멈추게 한 후 사람을 시켜 맹강의 슬픔을 조상弔喪했다.

맹강이 제장공에게 재배하고 아뢴다.

"만일 세상을 떠난 첩의 남편에게 죄가 있다면 상감의 조문弔問을 감사히 받겠습니다. 그러나 첩의 남편에게 죄가 없다면, 비록 가난하고 보잘것없는 지체지만 그래도 고인故人의 집이 성안에 있는데 어찌 그 시체를 교외에 안치할 수 있습니까? 자고로 상주喪主는 교외에서 문상問喪을 받지 않습니다."

이 말을 듣고 제장공은 심히 부끄러워했다.

"이는 과인의 잘못이다. 기양의 위패를 그의 집으로 옮기고 다시 사람을 보내어 문상하게 하여라."

맹강은 장차 성밖에서 장사를 지내기로 했다. 그녀는 노숙露宿하면서 사흘 동안 밤낮없이 남편의 관을 어루만지며 통곡했다.

마침내 맹강은 눈물이 말라버렸다. 대신 두 눈에서 붉은 피가 줄줄 흘러내렸다. 그녀의 통곡 소리는 애간장을 끊는 듯했다.

맹강이 울기 시작한 지 사흘째 되던 날이었다.

문득 제나라 성이 크게 진동하면서 무너져내렸다.

제나라 사람들은 성이 무너진 것이 맹강의 기막힌 슬픔과 정성과 한恨 때문이라고 말했다.

그러나 후세 사람들은 진秦나라 사람인 범기량范杞梁이 진시황秦始皇 때 만리장성을 쌓다가 죽었는데, 그 아내 맹강이 겨울 옷을 가지고 찾아갔다가 남편이 이미 죽은 것을 알고서 하도 슬피 울었기 때문에 성이 무너졌다고들 전한다.

그러나 이 만리장성의 애화哀話는 사실 제나라 장수 기양의 고사故事를 잘못 전한 것이다.

제나라에 돌아온 화주는 워낙 중상을 입었기 때문에 그후 몇 달만에 죽었다. 화주의 아내 또한 보통 부녀자들이 과부가 됐을 때보다 몇 배나 더 슬피 통곡했다.

후세에 맹자孟子가, '화주와 기양의 아내는 그 남편의 죽음을 너무나 슬피 통곡했기 때문에 마침내 음탕무도한 제나라 풍속風俗까지 고쳐놓았다'고 말한 것은 바로 이 일을 두고 칭찬한 것이다.

또 사신이 시로써 이 일을 읊은 것이 있다.


높은 충용忠勇을 잊지 못할 때면 기양을 생각하노니
슬픈 통곡 소리에 성이 무너졌다는 것 또한 보통 일이 아니로다.

오늘날은 제나라 풍속이 되었지만

그후 과부가 슬피 우는 것도 다 맹강에게 배운 때문이니라.

忠勇千秋想杞梁

頹城悲慟亦非常

至今齊國成風俗

嫠婦哀哀學孟姜


이때가 바로 주영왕周靈王 22년이었다.

이해에 홍수가 나서 곡수穀水와 낙수洛水가 크게 불었고, 마침내 황하黃河가 범람했다. 평지平地도 물이 한 길씩이나 넘쳤다.

그래서 진晉나라 진평공晉平公은 지난날에 난영欒盈을 도운 바 있는 제나라를 치려다가 그만두었다.

한편, 제나라 우경右卿 벼슬에 있는 최저崔杼는 자기 아내와 간음하는 제장공을 더욱 미워했다.

그는 진군晉軍이 쳐들어오기만 하면 제장공을 없애버리려고 작정했다.

그리하여 같은 우경 벼슬에 있는 경봉慶封과 이미 상의하고 성공하는 날엔 제나라를 반씩 나누어 갖기로 언약까지 했다.

그런데 홍수가 나고 황하가 넘쳐서 진군이 제나라를 치지 못하게 되자 최저는 몹시 우울했다.

어느 날이었다.

제장공은 항상 곁에서 자기를 모시는 가수賈竪란 자가 사소한 실수를 하자 불같이 성을 내며 곤장 100대를 때렸다.

최저는 곤장을 맞은 가수가 마음속으로 제장공을 원망하고 있다는 걸 알고서 많은 뇌물을 주고 자기의 심복 부하로 삼았다.

그후 최저는 가수를 통해서 제장공의 일거일동까지도 낱낱이 알게 되었다.

# 사관史官의 붓

주영왕周靈王 24년 여름 5월이었다.

거莒나라 여비공黎比公은 해마다 제나라에 조례朝禮하기로 하고 화평을 맺었기 때문에 친히 제나라 도읍 임치臨淄로 갔다.

제장공은 여비공이 언약을 어기지 않고 조공을 바치러 온 것을 보고 만족했다. 그래서 북곽北郭에다 잔치를 베풀고 여비공을 대접했다.

그런데 최저崔杼의 집이 바로 북곽 근처에 있었다. 최저는 이제야 때가 왔다고 생각했다. 그는 병이 났다는 핑계를 대고 잔치 자리에 가지 않았다. 그래서 잔치 자리엔 최저만 안 나오고 다른 대부들은 모두 참석했다.

이날 최저는 심복 부하 한 사람을 비밀히 연회장으로 보내어 가수賈竪를 만나보고 오게 했다.

이윽고 그 심복 부하가 돌아와서 가수의 말을 전한다.

"상감이 잔치가 파한 뒤에 곧 대감을 문병하러 온다고 하니 그리 아시라고 합디다."

이 보고를 듣고 최저가 소리 없이 웃으며 나직이 혼잣말을 중얼거린다.

"임금이 어찌 진심으로 나를 문병하러 올 리 있으리오. 문병한답시고 내 집에 와서 또 내 아내와 정을 나누려는 수작이로구나."

최저는 아내 당강堂姜을 불렀다.

"나는 오늘 무도한 임금을 죽일 작정이다. 그대가 내 말대로 한다면 지금까지 있었던 추행醜行을 세상에 소문내지 않을 것이며, 그대의 소생으로 적자를 삼겠다. 그러나 그대가 시키는 대로 하지 않겠다면 나는 먼저 너희들 모자부터 죽여야겠다."

당강이 대답한다.

"여자는 남편이 시키는 대로 할 뿐입니다. 그대가 분부하시는데 첩이 어찌 따르지 않으리이까."

이에 최저는 아들 당무구棠無咎에게,

"무사武士 100명을 거느리고 내실 좌우 방에 매복하고 있거라."

분부하고 최성崔成과 최강崔彊에겐,

"너희들은 무사를 거느리고 문안에 매복하고 있거라."

분부하고 동곽언東郭偃에겐,

"무사를 거느리고 문밖에 매복하고 있거라."

분부하고,

"장차 종을 울려 신호할 터이니 그리 알아라."

하고 당부했다. 그리고 다시 심복 부하를 불러,

"네 가수에게 다시 가서 상감이 우리 집으로 올 때…… 하라고 내 말을 전하여라."

하고 무엇인지 귀엣말로 일러 보냈다.

제장공은 자나깨나 당강을 잊지 못했다. 밤이 되어도 잠이 오지 않고, 음식을 대해도 입맛이 없었다. 그러나 요즘 최저가 부쩍 집안 단속을 하는 탓에 제장공은 당강을 만나러 다니기가 여간 불편하지 않았다.

그래서 이날 제장공은 최저가 병이 나서 잔치 자리에 참석 못한다는 말을 듣는 순간 마음은 이미 당강의 몸 위에 가 있었다.

제장공은 잔치가 끝나기 무섭게 수레를 타고 최저의 집으로 달려갔다.

제장공이 최저의 집 문지기에게 묻는다.

"네 주인의 병은 좀 어떠하냐?"

문지기기 대답한다.

"병세가 가볍지 않습니다. 대감은 약을 드시고 누워 계십니다."

제장공이 다시 묻는다.

"그럼 너의 주인은 지금 어디에 누워 있느냐?"

"바깥 사랑채에 누워 계십니다."

제장공은 매우 기뻐하며 곧장 당강이 있는 내실로 들어갔다.

이때 제장공을 모시고 따라온 사람은 주작州綽·가거賈擧·공손오公孫傲·누인僂堙 그리고 가수였다.

가수가 네 사람에게 말한다.

"상감께서 이곳에 행차하신 목적이 무엇인지 그대들도 짐작할 줄 아오. 그러니 바깥에서 조용히 기다리시오. 공연히 몰려들어가서 집안 분위기를 깨뜨리면 안 되오."

주작 등은 가수의 말을 옳게 여기고 모두 대문 밖에 머물렀다. 그런데 다만 가거가 투덜거리며,

"한 사람쯤 들어가기로서니 무슨 큰 방해가 되리오."

하고 대문 안 행랑채로 들어갔다.

가수는 집 안으로 들어가 중문中門을 굳게 닫았다. 문지기가 다시 대문을 닫고 안으로 걸어잠갔다.

한편 제장공은 내실 문을 열고 방 안으로 들어갔다. 아름답게 단장한 당강이 선뜻 일어나 반가이 영접한다.

제장공이 자리에 앉아 서로 말도 하기 전이었다. 시비侍婢가 들어와서 고한다.

"대감께서 목이 마르시다며 꿀물을 마시고 싶다 하십니다."

당강이 제장공에게 말한다.

"상감께서는 잠깐만 기다리십시오. 얼른 가서 꿀물을 타다주고 오겠습니다."

그러면서 당강은 시비와 급한 걸음으로 나갔다.

제장공은 난간을 의지한 채 당강이 돌아올 때만 기다렸다. 그런데 무엇이 바쁜지 당강은 좀처럼 돌아오지 않았다. 제장공이 무료해서 노래를 지어 나지막한 목소리로 부른다.


그윽한 방이여
미인美人이 노는 곳이여.
깊숙한 방이여
미인을 만나는 곳이여.
미인이 보이지 않음이여
우울한 이내 심사여.
室之幽兮
美所遊兮
室之邃兮

美所會兮

不見美兮

憂心胡底兮

이런 유치한 노래가 막 끝났을 때였다.

갑자기 복도에서 여러 사람이 칼집에서 칼을 뽑는 듯한 소리가 들려왔다.

제장공은 의아했다. 그러나 이곳에 병사들이 있을 리 없다.

"바깥에 가수가 있거든 들어오라 해라."

그런데 아무도 대답하는 사람이 없었다.

이때 좌우 방에 매복하고 있던 무사들이 일제히 튀어나왔다. 제장공은 깜짝 놀랐다. 그는 변이 일어난 걸 직감했다.

제장공은 달아날 작정으로 급히 뒷문을 밀었다. 그러나 뒷문은 이미 굳게 잠겨 있었다. 제장공은 원래 보통 사람보다 힘이 무척 센지라 주먹으로 문을 두들겨 부수고 나가 다락[樓] 위로 뛰어올라갔다.

곧 당무구가 무사를 거느리고 나타나 다락 밑을 에워싸며 소리소리 지른다.

"최대감의 명령이다. 저 음탕한 도적을 잡아라!"

제장공이 다락 난간을 의지하고 명령한다.

"나는 너희들의 임금이다! 나를 무사히 돌아가게 하여라."

당무구가 대답한다.

"최대감의 명령이니 내 맘대로 할 수 없다!"

제장공이 청한다.

"최저는 어디 있느냐? 나는 이번 일로 너희한테 보복하지 않겠다고 맹세하겠다."

"최대감은 병이 대단해서 이곳에 나오실 수 없다."

"그렇다면 하는 수 없다. 내가 어찌 나의 죄를 모르리오. 나를 놓아주면 태묘太廟에 가서 스스로 목숨을 끊겠다. 그러면 이 나라 역대 임금과 최저에게 사죄하는 것이 되지 않겠느냐?"

당무구가 대답한다.

"우리는 다만 유부녀와 간음한 사람을 잡을 뿐이지 임금과는 상관없다. 만일 임금이 자기 죄를 안다면, 청하노니 이곳에서 스스로 깨끗이 목숨을 끊고 창피를 당하지 않도록 하여라."

그러나 제장공은 진정 죽기 싫었다. 그는 다락에서 화대花臺로 뛰어내려 다시 달아나려고 담 위로 기어올라갔다.

이때 당무구가 쏜 화살이 제장공의 왼편 넓적다리를 맞혔다.

제장공은 미처 담을 넘지 못하고 밑으로 굴러떨어졌다. 무사들은 일제히 달려들어서 땅바닥에 널브러진 제장공을 어지러이 찔러죽였다.

당무구는 곧 사람을 시켜 종을 세 번 울렸다. 이땐 이미 초저녁이었다.

행랑채에 들어앉아 있던 가거는 웬 종소리일까 하고 귀를 기울였다. 바로 그때였다. 문이 열리면서 가수가 방 안으로 촛불을 디밀며 말한다.

"내실 쪽에 이상한 도적이 든 것 같소. 상감께서 그대를 부르시니 속히 들어가보오. 나는 곧 대문 밖에 나가서 주작 장군에게도 알려야겠소."

가거가 청한다.

"어서 그 촛불을 내게 주오."

가수는 가거에게 촛불을 주는 체하면서 일부러 떨어뜨렸다. 일시에 촛불이 꺼져버려 가거는 더듬거리는 손으로 칼을 찾아 쥐고 중문 안으로 뛰어들어갔다.

순간 가거는 발이 올가미에 걸려 땅바닥에 나동그라졌다. 그와 동시에 중문 곁에 숨어 있던 최강이 번개같이 뛰어나와 나자빠진 가거를 한칼에 쳐죽였다.

이때 주작 등은 대문 밖에 있었기 때문에 집 안에서 무슨 일이 생겼는지 전혀 알지 못했다. 더구나 그럴 수밖에 없는 것이, 그동안 동곽언은 주작 등을 대문 옆 바깥채로 데리고 들어가서 촛불을 밝히고 잔뜩 술을 먹였다.

이미 주작 등은 모두 동곽언이 권하는 대로 허리춤에서 칼을 풀어놓고 편히 앉아 연방 좋은 술을 마시며 맛난 고기를 씹었다. 물론 따라온 자들도 내리 술을 마셨다.

이때 집 안에서 종소리가 울렸다. 동곽언이 씩 웃으면서 사람들에게 설명한다.

"저 종소리는 지금 상감께서 술을 마신다는 것을 알려주는 신호지요."

주작이 머리를 끄덕이며 묻는다.

"저렇게 종까지 울리면 최대감이 듣고서 질투를 느끼지 않을까?"

동곽언이 웃으며 대답한다.

"모르시는 말씀! 지금 최대감은 병으로 위독하오. 그런데 누가 감히 상감과 당강을 시기한단 말이오?"

조금 후에 또 종소리가 났다. 그제야 동곽언이 슬며시 일어서면서 말한다.

"내 잠시 집 안에 들어가보고 오리다."

동곽언이 집 안으로 들어가는 걸 신호로 대문 근처에 매복하고 있던 무사들은 일제히 칼을 뽑고 일어섰다.

방 안에서 술을 마시던 주작 등은 바깥에 나타난 무사들을 보고 그제야 깜짝 놀라 급히 칼부터 찾았다. 그러나 그새 어디로 치웠는지 풀어둔 칼들이 하나도 없었다. 그간 술 시중을 들던 동곽언의 심복 부하들이 몰래 칼을 다른 곳으로 옮겨두었던 것이다.

이에 화가 머리끝까지 치솟은 주작은 대문 앞으로 달려가서 수레를 탈 때 딛고 오르는 섬돌을 쳐들어 무사들에게 던졌다. 그리고 공손오는 말 비끄러매는 기둥을 뽑아들고 춤추듯 휘둘렀다. 그리하여 많은 무사들이 다쳤다.

주작과 공손오 등은 수중에 칼이 없어 횃불을 치켜들고 무사들과 싸웠다. 그래서 무사들 중에는 수염이 탄 자도 있었다.

이때 안에서 대문이 활짝 열리며 최성과 최강이 한 떼의 무사를 거느리고 나왔다. 공손오는 그들과 싸우다가 최성의 팔을 낚아채서 분질렀다. 이를 본 최강이 긴 창으로 공손오의 등을 찔러죽이고 다시 누인을 찔러죽였다.

이러는 동안에 주작은 한 무사의 창을 뺏어 최강을 죽이려고 달려들었다.

이때 동곽언이 나와서 큰소리로 외친다.

"음탕하고 무도한 임금은 이미 죽음을 당했다! 모든 장수들은 왜 이 일에 간섭하려 하는가! 어서 목숨을 아끼고 새 임금을 섬기도록 해라."

임금이 죽었다는 소리를 듣고 주작이 땅바닥에 창을 던지며 길이 탄식한다.

"나는 이 나라에 망명 온 진晉나라 장수로서 그동안 제후齊侯한 테 많은 총애를 받았다. 오늘 내가 힘껏 싸우기도 전에 제후가 이 미 죽었다고 하니, 이것도 다 하늘의 뜻이지 사람의 힘으론 어쩔 수 없구나. 나는 이제 목숨을 버려 그간 제후한테 받은 은혜나 갚 으리라. 내 어찌 구차히 생명을 아껴 진晉·제齊 두 나라의 웃음 거리가 되리오."

주작은 곧장 돌담으로 달려가서 머리를 서너 번 짓찧었다. 이내 돌담은 부서지고 주작의 머리도 깨졌다.

이날 병사邴師는 제장공이 무참히 죽었다는 소식을 듣고 궁성 조문朝門 앞에 가서 칼로 목을 찌르고 자살했다. 그리고 때를 같이 하여 병사의 집에서도 식구들이 모두 들보에 목을 매고 자결했다.

탁보鐸父와 양윤襄尹도 제장공의 시체 앞에 곡哭하러 가다가 주 작·공손오·가거 등이 다 죽었다는 소식을 듣고 길바닥에서 자 살했다.

황음무도荒淫無道한 제장공은 무참히 죽음을 당했으나, 제나라 장수들로서 임금을 따라 죽은 자가 이렇듯 많았다.

염옹이 시로써 이 일을 읊은 것이 있다.

　　범 같고 용 같은 모든 장수들이
　　지난날 임금에게서 받은 총애를 잊지 못해 목숨을 버렸도다.
　　그러나 사적私的인 은혜를 다만 사적으로 갚은 것뿐이니
　　대신은 한 사람도 순사殉死에 참가하지 않았다.
　　似虎如龍勇絶倫
　　因懷君寵命輕塵
　　私恩只許私恩報

殉難何曾有大臣

이날 왕하王何가 노포계盧蒲癸에게 청한다.

"우리도 함께 죽읍시다."

노포계가 대답한다.

"지금 죽어야 아무 소용없소. 차라리 달아나는 것만 못하오. 우리는 임금의 원수를 갚도록 힘써야 하오. 만일 우리 둘 중에서 누구고 간에 다시 우리 제나라를 바로잡게 되거든 서로 부르기로 합시다."

왕하가 머리를 끄덕인다.

이에 서로 맹세를 마치자 왕하는 거莒나라로 달아났다.

노포계가 행장을 갖추고 떠나면서 동생 노포별盧蒲嫳에게 부탁한다.

"죽은 상감이 살아생전에 용작勇爵이란 벼슬을 둔 것은 자기 자신을 보호하기 위해서였다. 이제 임금이 죽고 없는데 따라죽는다고 무슨 충성이 되겠느냐? 내가 떠난 뒤에 너는 반드시 최저와 경봉에게 들러붙어 그들의 신임을 얻도록 노력하여라. 그러면 다음날에 내가 돌아와서 너의 힘을 빌려 임금의 원수를 갚겠다. 원수를 갚지 않고 죽는다면 그것이 바로 개죽음이란 것이다. 현명한 너는 내 말을 깊이 명심하여라."

노포별이 결연히 대답한다.

"형님! 죽은 상감의 원수를 갚기 위해서는 무슨 짓이든지 하겠습니다."

이에 노포계는 진晉나라로 달아났다.

그후 노포별은 갖은 수단을 다 써서 마침내 경봉의 가신家臣이 되었다.

그리고 신선우申鮮虞는 초楚나라로 달아났다. 후에 그는 초나라에서 벼슬을 살아 초나라 우윤右尹*이 되었다.

모든 대부들은 최저가 난을 일으켜 임금을 죽였다는 소리를 듣고서 모두 문을 닫고 하회下回를 기다렸다. 그래서 모든 대신은 최저의 집에 제장공의 시체가 있건만 가보지 않았다.

안영晏嬰만이 즉시 최저의 집으로 갔다.

안영은 방으로 들어가 죽어자빠진 제장공의 다리에 이마를 대고 방성통곡했다. 그리고 일어나 세 번을 높이 뛰고서 밖으로 나갔다.

이 광경을 보고 당무구가 제의한다.

"반드시 안영을 죽여야만 우리는 세상의 비난을 면할 수 있습니다."

최저가 염려한다.

"하지만 안영은 어진 이라고 세상에 이름난 사람이다. 공연히 죽였다가 세상 인심이나 잃게 되면 어찌하리오?"

한편 안영은 진수무陳須無를 찾아가서 말한다.

"새로운 임금을 모셔야 하지 않겠소?"

진수무가 대답한다.

"명망가로는 이 나라에 고지高止와 국하國夏가 있고, 권력은 이제 최저와 경봉이 잡았으니 나에게 무슨 능력이 있겠소."

안영이 돌아가자 진수무가 탄식한다.

"역적이 조정을 차지했으니 내 어찌 역적놈들과 함께 있을 수 있으리오."

그날로 진수무는 수레를 타고 송宋나라로 달아났다.

한편 안영은 다시 고지와 국하를 찾아갔다. 그러나 명망 높다는 대신 고지와 국하의 대답 역시 마찬가지였다.

"최저가 장차 이 나라의 실권을 잡을 것이며, 그 일당인 경봉이 있으니 내가 이제 무엇을 주장할 수 있겠소?"

이에 안영은 길이 탄식하고 자기 집으로 돌아갔다.

경봉은 아들 경사慶舍를 시켜 제장공과 평소에 가깝던 사람들을 잡아들여 모조리 죽여버렸다. 그리고 수레를 보내어 궁으로 들어오는 최저를 영접했다.

그런 후에 그들은 고지와 국하를 궁으로 불러들여 새로 임금 세울 일을 의논했다.

고지와 국하가 사양한다.

"두 분이 알아서 하십시오."

경봉도 최저에게 이 일을 일임한다면서 사양했다.

최저가 말한다.

"제영공齊靈公의 아들 공자 저구杵臼가 어느 정도 장성했으니 그를 받들어 임금으로 모시면 어떻겠소? 더구나 공자 저구의 생모는 바로 노나라 대부 숙손교여叔孫僑如의 딸이니, 그렇게 되면 장차 우리 나라는 노나라와 우호 관계도 좋아질 것이오."

모든 사람이 좋은 의견이라며 찬성했다.

이에 공자 저구를 모셔다가 군위君位에 올렸다. 그가 바로 제경공齊景公이다.

그러나 이때 제경공의 나이는 어렸다. 최저는 어린 임금을 세워 스스로 우상右相*이 되고, 경봉에게 좌상左相*을 시켰다. 그리고 태묘太廟에 가서 짐승을 잡아 그 희생의 피를 입술에 바르고 모든 대신들과 함께 선서宣誓했다.

최저가 먼저 선창한다.

"여러분 중에 만일 최저와 경봉의 뜻을 같이하지 않는 자가 있다면, 우선 저 하늘의 해가 그자를 용서하지 않으리라."

이에 경봉이 따라서 복창했다. 고지와 국하도 그 뒤를 따라 맹세했다. 이렇게 복창하며 각기 맹세해나가다가 안영의 차례에 이르렀다.

안영이 하늘을 우러러보며 외친다.

"여러분이 능히 임금께 충성하고 사직社稷을 위해서 힘쓰되, 만일 안영과 뜻을 함께하지 않는 자 있다면 저 하늘의 옥황상제께서 결코 그자를 용서하지 않으리라!"

이 뜻밖의 소리에 최저와 경봉은 일시에 얼굴빛이 변했다.

곁에서 고지와 국하가 험악해진 분위기를 풀어보려고 말을 둘러댄다.

"우상과 좌상 두 분이 오늘날 이런 의식儀式을 하는 것 자체가 바로 임금에게 충성하는 길이며, 사직을 위해서 힘쓰는 일인 줄 아오."

그제야 최저와 경봉은 노기를 풀고 머리를 끄덕였다.

이때 거莒나라 임금 여비공黎比公은 아직 본국으로 돌아가지 않고 제나라에 머물러 있었다. 그래서 최저는 제경공과 여비공까지도 맹세를 시켰다. 그런 후에야 여비공은 거나라로 돌아갈 수 있었다.

최저가 당무구에게 분부한다.

"주작·가거 등의 시체와 제장공의 시체를 다 함께 북곽北郭에다 끌어묻되, 그 장례를 예법대로 하지 말고 무덤에 칼이나 창 같은 무기를 묻지 마라. 그들이 지하에 가서도 용맹을 좋아할까 두

렵다."

최저가 다시 태사太史 백伯에게 분부한다.

"실록實錄에다 제장공이 학질瘧疾로 죽었다고 쓰오."

그러나 태사 백은 명령에 복종하지 않고, 기록에다 '여름 5월 을해일乙亥日에 최저가 그 임금 광光(제장공의 이름)을 죽였다'고 썼다.

그후 최저는 그 기록을 보고서 격분하여 태사 백을 죽였다.

이때 태사 백에게는 중仲·숙叔·계季라는 세 동생이 있었다.

바로 아래 동생 중 역시 형 백이 쓴 것과 똑같이 기록했다. 이에 최저는 태사 중도 죽였다. 그런데 그 다음 동생 숙도 죽은 두 형이 쓴 것과 똑같이 기록했다. 최저는 태사 숙까지 죽였다. 그러나 그 아래 동생 계도 죽은 형들이 쓴 것과 똑같이 기록했다.

최저가 그 기록을 보고 기가 막혀서 태사 계에게 말한다.

"너희 형 셋이 다 죽었는데 너도 생명이 아깝지 않느냐? 내가 시키는 대로 쓰면 너는 살려주마."

태사 계가 대답한다.

"사실事實을 바른 대로 쓰는 것이 역사歷史를 맡은 사람의 직분입니다. 자기 직분을 잃고 사느니 차라리 죽는 편이 낫습니다. 옛날에 진영공晉靈公이 죽음을 당했을 때, 태사 동호董狐는 조돈趙盾이 정경 벼슬에 있었기 때문에 능히 그를 치지 못하고 붓으로 실록에다 '조돈이 그 임금 이고夷皐(진영공의 이름)를 죽였다'고 썼습니다. 그러나 조돈은 그 실록을 보고 아무 말도 하지 않았습니다. 그는 권력으로도 사직史職을 마음대로 할 수 없다는 걸 잘 알고 있었기 때문입니다. 그러니 오늘날 내가 쓰지 않더라도 반드시 천하에 이 사실을 알릴 사람이 있을 것이니, 아무리 해도 최우상崔右相

이 저지른 일을 감출 순 없습니다. 자꾸 감추려 들면 도리어 식자
識者 간의 웃음거리만 됩니다. 내가 죽으면 최우상은 더욱 불리해
집니다. 그러니 나를 죽이든 살리든 마음대로 하십시오."

최저가 태사 계에게 기록을 던져주며 탄식한다.

"나는 우리 나라 사직을 바로잡기 위해서 부득이 임금을 죽였
다. 그대가 사실대로 기록한다 해도 사람들은 틀림없이 나를 이해
하겠지!"

태사 계는 그 기록을 집어들고 사관史館으로 돌아가다가 저편
에서 오는 남사씨南史氏와 만났다.

태사 계가 묻는다.

"무슨 일로 이렇게 바삐 오시오?"

남사씨가 대답한다.

"그대 형제가 다 죽음을 당했다는 소문을 듣고서, 혹 이번 오월
을해乙亥 사건이 후세에 전해지지 못할까 염려하여 죽간竹簡(종이
가 발명되기 전 글을 적던 댓조각)을 가지고 오는 길이오."

태사 계는 자기가 가지고 있는 기록을 남사씨에게 보였다. 그제
야 남사씨는 안심하고 자기 집으로 돌아갔다.

염옹이 『사기史記』를 읽다가 이 대목을 보고 시로써 찬탄한 것
이 있다.

　　나라에 법이 없어
　　난신적자亂臣賊子가 계속 일어났도다.
　　난신적자를 죽이진 못하나
　　붓으로 그들을 죽였도다.
　　사신史臣은 죽는 것을 두려워하지 않고

자기 사명을 다하지 못할까 두려워했도다.
남사씨도 같은 뜻이어서
죽기를 각오하고 온 것이로다.
하늘의 해는 밝고 밝아서
간특한 신하가 넋을 잃었도다.
슬프다, 권세 앞에 아첨하는 자들이여
이 사기를 읽고 부끄러운 줄을 알라!

朝綱紐解

亂臣接跡

斧鉞不加

誅之以筆

不畏身死

而畏溺職

南史同心

有遂無格

皎日青天

奸雄奪魄

彼哉諛語

羞此史冊


　최저는 사신의 정대正大한 필봉筆鋒 때문에 부끄럽기도 하고
짜증도 났다. 그는 가수에게 모든 죄를 뒤집어씌우고 마침내 그를
죽여버렸다.
　이야말로 자기를 위해서 죄를 짓게 한 후에 결국 잡아죽인 것이
라고나 할까? 참으로 잔인한 짓이었다.

한편, 같은 5월에 진晉나라 진평공晉平公은 홍수가 진정되자 다시 모든 나라 제후를 이의夷儀 땅에 소집하고 제나라 칠 일을 상의했다.

이 소문을 듣고 제나라 최저는 당황한 나머지 즉시 좌상左相 경봉慶封을 진평공에게 보냈다.

경봉이 이의 땅에 가서 진평공에게 아뢴다.

"군후께서 미워하시던 제장공齊莊公은 이미 죽었습니다. 신들은 귀국이 쳐들어오면 사직을 보존하지 못할까 염려한 나머지 이미 귀국을 대신해서 제장공을 죽여없앴습니다. 그후 공자 저구를 새 임금으로 모셨습니다. 이번에 새로 즉위한 우리 나라 임금은 노나라 노희魯姬의 소생이십니다. 원컨대 우리는 다시는 지난번과 같은 일이 일어나지 않도록 노력하며 적극 진나라를 섬기겠습니다. 그리고 전날 제장공이 침범한 조가朝歌 땅을 즉시 귀국에 돌려드리겠습니다. 약간의 종기宗器와 악기樂器도 바치겠으니 받아주십시오."

경봉은 모든 나라 제후에게도 각각 뇌물을 바쳤다.

이에 진평공은 만족하고 군사를 돌려 강주성絳州城으로 돌아갔다. 그리고 모든 나라 제후들도 경봉에게서 받은 뇌물을 가지고 각기 본국으로 돌아갔다.

이로부터 진나라와 제나라는 다시 친한 사이가 되었다.

한편, 난영欒盈과 함께 쳐들어갔다가 일만 망쳐놓고 위衛나라로 달아났던 제나라 장수 식작殖綽은 그후 주작州綽과 형괴邢蒯가 다 죽었다는 소문을 듣고서야 위나라를 떠나 제나라로 돌아갔다.

이때 제나라엔 지난날 대부 손임보孫林父와 영식甯殖에게 쫓겨난 위나라 위헌공衛獻公이 아직도 망명 생활을 하고 있었다.

위헌공은 본국인 위나라에서 제나라 장수 식작이 돌아왔다는 소문과 더불어 그가 매우 용맹하다는 소리를 들었다.

그래서 위헌공이 공손정公孫丁에게 부탁한다.

"많은 뇌물을 가지고 가서 식작을 청해오너라. 장차 용맹한 사람이 필요할 것이니 그를 내 사람으로 만들고 싶다."

공손정은 식작을 청해왔다. 그래서 식작은 제나라에 돌아왔으나 망명 중인 위헌공을 섬겼다. 그러나 이 일은 이 정도로 해두고 다른 이야기를 해야겠다.

바로 이해에 오왕吳王 제번諸樊은 초나라를 쳤다. 그는 우선 소巢 땅의 성문城門을 공격했다. 소 땅을 지키던 초나라 장수 우신牛臣은 단장短牆에 숨어서 활로 오왕 제번을 쐈다. 제번은 그 화살에 맞아 쓰러져 죽었다.

이에 오나라의 모든 신하들은 제번의 바로 아래 동생 여제餘祭를 왕으로 모셨다. 그 이유인즉 지난날 오왕 수몽壽夢이 죽을 때, '내 아들들에게 차례로 임금을 시켜라' 하고 유언을 했기 때문이다.

아버지의 유언대로 여제는 형인 제번이 죽자 왕이 됐으나 조금도 기뻐하지 않았다.

"우리 형님은 일부러 소 땅에서 죽은 것이다. 형님은 아버지의 유언을 지키기 위해서 하루 속히 동생인 나에게 왕위를 물려주고 싶었던 것이다. 그러니 나도 어서 죽어 이 왕위를 동생에게 넘겨줘야겠다."

오왕 여제는 밤마다 하늘을 향해 기도를 드렸다.

"어서 이 몸을 죽게 해주십시오."

좌우 신하들이 이 광경을 보고 아뢴다.

"사람은 누구나 오래 살기를 원합니다. 그런데 왕께선 속히 죽기 위해서 기도를 드리십니다. 이 또한 인정人情에서 벗어난 짓이 아니겠습니까?"

오왕 여제가 대답한다.

"옛날에 우리 태왕太王께선 어린 동생에게 왕위를 전하시고 마침내 이 나라를 세우셨다. 이젠 과인의 형제 네 사람이 차례로 왕이 되어야 한다. 과인은 사형제가 아닌가! 내 밑에도 아우가 둘이나 있다. 내가 오래 살면 막내동생 계찰季札°은 왕위에 한번 오르지도 못하고 늙어버릴 것이다. 그러므로 나는 속히 죽기를 원한다."

오나라에 관한 이야기도 다음으로 미루고 여기에서는 이쯤 해두겠다.


한편 위나라 대부 손임보와 영식은 위헌공衛獻公을 국외로 몰아낸 후 그 동생 표剽를 임금으로 앉혔는데, 그가 바로 위상공衛殤公이란 사실은 앞에서 이미 말한 바다.

그후 영식이 병들어 죽게 됐을 때 아들 영희甯喜를 불러 유언한다.

"우리 영씨甯氏는 윗대의 영속甯速, 영유甯俞 두 어른 이래 대대로 위나라에서 벼슬을 살며 충성을 다하고 많은 공을 세워왔다. 전번에 위헌공을 몰아낸 일만 해도 그것은 다 손임보가 한 짓이지, 결코 내가 임금을 몰아내고 싶어서 한 일은 아니었다. 그런데 세상 사람들은 모두 손임보와 영식이 위헌공을 몰아냈다고 하는구나. 나로서는 참으로 억울한 일이다. 그렇다고 이제 와서 변명할 수도 없게 됐다. 그러니 죽어 지하에 돌아갈지라도 어찌 조상들을 대하겠느냐. 내가 죽은 후에 너만은 어떻게 해서라도 지난날의 상감인 위헌공을 모셔다가 다시 군위에 올리도록 하여라. 네가 그래줘야 이 아비의 잘못이 약간이나마 씻어질 것 같다. 그래야만 너는 내 자식이라고 할 수 있을 것이다. 이 유언을 이루어주지 않는다면 나는 죽어서도 결코 너의 제삿밥을 먹으러 오지 않겠다."

영희가 울면서 병석에 누워 있는 아버지에게 절하고 대답한다.

"소자는 아버지의 마지막 유언을 위해 힘쓰겠습니다."

마침내 영식은 죽고 그 아들 영희가 아버지의 좌상左相 벼슬을 계승했다. 이때부터 영희는 제나라에 망명 중인 위헌공을 다시 임금 자리에 모시려고 항상 궁리했다.

그러나 위상공은 모든 나라 제후와 자주 회합하고 친선을 도모했기 때문에 사방이 태평했다. 더구나 위헌공을 몰아낸 주모자 손임보가 상경上卿 벼슬에 꽉 버티고 있기 때문에 추호도 빈틈이 없었다.

그러던 중 주영왕周靈王 24년 때 일이었다. 망명 중인 위헌공이 본국을 습격하고 이의 땅을 점령했다.

위헌공은 공손정公孫丁을 제구성帝邱城으로 비밀히 보내어 영희를 만나보게 했다.

이에 공손정은 몰래 제구성으로 들어가서 영희를 만나보고 위헌공의 말을 전했다.

"그대가 죽은 아비의 잘못을 후회하고 과인을 다시 위나라 군위에 오르도록 주선해준다면, 과인은 위나라 정치를 다 그대에게 맡기겠다. 그리고 과인은 종묘 제사만 맡아보겠노라."

영희는 아버지가 죽을 때 한 유언도 있거니와 더구나 나라 정사를 자기에게 다 맡기겠다는 말을 듣고 귀가 솔깃했다.

'그러나 위헌공이 다시 군위에 오르기 위해서 나에게 거짓말을 하는 것은 아닐까? 그가 다시 임금이 된 후에 나랏일을 나에게 맡

길 수 없다고 딱 잡아떼면 어쩌나?'

영희는 귀가 솔깃하면서도 한편으론 의심이 났다.

'그렇다. 공자 전鱄은 어진 사람이며 신망도 높다. 그가 이 일에 책임만 져준다면 다음날 위헌공이 복위復位한 뒤에도 딴소리야 못하겠지!'

영희가 밀서 한 통을 써서 공손정에게 내주며 말한다.

"중요한 편지니 이걸 상감께 전해주오."

그 밀서의 내용은 다음과 같았다.

이 일은 워낙 국가의 대사인 만큼 신臣 영희 한 사람의 힘으론 감당할 수 없습니다. 그러나 공자 전은 백성들의 신임이 두텁습니다. 그러니 공자 전이 한번 이곳에 와주시면 서로 상의하고 앞일을 결정하겠습니다.

공손정은 돌아가 그 밀서를 위헌공에게 전했다. 위헌공이 영희의 편지를 보고 공자 전에게 부탁한다.

"내가 고국에 돌아가서 다시 군위에 오르려면 반드시 영씨衛氏의 힘을 빌려야 한다. 동생은 나를 위해 영희와 한번 만나보고 오너라."

공자 전은 예예 하고 대답만 했을 뿐 전혀 갈 뜻이 없었다. 위헌공은 며칠이 지나도 떠나지 않는 공자 전에게 속히 갔다 오라고 재촉했다.

공자 전이 대답한다.

"천하에 어찌 나라의 정사를 다른 사람에게만 맡기는 임금이 있겠습니까? 그러하건만 상감께서는 나라 정사를 전적으로 영희에게 맡기겠다고 언약하셨습니다. 상감께서는 고국에 돌아가시면 필시 이번에 영희와 한 약속을 후회하실 것입니다. 그러므로 나는 영희를 만나보고 싶지 않습니다. 다음에 내가 영희에게 실없는 사람이 될지 모르기 때문입니다."

위헌공이 말한다.

"과인은 이제 겨우 고국 한 모퉁이에 몸을 숨기고 망명하는 신세다. 그러니 내게 무슨 정권이란 것이 있겠는가! 나는 그저 조상 제사나 받들 수 있고, 내 자손에게 위나라를 물려줄 수만 있다면 그것만으로 만족하겠다. 내가 지금 무엇 하러 거짓말을 하겠으며, 다음날 동생의 입장을 난처하게 할 리 있겠는가?"

공자 전이 대답한다.

"상감께서 이미 그렇듯 결심하셨다면, 제가 어찌 이번 걸음을 사양할 수 있겠습니까."

이에 공자 전은 제구성으로 가서 영희를 만나보고 위헌공의 약속을 보장했다.

영희가 대답한다.

"그대가 이 약속의 증인이 되겠다면 내 어찌 이 일에 전력을 기울이지 않을 수 있으리오."

공자 전이 하늘을 우러러 맹세한다.

"장차 이 언약이 실행되지 않는다면 내 결코 위나라 곡식을 먹지 않으리라."

영희가 말한다.

"그대의 맹세가 태산보다 무거운 줄로 아오."

이에 공자 전은 이의 땅으로 돌아가서 위헌공에게 다녀온 경과를 보고했다.

한편 영희는 아버지 영식이 죽으면서 부탁한 유언을 거원蘧瑗에게 말했다.

거원이 귀를 틀어막고 달아나며,

"나는 전 임금이 쫓겨날 때도 관계하지 않았는데, 어찌 전 임금이 다시 들어오는 데에 관여할 리 있으리오."
하고 그길로 위나라를 떠나 노魯나라로 가버렸다.

이에 영희는 대부 석악石惡과 북궁유北宮遺를 찾아가서 상의했다. 두 사람은 다 영희의 의견에 찬성했다.

영희는 다시 우재右宰* 곡穀을 찾아가서 이 일을 상의했다. 우재 곡이 머리를 흔들며 대답한다.

"그건 안 될 말이오. 그래선 못쓰오. 지금 상감이 군위에 계신 지도 12년이나 됐소. 지금 임금에게 아무런 허물도 없는데 어떻게 전 임금을 다시 데려온단 말이며, 또 그러면 자연 지금 임금을 몰아내야 할 터인데 세상에 어찌 그럴 수가 있겠소. 만일 그렇게 되면 그대 부자는 두 임금에게 다 씻지 못할 죄를 짓는 셈이오. 동시에 천하 사람들은 아무도 그대를 용납하지 않을 것이오."

영희도 완강히 주장한다.

"나는 아버지의 유언을 저버릴 수 없소. 그러니 이 일을 끝까지 추진할 생각이오."

한참 만에 우재 곡이 말한다.

"정 그렇다면 내가 이의 땅에 가서 전 임금을 한번 만나보겠소. 전 임금이 전에 비해서 얼마나 달라졌는지 살펴보고 와서 다시 상의하리다."

영희가 대답한다.

"그러는 것이 좋겠소."

우재 곡은 위헌공을 만나려고 이의 땅으로 갔다.

이때 위헌공은 마침 발을 씻고 있었다. 그는 우재 곡이 왔다는 말을 듣고 맨발로 뛰어나갔다.

"그대가 영희를 만나보고 왔다 하니 필시 좋은 소식을 가지고 왔으리라."

우재 곡이 대답한다.

"아니올시다. 신은 자의로 상감을 뵈오러 왔습니다. 영희는 신이 이곳에 온 줄도 모를 것입니다."

"그대는 영희에게 잘 말해서 속히 과인이 군위에 오를 수 있도록 주선하라. 영희가 비록 속으론 과인을 탐탁치 않게 여길지라도 위나라 정사를 다 맡기겠다는데야 싫다고 할 까닭이 없지 않은가?"

우재 곡이 넌지시 묻는다.

"대저 나라의 정사를 다스릴 수 있기 때문에 임금 노릇을 하고 싶어하는 것입니다. 그런데 나라 정사를 돌보지 않겠다면 무엇으로 임금 노릇을 하시겠다는 것입니까?"

위헌공이 경쾌히 대답한다.

"그건 그대가 모르고 하는 소릴세. 대저 임금이란 가장 으뜸가는 위치이며 가장 으뜸가는 영광이라. 또 아름다운 의복과 고량진미를 먹으며, 높은 대臺와 화려한 궁에 거처하고, 높은 연輦과 네 마리 말이 이끄는 수레를 타며, 부고府庫엔 재물이 가득하도다. 눈앞엔 사령使令들이 가득하고 아름다운 비빈妃嬪과 궁녀들의 시중을 받으며, 심심하면 들판에 나가서 사냥을 하며 맘껏 즐길 수 있음이라. 어찌 그 귀찮고 골치 아픈 나라의 정사를 다스려야만 즐거울 수 있으리오."

우재 곡은 아무 말도 하지 않고 물러나가 공자 전과 만났다. 그리고 위헌공에게서 들은 바를 말했다.

"전 상감의 이 같은 말을 그대는 어떻게 생각하시오?"

공자 전이 대답한다.

"상감은 너무나 오랫동안 고생을 하셨소. 이젠 편안히 쉬고 싶어서 아마 그런 말씀을 하셨겠지요. 무릇 임금이란 대신을 존경하고, 능력 있는 사람을 뽑아서 일을 맡기고, 재물을 절약해서 쓰고, 백성을 사랑으로 부리고, 모든 일에 관대하고, 그 하는 말에 신의가 있은 후라야만 영광을 누릴 수 있으며 존호尊號를 받을 수 있다는 것쯤은 상감도 익히 들어서 잘 아실 것이오. 그저 너무 고생을 많이 하다 보니 그렇게 말씀하셨겠지요."

우재 곡은 이의 땅을 떠나 영희에게 돌아가서 다녀온 소감을 말했다.

"내 이번에 가서 전 임금을 만나보니 그 말이 전혀 말 같지 않습니다. 지난날에 비해서 달라진 데라곤 없습니다."

영희가 묻는다.

"그럼 공자 전도 만나봤소?"

"만나봤지요. 공자 전의 말은 다 도리에 합당합니다. 그러나 전 임금이 공자 전의 말처럼 실행할 수 있을지 의문이오."

영희가 결연히 말한다.

"어떻든 공자 전의 말을 믿을 수밖에 없소. 더구나 나는 아버지의 유언을 지켜야 하오. 아무리 전 임금이 지난날에 비해서 달라진 점이 없다 할지라도 이 일을 중단할 순 없소."

우재 곡이 대답한다.

"그대가 꼭 전 임금을 복위시킬 생각이라면 기회를 잘 봐서 거사하도록 하오."

지난날 위헌공을 국외로 몰아냈을 때 그 주모자였던 손임보는 이제 늙어서 그의 서출庶出 장자인 손괴孫蒯와 척戚 땅에 가서 은거하고 있었다. 손임보의 손자인 손가孫嘉와 손양孫襄만이 도성에 남아 벼슬을 살고 있었다.

주영왕周靈王 25년 봄 2월이었다.

손가는 위상공衛殤公의 분부를 받고 친선차 제나라로 갔다. 그래서 손양만이 도성에 남아 있었다.

마침 이때 이의 땅에서 또 공손정이 왔다. 그는 영희에게 속히 위헌공을 복위시켜달라고 졸랐다.

우재 곡이 영희에게 권한다.

"그대가 꼭 거사를 할 생각이면 지금이 가장 좋은 기회요. 지금 손씨 집안 사람으로 도성에 남아 있는 자는 손양 한 사람뿐이오. 이 기회에 손양만 없애버리면 그만이오."

영희가 머리를 끄덕인다.

"그대의 뜻이 바로 내 생각과 같소."

마침내 영희는 자기 수하의 가병家兵들을 비밀히 모았다. 그리고 우재 곡과 공손정이 그 가병들을 거느리고 가서 손양의 집을 쳤다.

원래 손씨 부중府中은 화려하기가 공궁公宮에 약간 못 미칠 정도로 으리으리했다. 담은 높고도 튼튼했다. 손씨가 집 안에서 거느리고 있는 가병만 해도 1,000명이나 됐다. 또 옹서雍鉏와 저대褚帶라는 장수까지 두어 그 가병들을 통솔하고 있었다. 두 장수는 하루씩 걸러 교대로 나와 손씨 집에서 당직을 섰다.

그날은 저대가 손씨 집 당직이었다.

우재 곡은 가병들을 거느리고 손씨 집 앞에 이르렀다.

저대가 대문을 굳게 닫고 다락〔樓〕 위로 올라가서 아래를 굽어보고 묻는다.

"우재 곡은 무슨 연고로 군사를 거느리고 왔소?"

우재 곡이 다락을 쳐다보며 대답한다.

"상의할 말이 있어 이 집 주인과 만나러 왔네."

저대가 다시 묻는다.

"상의할 일이 있어 왔다면 왜 군사를 데리고 왔소?"

그러고서 저대는 활을 들어 우재 곡을 겨누었다. 우재 곡은 급히 뒤로 물러서면서 가병들에게 공격을 명령했다.

이윽고 손양도 친히 다락 위에 올라와서 싸우는 가병들을 지휘했다. 저대는 활을 잘 쏘는 가병을 다락의 창 앞에 늘어세우고 가까이 오는 자만 쏘아죽였다.

그래서 집 밖엔 화살에 맞아 쓰러져 죽는 자가 늘어났다.

이때 옹서도 손씨 부중이 공격을 받고 있다는 소문을 듣고 곧 군사를 일으켜 도우러 왔다. 그리하여 일대 혼전이 벌어지고 양편은 많은 사상자를 냈다.

마침내 우재 곡은 도저히 이길 수 없다는 걸 알고 물러가기 시작했다. 이에 손양은 대문을 열고 준마駿馬를 타고 달려나가 후퇴하는 우재 곡을 뒤쫓았다.

우재 곡이 징을 울리며 큰소리로 외친다.

"공손정이여! 나를 위해 어서 활을 쏘시오."

공손정은 뒤를 돌아보았다. 그는 곧 우재 곡의 뒤를 추격해오는 손양을 겨누고 활을 쏘았다.

공손정이 쏜 화살에 손양은 가슴을 맞고 달리는 말 위에서 굴러

떨어졌다. 이에 옹서와 저대가 손양을 일으켜 급히 수레에 싣고 돌아갔다.

호증胡曾 선생이 시로써 이 일을 읊은 것이 있다.

> 손씨孫氏는 시들고 영씨甯氏는 일어나는 집안인지
> 하늘의 뜻에 의하여 화살 한 대가 손양을 맞혔도다.
> 억지로 천년 부귀를 누리려 애썼지만
> 식은 잿더미에서도 불이 일어날 줄이야 누가 알았으리오.
> 孫氏無成甯氏昌
> 天敎一矢中孫襄
> 安排冤窟千年富
> 誰料寒灰發火光

우재 곡이 돌아가 영희에게 보고한다.

"손가孫家 집을 친다는 것은 결코 쉬운 일이 아니오. 만일 오늘 공손정이 그 놀라운 활솜씨로 손양을 쏘아맞히지 않았던들 그들은 결코 도중에서 돌아가지 않았을 것이오."

영희가 말한다.

"처음에 쳐서 무찌르지 못하면 두번째 칠 때엔 더욱 무찌르기 어려울 것 같소. 그러나 손양이 화살에 맞았으니 그 부하들은 다 갈피를 못 잡을 것이오. 이 기회를 놓치지 않고 내가 오늘 밤에 다시 그들을 무찌르겠소. 만일 다시 쳐서 성공하지 못하면 다른 나라로 달아나는 수밖에 없소. 어떻든 나와 손씨는 이 나라에서 함께 살 수 없으니까요."

영희는 수레에다 아내와 자식들을 태워 먼저 교외에 나가서 기다리도록 떠나보냈다. 만약 일의 여의치 않으면 달아날 요량이었다. 그리고 한편으론 사람을 보내어 손씨 부중의 동정을 살피게 했다.

황혼 무렵에야 심복 부하가 돌아와서 보고한다.

"손씨 부중에서 곡성이 진동했습니다. 게다가 대문으로 드나드는 사람들도 거동이 매우 당황스러워 보입디다."

영희가 머리를 끄덕이며 반색한다.

"그래, 그렇다면 손양이 죽었구나!"

말이 끝나기도 전인데 북궁유北宮遺가 와서 알린다.

"손양이 죽었소! 이젠 손씨 부중에 주인이 없소. 이 기회를 놓치지 말고 그 집으로 쳐들어갑시다."

영희는 연방 머리를 끄덕였다.

그날 밤 삼경三更이었다.

영희는 북궁유, 우재 곡, 공손정 등과 함께 가병을 거느리고 손씨 부중을 치러 갔다.

한편 손씨 부중에선 옹서와 저대가 손양의 시체 앞에서 곡哭을 하다가, 영씨甯氏의 가병이 온다는 말을 듣고 즉시 갑옷을 입고 뛰어나갔다.

그러나 이땐 영씨의 가병이 이미 대문 안까지 쳐들어온 뒤였다. 옹서 등은 급히 중문을 닫아걸었다.

그러나 어찌하리오. 손씨의 가병들은 각기 흩어져 달아날 뿐 한 사람도 협력하려 들지 않았다.

마침내 중문이 부서지고 영씨의 가병들이 일제히 들이닥쳤다. 이에 옹서는 황급히 뒷담을 넘어 그길로 손임보가 은거하고 있는 척 땅으로 달아났다. 그러나 저대는 영씨의 가병들에게 붙들려 죽음을 당했다.

날이 밝아오기 시작했다.

영희는 손양의 집을 쳐부수고 나자 죽은 손양의 목을 끊어서 들고 공궁公宮으로 들어가 위상공을 뵈었다.

"손씨는 나라의 정사를 마음대로 한 지 오래더니 이제 역적 모의할 뜻이 있기에, 신이 가병을 거느리고 가서 그 목을 끊어왔습니다."

위상공이 또랑또랑한 목소리로 묻는다.

"손씨가 과연 역적질을 도모했다면 왜 지금까지 과인에게 고하지 않았느냐? 그렇듯 과인을 무시한 그대가 이제 와서 새삼스레 고하는 건 또 무슨 뜻이냐?"

영희가 싱긋이 웃으며 칼을 매만진다.

"상감은 손씨가 세운 상감입니다. 결코 전 임금의 분부를 받고 군위에 오른 건 아닙니다. 이 나라 백성들은 지금 이의夷儀 땅에 계시는 전 임금을 사모하고 있습니다. 청컨대 상감은 임금 자리를 내놓으십시오. 그래야만 요堯, 순舜 같은 덕을 이룰 수 있습니다."

위상공이 분기충천하여 꾸짖는다.

"너는 대대로 내려오는 이 나라 신하를 마음대로 죽였다. 그러고도 멋대로 임금을 내쫓고 갈아들이려 하다니 역적이란 바로 네놈이다! 과인은 군위에 오른 지도 이미 13년이 됐다. 차라리 죽으면 죽었지 어찌 참을 수 없는 굴욕을 당하겠느냐!"

위상공은 곁에 있는 긴 창으로 영희를 찌르려고 덤벼들었다.

영희는 급히 몸을 돌려 궁문宮門 쪽으로 달아났다. 영희의 뒤를 쫓던 위상공은 이미 궁중 뜰에 갑옷 입은 영씨의 가병들이 가득 들어서 있는 걸 보고 대경실색하여 달아나려고 내궁 쪽으로 몸을 돌렸다. 그러나 영희의 호령 한 번에 가병들은 일제히 축대 위로 뛰어올라가 달아나는 위상공을 끌어내렸다.

이때 세자 각角은 아버지 위상공이 위급하다는 기별을 받고 칼을 뽑아들고 달려왔으나 변변히 싸우지도 못하고 공손정의 창에 찔려죽었다.

영희는 위상공을 태묘 안에 가두고 우격다짐으로 독주毒酒를 먹여 죽였다. 이날이 바로 주영왕 25년 봄 2월 신묘일辛卯日이었다.

영희는 교외로 사람을 보내어 달아날 준비를 갖추고 기다리던 처자를 다시 집으로 데려왔다. 그리고 문무백관을 조당朝堂으로 소집하여 전 임금인 위헌공을 모셔올 일을 상의했다.

모든 대신이 다 모였건만 오직 태숙太叔 의儀만이 병이라 핑계하고 참석하지 않았다. 태숙 의는 바로 위성공衛成公의 아들이며, 위문공衛文公의 손자로 이때 나이가 60여 세였다.

수하 사람이 태숙 의에게 조당으로 가지 않는 이유를 물었다.

태숙 의가 탄식한다.

"새 임금도 전 임금도 다 임금임이 틀림없다. 그저 국가가 불행해서 이런 일이 생겼구나. 이제 늙은 몸이 어찌 이런 기막힌 사건에 관여하리오."

한편 영희는 죽은 위상공의 궁속宮屬과 식구들을 모조리 궁 밖으로 내쫓고, 궁실을 새로 소제하고 법가法駕를 준비시킨 후, 위헌공을 모셔오도록 우재 곡·북궁유·공손정 세 사람을 이의 땅으로 보냈다.

이에 위헌공은 그날로 즉시 출발하여 어찌나 급히 수레를 달렸던지 사흘 만에 도성 가까이에 당도했다.

위나라 대부 공손면여公孫免餘는 도중까지 나가서 위헌공을 영접했다. 위헌공이 공손면여의 손을 덥석 잡고 감격한다.

"내 오늘날에 다시 임금이 되고 그대가 다시 나의 신하가 될 줄이야 어찌 알았으리오. 그저 기쁘고 기쁘도다."

이때부터 공손면여는 위헌공의 총애를 받았다.

나머지 다른 대부들은 다 교외에서 위헌공을 영접했다. 위헌공은 수레에서 내리지 않은 채로 모든 대부의 영접에 읍揖했다.

마침내 위헌공은 태묘太廟에 절하여 귀국 인사를 드린 뒤, 조당에 나아가 임금 자리에 앉아 모든 문무백관의 하례를 받았다. 그러나 이날도 태숙 의는 병이 중하다 핑계하고 참석하지 않았다.

위헌공이 시신侍臣에게 분부한다.

"그대는 가서 태숙 의에게 과인의 말을 전하고 오너라. '태숙은 이번에 과인이 귀국한 것을 마땅치 않게 생각하는가? 어찌하여 오랜만에 과인과 만나기를 싫어하는가?'"

태숙 의가 궁에서 나온 시신한테서 위헌공의 전갈을 받고 머리를 조아리며 대답한다.

"그대는 돌아가서 나의 말을 상감께 전하여라. '지난날 상감께서 국외로 망명하셨을 때 신이 모시고 따라가지 못했으니 이것이 신의 죄 그 하나이며, 신이 그간 망명 중인 상감께 하등의 연락도 해드리지 못했으니 이것이 신의 죄 그 둘이며, 또 상감께서 귀국하시려고 미리부터 국내 사람과 긴밀한 연락을 취하셨다는데 신은 그걸 전혀 몰랐으니 이것이 신의 죄 그 셋입니다. 이제 상감께서 이 세 가지 죄로 신을 책망하신다면 신이 어찌 목숨을 부지할 수 있겠습니까? 신은 이제부터 타국으로 달아나는 수밖에 없습니다.'"

시신은 돌아가서 위헌공에게 이 말을 전했다. 위헌공은 친히 태숙 의의 집으로 갔다.

이때 태숙 의는 다른 나라로 달아나려고 수레를 준비하고 있었다. 위헌공은 태숙 의에게 이 나라를 떠나지 말라고 간곡히 만류했다.

태숙 의가 울면서 위헌공에게 청한다.

"죽은 위상공을 위해서 발상發喪이나 하게 해주십시오."

"그렇게 하오. 그런 연후에 반드시 조당에 나와서 벼슬을 살도록 하오."

이에 태숙 의도 승낙했다.

그 뒤 영희는 위나라 정승이 되어 나랏일을 오로지 마음대로 처리했다. 그는 식읍食邑 3,000을 더 받았다. 북궁유, 우재 곡, 석악石惡, 공손면여 등도 더 많은 국록을 받았다. 그리고 공손정과 식작 등은 위헌공이 망명하던 때에 보좌한 공로로, 공손무지公孫無知와 공손신公孫臣 등은 그들의 아비가 지난날 위헌공을 위해서 죽었기 때문에 다 대부 벼슬에 올랐다.

그외에 태숙 의, 제악齊惡 등도 모두 지난날의 벼슬에 그대로 있게 되었다. 그리고 노나라에 가 있는 거원遽瑗도 소환해서 지난날의 벼슬에 그냥 있게 했다.

한편 손가孫嘉는 제나라에 가서 친선을 마치고 돌아오는 도중에, 자기 집은 망하고 동생인 손양과 위상공도 죽음을 당했다는 소식을 들었다. 손가는 몹시 낙심하여 조부와 부친이 있는 척 땅으로 갔다.

한편 손임보는 세상이 바뀐 걸 알고 자기가 살고 있는 척 땅을 진晉나라에 바치고, 특별히 다음 세 가지 조건을 들어서 간청했다.

그 첫번째는 영희가 위상공을 죽인 역적이란 것, 둘째는 다시 군위에 오른 위헌공이 불원간에 군사를 거느리고 이 척 땅으로 쳐들어올 것이란 것, 셋째는 그러니 진군晉軍이 와서 이곳을 지켜달라는 것이었다.

이에 진평공晉平公은 겨우 군사 300명을 손임보에게 보냈다. 손임보는 진병晉兵 300명을 척 땅 동쪽에 있는 모씨茅氏 땅에 배치했다.

서출庶出 장자長子인 손괴孫蒯가 아버지 손임보에게 투덜댄다.

"그까짓 진나라 병사 300명으로 어찌 위군衛軍을 막아내겠습니까?"

손임보가 웃으며 대답한다.

"그건 네가 모르는 소리다. 물론 위나라 군사가 쳐들어오면 막아낼 수 없기 때문에 진나라 병사를 동쪽 구석에다 배치시킨 것이다. 만일 위군이 쳐들어와 진병 300명을 다 죽였다고 생각해보아라. 틀림없이 진나라는 격노할 것이다. 진나라가 격노해야만 대군이 와서 우리를 도와줄 것이 아니냐?"

손괴가 감탄한다.

"아버지의 높은 계책엔 소자의 좁은 소견이 도저히 미칠 수 없습니다."

한편 영희는 손임보가 척 땅을 진나라에 바치고 진병 300명을 얻었다는 소식을 듣고 머리를 외로 꼬며 말한다.

"진나라가 진실로 손임보를 돕는다면 어찌 겨우 군사 300명만 보냈을 리 있으리오. 참으로 이해하기 곤란한 일이다."

이에 영희가 식작을 불러 분부한다.

"장군은 군사 1,000명만 거느리고 가서 모씨 땅에 와 있는 진나라 병사들을 습격하라."

# 진晉나라와 초楚나라의 동맹

　식작殖綽은 군사 1,000명을 거느리고 가서 진병晉兵 300명을 모조리 무찌르고 모씨 땅에 주둔했다. 그리고 영희에게 사람을 보내어 승전勝戰을 알렸다.

　한편 척戚 땅의 손임보孫林父는 위나라 군사가 동쪽 모씨 땅에 쳐들어왔다는 보고를 받고 즉시 손괴孫蒯와 옹서雍鉏를 불렀다.

　"속히 군사를 거느리고 모씨 땅으로 가서 진병을 도와주어라."

　이에 손괴와 옹서는 병사를 거느리고 모씨 땅으로 달려갔으나 오래지 않아 돌아왔다.

　손임보가 묻는다.

　"어찌하여 진병을 돕지 않고 벌써 왔느냐?"

　손괴와 옹서가 대답한다.

　"이미 진병 300명은 다 몰살당했습니다. 그런데 위군을 거느리고 온 장수는 원래 제나라 용장 식작이었다고 합니다. 가서 싸워봐야 소용없겠기에 병사를 거느리고 그냥 돌아왔습니다."

손임보가 큰소리로 꾸짖는다.

"귀신도 무서울 것이 없거늘, 그래 사람이 그렇게 무서워서 그냥 돌아왔단 말이냐? 더구나 상대방 장수는 식작 한 사람뿐이 아닌가. 만일 위나라 대군이 이곳으로 쳐들어왔다면 어찌할 뻔했느냐? 너희는 곧 다시 가거라. 만약 아무런 공로도 세우지 못하거든 아예 나와 다시 만날 생각을 말아라!"

손괴는 깊이 고민하면서 밖으로 나가 옹서와 함께 상의했다.

옹서가 말한다.

"식작은 만부萬夫도 당적할 수 없는 무서운 장수요. 우리가 힘으로 이길 순 없으니 계책을 씁시다."

손괴가 몇 번이고 머리를 끄덕이며 대답한다.

"모씨 땅 서쪽에 어촌圉村이란 곳이 있는데 무성한 수목이 사방을 에워싸고 있으며, 그 속에 마을이 있고 마을 안에 조그만 토산土山이 있소. 나는 병사를 거느리고 가서 그 토산 아래에다 함정을 파고 위에 풀을 덮어두겠소. 그대는 병사 100명을 거느리고 가서 식작을 마을 어귀까지만 유인해오오. 그러면 나는 토산 위에 병사를 둔屯치고 있다가 식작이 오면 갖은 욕설을 퍼붓겠소. 필시 식작은 부아를 참지 못해 산 위로 올라올 것이오. 그러기만 하면 그는 우리 계책에 떨어지고 마오."

옹서는 병사 100명을 거느리고 모씨 땅으로 숨어들어갔다. 그는 위군의 실정을 살피러 온 밀정密偵처럼 기웃거리다가 위병衛兵에게 들키자 깜짝 놀란 듯이 말고삐를 돌려 달아나기 시작했다.

식작은 자신의 용기만 믿었다. 그는 옹서의 군사가 불과 100명밖에 안 되는 것을 보고 영채營寨의 군사를 부르지도 않고, 다만 자기가 거느린 병사 수십 명만 데리고 병거를 달려 옹서의 뒤를 쫓아갔다.

옹서는 일부러 이리저리 달아나면서 식작을 어촌 어귀까지 유인했다. 그는 마을 쪽으로 가지 않고 경사가 진 숲 속으로 들어갔다.

식작은 우거진 숲을 보고 혹 적의 복병이 있지나 않을까 의심하고 병거를 멈췄다. 동시에 문득 산 위를 바라보니, 300명 가량의 군사들이 뚱뚱한 장수 한 사람을 모시고 늘어서 있었다.

금무金鍪를 쓰고 수갑繡甲을 입은 그 장수가 식작을 굽어보고 큰소리로 욕한다.

"이놈 식작아! 너는 재물이 욕심나서 고국인 제나라를 버리고 가위 팔려오다시피 한 놈이라지? 처음엔 진晉나라 난영의 사병이 되었다가 아무짝에도 쓸모가 없어서 버림받은 놈이 바로 네가 아니냐? 그래, 천하에 갈 곳 없는 신세가 되어 결국 우리 위나라에 와서 밥술이나 빌어먹고 있다면 창피한 줄이나 알아야 할 것 아닌가! 참으로 너는 뻔뻔스런 놈이다. 나는 8대째 위나라를 섬겨온 손씨의 자손이다. 어찌 너 같은 놈이 지체의 높고 낮은 것을 알리오. 너야말로 금수禽獸나 진배없도다."

이 말을 듣자 식작은 노기를 주체하지 못했다.

"대관절 저 산 위에 서 있는 놈은 누구냐?"

위병들 중에서 한 군사가 대답한다.

"바로 손임보의 서출 장자인 손괴올시다."

"음, 그래! 저 손괴 놈만 잡으면 늙은 손임보도 거의 잡은 거나 다름없으렷다."

그 토산土山은 펑퍼짐해서 과히 높지 않았다. 식작이 병거를 몰고 내달리면서 소리친다.

"내 뒤를 따라 저 산 위를 공격하여라."

위군은 일제히 산 위를 향해 달렸다. 병거 바퀴가 먼지를 뿌옇게 일으키며 올라간다.

얼마쯤 올라갔을 때였다. 갑자기 말이 땅속으로 끌려들어가면서 병거가 함정 속으로 굴러떨어졌다. 순간 식작은 하늘이 뒤집히는 줄 알았다. 그는 부서지는 병거에서 튕겨나와 바닥에 이마를 부딪히고 함정 구석에 나자빠졌다.

손괴는 식작이 무서운 장수임을 알기 때문에 이미 대기해둔 궁노수弓弩手들을 시켜 함정 속을 향해 활을 마구 쏘았다.

참으로 가엾은 일이었다. 식작은 함정 속에서 무수한 화살을 맞고 마치 밤송이처럼 되어 죽었다. 용맹을 떨치던 식작이 한낱 보잘것없는 인물에게 죽음을 당할 줄이야 누가 알았으리오.

좋은 질그릇이 우물에서 깨지고, 장군이 진陣 앞에서 죽는다는 것도 이런 걸 두고 한 말일 것이다.

옛사람이 시로써 이 일을 증명한 것이 있다.


저 무서운 장수를 누가 당적할까
보잘것없는 손괴는 어쩔 줄을 몰랐도다.
그러나 한 번 충격을 준 것이 기적이 됐으니
비로소 알지라, 대장부는 항상 쉬지 말고 노력해야 한다는 것을.
神勇將軍孰敢當
無名孫蒯已奔忙
只因一激成奇績
始信男兒當自强


손괴는 긴 갈고리로 식작의 시체를 찍어올려 그 목을 끊고 위군을 무찔러 쫓아버렸다.

손괴와 옹서는 척 땅으로 돌아가서 손임보에게 승전을 고했다.

손임보가 말했다.

"장차 진나라가 우리에게 왜 진병이 몰살을 당하도록 내버려뒀느냐고 꾸짖는다면 우리는 변명한 길이 없다. 그러니 옹서는 이 길로 진나라에 가서 이번 싸움에 이겼다고 하지 말고 졌다고 고하여라."

옹서는 진나라에 가서 위군과 싸웠으나 졌다고 거짓말을 했다.

과연 진평공晉平公은 자기 나라 군사가 위군에게 몰살당했다는 소식을 듣고 격노했다. 이에 진평공은 모든 나라 제후를 전연澶淵 땅으로 소집하고 장차 위나라 칠 일을 상의했다.

한편, 위나라 위헌공衛獻公과 영희甯喜는 진평공이 모든 나라 제후와 함께 위나라 칠 일을 상의한다는 소문을 듣고 놀라 함께 전연 땅으로 갔다.

격분한 진평공은 위나라에서 황급히 달려온 위헌공과 영희를 불문곡직하고 군부軍部에 잡아가두었다.

일이 이쯤 됐을 때였다.

한편 제나라에선 대부 안영晏嬰이 제경공齊景公에게 아뢴다.

"지금 진후晉侯가 일방적으로 손임보의 말만 믿고 위후衛侯를 잡아가두었다고 합니다. 이러다가는 장차 임금은 소용없고 힘센 신하들의 세상이 되고 말 것입니다. 그러니 상감께서는 진후에게 잘 청해서 진晉·위衛 두 나라를 화해시키도록 하십시오."

제경공이 대답한다.

"경의 말이 옳소."

이에 안영은 정나라 정간공鄭簡公을 청해서 함께 진나라로 갔다.

진나라에 당도한 안영과 정간공은,

"위후를 석방하고 화해하십시오. 어찌 한 나라 임금을 잡아가 둘 수 있습니까?"

하고 진평공에게 사정했다.

진평공은 일부러 진나라까지 온 제나라 안영과 정간공의 호의 를 모르는 바는 아니었다. 그러나 진평공은 이미 손임보의 기별을 믿었기 때문에 그들의 청을 거절했다.

안영이 진나라 대부 양설힐羊舌肹에게 말한다.

"진후는 모든 나라 제후의 두목 격이오. 그러니 불행한 나라를 동정하고 강한 나라를 억누르는 동시에 약한 나라를 도와주는 것 이 맹주盟主의 직분이오. 지난날에 손임보가 임금인 위헌공을 국 외로 몰아냈을 때도 진나라는 그 죄를 토벌하지 않고 보고만 있었 소. 그런데 손임보는 또다시 신하로서 진나라에 청하여 자기 나라 임금을 잡아가두게 했소. 매사가 이렇다면 천하에 누가 임금 노릇 을 하려 하겠소. 천자天子도 제후를 함부로 잡아가두지 못하거늘, 하물며 제후로서 어찌 제후를 잡아가둔단 말이오? 이럴 때 그대가 진후에게 간하지 않는다면, 이는 신하들이 당黨을 만들어 그 임금 을 억압하는 거나 다름없소. 장차 이러다가는 진후가 천하 패권을 잃지나 않을까 염려되오. 그래서 내가 이렇듯 그대에게 충고하는 것이오."

이에 양설힐은 안영의 말을 조무趙武에게 전하고 함께 가서 진 평공에게 간했다.

드디어 진평공은 위헌공을 석방하고 본국으로 돌아가게 했다. 그러나 영희만은 석방하지 않고 그냥 잡아뒀다.

그후 위나라에선 우재右宰 곡縠이 위헌공의 승낙을 받고 많은 뇌물과 악공樂工 열두 명을 데리고 진나라에 가서 진평공에게 바치고 영희를 속죄해달라고 간청했다. 이에 진평공은 위나라 뇌물을 받고서야 영희를 석방해주었다.

이리하여 영희는 비로소 위나라로 돌아갔다. 그러나 그는 매사에 더욱 거만스레 행동하며 나랏일을 다 자기 마음대로 처리했다. 여하한 일도 위헌공에겐 품하지 않았다.

그래서 모든 대부는 국사國事를 의논할 일이 있으면 궁으로 가지 않고 다 영희의 부중府中으로 가서 용건을 말하고 결재를 받았다. 결국 위헌공은 한낱 허수아비에 지나지 않았다.


한편, 송宋나라 좌사左師* 벼슬에 있는 상술向戌은 진晉나라의 조무와도 친한 사이였고, 초楚나라 영윤令尹 굴건屈建과도 자별한 사이였다.

어느 날 상술은 친선 사절로 초나라에 가게 됐다. 초나라에 당도한 상술은 전부터 친한 영윤 굴건과 오랜만에 반가이 만나 서로 이런 이야기 저런 이야기 하던 끝에,

"지난날 우리 송나라 화원華元은 늘 천하가 태평하려면 진晉·초楚 양대국이 친선 우호를 맺어야 한다고 주장했지요. 그런데 아직도 그것이 실현되지 않고 있소."
하고 탄식했다.

굴건이 대답한다.

"거 참 좋은 의견이오. 그런데 모든 나라 제후가 각기 자기들 권세만 누리려고 고집을 피워서 아무런 성과도 못 보는구려. 만일 진·초 두 나라의 속국들이 호응하고 서로 한집안처럼 친해진다면 천하에 싸움은 영원히 근절될 것이오."

상술은 굴건과 의논하여 진·초 두 나라 임금을 송나라로 초청해서 이 일을 추진해보기로 했다.

마침내 상술의 주선으로 진·초 두 나라는 서로 우호 조약을 맺기로 합의를 보았다.

그런데 두 강대국이 이렇게 합의를 보게 된 데엔 각기 그만한 이유가 있었다. 초나라는 초공왕楚共王 이래로 늘 오吳나라의 침범을 받아 변경邊境이 편할 날이 없었다. 그러므로 초나라 영윤 굴건은 진나라와 우호를 맺고 난 다음에 오로지 오나라를 꺾어누를 작정이었다.

한편 진나라 장수 조무는 초나라 군사가 늘 정鄭나라를 쳐서 골치를 앓던 판이라, 이 참에 초나라와 친선하면 그래도 몇 해 동안은 좀 편히 쉴 수 있으리라는 심산이었다.

진·초 두 나라는 세상의 평화와 백성의 행복을 위해서가 아니라 서로 이런 속셈들이 있었기 때문에 우호를 맺기로 한 것이었다.

이에 두 나라는 각기 자기 속국들에 사자를 보내어 이 뜻을 알리고 모든 나라 대표를 초청했다.

진나라는 위나라에도 사자를 보내어 대표 한 사람을 보내달라고 청했다. 영희는 이런 일이 있다는 사실을 위헌공에게 전혀 알리지 않았다. 그는 자기 맘대로 석악石惡을 위나라 대표로 정해서 대회大會에 보냈다. 그후에야 위헌공은 이런 사실을 겨우 소문으로 들어서 알고 화가 치밀었다.

위헌공이 공손면여公孫免餘를 불러 호소한다.

"이렇게 국가들 사이의 큰일까지도 영희는 과인에게 의논 한번 않고서 제 맘대로 하는구나!"

공손면여가 대답한다.

"신이 영희를 찾아가 예禮로써 책망하리이다."

이에 공손면여는 영희에게 갔다.

"자고로 대회와 맹약盟約이란 것은 세상에서 가장 중대한 일이오. 이런 큰일을 어찌하여 상감께 고하지 않고 혼자 맘대로 처결했소?"

영희가 화를 내며 투덜댄다.

"지난날에 상감은 나랏일을 일체 나에게 맡기겠다고 언약했소. 그러니 내가 어찌 다른 신하와 같을 수 있단 말이오!"

공손면여는 위헌공에게 돌아가서 이 말을 전하고 넌지시 아뢴다.

"영희는 이렇듯 무례한 놈입니다. 상감께서는 왜 그를 죽여버리지 않으십니까?"

위헌공이 힘없이 대답한다.

"하지만 영희가 없었다면 내가 어찌 임금 자리를 다시 차지할 수 있었으리오. 모든 것은 과인이 그에게 약속했기 때문이라. 그러니 이제 와서 후회한들 무엇 하리오."

공손면여가 다시 아뢴다.

"신은 상감께 많은 은혜를 받았으나 아무런 보답도 하지 못했습니다. 청컨대 신은 신의 형제들과 함께 영씨甯氏를 치겠습니다. 신이 성공하면 그 이익은 상감께 돌아갈 것이며, 만일 성공하지 못할지라도 신이 혼자서 그 해를 당하면 그만입니다."

위헌공이 불안해한다.

"경이 잘 알아서 처리하라. 그리고 과인에게 피해가 없도록만 하라."

그날로 공손면여는 그의 동생인 공손무지公孫無智와 공손신公孫臣에게 갔다.

"영희가 오로지 제 맘대로 나랏일을 처리한다는 것은 그대들도 잘 아는 바라. 그러하건만 상감은 지난날 자기가 약속한 걸 지키지 않을 수 없다면서 속으로 꾹 참고만 있다. 이렇게 영씨의 세력이 오래가다가는 장차 어찌 되겠는가! 머지않아 우리는 손임보 집안이 당한 것보다 더 참혹한 피해를 입을 것이다. 그러니 장차 이 일을 어찌하면 좋겠는가?"

공손무지와 공손신이 함께 대답한다.

"왜 영희를 죽여버리지 않습니까?"

공손면여가 머리를 끄덕인다.

"나도 상감께 그렇게 말씀드렸지만 상감이 듣질 않는구나. 우리 삼형제가 기회를 보아 영희를 쳐서 성공하면 이는 상감의 복이다. 그리고 만일 실패할지라도 우리 삼형제가 다른 나라로 달아나면 그만이다."

공손무지가 청한다.

"우리는 형님과 함께 이 일을 위해서 앞장서겠습니다."

이에 공손면여, 공손무지, 공손신 삼형제는 짐승을 잡아 입술에 피를 바르고 영희를 치기로 맹세했다. 이때가 바로 주영왕周靈王 26년이었다.

이해 봄에 영희는 자기 집에서 봄잔치를 열었다.

이날 공손무지가 공손면여에게 말한다.

"영희가 오늘부터 봄잔치를 연다니 평소보다는 경비가 느슨할 것입니다. 청컨대 제가 먼저 영희의 집을 치겠습니다. 형님은 제 뒤를 이어서 치십시오."

공손면여가 대답한다.

"가만있거라. 점괘나 한번 뽑아보고서 일을 시작하자."

"일이란 실행하는 것이 중요합니다. 그까짓 점괘는 뽑아봐서 뭘 합니까?"

마침내 공손무지와 공손신은 각기 자기 집 가병을 모조리 거느리고 영씨의 집으로 향했다.

그런데 영희의 집 대문 안엔 복기伏機란 것이 비밀히 설치되어 있었다. 복기란, 땅을 깊이 파서 함정을 만들고 그 위에다 나무판자를 덮어 평지처럼 만든 뒤에 목제로 기관機關을 만들어놓은 것이다. 다시 말해 나무판자 위에 약간 튀어나온 막대기를 건드리기만 하면 곧 나무판자가 열리면서 그 위에 서 있는 사람을 함정으로 떨어뜨리는 장치였다.

영희는 항상 낮이면 복기의 기관을 떼어놓고 밤이면 그 기관을 설치해두었다.

이날 영희의 집 봄잔치는 자못 성대했다. 점심때가 지난 뒤 영희의 가족들과 가속家屬들은 다 함께 중당中堂에 모여앉아 배우들이 재주 부리는 모습을 구경하고 있었다. 문 지키는 가병들도 구경하겠다고 원해서 영희는 그들의 청을 허락했다. 그래서 문 지키는 자가 없었다. 그 대신 낮이면 떼어놓던 복기의 기관을 이날만은 대낮인데도 설치해두었다.

가병을 거느리고 온 공손무지는 영희의 집 대문에 문 지키는 자가 없는 걸 천행으로 생각하고 분연히 앞장서서 들어갔다. 그러나 대문 안에 복기가 설치되어 있을 줄은 꿈에도 몰랐다.

튀어나온 막대기에 공손무지의 다리가 슬쩍 닿았을 때였다. 순간 공손무지가 밟고 있던 목판 바닥이 내려앉았다. 동시에 공손무지는 중심을 잃고 깊은 함정 속으로 굴러떨어졌다.

누군가가 복기에 걸려 함정 속으로 떨어지는 소리가 나자 영희의 가병들이 일제히 뛰어나왔다. 이에 공손신은 거느리고 온 가병을 지휘하여 함정에 빠진 형 공손무지를 구출하려고 애쓰는 한편, 친히 창을 휘둘러 영씨 집 가병과 싸웠다. 그러나 영씨의 가병이 워낙 많아 당해낼 도리가 없었다. 공손신은 마침내 영씨 집 가병들과 종횡무진으로 싸우고 싸우다가 죽었다.

영희가 함정에서 끌려나온 공손무지에게 묻는다.

"그대는 누구의 명령을 받고 이곳에 왔느냐?"

공손무지가 눈을 힘껏 부라리며 욕설을 퍼붓는다.

"너는 약간의 공을 믿고 이 나라를 전제專制하니 신하로서 불충하기 짝이 없는 놈이다. 우리 삼형제는 이 나라 사직社稷을 위해서 너를 죽이려 했으나 이제 뜻을 이루지 못했은즉 이 또한 천명天命이구나! 우리 삼형제는 남의 부탁을 받고 이런 곳에 올 그런 졸장부들이 아니다."

영희는 분기가 치솟아 뜰 아래 기둥에다 공손무지를 비끄러매고 사정없이 매질을 했다. 매를 맞고 공손무지가 거의 죽어갈 즈음 영희는 비로소 칼을 뽑아 그의 목을 끊었다.

이때 우재 곡이 병거를 몰고 달려왔다. 그는 영희의 집이 습격을 당했다는 말을 듣고 달려온 것이었다.

영희의 가병이 우재 곡을 위해 문을 열었을 때였다.

이때 마침 공손면여도 군사를 거느리고 풍우같이 달려왔다.

공손면여는 병거에서 뛰어내려 영희의 집으로 들어가려는 우재 곡을 한칼에 죽였다. 이에 공손면여의 군사들은 물밀듯이 영희의 집 안으로 쳐들어갔다.

마침내 영희의 집은 일대 싸움 마당으로 변했다. 놀란 영희가 경황이 없는 중에도 소리를 지른다.

"너희는 도대체 누구냐!"

공손면여가 대답한다.

"이 나라 사람이 다 너를 미워하는데 하필 성명은 물어서 뭐 할 테냐?"

영희는 공손면여를 보자 슬금슬금 달아나기 시작했다.

공손면여는 칼을 뽑아들고 달아나는 영희를 뒤쫓았다. 두 사람이 중당 주위를 쫓고 쫓기며 세번째 돌았을 때였다. 마침내 영희는 공손면여가 치는 칼에 두 번을 얻어맞고 기둥을 끌어안으며 쓰러져 죽었다. 이날 공손면여는 영씨 일가를 모조리 죽였다.

공손면여는 궁으로 가서 위헌공에게 성공을 고하고 조당朝堂 안에다 영희와 우재 곡의 시체를 전시했다.

공자 전鱄은 이 소문을 듣고 맨발로 조당 안으로 뛰어들어갔다. 그가 영희의 시체를 쓰다듬으면서 통곡한다.

"상감이 그대에게 한 지난날의 약속을 지키지 않았으니, 결국은 내가 그대를 속인 것이 됐구나! 내 무슨 면목으로 위나라 벼슬에 앉아 있을 수 있으리오."

공자 전은 머리를 들어,

"하늘이여! 하늘이여! 하늘이여!"

세 번을 부르짖고 조당에서 나갔다. 공자 전은 집에 돌아가서 소달구지[牛車]에 아내와 아들을 태우고 진晉나라로 떠나갔다.

위헌공은 급히 사람을 보내어 공자 전을 만류했다. 그러나 심부름 갔던 사람만 돌아오고 공자 전은 돌아오지 않았다.

며칠 후, 공자 전이 황하黃河 가에 이르렀을 때였다. 위헌공의 분부를 받은 대부 제악齊惡이 밤낮없이 역마驛馬를 달려 뒤쫓아 왔다. 제악은 공자 전에게 상감의 뜻을 전하고 같이 돌아가자고

청했다.

공자 전이 대답한다.

"영희가 살아나지 않는 한 나는 돌아갈 수 없소."

그러나 제악은 끈덕지게 함께 돌아가자고 간청했다.

그때 공자 전에게는 도중에 잡아서 산 채로 수레에 비끄러매어 둔 꿩 두 마리가 있었다. 공자 전이 칼을 뽑아 그 두 마리 꿩의 목을 자르고서 맹세한다.

"나와 내 처자가 다시 위나라 땅을 밟고 위나라 곡식을 먹는다면, 하늘이여 우리를 이 꿩처럼 죽이소서!"

그제야 제악은 공자 전을 결코 데리고 가지 못할 것을 알고 홀로 돌아갔다.

마침내 진나라에 당도한 공자 전은 한단邯鄲 땅에 몸을 숨기고 평생 짚신을 삼아 곡식과 바꿔 먹으면서 살았다. 그리고 죽는 날까지 한번도 위나라에 대한 말을 하지 않았다.

사신史臣이 시로써 공자 전을 찬한 것이 있다.


타국 땅이 어찌 정든 고향만 하리오
짚신을 삼아 생활하며 일생을 쓸쓸히 보냈도다.
위헌공의 다짐을 받고 영희에게 한번 약속한 말이 금석金石
보다 중해서
그는 죽은 사람에게 신신信을 지키기 위해 부귀를 버렸도다.
他鄕不似故鄕親
織屨蕭然竟食貧
只爲約言金石重
違心恐負九泉人

한편 제악은 홀로 돌아가서 위헌공에게 다녀온 경과를 보고했다. 위헌공이 공자 전의 굳은 결심을 듣고 길이 탄식한다.

"영희와 우재 곡의 시체를 조당에 두어 더 구경시킬 것 없이 잘 묻어줘라."

그리고 위헌공은 공손면여를 정경正卿으로 삼았다.

공손면여는,

"신은 인망人望이 태숙太叔 의儀만 못합니다. 그러니 나랏일을 태숙 의에게 맡기십시오."

하고 사양했다.

이리하여 태숙 의가 위나라 일을 맡아보게 됐다. 그런 뒤로 위나라는 점점 안정을 회복했다.

한편, 송나라 좌사左師 상술尙戌은 진晉·초楚 양대국을 친선 우호시키기 위해서 적극 노력했다.

마침내 진나라에선 정경 조무趙武가 대표로 오고, 초나라에선 영윤 굴건屈建이 대표로 송나라에 왔다. 그리고 모든 나라에서도 그 나라를 대표한 대부들이 속속 송나라에 당도했다.

진나라 속국인 노魯·위衛·정鄭 세 나라 대표들은 왼편 진영晉營에서 여장을 풀고, 초나라 속국인 채蔡·진陣·허許 세 나라 대표들은 오른편 초영楚營에서 여장을 풀었다.

그리고 양대국 진영 사이에 병거를 쌓아 성을 만들고 각기 한쪽씩을 차지했다.

송나라는 주인으로서 두 나라를 위해 주선했다. 우선 송나라 상술은 양대국의 동맹에 대한 식순式順부터 대충 정하고 서로 불만이 없도록 공평하게 하려고 애썼다.

그래서 상술이 짠 절차에 따라서 초나라 속국인 돈頓·호胡·

심沈·미麋 등의 대표들이 진영에 가서 예물을 바치고, 동시에 진나라 속국인 주邾·거莒·등滕·설薛 등의 대표들이 초영에 가서 예물을 바쳤다.

제나라와 진秦나라같이 제법 큰 나라는 속국이 아닌 자주自主 국가이므로 그 대표들은 그저 진나라와 초나라의 예물 교환을 참관하기만 했다.

마침내 송나라 서문西門 밖 광장에서 진·초 양대국은 희생의 피를 입술에 바르고 서로 맹세할 단계까지 이르렀다.

초나라 굴건은 비밀히 군사들에게 속엔 갑옷을 입고 곁엔 예복을 입도록 전령傳令했다. 그는 맹회盟會에서 진나라 대표 조무를 습격해서 죽일 작정이었다. 그러나 곁에서 백주리伯州犂가 그래서는 안 된다고 엄숙히 간했기 때문에 굴건은 다시 명령을 거두었다.

한편, 조무도 초나라 대표가 비밀히 군사를 무장시킨다는 소문을 듣고서 양설힐과 의논했다.

"초나라 대표가 군사를 무장시킨다는 소문이 있으니 우리도 이에 대비할 계책이 있어야겠소."

양설힐이 정색하고 대답한다.

"이번에 동맹하는 목적은 서로가 군사를 쉬게 하자는 것이오. 그런데 초나라 대표가 만일 군사를 쓴다면, 이는 초나라가 천하 모든 나라 제후에게 신의를 저버리는 짓이오. 그러니 우리는 이럴 때일수록 굳게 신의를 드날려야 하오. 그대는 조금도 걱정 말고 맹회에 나가서 절차나 마치시오."

맹회가 시작되기 직전이었다. 초나라 굴건이 주최측인 송나라 상술을 불렀다.

"이번 회會에선 우리가 먼저 희생의 피를 입술에 발라야겠소.

그러니 우리 다음에 진나라 대표가 따라서 하도록 순서를 정해주시오."

상술은 참으로 입장이 곤란했다. 그는 하는 수 없이 진영晉營으로 갔으나 차마 초나라 대표의 요구 조건을 전하기가 거북했다. 그래서 상술은 자기가 데리고 간 부하 한 사람을 시켜 초나라의 뜻을 조무에게 전했다.

조무가 상술을 불러 불쾌한 안색으로 말한다.

"옛날에 우리 나라 진문공晉文公께서는 천자天子의 명을 받고 천토踐土에서 모든 나라 제후를 소집하고 맹회를 주재하셨소. 비단 그 뿐만 아니라, 우리 중국中國이 위〔上〕에 있거늘 어찌 초나라 대표가 우리 진나라보다 먼저 희생의 피를 입술에 바를 수 있으리오."

상술은 다시 초영楚營으로 가서 조무의 말을 전했다. 굴건이 화를 내며 말한다.

"만일 천자의 명으로 이 일을 따진다면, 우리 초나라도 예전에 주혜왕周惠王의 분부를 받은 일이 있다고 가서 전하시오. 이번에 이렇게 동맹을 맺자는 것은 초나라와 진나라가 서로 필적할 만한 강국이기 때문이오. 진나라는 그간 여러 번 맹회를 주재해왔소. 그러니 이번에는 우리 초나라에 양보하라고 하시오. 이번 맹회에서 그렇게 하지 않으면 우리가 진나라보다 약하다는 것밖에 더 되겠소? 그렇다면 우리가 무엇 때문에 이런 이롭지 못한 맹약을 할 필요가 있겠소."

상술은 다시 진영에 가서 굴건의 말을 전했다. 그러나 조무는 양보하려 하지 않았다.

양설힐이 조무에게 말한다.

"맹회를 주재하는 것은 덕德으로써 맡아보는 것이지, 결코 위세위勢로써 하는 것은 아니오. 만일 우리에게 덕이 있다면 나중에 희생의 피를 바를지라도 모든 나라 제후는 우리를 존경할 것이며, 덕이 없다면 비록 먼저 희생의 피를 바를지라도 모든 제후는 반드시 배반할 것이오. 이번에 모든 나라 제후를 초청하고 맹회를 연 것은 전쟁을 없애기 위해서요. 또 군사를 쉬게 한다는 것은 천하를 이롭게 함이라. 만일 누가 이 맹회를 주재하느냐 하는 걸로 서로 다툰다면 필시 싸움이 일어날 터이고, 싸우면 반드시 모든 나라에 신용을 잃고 마오. 그뿐만 아니라 결국 천하를 이롭게 한다는 그 의의意義마저 상실하고 마오. 그러니 모든 걸 참고 초나라에 양보합시다."

이에 조무는 초나라에 양보하기로 했다.

마침내 초나라 대표가 먼저 희생의 피를 입술에 바르고 회를 주재했다. 진·초 양대국은 맹약을 마치고 나서 각기 본국으로 돌아갔다.

이때 석악石惡은 위나라 대표로 맹회에 참석했다가 영희甯喜가 피살됐다는 본국의 소식을 들었다. 석악은 공손면여가 세도를 잡은 위나라로 돌아갈 순 없었다. 그래서 조무를 따라 진나라로 달아났다.

이때부터 진나라와 초나라 사이엔 싸움이 없어졌다.


한편, 제齊나라 우상右相 최저崔杼는 제장공齊莊公을 죽이고 제경공齊景公을 군위에 세운 이후로 그 위세가 나날이 높아졌다.

좌상左相 경봉慶封은 원래 술을 좋아하고 사냥을 좋아하는 사람이라 도성에 잘 붙어 있지 않았다. 그래서 최저는 밤에도 촛불을 밝히고 제나라의 모든 일을 혼자서 처리하고 결정했다. 옛날

동지였던 경봉은 어느덧 마음속으로 최저를 질투하고 있었다.

최저는 전번에 아내 당강棠姜에게 그녀의 소생인 최명崔明을 적자嫡子로 세우겠다고 허락한 바 있었다. 그러나 자기 전처의 소생이며 장자長子인 최성崔成이 불쌍해서 차마 적자를 폐하지 못했다.

최성은 아버지의 고민을 눈치채고 자기의 모든 권리를 서동생인 최명에게 양도하겠다고 자청했다.

"그러니 아버지께서는 조금도 염려 마시고 모든 상속권을 최명에게 넘겨주십시오. 소자는 최읍崔邑에 가서 수양이나 하며 편안히 일생을 보내겠습니다."

최저는 못 이기는 체하고 최성의 뜻을 받아들였다.

그러나 동곽언東郭偃과 당무구棠無咎는 최저에게 이 일을 항의했다.

"최읍은 우리 나라에서도 제일급에 속하는 큰 고을[邑]이오. 마땅히 새로 적자가 된 최명이 그 땅을 상속해야지, 어찌 적자의 자리에서 물러난 최성에게 내준단 말입니까? 이건 결코 안 될 말이오."

입장이 난처해진 최저는 최성을 불러 자기의 고충을 말했다.

"이 아비는 너에게 최읍을 주고 싶다만 동곽언과 당무구가 반대하니 장차 이 일을 어찌하면 좋겠느냐?"

이에 최성은 자기의 동복 동생인 최강崔彊에게 갔다.

"최명을 옹호하는 당무구 일파는 최읍마저 내게 주지 못하도록 아버지에게 반대했다니, 이거 참 너무 과하구나."

최강이 분연히 대답한다.

"형님은 적자의 자리까지 양보했는데, 그래 그놈들은 한 고을도 못 준다고 인색하게 군답니까? 아버지가 살아 계시는데도 동곽언 등이 이렇듯 우리 일을 방해하는 걸 보면, 만일 아버지께서 세상을 떠나시는 날엔 우리 형제는 그놈들 때문에 종 노릇을 할 것입니다."

최성이 묻는다.

"우리 형제가 이렇게 단둘이서 분개만 하면 뭘 하겠나? 우리가 좌상 경봉에게 가서 도와달라고 청하면 어떨까?"

마침내 최성과 최강 두 친형제는 경봉의 집에 가서 그들의 신세를 호소했다.

경봉이 한참 만에 대답한다.

"그대들 아버지는 원래 동곽언과 당무구의 말만 듣지 다른 사람 말은 듣지 않는 성미일세. 그러니 내가 말한들 무슨 소용이 있으리오. 그대들이 그렇게 장래를 걱정한다면 왜 아버지의 주변을 싸고도는 그 일당을 없애버리지 않는가?"

최성이 말한다.

"저희인들 왜 그런 생각이 없겠습니까만, 워낙 힘이 약해서 일을 일으키지 못할 뿐입니다."

경봉이 머리를 끄덕인다.

"그도 그럴 거야. 우리 이 일에 대해선 다음날 다시 조용히 만나 서로 의논하기로 하세."

최성과 최강 형제가 돌아간 뒤에 경봉은 자기의 심복 장사 노포별盧蒲嫳을 불러들여 두 형제가 한 말을 꺼냈다.

노포별이 속삭인다.

"최씨 집안에서 혼란이 일어나면 대감께는 큰 이익이 있습니다."

이 말에 경봉은 곧 알아채고 연방 머리를 끄덕였다.

수일 후, 최성과 최강 형제는 다시 경봉의 집으로 갔다. 두 형제는 경봉에게 또 동곽언과 당무구에 대한 험담을 늘어놓았다.

이윽고 경봉은,

"그대들이 꼭 일을 한번 일으켜볼 생각이라면 내가 그대들을 돕겠소."

하고 특제 갑옷 100벌과 그외에 필요한 무기를 내주었다.

두 형제는 득의양양했다.

이튿날 새벽녘에 최성과 최강 형제는 심복 부하들에게 갑옷을 입히고 무기를 들려서 아버지의 집 근처 여러 곳에 매복시켰다.

아침이 되자 동곽언과 당무구는 보통 날과 다름없이 최저에게 아침 인사를 드리러 왔다.

두 사람이 최저의 집 가까이 이르렀을 때였다. 무장한 채 매복하고 있던 100여 명의 무리들이 뛰어나가 순식간에 창으로 동곽언과 당무구를 어지러이 찔러죽였다.

자기 집 밖에서 이런 변란이 일어났다는 기별을 받고 최저는 크게 당황했다.

"어서 수레를 대령시켜라!"

그러나 집안 종놈들은 그새 어디로 달아나고 숨어버렸는지 한 놈도 나타나지 않았다. 단지 마구간지기 한 명만 남아 있었다. 최저는 마구간지기한테 수레에다 말을 매게 했다.

최저는 조그만 종 아이에게 수레를 몰게 하고 우선 경봉의 집으로 달려갔다.

최저가 울면서 경봉에게 하소연한다.

"자식들이 아비를 배반했소. 내 집이 이렇게 될 줄이야 누가 알았겠소?"

경봉이 시침을 떼고 천연스레 위로한다.

"최씨崔氏와 우리 경씨慶氏는 비록 성은 다르지만 지금까지 생사를 함께해왔으니 한 몸이나 진배없소. 대감의 아들들이 그렇듯 무도無道하다면야 그냥 내버려둘 수 없는 일이오. 대감이 최성과 최강의 죄를 치겠다면 내 힘껏 도와드리리다!"

최저는 경봉이 어디까지나 지극한 성의에서 말하는 줄로만 믿었다.

"두 자식을 쳐서 없애고 우리 최씨 집안이 안정되는 날엔 최명에게 아버지를 뵈옵는 예로써 대감께 문안을 드리도록 하리이다."

이에 경봉은 가병을 모조리 무장시키고 노포별을 불러,

"이번에 가서 이러저러히 하되……"

하고 무엇인지 귀엣말로 일러줬다.

노포별은 가병들을 거느리고 어디론지 떠나갔다.

한편 최성과 최강 형제는 아버지가 수레를 타고 어디론지 급히 가는 걸 보고서, 마침내 집 안으로 들어가 대문을 굳게 닫아걸고 사방에다 무장한 부하들을 배치시켰다.

이윽고 노포별이 최저의 집에 와서 대문을 두드린다.

최성과 최강이 문틈으로 내다보고 묻는다.

"어째서 오셨소?"

"나는 경봉 대감의 분부를 받고 그대들을 도우러 왔소. 속히 문을 열어주오."

"알겠소. 그럼 우리의 서동생 최명을 없애러 오셨구려."

"그렇소."

대문이 열렸다. 노포별은 가병들을 거느리고 대문 안으로 들어서면서 칼을 쑥 뽑았다.

최성과 최강이 당황해서 묻는다.

"왜 문간에서부터 칼을 뽑으시오?"

노포별이 대답한다.

"나는 경봉 대감의 분부를 받고 아비를 배반한 너희들의 목을 잘라 가려고 왔다. 속히 이 두 놈의 목을 쳐라."

바깥에서 들어온 가병들이 벌 떼처럼 덤벼들었다. 최성과 최강 형제는 미처 대답할 여가도 없었다. 그들의 머리가 먼저 땅바닥으로 굴러떨어졌다.

노포별과 가병들은 최저의 집 안에 있는 모든 수레와 말과 재물과 그릇 등을 낱낱이 노략질하고 창문과 대문을 모조리 두들겨 부쉈다.

온 집안에 무장한 자들이 나타나 설치고 날뛰는 걸 보고 내당內堂에 있던 당강棠姜은 파랗게 질려 방장房帳 줄로 목을 매고 자살했다.

이때 당강의 소생인 최명은 마침 출타 중이어서 위기를 모면할 수 있었다.

노포별은 수레를 타고 경봉의 집으로 돌아가서 최저 앞에 최성과 최강의 목을 내놓았다.

최저는 두 아들의 목을 보자 분하고 슬펐다. 최저가 노포별에게 묻는다.

"내 안식구가 혹 놀라지나 않았을까?"

"부인께선 깊이 잠이 들어서 아직 일어나지 않았다고 합니다."

최저가 얼굴에 기쁨을 감추지 못하면서 경봉에게 청한다.

"이젠 집으로 돌아가야겠는데, 내가 데리고 온 종 아이는 말을 잘 몰지 못한다오. 그러니 수레를 잘 모는 어자 한 명만 빌려주시오."

곁에서 노포별이 대신 대답한다.

"제가 대감을 위해서 수레를 몰고 모셔다드리겠습니다."

최저는 경봉에게 거듭거듭 감사하고 노포별이 모는 수레를 타고 떠났다.

최저가 자기 집에 당도해본즉, 대문은 활짝 열려 있고 집 안엔 사람 하나 볼 수 없었으며 창문은 죄 부서져 있었다. 최저는 황망히 중당中堂으로 들어가서 내실 쪽을 바라보았다. 역시 창문은 다 부서지고 빈방 같았다.

급히 내실로 달려간 최저는 놀라 얼이 빠졌다. 들보 밑에 늘어져 있는 당강의 목엔 아직도 방장 줄이 그대로 매여 있었다.

최저는 이것이 도대체 어찌 된 영문인지 알아보려고 급히 노포별을 불렀다. 그러나 노포별은 간다는 인사도 없이 이미 돌아간 뒤였다.

최저는 최명을 불러봤으나 그 역시 보이지 않았다. 그제야 최저가 땅바닥에 풀썩 주저앉아 방성통곡을 하며 넋두리한다.

"내가 경봉 놈에게 속았구나! 이젠 아내도 자식도 집도 없다. 이 꼴로 세상에 살면 무엇 하리오!"

최저는 힘없이 일어나 들보에다 목을 매고 당강 곁에서 자살했다. 이렇듯 최저의 멸망은 참혹했다.

염옹이 시로써 이 일을 읊은 것이 있다.


지난날은 서로 동지가 되어 역적질을 하더니
이젠 알력이 생겨 서로 공격했도다.
최저 일가의 멸망을 참혹하다고 하지 마라
자고로 끝까지 부귀를 누린 간웅奸雄이 몇이나 되리오.
昔日同心起逆戎

今朝相軋便相攻
莫言崔杼家門慘
幾個奸雄得善終

　그날 밤에야 최명은 남몰래 집으로 숨어들어가서 아버지 최저와 생모인 당강의 시체를 훔쳐내다가 관 하나에 넣어 수레에 실었다. 최명은 수레를 몰고 선산先山에 가서 조상의 무덤 곁에다 부모를 묻고 평평하게 흙을 덮어버렸다. 옆에서 최명을 도운 자는 마구간지기 한 사람뿐이었다. 그외는 아무도 몰랐다.

　부모를 매장하고 난 최명은 그길로 수레를 달려 노魯나라로 달아났다.

　이튿날이었다.

　경봉이 궁에 들어가서 제경공에게 아뢴다.

　"최저는 전 임금을 죽인 놈이기에 죽였습니다."

　제경공은 겨우 머리를 끄덕였을 뿐 무서워서 아무 대답도 못했다. 이리하여 경봉이 마침내 제나라 정권을 잡고 분부한다.

　"상감의 명령으로써 송宋나라에 사람을 보내어 진수무陳須無를 돌아오게 하여라."

　이리하여 진수무는 제나라로 돌아왔으나 늙었다는 걸 핑계 삼고 은퇴했다. 그 대신 아들 진무우陳無宇가 벼슬길에 나섰다. 이때가 바로 주영왕周靈王 26년이었다.


　이때, 오吳나라와 초楚나라는 툭하면 서로 싸우기가 일쑤였다. 초나라 초강왕楚康王은 특별히 수군水軍을 길러 오나라를 쳤다. 그러나 오나라도 이미 만반의 준비가 되어 있었다. 초나라 수군은 싸웠으나 결국 아무 공도 세우지 못하고 그냥 돌아갔다.

여제餘祭가 오나라 왕이 된 지 2년째 되던 해였다. 그는 용맹을 좋아하고 사람 목숨을 그다지 중시하지 않았다. 오왕 여제가 정승인 굴호용屈狐庸(원래 초나라 신하로 진晉나라에 귀화한 굴무屈巫의 아들)을 불러 분부한다.

"경은 초나라 속국인 서구舒鳩에 가서, 무슨 수단을 써서라도 서구가 초나라에 반역하도록 일을 꾸미고 오너라."

굴호용이 사명을 띠고 서구로 간 지 수개월 후였다.

과연 서구는 초나라에 반기를 들었다.

한편, 초나라 영윤 굴건屈建은 반역한 서구를 치기 위해서 군사를 일으켰다. 초나라의 명궁名弓으로 유명한 양유기養繇基가 나서며 자청한다.

"이번 싸움엔 내가 선봉을 서겠습니다."

굴건이 대답한다.

"장군은 이제 늙었소. 서구는 워낙 조그만 나라이니 우리가 이기지 못할까 염려할 건 없소. 장군은 늙은 몸을 편히 쉬오."

양유기가 대답한다.

"우리 나라가 서구를 치기만 하면 반드시 오나라가 구원하러 올 것이오. 이번 싸움에 나를 보내주면 죽어도 한이 없겠소이다."

굴건은 노장군老將軍인 양유기가 죽어도 한이 없겠다는 말을 하자 측은한 생각이 들었다. 그래서 굴건은 허락을 못하고 더욱 망설였다.

양유기가 또 청한다.

"나는 지난날에 세상을 떠나신 선왕先王으로부터 특별한 총애를 받았소이다. 그래서 항상 이 몸을 나라에 바쳐 그 은혜에 보답할 생각이었으나 아직 기회를 얻지 못했소. 이젠 내 머리와 수염이 다 허옇게 변했소이다. 이러다가 갑자기 내가 어느 날이고 창 밑에 누워서 병으로 죽는다면, 이는 영윤이 이 양유기의 평생 소원을 결국 저버린 것이 되오."

영윤 굴건은 이 엄숙한 말을 듣고, 이미 양유기의 결심이 굳게 섰다는 걸 알았다.

"좋소, 정 그러시다면 노장군의 뜻을 좇겠소."

굴건은 대부 식환息桓에게 늙은 양유기를 늘 따라다니며 돕도록 부탁했다. 이에 양유기는 군대를 따라 서구로 향했다.

초군楚軍이 서구에 당도했을 때였다.

아니나 다를까, 오나라에서 오왕의 동생 이매夷眛가 정승인 굴호용과 함께 군사를 거느리고 서구를 구원하러 왔다.

초나라 식환은 양쪽 군대가 다 모이기를 기다려서 싸울 작정이었다.

양유기가 계책을 말한다.

"오나라 사람은 강변에서 자란 만큼 수전水戰에 능숙하오. 그런데 지금 그들은 모두 배를 버리고 뭍으로 왔소. 그러므로 그들은 활 쏘기와 병거를 몰고 달리는 것이 배를 타고 싸우는 것보다 서투르오. 저들의 후속 부대가 다 당도하기 전에 우리 쪽에서 급히 쳐 무찌르는 것이 상책이오."

드디어 양유기는 전통箭筒을 메고 활을 잡고 다른 군사들보다 먼저 가서 오군吳軍을 향해 쏘았다. 양유기는 비록 늙었으나 그의 화살은 역시 백발백중이었다.

차차 오군이 물러가기 시작하자, 양유기는 병거를 달려 그 뒤를 추격했다. 양유기가 오나라 정승 굴호용이 병거에 타고 있는 걸 바로보고서 큰소리로 꾸짖는다.

"반국叛國한 역적놈아! 네 무슨 면목으로 감히 나를 대하겠느냐!"

굴호용은 양유기를 흘끗 돌아보더니 어자御者에게 분부하여 쏜살같이 병거를 몰게 하고 달아났다.

그 모습을 보고 양유기는 깜짝 놀랐다.

"오나라 사람도 병거를 잘 모는구나!"

그는 즉시 굴호용을 쏘아죽이지 못한 것을 후회했다.

이때 땅이 진동하기 시작하며 오나라 철엽거鐵葉車가 사방에서 나타나 양유기를 에워쌌다. 더구나 철엽거를 타고 있는 군사들은 다 강남江南 땅 사수射手들이었다. 일시에 수천 개의 화살이 노장군 양유기를 향해 날아왔다. 마침내 천하 명궁 양유기는 빗발치듯 날아오는 화살에 맞아 쓰러져 죽었다.

지난날에 초공왕楚共王은, '재주를 믿는 자는 반드시 그 재주 때문에 죽는다'고 말한 일이 있다. 우리는 양유기의 죽음에서 이 말을 상기해야 할 것이다.

식환은 싸움에 패한 초나라 군사를 수습해서 거느리고 돌아가 굴건에게 양유기의 죽음을 보고했다.

굴건이 길이 탄식한다.

"양유기는 오군에게 죽은 것이 아니다. 그는 자기 소원대로 죽은 것이다."

이에 굴건은 정병精兵들을 이산栭山에다 매복시켰다. 그는 별장別將 자강子彊을 불러,

"그대는 가서 무슨 수단을 써서라도 이곳으로 오나라 군사를 유인해오너라."

하고 분부해서 보냈다.

자강은 오군이 있는 곳에 가서 겨우 10여 합을 싸우다가 달아나기 시작했다. 그러나 오나라 굴호용은 혹 적의 복병이 있지나 않을까 의심하고 달아나는 자강의 뒤를 쫓지 않았다.

한편, 오왕의 동생 이매는 높은 대臺 위에서 사방을 둘러보았으나 초군楚軍은 어디에도 없었다.

"초군은 이미 다 달아난 모양이다."

이매는 곧 군사를 거느리고 자강을 추격하려고 달려나갔다.

달아나던 자강은 이산 아래 이르러서야 휙 돌아서서 이매가 거느리고 쫓아오는 오군에게 덤벼들었다. 동시에 지금까지 매복하고 기다리던 초군이 일시에 뛰어나가 이매를 포위하기 시작했다.

그제야 이매는 속은 줄을 알고 벗어나려고 무진 애를 썼다. 이때 굴호용이 군사를 거느리고 달려와서 초군을 물리치고 겨우 이매를 구출했다.

그러나 이매만 구출했을 뿐이지, 오군은 결국 대패하여 본국으로 달아났다.

이에 서구는 초나라 영윤 굴건의 손에 멸망당하고 말았다.

그 이듬해에 초나라 초강왕楚康王은 오나라를 아주 쳐 없애버리려고 진秦나라에 군사 원조를 청했다. 진나라 진경공秦景公은 그의 동생 공손침公孫鍼에게 군사를 내주어 초군을 돕도록 보냈다.

초군은 진군秦軍의 협력까지 받아 오나라를 쳤다. 그러나 오군의 정병들이 강 어귀를 워낙 굳게 지키고 있어서 쳐들어가지 못했다.

초군은 그냥 본국으로 돌아가기가 창피해서 화풀이 겸 정鄭나라를 쳤다. 그간 정나라는 오랫동안 진晉나라를 섬기고 있었다. 초군은 부아도 나고 심술도 나서 홧김에 정나라를 쳤던 것이다.

양군兩軍이 싸우다가 초나라 대부 천봉술穿封戌은 정나라 장수 황힐皇頡을 사로잡았다. 이를 본 초강왕의 동생 공자 위圍는 질투가 나서 정나라 장수 황힐을 가로채려고 했다. 그러나 천봉술은 자기가 잡은 정나라 장수 황힐을 양도할 수 없다고 거절했다.

이에 공자 위는 초강왕에게 가서,

"제가 잡은 정나라 장수 황힐을 천봉술이 빼앗아갔습니다."

하고 반대로 고소했다.

아니나 다를까, 조금 지나자 이번엔 천봉술이 정나라 장수 황힐을 끌고 와서,

"신이 잡은 이 적장敵將을 공자 위는 자기가 잡았다면서 넘겨달라기에 내주지 않았습니다."

하고 호소했다.

초강왕은 누구의 말을 믿어야 옳을지 몰랐다. 그래서 초강왕은 태재太宰 백주리伯州犂를 불렀다.

백주리가 아뢴다.

"이번에 잡힌 적장 황힐은 정나라 대부라고 합니다. 그러니 이 일은 붙들려온 정나라 장수 황힐에게 직접 물어보는 것이 가장 첩경일까 합니다."

이에 정나라 장수 황힐은 뜰 아래로 끌려나왔다. 백주리는 오른쪽에 서고, 공자 위와 천봉술은 왼쪽에 늘어섰다. 백주리가 손으로 위〔上〕를 가리키면서 황힐에게 말한다.

"이분은 공자 위이니, 우리 나라 대왕의 친동생이시다."

백주리가 다음엔 손으로 아래를 가리키면서 말한다.

"이분은 천봉술이란 분이며, 방성方城 바깥에서 한 지방을 다스리는 현윤縣尹이다. 누가 너를 사로잡았느냐? 바른 대로 고하여

라!"

황힐은 이미 그 손짓에서 백주리의 속뜻을 짐작했다. 그는 공자 위에게 유리하도록 증언할 생각이었다. 그래서 황힐은 일부러 분한 듯이 눈을 부릅뜨고 공자 위를 바라보며 말했다.

"나는 이 공자와 서로 싸우다가 결국 이기지 못하고 사로잡혔소!"

이 말을 듣자 천봉술은 씩씩거리며 당장 시렁〔架〕 위의 창을 끌어내렸다.

"서로들 짜고서 내가 세운 공로를 뺏을 작정이구나!"

천봉술은 외치면서 공자 위를 죽이려고 뛰어갔다. 공자 위는 크게 놀라 달아났다. 백주리가 쫓아가서 겨우 천봉술을 진정시켰다. 그리고 백주리는 초강왕에게 가서,

"이번 공로는 반씩 나눠서 두 사람에게 똑같이 상급을 내리십시오."

하고 보고했다. 백주리는 다시 공자 위와 천봉술을 한자리에 초청하여 술을 권하고 화해시켰다.

그래서 오늘날도 잘못인 줄은 잘 알지만, 사적인 정情에 의해서 부득이 일을 다른 방향으로 돌려놓는 것을 상하기수上下箕手•라고 한다. 이 말이 생겨난 유래는, 백주리가 공자 위를 말할 때엔 손으로 위를 가리키고 천봉술을 말할 때엔 아래를 가리켜서 이미 황힐에게 어떤 암시와 연락을 취했다는 데서 시작된 것이다.

후세 사람이 이 일을 시로써 탄식한 것이 있다.


싸움에서 세운 공로의 사실 여부를 가리는 데도
일종의 암시를 써서 왕족王族에게만 유리하도록 아첨했도다.


166

자고로 막부幕府의 논공論功이란 것도 거의 다 이 모양 이 꼴로 했으니

그 누가 공명정대한 법을 지켰으리오?

斬擒功績辨虛眞

私用機關媚貴臣

幕府計功多類此

肯持公道是何人


한편 오吳나라 바로 옆에는 월越나라가 있었다. 월나라는 하夏나라 시대 왕손의 후예로, 조정 벼슬은 자작子爵이었다. 무여無餘란 사람 때에 비로소 하왕夏王으로부터 월 땅을 받아 살면서 하왕조王朝를 지나 주周 왕조에 접어들어 오늘날에 이르기까지 전후 30여 대를 지나 윤상允常의 대에 이르렀다.

윤상은 전력을 기울여 나라를 잘 다스렸기 때문에 이때부터 월나라는 강성하기 시작했다. 그러나 옆나라인 오는 월나라를 시기했다.

오왕 여제가 왕이 된 지 4년 되던 해였다. 오왕 여제는 군사를 일으켜 월나라로 쳐들어가서 월나라 종인宗人을 잡아 돌아와 그 종인의 다리를 월刖(다리를 잘라버리는 형벌)했다.

그리고 그는 병신이 된 월나라 종인에게 여황餘皇이라는 큰 배를 지키게 했다.

어느 날이었다.

오왕 여제는 여황에 올라 술을 마시며 즐기다가 마침내 잔뜩 취하여 잠이 들었다. 월나라 종인은 누워자는 오왕 여제의 허리에서 칼을 뽑아 여제의 목을 찔렀다.

목에 칼을 맞고 부르짖는 여제의 외마디 소리를 듣고서 군사들이 달려와 그 즉석에서 종인의 목을 쳐죽였다.

이리하여 오나라에선 여제의 동생 이매夷眜가 왕위에 올랐다. 그는 동생 계찰季札을 정승으로 삼았다. 계찰은 군대를 쉬게 하고 백성을 편안하게 하며 중국中國 여러 나라와 통호通好하기에 힘썼다. 오왕 이매도 계찰의 정책을 좇았다.

계찰은 모든 나라와 친선하기 위해서 열국列國을 두루 방문했다. 계찰은 맨 처음에 노나라를 찾아가 오대五代 때 각국의 악기樂器를 청해서 구경하고 모든 악기와 그 특징을 낱낱이 품평했다. 그래서 노나라에선 계찰을 지음知音하는 사람이라고 존경했다.

그 다음에 계찰은 제나라에 가서 안영晏嬰과 친교하고, 다음은 정나라에 가서 공손교公孫僑와 친교하고, 위나라에 이르러서는 거원蘧瑗과 서로 친하고, 마침내 진晉나라에 가서는 조무趙武 · 한기韓起 · 위서魏舒 등과 서로 친교를 맺었다.

계찰과 친한 모든 나라 인물들은 다 당대의 어진 신하로서 이름 높은 사람들이었다. 이것만으로도 남쪽 구석진 오나라 출신인 계찰이 그 당시에 얼마나 훌륭하고 어진 사람이었던가를 짐작할 수 있을 것이다.

# 초왕楚王만 모르는 초나라의 위기

주영왕周靈王의 장자는 이름이 진晉이며, 자字를 자교子喬라고 했다. 그는 천품이 매우 총명했다. 그는 항상 생황笙簧을 불고 다녔는데, 생황으로 봉황鳳凰의 소리를 내는 것이 유일한 취미였다.

아름다운 미소년 진晉은 열일곱 살 때 태자가 되어 이伊와 낙洛 땅을 순유巡遊했다. 그러나 불행히도 돌아와서 곧 세상을 떠났다. 그런 후로 주영왕은 죽은 아들 진을 잊지 못해 늘 통탄했다.

어느 날이었다.

한 신하가 들어와서 주영왕께 아뢴다.

"지난날 세상을 떠나신 태자께서 얼마 전에 백학白鶴을 타고 구령緱嶺 위에 내려오셔서 생황을 불었다고 합니다. 태자께서 그 지방 사람에게, '나는 천자天子의 자리를 버리고 지금 부구공浮丘公을 따라 숭산嵩山에서 사는데, 이보다 즐거운 일이 없다. 그대들은 왕께 가서 죽은 나를 너무 생각지 마시라고 전하여라' 하고 말씀하셨답니다. 그래서 지금 그 지방 백성들이 왔습니다."

부구공이란 유명한 중국 고대 신선神仙의 이름이다.

이 말을 듣고 주영왕은 곧 사람을 시켜 태자 진의 무덤을 파서 관 뚜껑을 열어봤다. 과연 관 속은 텅 비어 있었다. 그래서 주영왕은 아들 진이 참으로 신선이 되어 간 걸 알았다.

다시 세월은 흘러 주영왕 27년이 되었다.

어느 날, 주영왕이 잠을 자는데 태자 진이 학을 타고 내려와서 '아버지를 영접하러 왔습니다' 하고 말했다. 깨고 보니 꿈이었다. 그런데도 창 밖에서는 생황 소리가 은은히 울렸다.

주영왕이 창 앞에 서서 혼잣말로 중얼거린다.

"내 아들이 나를 데리러 왔구나. 나도 마땅히 이 세상을 떠나야겠다."

이튿날 주영왕은 왕위를 둘째아들 귀貴에게 전했다. 그러고서 앓지도 않고 자는 듯이 세상을 떠났다.

이에 차자 귀가 왕위를 계승했으니, 그가 바로 주경왕周景王이다.

한편, 이해에 초나라 초강왕楚康王도 세상을 떠났다. 그래서 영윤슈尹 굴건屈建이 모든 대부와 상의하고 선군先君의 아들 공자 균麇을 왕으로 모셨다.

얼마 지나지 않아서 영윤 굴건도 죽었다. 그래서 이번엔 공자 위圍가 영윤이 됐다. 초나라에 관한 이야기는 여기서 그만 하기로 하고 다음으로 미루겠다.

이제 제齊나라로 돌아가 정승 경봉慶封에 관한 이야기를 계속해야겠다. 경봉은 정승이 된 후로 더욱 나랏일을 전제專制하고 황음무도한 짓만 했다.

어느 날이었다.

경봉은 초대를 받고 노포별盧蒲嫳의 집에 가서 술을 마셨다. 노포별은 그 아내를 불러내어 경봉에게 술을 따라 바치게 했다.

경봉은 그녀의 아름다운 자태를 보고 기쁨을 숨기지 않았다. 그러더니 그날 밤에 경봉은 노포별의 아내와 정을 나눴다.

이런 일이 있은 후로 경봉은 나라 정사를 다 아들 경사慶舍에게 맡기고, 처첩과 재물까지 가지고 노포별의 집으로 아예 이사를 가서 밤마다 노포별의 아내와 동침했다.

그런가 하면 노포별도 아주 터놓고 경봉의 아내나 첩들과 예사로이 잠자리를 같이 했다. 그들은 한집에 살면서 서로 아내를 바꾸어 데리고 잤다. 그래서 경봉과 노포별은 사이가 더욱 절친해졌다.

더구나 어떤 때는 서로 자기 처첩을 거느리고 한 방에 모여앉아 술을 마시며, 희학질을 하고 바라를 두드리며 진탕 즐겼다. 세상 사람들은 이런 해괴망측한 광경을 보고 놀랐다.

그러나 경봉과 노포별은 자기네의 그런 행동을 조금도 이상히 생각하지 않았다.

노포별이 경봉에게 청한다.

"지금 저의 형님 노포계盧蒲癸는 노魯나라에서 망명 중입니다. 이젠 형님을 본국으로 불러들일까 합니다."

경봉은 즉시 허락했다.

이리하여 노포계는 드디어 망명 생활을 마치고 제나라로 돌아왔다. 경봉은 노포계에게 그의 아들 경사를 돕도록 했다.

원래 경사는 완력腕力이 대단했다. 노포계는 경사에게 곧잘 아첨했다. 그래서 경사는 노포계를 신임한 나머지 자기 딸 경강慶姜과 결혼시켰다.

이리하여 그들은 장인과 사위 사이가 됐다. 그러나 노포계가 자나깨나 마음속으로 생각하는 것은 제장공齊莊公의 원수를 갚아야 한다는 일념뿐이었다. 그러나 그는 자기 동생 노포별 외에 다른 동지가 없었다.

어느 날이었다. 노포계는 경사와 함께 사냥을 하면서 기회가 있을 때마다 탄식했다.

"이럴 때 왕하王何만 있으면 짐승을 모조리 잡을 수 있을 텐데…… 세상엔 왕하王何만한 용기를 가진 사람이 없군요."

경사가 묻는다.

"그 왕하란 사람은 지금 어디 있느냐?"

노포계가 대답한다.

"그는 지금 거莒나라에 있습니다.

마침내 경사는 사람을 보내어 거나라에 있는 왕하를 데려왔다. 이리하여 경사는 왕하도 총애했다.

도둑이 제 발 저리다는 말이 있다. 최저崔杼와 경봉이 변란을 일으킨 후로, 경씨慶氏 일족이 바깥출입을 할 때는 신변 경비가 대단했다. 그래서 경사도 출입할 때면 가장 신임하는 장사가 창을 잡고 앞뒤를 호위했다.

경사는 특히 노포계와 왕하를 믿었기 때문에 두 사람에게만 창을 들려 자기 신변을 보호하게 하고 나머지 사람들은 접근도 못하게 했다.

원래 공가公家와 공경公卿과 대부大夫의 밥상엔 으레 닭 한 쌍을 잡아서 반찬을 해놓는 법이었다.

제경공齊景公은 닭고기 중에서도 특히 닭 발바닥[跖]을 좋아했다. 그래서 제경공은 식사 때마다 닭다리를 수십 개씩 먹어치웠다.

임금에게 이런 괴상한 음식 취미가 있었기 때문에 공경公卿과 사대부士大夫는 물론, 이른바 웬만한 집안에서도 닭 발바닥 먹는 것이 유행했다. 그래서 닭값은 자꾸만 올랐다. 나날이 닭은 귀해지고 값이 뛰어서 마침내 궁중에선 지난날의 예산액으론 한 끼니에 수십 마리씩 필요한 닭 발바닥을 댈 수가 없었다.

그래서 궁중 주청廚廳을 맡은 관리가 경사에게 가서 예산을 올려달려고 청했다. 이에 노포별은 경씨 일족의 단점短點을 세상에 알리기 위해 경사에게,

"딱 잘라서 거절하고 예산을 올려주지 마십시오."

하고 방해를 놓았다.

경사가 궁중 주청 관리를 불러서 말한다.

"상감의 수라상에 관한 건 너에게 일체를 맡긴 바라. 왜 꼭 닭이라야만 하느냐. 나라 재정이 넉넉지 못하니 잘 연구해서 다른 방도를 강구하도록 하여라."

그래서 궁중 주청에선 닭 대신 오리 요리를 만들었다. 그런데 묘한 일이 생겼다. 궁중의 아랫것들이 설마 상감의 수라상에 오리 요리를 올려놓았을 리는 없을 것이라고 지레 짐작하고서 그 오리 고기를 훔쳐먹은 사건이 일어났다.

이날은 대부 고채高蠆와 난조欒竈가 제경공의 식사를 시식侍食하는 날이었다.

두 대부는 상감의 수라상에 닭고기는 없고 먹다 남은 오리 뼈다귀만 있는 걸 보고서 얼굴에 핏기가 가셨다.

"음, 참으로 무례한 일이다! 경씨가 나라 살림을 어찌하기에 상감 수라상을 이 지경이 되게 한단 말이냐! 이 수라상은 시식 당번인 우리 두 사람을 모욕한 것이나 다름없다."

두 대부는 식사도 하지 않고서 그대로 분연히 궁을 나갔다. 고채는 당장 경봉에게 가서 이 일을 꾸짖을 작정이었으나 난조가 말

려서 겨우 그만두었다. 그날로 이 일은 즉각 경봉에게 보고됐다.

경봉이 노포별에게 말한다.

"고채와 난조가 나를 두고 노발대발했다 하니 장차 그 두 놈을 어찌하면 좋을까?"

노포별이 대답한다.

"그렇다면 두 놈을 죽여버리십시오. 무엇을 두려워하십니까?"

노포별은 대답은 그렇게 하고서 그날로 비밀히 형님인 노포계에게 갔다.

"제가 오늘 경봉과 대부 고채와 난조 사이를 이간질해놨습니다. 형님은 이 기회를 놓치지 마시고 제장공의 원수를 갚도록 마음의 준비를 하십시오!"

노포계는 즉시 왕하와 함께 이 일을 의논했다.

"고채, 난조 두 대부와 경봉 사이에 틈이 벌어지기 시작했다 하니 마침내 우리가 목적을 달성할 때가 온 것 같소."

그날 밤으로 왕하는 고채의 집을 방문했다.

"경봉이 오늘 두 대감께서 상감의 수라상 때문에 분개하셨다는 말을 듣고 장차 두 대감을 습격할 계획입니다."

이 말을 듣고 고채가 목에 핏대를 세운다.

"경봉은 최저와 함께 제장공을 죽인 원흉이오. 이미 최씨는 망했고, 남은 것은 경가慶家 놈들밖에 없소. 내 마땅히 경가 일족을 쳐서 전 임금의 원수를 갚으리라!"

왕하가 머리를 끄덕이며 대답한다.

"이제야 대감께 말씀드립니다만, 실은 노포별·노포계 형제와 이 왕하는 전 임금의 원수를 갚기 위해서 경가 일족에게 거짓 충성을 바치고 있는 것입니다. 대감은 난조 대감과 이 일을 상의하십시오. 우리가 함께 일을 도모한다면 전 임금의 원수를 갚을 수 있습니다."

이에 고채는 난조를 찾아가서 상의하고 기회를 보아 거사하기로 결정했다.

이때 진무우陳無宇 · 포국鮑國 · 안영晏嬰 등은 장차 국내에 변동이 있을 것을 미리 짐작하고 있었다. 그들은 경씨 일족의 전제와 횡포를 미워했다.

어느 날 노포계와 왕하는 점쟁이 집에 가서 점을 쳤다. 점쟁이가 불에 구운 귀갑龜甲을 보고 점괘를 내준다.

범이 굴을 떠나니
새끼범이 피를 흘린다.
虎離穴
彪見血

노포계가 그 점괘를 가지고 돌아가서 경사에게 청한다.

"용한 점쟁이가 있다기에 오늘 가서 점을 쳤더니 이런 괘가 나왔습니다. 이게 무슨 징조인지 장인께서 좀 풀이를 해주십시오."

경사가 한참 만에 대답한다.

"이건 장차 원수를 칠 징조인데…… 글쎄 잘 모르겠는걸."

"그럼 이 괘가 원수를 갚는 데 성공한다는 뜻인지, 실패한다는 뜻인지 좀 잘 봐주십시오."

경사가 웃으며 대답한다.

"암, 이건 성공할 괘지! 아비범이 떠나고 새끼범이 피를 흘린다고 했으니, 어찌 원수를 갚는 데 실패할 리 있으리오. 그런데 자네는 원수를 갚아야 할 어떤 사람이라도 있는가?"

"장인 어른, 저의 고향에 원수를 갚아야 할 놈이 하나 있습니다. 그러나 별로 대단한 놈은 아닙니다. 염려 마십시오."

경사는 그저 그러냐고 머리만 끄덕일 뿐 추호도 노포계를 의심하지 않았다.

그해 가을 8월이었다. 경봉은 그의 일가인 경사慶嗣, 경유慶遺 등을 거느리고 동래東萊에 가서 사냥을 하기로 했다.

경봉은 진무우에게도 모시고 따라갈 것을 명령했다. 진무우는 그날 집에 돌아가서 이 일을 아버지 진수무陳須無에게 고했다. 진수무가 조용한 목소리로 아들에게 말한다.

"이제 경씨가 큰 화를 당할 때가 닥쳐왔나 보다. 사냥하러 가는데 따라가는 것은 어느 모로 생각해도 불길할 것만 같구나. 그런데 너는 왜 못 가겠다고 하지 않았느냐?"

"만일 안 간다고 하면 도리어 의심을 받겠기에 일부러 사양하지 않았습니다. 소자가 사냥에 따라간 뒤, 아버지께서 다른 핑계를 대고 소자를 소환하시면 곧 무사히 돌아올 수 있지 않겠습니까?"

마침내 진무우는 경봉을 따라 사냥하러 갔다. 경봉이 동래로 떠난 후 노포계는 기쁨을 감추지 못해 진수무에게 말했다.

"점쟁이가 말하기를 범이 굴을 떠난다더니 이제야 들어맞나 봅니다. 이번 상제嘗祭(추수를 감사하는 가을 제사) 때에 거사할 작정입니다."

진수무는 사냥 간 자기 아들이 경봉과 함께 무슨 변이라도 당하지 않을까 염려하여 심복 부하 한 사람을 동래로 보냈다.

그 심복 부하가 동래에 가서 진무우에게 진수무의 거짓말을 전한다.

"지금 안방 큰 마님께서 병환이 대단하십니다. 속히 집으로 돌아오시라는 큰 대감님의 분부이십니다."

이에 진무우가 경봉에게 가서 간청한다.

"지금 어머니께서 병환이 대단하시니 속히 돌아오라는 아버지의 전달이 왔습니다. 승상丞相께서 우리 어머님의 병환이 장차 어떠할지 점이나 한번 쳐주십시오."

경봉은 점을 쳐보려고 거북 등딱지를 불에 태웠다.

그러는 동안에 진무우는 속으로 빌었다.

'장차 경씨 일족이 망할지 무사할지 천지신명이여, 그 징조를 소상히 보여주소서!'

경봉이 불에 탄 거북 껍질을 살펴보고 말한다.

"이건 몸이 망하는 괘로다. 하극상下克上은 밑에 있는 것이 위를 이긴다는 뜻이다. 아마 그대 어머니는 회생하기 어려울 것 같네."

진무우는 거북 등딱지를 들고 천연스레 흐느껴 울었다. 경봉이 진무우를 불쌍히 여기고 분부한다.

"울고만 있을 것이 아니다. 속히 집으로 돌아가보아라."

진무우가 경봉에게 하직한 후 밖으로 나가서 수레를 타고 막 떠나려던 참이었다. 뒤에서 외치는 소리가 들린다.

"잠깐 기다리오. 어디로 가오!"

진무우가 돌아본즉 언제 왔는지 경사慶嗣가 뒤에서 묻는 것이었다. 진무우는 채찍을 들어 힘껏 말의 볼기짝을 치면서,

"어머니가 위독하시다는 기별을 받고 가는 길이오!"
하고 쏜살같이 수레를 몰았다.

경사가 경봉에게 가서 말한다.

"진무우가 자기 어머니 병환 때문에 돌아간다는 것이 아마도 우리를 속이는 수작 같습니다. 우리 없는 틈에 혹 도성 안에서 무슨 변란이라도 일어나지나 않을지 두렵습니다. 그러니 우리도 속히 돌아갑시다."

"나의 아들 경사慶舍가 있는데 무엇을 염려하리오."

하고 경봉은 태연히 대답했다.

한편 진무우는 황하를 건너기 전에 강변에 매여 있는 배를 모조리 풀어서 강물에 떠내려 보냈다. 그는 경봉이 돌아올 길을 끊고서 마지막 배를 타고 황하를 건넜다. 이때는 8월 초순도 끝날 무렵이었다.

노포계가 집 안에서 가병들을 다스리는데, 훈련도 시키고 새로 갑옷과 무기도 나눠주고 하는 품이 평소와 사뭇 달랐다.

그의 처 경강慶姜은 남편이 가병을 다스리는 품이 필시 무슨 싸움을 준비하고 있는 것임을 눈치채고서 묻는다.

"당신은 요즘 무슨 계획한 일이 있는 모양이구려. 첩에게 그 일을 상의하지 않으면 성공하지 못하시리이다."

노포계가 웃으면서 대답한다.

"그대는 부인이라. 어찌 함께 일을 도모할 수 있으리오."

"당신은 듣지 못하셨는지요? 지혜로운 부인은 도리어 남자보다 낫답니다."

노포계가 거듭 웃으며 설명한다.

"옛날에 정鄭나라 대부 옹규雍糾는 임금과 비밀히 모의한 일을 집에 돌아가서 그 아내 옹희雍姬에게 말했다가 마침내 자기는 죽고 임금도 몰려난 일이 있소. 그래서 어느 시대고 간에 생각하는 일을 자기 아내에게 말하는 걸 심히 경계하오. 이런 경우에는 나

역시 그대가 두렵구려."

경강이 정색하고 대답한다.

"대저 부인은 자기 남편으로써 하늘을 삼습니다. 남편이 노래를 하면 여자는 따라서 부를 뿐입니다. 그래서 자고로 훌륭한 부인 중에 임금의 명령을 거역한 분은 있어도 남편 명령을 거역한 분은 없답니다. 정나라 옹희로 말할 것 같으면, 그녀는 친정 어머니의 말에 혹해 마침내 남편의 생명을 해치고 말았던 것입니다. 우리 규중閨中에선 정나라 옹희를 한갓 역적 정도로 논평합니다. 하필 그런 옹희를 예로 들 건 없지 않습니까?"

노포계가 묻는다.

"그대가 만일 그 당시 옹희였다면 어찌했겠소?"

"남편과 함께 일을 도모했다면 끝까지 남편을 도울 것이며, 만일 도저히 남편과 함께 도모할 수 없는 일이었을지라도 저 같으면 결코 비밀을 누설하지 않았을 것입니다."

그제야 노포계가 천천히 말한다.

"지금 우리 나라 상감께서는 당신 친정인 경씨 일족의 전제와 횡포 때문에 여간 괴로워하시는 것이 아니오. 그래서 난조欒竈, 고채高蠆 두 대부와 우리 몇몇 동지들이 당신 친정 일당을 몰아내려고 일을 꾸미는 중이오. 그대는 결코 이 일을 남에게 누설하지 마오."

경강이 태연히 대답한다.

"첩의 친정 할아버지인 경봉 정승이 동래로 사냥 가고 없으니 지금이 거사하기에 가장 좋은 시기라고 생각합니다."

"그렇지 않아도 우리는 이번 상제嘗祭 날에 거사하기로 작정했소."

한참 만에 경강이 말한다.

"첩의 친정 아버지는 원래부터 고집과 뱃심이 대단한 분입니다. 듣건대 요즘은 특히 주색에 빠져 공사公事는 잘 돌보지 않는다고 하니, 첩이 가서 어떤 충격을 주지 않으면 혹 그날 상제에 나가시지 않을지도 모릅니다. 그러면 일이 낭패 아니오니까? 그러니 첩이 친정에 가서 아버지께 상제 날 출타하시지 않도록 권하겠습니다. 그래야만 첩의 아버지 성미로선 우겨서라도 반드시 상제에 참석할 것입니다."

노포계가 조용히 주의를 준다.

"나의 생명을 그대에게 맡기오. 그대는 정나라 옹희를 본받지 마오."

이에 경강은 친정 아버지인 경사에게 갔다.

"제가 듣건대, 대부 고채와 난조가 이번 상제 때에 틈을 보아 아버지를 저격할 것이라 합니다. 그러니 아버지께서는 결코 그날 제사에 참석하지 마십시오."

이 말을 듣고서 경사가 불같이 화를 낸다.

"그 두 놈은 짐승 같은 놈들이다. 내가 어찌 그들을 두려워할 리 있으리오. 그만하면 알겠다. 염려 마라, 세상 사람을 다 쳐도 이 세상엔 아직 나를 칠 놈은 없다. 만일 나를 치려는 놈이 있다면, 그놈은 나를 치기 전에 먼저 제 목숨을 잃을 것이다. 이 세상에 무서운 것이 없는 내가 왜 상제에 참석 못한단 말이냐!"

경강은 집으로 돌아가서 남편 노포계에게 친정 아버지가 한 말을 그대로 전했다. 노포계는 거사할 날을 위해 만반의 준비를 하기 시작했다.

상제 날이 되었다. 제경공은 상제를 지내려고 태묘太廟로 행차했다. 문무백관들도 제경공의 뒤를 따랐다.

이에 경사는 제사를 주관하고, 역시 경씨 일족인 경승慶繩은 헌작獻爵을 맡아보았다.

어느새 묘궁廟宮 주위엔 경사의 가병家兵들이 쫙 퍼져 있었다. 그리고 노포계와 왕하는 천연히 긴 창을 짚고 바짝 붙어서 경사를 호위했다.

이때 태묘 밖 길바닥에선 여러 사람이 가지가지 재주를 보이고 익살을 부리며 연극을 벌이고 있었다. 그러나 그들은 진짜 광대가 아니었다. 바로 진수무와 포국鮑國의 집 마구간 일을 맡아보는 어인御人들이었다.

이때, 경사가 타고 온 말이 누가 때렸는지 흥분하여 혼자서 길을 내달았다. 이걸 본 경사의 가병들은 묘궁을 포위하는 것도 잊고 주인 대감의 말을 붙들려고 일제히 뒤쫓았다.

가병들은 달아나는 말 뒤를 한참 동안 쫓아가서 겨우 말을 붙들어 끌고 돌아왔다. 그들은 어느새 모두가 땀투성이였다.

"어떤 놈이 우리 대감께서 타고 온 말을 때렸을까? 지금도 말이 후들후들 떠네그려."

"이 사람아, 도대체 저기서 뭘 하기에 웬 사람들이 저렇게 둘러서서 구경을 하고 있을까? 우리도 기왕이면 구경이나 잠깐 하고 오세."

경사의 가병들은 말을 잡아오느라 실랑이를 벌인 만큼 하도 더워서 모두 갑옷을 벗고 구경꾼들과 함께 광대놀이를 구경했다.

이날 태묘 밖에 있던 사람들은 경씨 일당의 가병들을 제외하고는 전부 난조·고채·진수무·포국의 집안 장정壯丁들이었다. 네 집 장정들은 모두 어떤 계책 아래 행동을 취하고 있었다.

이때 노포계는 잠시 소변을 보러 간다고 핑계를 대고 묘문廟門

밖으로 나가서 한 장정에게 슬쩍 암시를 주고는 다시 태묘 안으로 들어갔다.

그러자 장정들은 소리도 없이 태묘를 에워싸기 시작했다.

태묘 안으로 들어간 노포계는 바로 경사 뒤에 서서 창을 높이 들어 대부 고채에게 암시를 보냈다.

고채는 노포계의 신호를 보고 즉시 자기 심복 장정들을 시켜 묘 문 문짝을 크게 세 번 쿵쿵쿵 쳤다.

이것이야말로 네 집 장정들이 기다리던 신호였다. 장정들은 일제히 겉옷을 벗어던졌다. 그들은 모두 속에 갑옷으로 무장하고 있었다. 네 집 가병들로 변한 장정들은 일제히 아우성을 치면서 태묘 안으로 뛰어들어갔다.

난데없이 가병들이 살기등등해서 뛰어들어오는 걸 보고 경사는 대경실색하여 자리에서 일어서려고 궁둥이를 들었다.

순간 뒤에서 호위하고 있던 노포계가 칼을 뽑아 일어서는 경사의 등을 쳤다. 지금까지 앞에서 호위하고 섰던 왕하도 몸을 돌려 창으로 경사를 찔렀다. 경사가 가장 신임하던 두 사람한테 창과 칼을 동시에 맞고서 왕하를 노려보며 신음한다.

"으으음! 이제 알았다. 결국 변란을 일으킨 것이 너희들이었구나!"

그러더니 닁큼 조호鉏麑를 집어,

"에잇!"

외마디 소리를 지르면서 왕하에게 냅다 던졌다. 참으로 최후의 힘이란 무서운 것이었다. 왕하는 정면으로 조호를 맞아 그 자리에서 쓰러져 죽었다.

노포계가 가병들에게 부르짖는다.

"속히 와서 역적놈들을 처치하여라!"

무장한 가병들은 먼저 경승을 잡아 그 당장에서 쳐죽였다. 앞뒤로 치명상을 입은 경사는 이를 악물고 한 손으로 태묘의 기둥을 안고 흔들었다. 참으로 무서운 힘이었다. 기둥이 흔들거리면서 천장에서 흙이 우수수 쏟아졌다. 마침내 경사는 외마디 소리를 지르면서 쓰러져 죽었다.

제경공은 뜻밖의 끔찍한 광경을 보고 놀라 두 다리가 후들거렸다. 그는 궁으로 몸을 피하려고만 서둘렀다.

안영이 조용한 목소리로 아뢴다.

"모든 신하가 억울하게 죽은 선군의 원수를 갚기 위해서 경씨를 죽이고 사직을 바로잡으려는 것입니다. 상감께서는 조금도 염려 마십시오."

그제야 제경공은 겨우 마음을 진정한 뒤 우선 제복祭服부터 벗고, 수레를 타고 내궁으로 들어갔다. 노포계의 지휘 아래 난씨欒氏·고씨高氏·진씨陳氏·포씨鮑氏 네 집 가병들은 경씨 일당을 모조리 잡아죽였다.

그리고 노포계는 이 네 대부의 가병들을 나누어 네 성문을 굳게 지키게 하고, 경봉이 돌아올지라도 입성하지 못하도록 물샐틈없이 방비했다.

한편, 경봉은 사냥을 마치고 동래를 떠나 돌아오다가 도중에 혼자서 헐레벌떡 뛰어오는 자기 아들 경사의 집 가병 하나를 만났다.

겨우 도망쳐나온 그 가병은 경봉에게 모든 사실을 아뢨다. 경봉은 자기 아들 경사가 피살됐다는 말을 듣고 격노했다.

경봉은 급히 도성으로 가서 서문西門을 쳤다. 그러나 얼마나 방비가 튼튼한지 성문은 끄덕도 하지 않았다. 암만 공격해도 아무

효과가 없자 경봉의 사졸들은 하나 둘 어디론지 달아나버렸다. 이제는 경봉도 어찌해볼 도리가 없어 노나라로 달아났다.

그후 제경공은 노나라로 사자를 보냈다. 사자가 노나라에 가서 노후魯侯에게 아뢴다.

"경봉은 임금을 죽이고 반역한 놈입니다. 그런 극악무도한 놈을 귀국에 두지 마시고, 잡아서 우리 제나라로 넘겨주십시오."

그래서 노나라에선 경봉을 잡아 제나라에 돌려보내주기로 했다. 이 소문을 듣고서 경봉은 다시 오吳나라로 달아났다.

이때 오왕 이매夷昧는 주방朱方 땅에 있었다. 그는 망명 온 경봉이 전날 제나라에서 정승을 지낸 사람이라고 해서 부귀富貴를 주고, 초楚나라 동정을 사찰伺察하는 책임을 맡겼다.

그후 경봉이 오나라에서 부귀를 누린다는 소문이 노나라까지 퍼졌다. 노나라 대부 자복하子服何가 숙손표叔孫豹에게 한탄하듯 말한다.

"글쎄 경봉이 오나라에 가서 또 부귀를 누린다는구려. 참으로 알 수 없는 일이오. 하늘은 오히려 흉악한 놈에게 복을 주시는군요!"

숙손표는 웃으면서,

"착한 사람이 부귀하면 그것을 상賞이라고 하며, 악한 사람이 부귀하면 그것을 불행이라고 하오. 그러니 경봉에겐 불행이 닥쳐온 것이오. 어찌 그걸 복이라고 부러워하시오."
하고 대답했다.

한편, 제나라에선 경봉이 국외로 도주한 이후로 고채와 난조가 나라 정사를 도맡아보았다.

이에 그들은 전국에 최저崔杼와 경봉의 죄를 선포하고, 경사慶

숨의 시체를 길거리에 내다가 백성들에게 구경시키기로 했다. 그런데 최저의 시체도 함께 구경시킬 작정으로 찾았으나 어디 있는지 알 길이 없었다.

마침내 거리마다 현상 모집한다는 방이 나붙었다. 곧 최저의 관이 있는 곳을 관가에 고하는 자에겐 최씨의 소유였던 큰 구슬을 상으로 주겠다는 것이었다.

전날 최저의 집 어인이었고, 그날 최명崔明과 함께 관을 운반했던 마구간지기가 그 구슬을 탐하여 관가에 가서 사실대로 고해바쳤다.

이에 관리들은 최씨 조상의 무덤 곁을 파고 암장暗葬되어 있는 최저의 관을 끌어냈다.

관 뚜껑을 열어본즉 시체 두 구가 들어 있었다. 하나는 최저이고 또 하나는 당강棠姜이었다. 제경공은 두 남녀의 시체를 다 거리에 내다가 백성들에게 구경시킬 작정이었다.

안영晏嬰이 조용히 간한다.

"사람들에게 죽은 부녀자의 몸을 구경시킨다는 것은 예禮가 아닙니다."

그래서 경사와 최저의 시체만이 시정市井에 진열됐다. 백성들은 두 시체 주위에 모여들어,

"음, 이건 틀림없는 최저다!"

하고 알아봤다.

모든 대부는 최저와 경봉의 소유였던 토지를 몰수해서 각기 나눠가졌다. 그러나 경봉의 집안 재산은 이미 다 노포별의 집으로 옮겨진 후였다. 모든 대부는 노포별과 경봉이 각기 자기 아내를 네것 내것 할 것 없이 서로 공유하고 음행淫行했다는 죄목을 들었

다. 그들은 마침내 노포별을 북연北燕 땅으로 몰아냈다.

또한 모든 대부는 노포계도 경사의 딸을 데리고 산 사람이라 해서 그의 공로를 인정하지 않았을 뿐만 아니라 멀리 외방으로 몰아냈다.

마침내 모든 대부는 노포별 형제의 재산까지 모조리 몰수해서 나눠 가졌다. 오직 진무우만이 죄인의 재물을 한 가지도 취하지 않았다.

그런데 경씨의 소유였던 큰 장원莊園이 하나 있었다. 그 장원에는 수레 100여 대쯤 실어낼 수 있는 목재가 산더미처럼 쌓여 있었다.

모든 대부는 미안해서 그 목재만은 진무우에게 주기로 합의했다. 진무우는 그 목재를 받아 전부 백성들에게 나눠주었다. 그래서 백성들은 다 진씨陳氏의 덕을 칭송했다. 이때가 바로 주경왕 초년이었다.

그 다음해에 난조는 죽고, 그 아들 난시欒施가 벼슬을 이어받아 대부가 되었다. 이에 고채는 난시와 함께 제나라 국정을 좌지우지했다.

그러다가 얼마 후 고채도 죽고, 그 아들 고강高彊이 아버지의 벼슬을 이어받아 대부가 되었다. 이때 고강은 아직 나이가 어려서 나라 정사에 참여하지 못했다. 이리하여 난시가 제나라 대권을 모두 장악하게 되었다.


이때는 진晉 · 초楚 양대국이 서로 우호를 맺고 싸움을 하지 않았기 때문에 모든 나라가 평화로웠다.

정鄭나라 대부 양소良霄의 자는 백유伯有이니 그는 공자 거질去疾의 손자요, 공손첩公孫輒의 아들이었다. 양소는 상경 벼슬에 있으면서 정나라 국정을 맡아보았다.

그러나 양소는 워낙 성격이 사치스럽고 술을 좋아해서 한번 마시기만 하면 밤을 새우는 것이 보통이었다. 뿐만 아니라 술을 마시는 데도 괴상한 습성이 있었다. 그는 술을 마시는 동안에는 사람과 대하기를 싫어했고, 다른 사람이 말하는 것조차 듣기 싫어했다. 그래서 그는 땅을 파서 지하실을 만들어 그곳에다 술 마시는 데 필요한 모든 기구를 갖추어놓고 음악을 들으면서 밤새도록 혼자 마셨다. 가신들이 집으로 양소를 찾아가도 여간해선 만나지 못했다.

날이 새면 양소는 취한 그대로 궁에 들어가기 일쑤였다.

어느 날이었다. 양소가 정간공鄭簡公에게 아뢴다.

"친선차 초나라로 사절을 보내야겠는데, 공손흑公孫黑을 보내는 것이 가합한 줄로 압니다."

그런데 이때 공손흑은 초나라에 갈 수 없는 사정이 있었다. 공손흑과 공손초公孫楚는 서오범徐吾犯이란 사람의 여동생에게 장가를 들려고 서로 다투던 중이었다. 그러므로 공손흑은 맘에 드는 여자를 단념하고 먼 초나라까지 다녀올 수가 없었다. 그는 제발 자기를 초나라에 보내지 말아달라고 간청하기 위해 양소를 만나보러 갔다.

그러나 공손흑은 양소의 집에 들어가보지도 못하고 문지기에게 거절당했다.

"지금 주인 대감께서는 지하실에 계십니다. 한번 들어가시기만 하면 안으로 굴문窟門을 걸어잠그기 때문에 아무도 연락을 취할 수 없습니다."

이 말에 공손흑은 걷잡을 수 없이 화가 치솟았다. 그는 앞뒤 없이 결혼하기 위해 사랑의 욕망에 불타고 있었던 것이다.

그날 밤에 공손흑은 자기 집 가병을 모조리 거느리고 인단印段과 함께 양소의 집을 포위하여 사방에 불을 질렀다.

이때도 양소는 취해 있었다. 그는 시종들의 부축을 받아 수레를 타고 타오르는 집 속에서 겨우 벗어나 옹량雍梁 땅으로 달아났다.

양소는 술이 깬 후에야 공손흑이 불을 질러 집에서 빠져나온 걸 알고서 노발대발했다. 양소가 며칠간 머무르는 동안에 그의 가신들도 점점 옹량 땅으로 모여들었다.

가신들이 고한다.

"지금 도성에선 여러 씨족들이 결당結黨하여 완강히 대감을 반대하고 있습니다. 다만 국씨國氏와 한씨罕氏만이 그들에게 가담하지 않았습니다."

양소는 다소 안심했다.

"그럼 국씨와 한씨는 나를 돕겠구나!"

이에 양소는 도성으로 돌아가서 북문北門을 쳤다.

한편 공손흑은 조카인 사대駟帶와 인단印段에게 용사들을 내주고 양소와 싸우도록 했다. 이리하여 성을 사이에 두고 서로 싸웠으나 결국 양소는 대패하여 다시 옹량 땅으로 달아났다. 그후 그는 옹량 땅에서 피살되고 가신들 역시 다 죽음을 당했다.

공손교公孫僑는 이 소문을 듣고 즉시 옹량 땅으로 달려갔다. 그는 양소의 시체를 쓰다듬으며,

"일가친척 간에 서로 공격하고 싸웠으니 하늘이여, 어찌하여 세상은 이다지도 불행한가!"

하고 통곡했다.

공손교는 눈물을 씻은 후 아무도 돌보지 않는 양소와 그 가신들

의 시체를 거두어 두성斗城 땅 마을에다 장사를 지냈다.

이 소문을 듣고 공손흑은 분노했다.

"흥! 알고 보니 공손교는 바로 양소의 일당이었구나! 내 그를 그냥 두지 않으리라."

상경 한호罕虎가 점잖게 말린다.

"이번에 공손교는 예의로써 죽은 사람을 대한 것뿐이오. 그런데 예의를 잘 지킨 공손교를 친다면 장차 그대의 꼴이 뭐가 되겠소? 원래 예의는 국가의 근본이오. 예의를 아는 사람을 죽이면 될 일도 잘 안 되는 법이오."

공손흑도 한호의 점잖은 말에 그만 찔끔해서 공손교를 치지 않았다.

정간공은 양소가 죽었기 때문에 한호에게 국정을 맡기려 했다. 한호가 사양한다.

"신은 모든 것이 공손교만 못합니다. 공손교에게 나랏일을 맡기십시오."

드디어 공손교가 정나라 국정을 맡았다. 이때가 바로 주경왕 3년이었다.

공손교는 국정을 맡은 후로 도성과 변방에 대한 모든 질서를 바로잡고, 공公·경卿·대부大夫의 계급을 명확히 밝히고, 신하들이 국가로부터 받은 전田이나 읍邑에서 소산되는 수입 중에서 약간을 국가가 징수해뒀다가 백성들 사이에 불행한 일이 있을 때면 돕도록 새로운 제도를 정하고, 동리洞里나 마을 사람들이 서로 책임지고 우물을 보호하도록 법을 세우고, 항상 백성들에게 충성과 검소함을 권하고, 이권利權의 독점과 사치를 탄압하고, 나라 정사를 어지럽힌 죄를 따져서 공손흑을 잡아죽이고, 백성에게 형刑과

법法에 대한 지식을 계몽시켜 위엄을 세우고, 도처에 향교鄕校를 지어 자기 잘못을 깨닫게 했다.

이에 정나라 백성들 사이에는 공손교를 칭송하는 노래가 유행했다.


우리의 아들딸을
공손교가 바른길로 지도해주시네.
우리의 논밭에서 나오는 수입을
공손교가 늘려주시네.
그러나 공손교가 죽으면
누가 우리 자손과 살림을 보호해줄까?
我有子弟
子産誨之
我有田疇
子産殖之
子産而死
誰其嗣之


정나라 백성들이 부르는 이 노래만으로도 공손교의 업적을 짐작할 수 있을 것이다.


어느 날이었다.

정나라 태생인 어떤 사람이 볼일이 있어 북문北門 밖으로 나갔다. 그 사람은 도중에 갑옷을 입고 창을 이끌며 오는 죽은 양소良霄를 만났다. 양소가 그 정나라 사람에게 말한다.

"지난날에 형세가 불리해지자 나의 심복 부하였던 인단印段과 사대駟帶가 배반하고 나를 죽였다. 참으로 나는 원통하고 분하게 죽었다. 내 반드시 사대와 인단의 목숨을 빼앗아 이 원한을 갚으리라."

그 정나라 사람은 양소와 작별하고 목적한 곳에 가서 볼일을 마친 뒤 집에 돌아와서 이웃 사람들에게,

"나는 오는 도중에 죽은 양소와 만났네."

하고 보고 들은 바를 말했다.

이 괴상한 이야기는 삽시간에 정나라 방방곡곡에 퍼졌다. 그래서 여자들은 밤에 부스럭거리는 소리만 나도 양소가 왔다고 비명을 질렀고, 대낮에 폭풍이 불어 나뭇가지들이 흔들리기만 해도 양소가 오나 보다 하고 어른들까지 불안해했다.

이런 소문이 퍼지고 민심이 불안해진 지 얼마 지나지 않아서였다. 과연 사대는 갑자기 병이 나서 죽었다. 다시 며칠이 지난 후에 이번엔 인단이 급살병으로 죽었다.

백성들은 양소라는 귀신이 참으로 무서운 귀신이라고 생각했다. 그래서 정나라 전체가 어떤 불안감에 휩싸였다.

공손교가 정간공에게 아뢴다.

"양소의 아들 양지良止에게 그 아비의 벼슬인 대부 벼슬을 주시고 양씨의 제사를 받들게 하십시오. 아울러 공자 가嘉의 아들 공손설公孫洩에게도 대부 벼슬을 내리시고, 그에게 아비의 제사를 더욱 정성껏 모시라고 분부하십시오."

정간공은 곧 공손교가 시키는 대로 했다. 그런 후로 백성들 간엔 양소에 관한 귀신 이야기가 저절로 사라졌다.

이때 유길游吉이란 사람이 있었다. 어느 날 유길이 공손교에게

묻는다.

"양소의 아들에게 벼슬을 내린 후로 그 괴상한 소문이 갑자기 자취를 감췄으니 이 어찌 된 까닭입니까?"

공손교가 대답한다.

"대저 좋지 못한 사람이 흉악하게 죽으면 그 혼백이 흩어지지 못하고 원귀寃鬼가 되기 쉽다. 그러나 그런 원혼도 어디고 돌아가서 의지할 곳만 있으면 원한을 풀게 된다. 그 아들에게 벼슬을 주고 제사를 받들도록 허락한 것은 양소의 원한을 풀어주기 위해서였다."

유길이 또 묻는다.

"만일 그렇다면 양씨의 아들에게만 벼슬을 줄 것이지, 아울러 공손설에게도 벼슬을 준 뜻은 무엇입니까? 그렇다면 공손설의 아버지 공자 가도 지금 원귀가 되어 있습니까?"

공손교가 대답한다.

"개인 사정이야 어찌 됐든 간에 도성을 쳤기 때문에 죽은 양소는 죄인이 된 것이다. 그대도 알다시피 그런 죄인에겐 비록 자식이 있을지라도 그 대를 잇지 못하게 하는 법이며, 따라서 아무도 제사를 지내줄 사람이 없게 된다. 그러나 나는 양소가 원귀가 됐다고 불안해하는 민심을 안정시키기 위해서, 또 양소의 억울한 누명을 씻어주기 위해서 그의 아들에게 벼슬을 주게 하고 제사를 받들게 했다. 이리하여 민심도 안정되고 양소의 누명도 씻을 수 있었다. 아울러 공손설에게도 벼슬을 주고 그 아비의 제사를 더욱 정성껏 모시게 한 것은 죽은 공자 가가 원귀가 됐다는 것이 아니라, 실은 백성들에게 귀신이란 결코 믿을 만한 것이 못 된다는 걸 은연중에 알려주기 위해서 그런 방편을 취한 것뿐이다."

이 말을 듣고 유길은 공손교에 대해서 더욱 감탄해 마지않았다.

바로 이보다 1년 전 주경왕周景王 2년 때 일이었다.

채나라에선 채경공蔡景公이 세자 반般을 결혼시키려고 초나라 여자인 미씨芈氏를 데려왔다.

그런데 채경공은 며느리에게 홀딱 반해서 마침내 미씨와 정을 통했다. 세자 반은 격분했다.

"아비가 아비 노릇을 못할 바에야 자식인들 어찌 자식 노릇을 할 것 있으리오!"

세자 반은 사냥 간다는 헛소문을 퍼뜨린 후, 심복 부하인 내시 10여 명을 거느리고 몰래 내실로 들어가서 잠복했다.

채경공은 자기 아들이 정말 사냥 간 줄만 알고 동궁東宮에 가서 미씨의 방으로 들어갔다.

숨어 있던 세자 반은 아내가 정을 통하려는 순간, 내시들을 거느리고 뛰어나가 자기 아버지인 채경공을 한칼에 쳐죽였다.

그날로 세자 반은 모든 나라 제후에게 사자를 보내어 아버지가 갑작스런 급병으로 세상을 떠났다고 부고했다. 그리고 세자 반은 스스로 군위에 올랐다. 그가 바로 채영공蔡靈公이다.

사신이 이 일을 논평한 것이 있다.


반般이 자식으로서 아비를 죽인 것은 천고千古에 없는 대변大變이라 하겠다. 그러나 채경공이 시아버지로서 며느리와 교정했다는 것도 그 죄가 가볍지 않다.


또 사신史臣이 시로써 이 일을 탄식한 것이 있다.

옛날에 위선공衛宣公이 며느리와 정을 통하여 역사를 더럽히
더니

이제 채경공이 또 그 짓을 본받았도다.

드디어 궁중에서 아비를 죽이는 칼이 번쩍였으니

우리는 억울하게 죽은 저 위나라 세자 급자急子를 더욱 잊을
수 없구나.

新臺醜行汚靑史

蔡景如何復蹈之

逆刃忽從宮內起

因思急子可憐兒


채나라 세자 반이 비록 여러 나라 제후에게 부친이 급병으로 죽
었다고 통지했지만 결국 아비를 죽인 엄연한 사실을 감출 수는 없
었다. 우선 채나라 백성들이 이 일을 잘 알고 있었으니 다른 나라
야 더 말할 것도 없었다.

이럴 때는 천하 패권을 쥔 맹주盟主가 모든 나라의 여론을 환기
시키고 세자 반을 쳐서 그 죄를 다스릴 수밖에 없었다. 그런데 그
당시 소위 패권을 유지하고 있다는 진晉나라는 게을러빠져서 아비
를 죽이고 임금이 된 채영공의 죄를 다스리지 않고 내버려두었다.

그해 가을, 어느 날 한밤중이었다. 송나라에선 실화失火로 궁성
이 타올랐다.

이때 송후宋侯의 부인은 노魯나라 여자로, 세상에선 그녀를 백
희伯姬라고 불렀다. 좌우로 불길이 치솟자 궁녀들은 백희에게 급
히 피신할 것을 청했다.

그런데 백희의 대답은 의외였다.

"대저 일국一國의 부인이라면 유모의 부축을 받지 않고는 밤중에도 당堂을 내려서지 않는 법이다. 비록 불길이 뻗쳐오르고 있다고 해도 내 일국의 부인으로서 어찌 체통과 예법을 잃을 수 있으리오."

백희의 대답을 듣고서 궁녀들은 웃어야 할지 존경해야 할지 어쩔 줄을 몰라 했다.

궁녀들이 각기 흩어져 겨우 유모를 찾아 데리고 왔을 때엔 백희는 이미 불 속에서 타죽은 뒤였다. 그래서 송나라 백성들은 백희의 죽음을 탄식했다.

그 뒤 진晉나라 진평공晉平公은 실화失火로 송나라 궁이 탔다는 소문을 듣고 매우 동정했다.

"송나라로 말할 것 같으면 우리 진나라와 초나라의 맹약盟約을 주선해준 큰 공로가 있다. 그러니 우리가 그들의 불행을 그냥 보고만 있을 수 없다."

이에 진평공은 모든 나라 제후를 전연澶淵 땅으로 소집하고, 그들에게 회사喜捨를 청해서 재물을 모아 송나라를 도왔다.

이때 송나라 선비 호안정胡安定은 이런 진평공의 처사를 다음과 같이 논평했다.

진평공은 채蔡나라 세자 반般이 아비를 죽인 죄는 치지 않고, 송나라 궁이 탄 것을 회복시켜주기에만 골몰했다. 진평공은 사태의 경輕하고 중重한 것을 분별하지 못했다. 때문에 그는 모든 나라에 신망을 잃었다. 누가 이런 일을 사소한 것이라고 하는가. 곧 진나라 진평공이 천하 패권을 잃은 원인은 천하 대세의 경중을 몰랐기 때문이다.

주경왕周景王 4년이었다.

지난날 송나라의 주선으로 동맹을 맺은 진晉나라와 초나라는 더욱 우호를 굳게 하기 위해 정나라 서괵西虢 땅에서 회를 열기로 했다.

이때 초나라에선 굴건屈建 대신 공자 위圍가 영윤令尹으로 있었다. 공자 위는 초공왕楚共王의 서자로서 그들 친척 간의 최연장자였다. 그는 인간됨이 매우 거만해서 남에게 지배받는 것을 극히 싫어했다. 뿐만 아니라 늘 자기 자신을 과대평가했다.

어느덧 그는 반란을 일으켜 왕위를 도모하려는 뜻을 품고 있었다. 그래서 공자 위는 왕위에 있는 미약한 웅균熊麇을 잔뜩 깔보고 자기 마음대로 나랏일을 처리했다.

이때 대부 위엄蔿掩은 위인이 충직해서 늘 바른말을 잘했다. 그래서 공자 위는 위엄에게 억울한 누명을 씌워 죽여버리고, 대부 위파蔿罷와 오거伍擧*를 심복 부하로 두고서 날마다 역적 모의만 했다.

어느 날, 공자 위는 교외로 사냥을 나갔다. 그는 무엄하게도 자기 수레에다 초왕의 기旗를 꽂았다.

그들 일행이 우읍芋邑에 당도했을 때였다. 우읍의 지방관인 신무우申無宇는 그 왕기王旗를 보고 깜짝 놀랐다. 신무우가 공자 위에게 충고한다.

"왕과 신하는 엄연한 구별이 있거늘, 영윤이 비록 높은 벼슬이라 하지만 어찌 무엄하게도 왕의 기를 꽂고 돌아다니오? 이러다간 이 나라가 큰일나겠소. 그 왕기를 속히 내려 나에게 맡기오!"

신무우는 그 왕기를 뺏어 부고府庫에 갖다바쳤다. 이런 일이 있은 후로 공자 위는 약간 기氣가 꺾였다.

그러던 중 정나라 서괵西虢 땅에서 진나라와 초나라가 대회를 열 기일이 임박했다.

　공자 위가 궁에 가서 왕인 웅균에게 아뢴다.

　"신은 이번 대회에도 참석하고, 정나라 풍씨豐氏의 딸과 혼담도 정할 겸 먼저 정나라로 가야겠습니다."

　초왕 웅균은 머리를 끄덕이고 허락했다.

　공자 위가 또 아뢴다.

　"우리 초나라는 역대로 왕으로 칭해왔습니다. 이번 대회에 가서 우리 나라가 모든 나라 제후보다도 지위가 높다는 것을 인식시켜야겠습니다. 그러니 잠시 신에게 왕의 위엄을 빌려주십시오. 그리하면 이번 대회에 가서 신이 우리 초나라의 위엄을 선양하고 오겠습니다."

　미약한 초왕 웅균은 또한 머리를 끄덕이고 허락했다. 이에 공자 위는 무엄하게도 한 나라의 임금의 거둥으로 행차를 꾸미고, 왕후王侯처럼 의복을 차려입고, 모든 기구器具를 갖추었다. 그는 과戈를 잡고 앞을 인도하는 두 장수까지 늘어세우고서 정나라로 떠나갔다.

　성대히 꾸민 공자 위의 행차가 정나라 교외에 당도했을 때였다. 정나라 사람들은 초왕이 직접 온 줄 알고 깜짝 놀라 급히 사람을 궁으로 보냈다.

　"초왕이 친히 왔습니다."

　정나라 임금과 신하들은 모두 당황하여 초왕을 영접하려고 황망히 교외로 달려나갔다. 그러나 수레에서 내리는 사람을 본즉, 그것은 초왕이 아니고 공자 위였다. 정나라 사람들은 모두 어이가 없어서 서로 얼굴만 쳐다보았다.

특히 정나라 정승 공손교公孫僑는 초나라 공자 위의 그러한 거동을 보고서 눈살을 찌푸렸다.

공손교는 유길游吉에게,

"저런 사람이 성안에 들어왔다가는 무슨 변을 일으킬지 모른다. 그러니 그대가 공자 위에게 가서……"

하고 조그만 목소리로 무언가를 지시했다.

이에 유길이 공자 위 앞에 나아가서,

"지금 성안 사관舍館은 수리 중이라 아직 지붕을 해 이지 못했습니다. 그러니 성 밖 사관으로 가십시다."

하고 성 밖에 있는 사관으로 그들 일행을 안내했다.

성 밖 사관에 거처를 정한 공자 위는 심복 부하 오거伍擧를 정나라 궁으로 들여보내어,

"풍씨豐氏의 딸과 혼사를 정하고 싶으니 이를 허락하십시오."

하고 정나라 임금에게 청한다.

정나라 임금은 두말 않고 공자 위의 청을 허락했다.

공자 위가 풍씨의 딸에게 보낸 폐백幣帛은 눈이 부실 정도록 휘황찬란했다.

혼례날이 점점 가까워지자 공자 위는 이 참에 정나라를 쳐서 아주 무찔러버리고 싶은 생각이 슬며시 일어났다. 그래서 풍씨의 딸을 영접하기 위해 많은 병거와 수레를 성대히 장식했다. 그는 이렇게 많은 병거와 수레와 군사를 동원시켜 기회를 보아 정나라 성을 아예 쑥대밭으로 만들 작정이었다.

그러나 정나라 정승 공손교는 부단히 공자 위를 감시하고 있었다.

공손교가 다시 유길을 불러 말한다.

"요즘 공자 위가 하는 짓을 보면 그 속마음을 측량할 수 없다.

이번 혼인을 못하면 못했지, 공자 위가 거느리고 온 병거와 군사를 성안으로 들여서는 안 된다."

유길이 대답한다.

"그럼 제가 성 밖 사관에 가서 공자 위에게 이 뜻을 전하고 오겠습니다."

이에 유길이 성 밖 사관으로 가서 공자 위에게 말한다.

"듣건대 영윤께선 이번에 많은 사람을 거느리고 혼인을 하시러 오셨다면서요? 그게 참말입니까? 만일 그러시다면 우리 정나라 성중은 너무 협소해서 영윤이 거느리고 오신 그 많은 사람을 수용할 수 없습니다. 차라리 성 밖의 널찍한 땅을 빌려드릴 터이니 그곳에서 신부를 영접하십시오."

공자 위가 눈알을 부라리며 말한다.

"귀국 임금이 나에게 풍씨의 딸과 혼인할 것을 허락한 만큼, 이 혼사는 보통 혼사와 다르오. 만일 신부를 야외에서 영접한다면 어찌 그걸 예라 할 수 있으리오."

유길이 즉시 대답한다.

"예의를 말씀하시니 말이지, 예법에 의하면 무고히 군사를 거느리고 다른 나라에 들어가지 못하도록 되어 있습니다. 더구나 혼사에 군사와 병거를 거느리고 남의 나라에 들어간다는 것이 어찌 예라고 할 수 있습니까? 그러나 만일 영윤께서 그저 성대하게 혼인을 하기 위해서 많은 사람이 필요하다면, 청하노니 모든 병거와 무기를 버리고 무장武裝을 풀고서 들어오십시오."

오거가 가만히 공자 위에게 속삭인다.

"정나라 사람들이 우리의 계책을 눈치챈 것 같습니다. 무장을 풀고 들어가는 수밖에 없습니다."

마침내 초나라 사졸士卒들은 모두 활과 화살을 버리고 전통을 거꾸로 메고서 성안으로 들어가, 풍씨의 딸을 영접해서 사관으로 나왔다.

수일 후에 진晉나라와 초나라를 위한 대회가 열렸다. 진나라 대표로는 역시 조무가 왔고, 송宋·노魯·제齊·위衛·진陳·채蔡·정鄭·허許 등 여러 나라에선 대부들이 대표로 와서 참석했다.

이에 초나라 대표 공자 위는 사람을 시켜 진晉나라 쪽에 자기 의사를 전했다.

"우리 초나라와 진나라는 전번에 모든 절차에 따라서 맹약했으며, 이번 회는 다만 우호를 더욱 새롭게 다지자는 데 불과한지라. 그러니 번거롭게 다시 서약誓約을 쓴다든가 희생의 피를 입술에 바른다든가 하는 까다로운 형식은 집어치우고, 그저 전번에 써뒀던 서서誓書나 한 번 읽고 지난날의 맹세를 서로 잊지 않도록 합시다."

기오祁午가 조그만 목소리로 조무에게 말한다.

"공자 위의 말은 이번 회에서도 우리에게 주도권을 뺏기지 않겠다는 수작입니다. 지난날 맹회 때, 우리는 초나라에 모든 의식 절차를 양보했으니, 이번엔 우리가 으레 이 회를 주제해야 할 차례입니다. 그런데 그저 전날 해뒀던 서서나 읽고 그만둔다면 우리나라 체면이 뭐가 됩니까?"

조무가 대답한다.

"그대는 흥분하지 마오. 저기 앉아 있는 공자 위의 옷차림과 거동을 보오. 그 위의威儀가 초나라 왕에 비해서 조금도 다를 것이 없소. 그는 겉으론 우리에게 거센 체하지만, 속은 초왕에게 반역하려는 계책으로 가득하오. 그러니 우리는 이번 회에서 다툴 것이 아니라, 저들이 하자는 대로 해서 공자 위의 뜻을 교만하게 해줄 필요가 있소."

"그러나 원래 초나라는 간특한 짓을 잘하니 우리도 사졸들을 무장시켜서 위세만은 보여야 할 줄 아오."

조무가 대답한다.

"이번에 회를 열고 더욱 우호 친선하는 것은 결국 싸우지 말자는 뜻이오. 그런데 여기서 사졸들을 무장시키면 결국 우리가 신의를 저버리는 것밖에 안 되오. 나는 오로지 신의를 지킬 뿐 그외의 짓은 하지 않겠소."

이윽고 공자 위는 거만스레 단壇 위에 올라가서 희생 위에 지난날의 서서를 놓고, 조무에게 제법 명령조로 말한다.

"그것을 읽으시오."

조무는 연방 허리를 굽실거리면서 공자 위가 시키는 대로 서서를 읽었다.

이날 회가 끝나자 공자 위는 곧 수레에 신부를 싣고서 초나라로 돌아갔다.

모든 나라 대부들도 말은 하지 않았지만 속으로,

'저 공자 위란 자가 필시 초나라 임금이 되고야 말겠구나!'

하고 탄식했다.

사신이 시로써 초나라를 읊은 것이 있다.

공자의 부귀를 누리면 그만이지
무엇 하러 왕의 위의를 본받으려고 하는가.
천하 모든 나라가 다 초나라의 위기를 알고 있건만
초왕 웅균만이 이를 모르고서 좋아하는도다.

任敎貴倨稱公子
何事威儀效楚王
列國盡知成跋扈
郟敖燕雀尙怡堂

조무는 초나라 공자 위가 시킨 대로 고분고분 서서를 읽긴 했지만, 실은 창피하기도 하고 다른 사람들이 자기를 욕하지나 않을까 해서 두렵기도 했다.

조무는 모든 나라 대부를 만날 때마다,

"나는 오로지 신의를 지킬 뿐 그외의 것은 모르오."

하고 무슨 변명처럼 되풀이했다.

조무는 노나라 대부 숙손표叔孫豹와 함께 서괵西虢 땅을 떠나 정성鄭城까지 동행했다.

도중에서도 조무는, '나는 신의를 지킬 뿐이다' 하고 자꾸 강조했다.

노나라 대부 숙손표가 묻는다.

"조승상趙丞相께선 늘 신의만 말씀하시는데, 정말 어느 정도까지 신의를 지킬 수 있다고 생각하십니까?"

조무가 대답한다.

"나는 국록을 받는 몸이오. 늘 아침저녁으로 화평을 위해서 노력할 뿐이오. 무슨 여가에 먼 장래까지 생각할 수 있으리오."

노나라 대부 숙손표는 정성에 들렀을 때 정나라 대부 한호에게 말했다.

"진나라 조무는 머지않아 죽을 것 같소. 그는 현실 유지에만 급급할 뿐 조금도 앞날에 대한 계책이 없습니다. 아직 쉰 살도 못 된 사람이 꼭 여든 먹은 늙은이 같은 소리만 하니 그가 어찌 수壽를 누릴 수 있으리오."

아니나 다를까, 조무는 진나라로 돌아간 지 몇 달 만에 세상을 떠났다.

이에 한기韓起가 정승이 되어 진나라 국정을 맡아봤다. 그러나 진나라에 관한 이야기는 여기서 이쯤 해두기로 하겠다.

공자 위는 초나라에 돌아왔다. 이때 초왕 웅균은 병으로 궁중에 누워 있었다.

공자 위는 초왕 웅균에게 정나라에 갔다 온 보고도 하고 문병도 할 겸 즉시 궁으로 들어갔다. 공자 위가 좌우를 둘러보고 건방지게 분부한다.

"왕에게 비밀히 아뢸 말씀이 있으니 모든 궁녀와 시관侍官들은 다 물러가거라!"

초왕 웅균은 병석에 누워 힘없이 눈을 감고 있었다. 이윽고 왕의 병실엔 공자 위만 남게 되었다.

공자 위는 관冠 끈을 소리 없이 풀었다. 순간 그는 번개같이 달려들어 누워 있는 초왕 웅균의 목을 관 끈으로 옭아매고는 힘을 주어 조르기 시작했다. 초왕 웅균은 소리 한 번 지르지 못하고 눈을 뒤집고서 숨을 거두었다.

이때 초왕 웅균에겐 아들이 둘 있었다. 하나는 공자 막幕이며, 하나는 공자 평하平夏였다. 두 형제는 변이 일어났다는 걸 듣고 즉시 칼을 뽑아들고 달려가서 공자 위에게 덤벼들었다.

그러나 연약한 형제가 어찌 억센 공자 위를 당적할 수 있으리오. 싸운 지 불과 수합 만에 공자 막과 평하는 공자 위의 칼에 맞아 죽었다.

이때 초왕 웅균의 동생인 웅비熊比와 웅흑굉熊黑肱은 형님과 그 아들 둘이 다 공자 위에게 피살됐다는 말을 듣고, 혹 자기들한테도 화가 미칠까 두려워서 도망갈 준비부터 했다. 이리하여 웅비는 진晉나라로, 웅흑굉은 정鄭나라로 달아났다.

공자 위는 모든 나라 제후에게 각기 사람을 보내어 다음과 같은 내용을 통지했다.

초왕 균麇은 복록福祿이 없어 이만 세상을 하직한지라. 이에 대부大夫 위圍가 왕위를 계승했소.

그후에 오거伍擧가 중요한 몇몇 나라에만 찾아가서 변명을 늘어놓았다.

"공자 위는 바로 초공왕楚共王의 아들로 지금 왕족들 중에서 가장 항렬이 높은 연장자이시오. 그래서 부득이 왕위를 계승하지 않을 수 없었지요."

오거는 초나라에 대한 모든 나라의 의심을 풀려고 애썼다. 이에 공자 위는 이름을 웅건熊虔이라 고치고 왕위에 올랐다. 그가 바로 초영왕楚靈王*이다.

초영왕은 위파蒍罷를 영윤令尹으로 삼고, 정단鄭丹을 우윤右尹으로 삼고, 오거를 좌윤左尹으로 삼고, 투성연鬪成然을 교윤郊尹*으로 삼았다.

이때 태재 백주리는 공사公事로 겹郟 땅에 가고 없었다. 초영왕은 백주리가 자기에게 복종하지 않을까 염려하고 사람을 겹 땅으로 보내어 그를 죽였다.

그리고 죽은 초왕 웅균을 겹 땅에다 장사지냈다. 그래서 후세 사람들은 웅균을 겹오郟敖라고도 불렀다.

연후에 초영왕은 위계강蔿啓彊을 태재太宰로 삼고, 자기 장자인 녹祿을 세자로 삼았다.

초영왕은 소원대로 왕이 된 후부터 더욱 교만하고 방자해졌다. 그는 기필코 천하 패권을 한번 잡아보고야 말겠다는 뜻을 품었다. 그래서 초영왕은 자기 아내가 정나라 풍씨豐氏의 딸이란 걸 탐탁치 않게 생각하고는 좀더 지체가 높은 곳에 다시 구혼할 작정이었다.

이에 초영왕은 진晉나라로 오거를 보내어 두 가지 청을 했다. 그 하나는 초나라를 위해 모든 나라 제후를 소집해달라는 것이고, 또 하나는 진평공晉平公의 딸에게 청혼한 것이었다.

이때 진평공은 조무가 마침 세상을 떠났고, 원래부터 초나라는 강국인 만큼 거역할 수가 없어서 오거가 전하는 두 가지 청을 다 승낙했다. 그러니까 이때가 주경왕周景王 6년이요, 초영왕 2년 겨울 12월이었다.

이때 정간공鄭簡公과 허도공許悼公이 초나라에 왔다.

초영왕은 이 두 나라 군후를 머물러 있게 하고, 진나라에 간 오거가 돌아오기를 기다렸다. 그후 오거가 돌아와서 진평공이 두 가지 청을 다 승낙했다고 보고했다.

초영왕은 매우 기뻐했다. 초영왕은 즉시 모든 나라 제후에게 사자를 보내어 다음해 봄 3월에 신申 땅에 모이도록 초청했다.

정간공이 청한다.

"이왕이면 과인이 먼저 신 땅에 가서 대왕을 위해 모든 나라에서 오는 제후들을 영접하겠소."

"그럼 나를 위해서 수고를 아끼지 마오."

하고 초영왕은 더욱 의기양양했다.


　그 다음해 봄이었다.

　모든 나라에선 회에 참석하기 위해 신 땅으로 가는 자가 그치지 않았다. 다만 노나라와 위나라가 바쁜 일이 있어서 못 간다는 핑계를 대고 참석하지 않았다. 송宋나라에선 송후宋侯 대신 대부 상술向戌이 왔다. 그외 채蔡 · 진陳 · 서徐 · 등滕 · 돈頓 · 호胡 · 심沈 · 소주小邾 등 여러 나라에선 임금이 친히 와서 참석했다.

　이에 초영왕은 많은 병거를 거느리고 신 땅에 가서 모든 나라 제후와 각기 인사를 나눴다.

　이날 좌윤左尹 오거가 초영왕에게 속삭인다.

　"신이 듣건대 천하 패권을 도모하는 자는 반드시 모든 나라 제후의 마음을 잡아야 하며, 제후의 마음을 얻으려면 반드시 예법을 지켜야 한다고 합니다. 이제 왕께서 진나라에 청하여 모든 나라 제후를 모았으며, 송나라 대표 상술과 정나라 공손교 같은 이는 다 이름난 대부들이고 예법에 밝은 사람들입니다. 그러니 왕께서는 실수 없도록 매사에 신중하십시오."

　초영왕이 계속 머리를 끄덕이면서 묻는다.

　"자고로 모든 나라 제후를 합쳐 천하 패권을 잡은 패후覇侯들의 예법은 어떠했던고?"

　오거가 대답한다.

　"옛날에 하나라 계왕啓王은 균대鈞臺에서 모든 제후를 합쳤고, 상商나라 탕왕湯王은 경박景毫에서 모든 제후에게 명령을 내렸고, 주周나라 무왕武王은 맹진孟津에서 모든 제후와 맹세했고, 성왕成王은 기양岐陽에서 모든 제후를 소집했고, 강왕康王은 풍궁酆

宮에서 모든 제후의 조례를 받았고, 목왕穆王은 도산塗山에서 대회를 열었고, 제환공齊桓公은 소릉召陵에다 군사를 둔쳤고, 진문공晋文公은 천토踐土에서 맹약했습니다. 이상 말한 것이 모든 나라 제후를 합치고 천하 패권을 잡았던 육왕六王 이공二公의 사적입니다. 이상 말한 그들은 다 예법에 밝았습니다. 그러니 왕께서는 잘 알아서 선처하십시오."

초영왕이 거듭 머리를 끄덕이며 묻는다.

"과인도 모든 나라 제후를 합치고 천하 패권을 잡기 위해서 지난날에 제환공이 소릉에다 군사를 주둔시켰던 그 예법을 쓰고 싶구나. 한데 잘 알지 못하겠다. 그대가 만일 그 예법을 알거들랑 자세히 말하여라."

오거가 대답한다.

"대저 육왕 이공의 예법을 신도 듣긴 했지만 자세한 걸 배우진 못했습니다. 신이 제환공에 관해서 들은 바에 의하면, 제환공은 그때 우리 초나라를 치려고 군사를 거느리고 소릉 땅까지 왔다고 합니다. 우리 초나라 편에선 대부 굴완屈完이 교섭차 제군齊軍에게 갔습니다. 제환공은 자기가 거느리고 온 팔국八國의 군사와 병거를 크게 벌이고 그 강한 위세를 굴완에게 과시했습니다. 그래서 제환공은 모든 나라 제후와 초나라 굴완을 다 맹세시키고 패업을 성취했습니다. 오늘날 모든 나라 제후도 이제 대왕께 복종하러 왔습니다. 이 참에 왕께선 우리의 강한 위세를 그들에게 보이고 우리를 두려워하게 하십시오. 그런 연후에 대회를 열고 옳지 못한 자를 친다면 그 어느 나라가 감히 우리에게 복종하지 않겠습니까!"

초영왕이 다시 묻는다.

"과인도 제환공처럼 한 나라를 치고 싶은데 맨 먼저 어느 곳을 치는 것이 좋을까?"

오거가 대답한다.

"마침 쳐야 할 좋은 상대가 있습니다. 제齊나라 경봉慶封은 그 임금을 죽이고서 오吳나라로 달아난 놈입니다. 그런데 오나라는 그러한 경봉을 잡아죽이지 않고 도리어 그에게 주방朱方 땅을 내줬습니다. 경봉은 지금 오나라 주방 땅에서 자기 씨족들과 함께 전보다 더 많은 부귀를 누리고 있습니다. 그러니 이 일에 대해서 제나라가 어찌 분통해하지 않겠습니까? 더구나 우리는 오나라와 원수간입니다. 만일 오나라를 쳐서 경봉만 잡아죽인다면 이는 일거양득입니다."

초영왕이 매우 흡족해하며 찬동한다.

"그거 참 좋은 생각이다."

이에 초영왕은 군사와 병거를 잔뜩 늘어세우고 모든 나라 제후를 위협하듯 시위示威하면서 회를 열었다.

대회 중에 초영왕은 서徐나라 임금이 바로 오나라 오희吳姬의 소생이란 걸 알았다.

초영왕이 호령한다.

"서나라 임금은 늘 오나라를 끔찍이 섬긴다지? 그냥 버려둘 수 없다. 당장 단 아래에 비끄러매라!"

이리하여 서나라 임금은 결박을 당한 채 사흘 동안 단 밑에 서 있었다.

서나라 임금은,

"대왕께서 만일 오나라를 치신다면 길 안내를 해서 충성을 다하겠습니다."

하고 애걸복걸했다. 그제야 초영왕은 서나라 임금을 석방했다.

마침내 초영왕의 분부를 받은 대부 굴신屈申은 모든 나라 제후의 군사를 거느리고 오나라로 쳐들어갔다. 그들은 곧 주방 땅을 포위했다. 굴신은 주방 땅을 격파한 후 쉽사리 경봉을 사로잡고 경씨慶氏 일족을 몰살했다.

그러나 굴신은 오나라 군비軍備가 대단하다는 걸 알고 있는 터라 더 쳐들어가지 못하고 초나라로 회군했다.

굴신은 돌아가서 초영왕에게 사로잡아온 경봉을 바쳤다. 초영왕은 경봉을 죽여 모든 나라 제후에게 그 시체를 구경시킬 작정이었다.

곁에서 오거가 간한다.

"신이 들건대 매우 절박한 경우라야만 비로소 사람을 죽인다고 합니다. 만일 경봉을 죽이려다가 혹 다른 나라 제후의 반감을 사게 되지나 않을까 두렵습니다."

그러나 초영왕은 듣지 않았다. 초영왕은 결박당한 경봉의 등에다 부월斧鉞을 짊어지우고 군대 앞에 끌어내어 꿇어앉혔다. 군졸이 초영왕의 분부대로 칼을 뽑아 경봉의 목을 문지르면서 조그만 소리로 말한다.

"내가 시키는 대로만 말하여라. '모든 나라 대부여, 들으시라! 나는 제나라에서 임금을 죽이고 나라를 어지럽힌 놈입니다. 여러분은 결코 나 같은 놈과 맹세하지 마시라!' 하고 자백하여라."

경봉이 머리를 번쩍 쳐들고 큰소리로 외친다.

"모든 나라 대부여, 들으시라! 세상에 초공왕의 서자인 공자 위는 자기 조카이며 임금인 웅균을 죽이고 왕위를 뺏은 놈입니다. 모든 나라 제후는 결코 그런 놈과 맹약하지 마시라!"

이 말을 듣고 모든 나라 제후와 사절과 군사들은 일제히 손으로 입을 가리고 킬킬거리며 웃었다.

대번에 얼굴이 시뻘게진 초영왕은 군졸을 향해 소리를 버럭 지른다.

"뭘 꾸물대느냐! 속히 그놈의 목을 쳐라!"

순간 경봉의 머리는 피를 쏟으면서 땅에 굴러떨어졌다.

호증胡曾 선생이 시로써 이 일을 읊은 것이 있다.

역적이 도리어 역적을 잡아죽이려 하니
비록 힘이 약해서 죽긴 죽지만 어찌 맘속으로 복종하리오.
초영왕은 공연히 불의를 친답시고 자랑했지만
지난날에 초장왕楚莊王이 하서夏舒를 잡아죽인 것만 못하도다.
亂賊還將亂賊誅
雖然勢屈肯心輸
楚虔空自誇天討
不及莊王戮夏舒

초영왕은 대회를 마치고 신 땅에서 돌아온 후, 굴신이 오나라를 크게 치지 않고 주방 땅만 무찌르고 돌아온 데 대해서 혹 오나라와 무슨 내통이라도 있지 않았나 의심하고 마침내 굴신을 죽였다. 그리고 그 대신 굴생屈生을 대부로 삼았다.

이때 진晉나라에 갔던 위파가 진평공晉平公의 딸 희씨姬氏를 모시고 돌아왔다. 초영왕은 희씨를 부인으로 삼고 위파를 영윤으로 삼았다.

그해 겨울이었다.

오왕吳王 이매는 군사를 거느리고 초나라를 쳤다. 오군은 초나라 동쪽에 있는 극읍棘邑·역읍櫟邑·마읍麻邑 세 고을을 쳐서 노략질하고 돌아갔다. 오왕은 주방 땅을 친 초나라에 앙갚음을 한 것이었다.

이에 분기충천한 초영왕은 다시 모든 나라 제후의 군사를 일으켜 오나라를 쳤다.

이때 월越나라 임금 윤상允常은 늘 오나라의 침략 때문에 골치를 앓고 있었다. 그래서 그는 대부 상수과常壽過에게 군사를 내주어 초군을 도왔다.

먼저 초나라 장수 위계강이 선봉이 되어 수군水軍을 거느리고 오나라 작안鵲岸 땅에 상륙했다. 그러나 초군은 오군에게 여지없이 패했다. 마침내 초영왕은 친히 대군을 거느리고 방향을 바꾸어 이번엔 오나라 나예羅汭로 상륙했다.

그런데 이번엔 오나라 쪽에서 오왕 이매의 종제宗弟인 궐유蹶繇가 많은 음식을 차려놓고 상륙한 초영왕을 영접했다. 초영왕은 변화무쌍한 오나라 태도에 더욱 분기가 솟았다.

초영왕이 궐유를 잡아놓고 호령한다.

"네가 나를 영접하러 올 때 점이라도 한번 쳐봤느냐?"

궐유가 천연히 대답한다.

"물론 점을 쳐봤습니다. 그런데 점괘가 매우 길하기에 이렇게 왔습니다."

"장차 우리 군사들이 치는 북에다 네 피를 바를 작정인데 어째서 점괘가 길했을까!"

궐유가 눈썹 하나 까딱 않고 대답한다.

"우리 오나라는 언제나 국가의 장래를 위해서 점을 칩니다. 한 개인의 길흉을 위해서 점을 치는 일은 없습니다. 이번에 우리 왕께서 저에게 초군을 영접하고 대접하게 한 것은 초왕이 얼마나 크게 노하고 계신가를 알아보기 위해서 보내신 것뿐입니다. 곧 초왕께서 어느 정도로 노하셨는가에 따라서 우리 오나라가 초군에게 대비할 정도도 정해지는 것입니다. 초왕께서 저 같은 사신使臣에게나마 호의로 잘 대해주시면 그에 따라서 우리 오나라도 군비軍備에 힘쓰지 않을 것이며, 만일 저의 피로 초군의 북을 칠한다면 우리 오나라는 초왕이 진노한 걸 알고서 즉시 군비에 전력을 기울일 것입니다. 그러면 우리 오나라는 초군을 여유 있게 막아낼 수 있습니다. 초왕께선 이 점을 깊이 생각하십시오. 저를 죽이는 것과 죽이지 않는 것과 어느 쪽이 더 길하겠습니까?"

초영왕은,

"그대는 현명한 사람이다. 특별히 살려보내니 돌아가거라."

하고 궐유를 석방해줬다.

초영왕은 다시 군사를 거느리고 오나라로 쳐들어갔다. 과연 오나라의 방비는 매우 견고했다. 초군은 더 쳐들어갈 수가 없었다. 초영왕이 길이 탄식한다.

"내 지난날에 공연히 굴신을 의심하고 죽였구나!"

마침내 초영왕은 군사를 거느리고 초나라로 돌아갔다.

오나라를 치러 갔다가 아무 공훈도 세우지 못하고 그냥 돌아온 초영왕은 부끄럽기도 하고 한편 부아도 났다.

초영왕은 홧김에 대대적으로 공사工事를 일으켰다. 이는 모든 나라 제후에게 초나라 재력과 물질을 자랑해보려는 배포였다.

이리하여 세워진 궁이 바로 장화궁章華宮•이었다. 장화궁은 넓이가 40리며, 한가운데 높은 대臺를 쌓았기 때문에 사방을 바라볼 수 있었다. 그 높이가 30인仞이나 되었다. 그래서 세상에선 장화대章華臺라고도 하고, 일명 삼휴대三休臺라고도 했다. 곧 너무나 높아서 그 꼭대기까지 오르려면 누구나 세 번은 쉬어야 오를 수 있다고 해서 삼휴대라고 한 것이다. 이 높은 대를 중심으로 퍼져 나간 궁실과 정자들도 하나같이 웅장하고 화려했다.

그리고 궁실 가장자리엔 부역賦役하는 백성들이 거처하는 집들도 돌아가며 늘어서 있었다. 초나라에선 죄를 짓고 타국으로 도망간 자까지 일일이 소환했다. 이 큰 공사에 부역하는 자에겐 모든 죄를 용서해주었던 것이다.

마침내 장화궁이 준공되자 초영왕은 천하 열국에 각기 사자를 보내어 모든 나라 제후를 초청했다.

# 천지에 가득 찬 백성의 원망

원래 초영왕楚靈王에겐 괴상한 성미가 있었다. 그는 허리가 가는 여자를 지극히 좋아했다. 게다가 남자라 해도 허리가 굵으면 미워했다.

장화궁章華宮이 낙성되자, 초영왕은 허리가 가는 미인만을 뽑아서 거처하게 했다. 그래서 장화궁을 일명 세요궁細腰宮이라고도 했다.

궁녀들 중엔 허리를 가늘게 보이려고 음식을 조금씩 먹는 여자가 많았다. 그러다가 심지어는 허리가 가늘어지기도 전에 굶어죽는 여자도 생겼다.

궁중에서 이 야단들을 하자 마침내 초나라 모든 백성들 사이에도 이것이 유행이 되어, 허리가 굵은 자는 여자나 남자나 무슨 병신이라도 된 것처럼 탄식하고 음식을 조금씩 먹었다.

모든 문무백관도 궁에 들어갈 때마다 관복官服 속으로 허리를 잔뜩 동여맸다. 다들 초영왕에게 미움을 받지 않으려고 애쓴 것이다.

초영왕은 허리가 가는 여자를 워낙 좋아했기 때문에, 밤낮없이 세요궁에 들어박혀 술을 마시고 음악을 들으며 즐겼다.

어느 날이었다.

초영왕이 대臺에 올라가서 음악을 들으며 잔치를 하는데, 문득 아래에서 떠들썩한 사람들 소리가 들렸다. 반자신潘子臣이 한 관원을 이끌고 올라온다.

초영왕이 굽어본즉 끌려오는 사람은 바로 우읍芋邑의 유수留守 신무우申無宇였다.

초영왕이 적이 놀라 묻는다.

"이게 웬일이냐?"

반자신이 대답한다.

"신무우는 왕명도 받지 않고 왕궁에 뛰어들어와서 자기 맘대로 수졸守卒 한 놈을 잡아가려고 했습니다. 이런 무례한 행동이 어디 있습니까? 이것이 신臣이 맡고 있는 부서部署에서 생긴 일인 만큼 책임상 신무우를 끌고 왔습니다. 왕께선 그의 죄를 다스리십시오."

초영왕이 신무우에게 묻는다.

"그대는 누구를 무단히 잡아가려고 했느냐?"

신무우가 대답한다.

"지난날 신臣에게 문지기 한 놈이 있었습니다. 그놈은 문을 지키지 않고 기회를 엿보아 담을 넘어 집 안으로 들어와서 신의 주기酒器를 훔쳤습니다. 이 일이 발각되자 그놈은 어디론지 달아나버렸습니다. 그 뒤 1년 남짓 그놈을 찾았으나 결국 잡지 못했습니다. 한데 오늘 본즉 그놈이 어느새 왕궁에서 수졸 노릇을 하고 있지 않겠습니까? 그래서 그 도적을 잡으려고 한 것입니다."

"그놈이 이미 과인이 거처하는 궁을 지킨다 하니 용서해주어라."

신무우가 대답한다.

"하늘에 십일十日이 있듯이 사람에겐 왕으로부터 공公, 경卿, 대부大夫, 사조士皁, 여료輿僚, 복대僕臺 및 상相, 신臣, 복服 등 열 가지 등급이 있습니다. 윗사람은 아랫사람을 다스리고, 아랫사람은 윗사람을 잘 섬겨서 상하의 질서가 서야만 나라도 안정되는 법입니다. 신이 죄를 범한 문지기를 벌할 수 없는데, 도리어 왕궁에서 그 범인을 보호한다면 장차 이 나라 질서가 어찌 되겠습니까? 이렇게 되면 도적이 공공연하게 도적질을 한대도 그 누가 무엇으로 막을 수 있습니까. 신은 차라리 죽으면 죽었지 대왕의 분부를 좇을 순 없습니다."

그제야 초영왕이 머리를 끄덕인다.

"경의 말이 참으로 옳도다. 여봐라! 그 수졸 놈을 신무우에게 내주어라."

이에 신무우는 그 수졸의 죄를 법으로 다스려 옥에 가두고 초영왕에게 사은謝恩하고 궁을 나갔다.

며칠이 지난 뒤였다.

그간 노魯나라에 갔던 위계강蔿啓疆이 노소공魯昭公을 초청해서 데리고 초나라로 돌아왔다.

초영왕은 노소공이 왔다는 말을 듣고 무척 반가워했다.

위계강이 보고한다.

"처음에 신이 가서 청했으나 노후魯侯는 우리 나라에 오려고 하지 않았습니다. 그래서 지난날에 노성공魯成公과 우리 나라 대부 영제嬰齊는 각별한 사이였다는 걸 거듭 말했습니다. 그래도 노후는 승낙하지 않았습니다. 마침내 좋지 않은 언사로 위협을 했더니 그제야 하는 수 없는지 얼굴이 파랗게 질려서 따라왔습니다. 어떻든 노후는 예법에 밝습니다. 왕께선 특히 주의하셔서 노후의 비웃음을 사지 않도록 하십시오."

초영왕이 묻는다.

"그래, 노후의 풍신이 어떻던가?

"그는 얼굴이 희고 키가 크고 수염이 한 자 남짓해서 매우 풍신이 좋습니다."

초영왕은 비밀히 전지傳旨를 내려 키 크고 수염이 긴 풍신 좋은 열 사람을 뽑아, 좋은 의복에 관冠을 씌우고 사흘 간 예법을 익히게 했다.

연후에 그 열 사람에게 노소공을 접대하도록 했다.

노소공은 풍신 좋은 그 열 사람을 보고 적잖이 감탄했다. 노소공은 그 열 사람의 안내를 받아 장화궁을 구경했다. 노소공은 장엄하고 화려한 건물을 보고 거듭 칭찬했다.

초영왕이 묻는다.

"귀국에도 이런 아름다운 궁실이 있는지요?"

노소공이 허리를 굽히며 대답한다.

"과인의 나라는 조그만 나라입니다. 어찌 초나라의 만분지일인들 따르겠습니까?"

초영왕의 얼굴엔 교만한 빛이 떠올랐다. 그들은 장화대를 두루 거닐며 그 높이를 감상했다.

옛 시로써 장화대의 높이를 증명할 수 있다.


높은 대는 구름 밖에 솟아 있어
아무리 쳐다봐야 그 끝을 모르겠더라.
굽어보니 초목이 다 무성해서

산과 물이 다 아름다웠도다.

高臺半出雲

望望高不極

草木無參差

山河同一色


장화대는 빙빙 돌아서 올라가게 되어 있었다. 매층마다 밝은 복도와 굽은 난간이 둘러져 있고, 미리 국내에서 뽑은 20세 미만의 미동美童들이 선명한 채색 비단옷을 입고, 조각한 술상과 옥으로 만든 잔을 들고 곳곳에 늘어서서 노래를 부르며 술을 권하는데 흡사 여자 같기도 했다.

그리고 금석악기金石樂器와 관현악管絃樂 소리가 도처마다 일어났다. 그들이 장화대 꼭대기에 올랐을 때는 음악 소리가 한층 더 요란했다. 마치 천상에라도 오른 것 같았다. 서로 술잔을 드니 바람 따라 향기가 스며들어, 마치 신선들이 사는 동부洞府에 들어온 듯 정신이 황홀해서 인간 세상에 있는 것 같지가 않았다.

그들이 잔뜩 취해 서로 작별할 때 초영왕은 노소공에게 대굴大屈의 활을 선사했다. 대굴이란 활 이름인데, 초나라 부고에 있는 보궁寶弓이었다.

그런데 그 이튿날이었다.

하룻밤 사이에 초영왕은 생각이 변했다. 보궁인 대굴을 노소공에게 준 것이 아까웠던 것이다.

초영왕이 위계강을 불러 말한다.

"내 어제 취한 김에 대굴궁大屈弓을 노후에게 주고 말았다. 몹시 아깝고 후회되는구나. 장차 어찌할꼬?"

218

위계강이 대답한다.

"신이 그 보궁을 다시 찾아다드리겠습니다. 왕께서는 안심하십시오."

위계강은 노소공이 머물고 있는 공관公館으로 가서 시침을 뚝떼고 수작을 걸었다.

"어제 우리 왕께선 군후와 함께 하루를 즐기셨는데 무슨 물건이라도 받으셨습니까?"

노소공은 대굴의 활을 내어 위계강에게 보였다.

위계강은 활을 보고서 즉시 일어나 노소공에게 재배再拜하고 축하했다.

"활 하나를 받았는데 뭘 야단스레 축하까지 하오?"

위계강이 머리를 흔든다.

"아닙니다, 그게 무슨 말씀이십니까? 이 활로 말할 것 같으면 천하에 이름 높은 대굴이란 보궁이올시다. 지난날 제齊·진晉·월越 세 나라가 우리 나라에 사람을 보내어 누차 대굴을 달라고 청했으나, 우리 왕께선 끝까지 이 보물을 주지 않았습니다. 그러한 보물을 이제 특별히 군후께 전했으니 어찌 축하할 만한 일이 아닙니까. 이제 앞으론 제·진·월 세 나라가 대굴을 탐내어 노나라를 조를 것입니다. 군후께선 세 나라에 대한 방비를 튼튼히 하시고 이 보배를 간직하십시오."

이 말을 듣자 노소공은 자리를 박차고 벌떡 일어났다.

"과인은 이 활이 그런 보배인 줄 몰랐소. 만일 그렇다면 내 굳이 이것을 받아 무엇 하리오. 자, 도로 가지고 가시오."

노소공은 사람을 시켜 대굴을 가지고 위계강을 따라가서 초영왕에게 돌려주도록 했다.

노소공은 활을 돌려준 뒤 초나라를 떠나 노나라로 돌아가버렸다.

뒤늦게 이 소문을 듣고서 오거伍擧가 탄식한다.

"허! 우리 왕은 매사에 성공할 사람이 못 되는구나! 장화대 낙성식에 모든 나라 제후를 초청했건만 아무도 오지 않고 겨우 그나마 우격다짐으로 노후가 왔을 뿐인데, 그까짓 활 하나를 아껴서 신용을 잃다니! 쯧쯧…… 참으로 가탄할 일이다. 남에게 자기 것을 줄 줄 모르는 사람은 반드시 남에게 자기 것을 뺏기는 법이다. 그나마 뺏기고도 남에게 원망을 사는 법이다. 그런 좁은 소견으로 어찌 큰일을 도모하리오. 허! 우리 왕의 앞날이 탈이로고!"

이때가 바로 주경왕周景王 10년이었다.


한편, 진晉나라 진평공晉平公은 초영왕이 장화궁을 짓고 모든 나라 제후를 초청했다는 소문을 듣고서 모든 대부에게 말한다.

"초나라는 남만南蠻 오랑캐 나라건만 오히려 화려한 궁실을 지어 모든 나라 제후에게 자랑하는데, 그래 우리 진나라는 오랑캐만도 못하단 말인가!"

대부 양설힐羊舌肹이 앞으로 나아가 아뢴다.

"자고로 패후覇侯는 덕으로써 모든 나라 제후를 거느릴 뿐, 화려한 궁실로써 천하를 거느린다는 말은 듣지 못했습니다. 이번에 초나라가 장화궁을 지은 것은 그들의 덕망德望을 손실시킨 데 불과합니다. 그러니 상감께선 아예 초나라를 부러워 마십시오."

그러나 진평공은 그 말을 듣지 않고 곡옥曲沃의 분수汾水 곁에다 궁실을 지었다.

그 궁실의 크기는 장화궁만 못하지만 정묘精妙하고 미려美麗하기는 장화궁보다 월등했다.

진평공은 그 궁실의 이름을 사기궁虒祁宮이라고 명명했다. 그리고 사자들을 각각 모든 나라 제후에게 보내어 진나라에도 사기궁이란 아름다운 궁실이 낙성됐음을 널리 알렸다.

염옹이 시로써 이 일을 탄식한 것이 있다.


만백성의 고혈로 장화대는 이루어졌는데
진나라도 사기궁을 지어 못된 것을 본받았도다.
우습구나, 패자覇者로서 소견 없음이여
기껏 한다는 짓이 토목 공사를 일으켜 모든 나라 제후를 초정했구나!
章華築怨萬民愁
不道虒祁復效尤
堪笑伯君無遠計
却將土木召諸侯


모든 나라 제후는 진나라에 화려한 궁성이 섰다는 통지를 받고 웃지 않는 자가 없었다. 그러나 모든 나라 제후는 진나라에 사자를 보내어 축하하지 않을 수 없었다.

다만 정나라 정간공鄭簡公은 지난날 초영왕이 주최한 회에 참석한 뒤로, 한번도 진晉나라에 가서 조례朝禮한 일이 없었다. 또 위나라 위영공衛靈公은 새로 임금 자리에 오른 뒤로 한번도 진평공을 뵈온 일이 없었다.

정·위 두 나라 임금만이 이 기회에 진나라에 가서 친선하는 뜻을 표해두는 것이 해롭지 않겠다는 뜻에서 출발했다.

두 나라 임금 중에서 먼저 진나라 경계에 들어선 것은 위영공이었다. 위영공이 복수濮水 가에 이르렀을 때였다. 이때 해는 이미 서산으로 넘어가고 사방이 제법 어두워졌다. 그래서 위영공은 하룻밤 자고서 가기로 하고 역사驛舍로 들어갔다.

그날 밤에 위영공은 웬일인지 잠이 잘 오지 않았다. 어느덧 자정이 넘었다. 어디선지 갑자기 북소리와 거문고 소리가 들려오기 시작했다.

위영공은 잠자리에서 일어나 베개를 의지하고 귀를 기울였다. 그 소리는 비록 희미했지만 냉랭泠泠해서 곡조만은 분별할 수 있었다. 그러나 보통 악공들이 연주하는 곡조는 아니었다. 왜냐하면 전에 들어본 일이 없는 새로운 곡이었던 것이다.

위영공이 옆방에서 자고 있는 시자侍者들을 불러 묻는다.

"너희들 귀에도 저 음악 소리가 들리느냐? 저 곡조가 무슨 곡인지 일찍이 들어본 기억이 있느냐?"

좌우 시자들이 아뢴다.

"참으로 이상합니다. 신臣들도 전에 들어본 일이 없는 새로운 곡조입니다."

원래 위영공은 평소에 음악을 좋아했다. 그 당시 위나라에서 태사太師 벼슬에 앉아 음악을 맡아본 사람은 연涓이었다. 사연師涓은 음악에 매우 조예가 깊어서 곧잘 새로운 곡조를 지었다. 사연은 능히 춘하추동 사시절의 곡조를 지은 일도 있었다. 위영공은 그런 사연을 총애하여 어디고 행차할 때면 반드시 데리고 다녔다.

위영공은 좌우 사람을 시켜 사연을 불렀다. 사연이 왔을 때도 그 북소리와 거문고 소리는 계속 들려왔다.

위영공이 사연에게 말한다.

"그대는 저 음악 소리를 자세히 들어보라. 자못 괴상하지 않은

가?"

사연은 그 음악 소리에 귀를 기울였다. 한참 뒤에야 음악 소리는 끝났다.

사연이 청한다.

"신은 저 음악의 대략을 짐작할 것 같습니다. 청컨대 내일 하루만 더 이곳에서 머물기로 하십시오. 그러면 신이 그 곡조를 기록하겠습니다."

위영공은 머리를 끄덕이고 그렇게 하기로 허락했다.

이튿날 위영공은 떠나지 않고 다시 역사에서 밤을 맞이했다.

한밤중이 되자 또다시 그 음악 소리가 들려왔다. 사연은 그 곡조에 따라서 거문고를 탔다. 음악 소리가 끝났을 때 사연은 완전히 곡조를 다 익히고 그 묘한 것을 체득했다.

이튿날 위영공 일행은 길을 떠나 진晉나라 강성絳城으로 갔다. 강성에 당도한 위영공은 진평공에게 하례를 드렸다. 진평공은 사기궁에다 잔치를 베풀고 위영공을 대접했다.

서로 술이 얼근히 취했을 때였다. 진평공이 묻는다.

"과인이 듣건대 위나라에 사연이란 악사樂師가 있어 곧잘 새로운 곡조를 만든다던데, 군후는 이번에 그 사람을 데리고 오셨는지요?"

위영공이 일어나 허리를 약간 굽히며 대답한다.

"예, 지금 저 뜰 밑에 와 있습니다."

"그럼 시험 삼아 과인을 위해서 그 사람을 이 자리로 불러줄 수 없겠소?"

위영공은 사연을 궁대宮臺 위로 오르게 했다. 동시에 진평공도 진나라 태사太師인 사광師曠을 불러오게 했다.

사연과 사광 두 사람은 계단 아래에서 머리를 조아리며 진평공에게 절했다. 진평공은 사광에게 자리를 주어 앉게 하고, 사연으로 하여금 사광 곁에 앉게 했다.

진평공이 사연에게 묻는다.

"요새 새로 지은 곡조라도 있느냐?"

사연이 아뢴다.

"이번에 강성으로 오다가 도중에 들은 곡조가 있습니다. 원컨대 거문고를 주시면 그 곡조를 탄주해드리겠습니다."

이에 좌우 궁녀들이 사연 앞에 오동나무로 만든 거문고를 갖다놓았다. 사연은 먼저 거문고 줄의 소리를 가늠한 뒤에 손을 들어 탄주하기 시작했다.

거문고 소리가 몇 번 일어나자 진평공이 감탄한다.

"참으로 묘하구나, 그 곡조여!"

그러나 곡조를 반도 듣기 전에 사광은 사연이 타는 거문고를 손으로 덮었다.

"중지하십시오. 이는 나라를 망치는 곡조입니다. 이곳에서 탄주해서는 안 됩니다."

진평공이 의아해서 묻는다.

"그대는 어째서 그런 말을 하는고?"

사광이 아뢴다.

"은殷나라 말년에 사연師延이란 악사가 있었습니다. 그는 주왕紂王을 위해서 음악을 지었습니다. 주왕은 그 음악을 듣고 권태倦怠를 잊었습니다. 지금 탄주한 음악이 바로 나라를 망치게 한 그 곡조입니다. 그 뒤 주무왕周武王이 주왕을 쳤을 때, 사연은 거문고를 안고 동쪽으로 달아나다가 복수에 몸을 던져 자살했습니다.

그 뒤로 이 망국亡國의 음악이 복수 물 속에서 가끔 일어난다고 합니다. 사연師涓이 우리 진나라로 오다가 도중에서 들었다고 하니 분명 이 음악을 복수 가에서 들었을 것입니다."

이 말을 듣고 위영공은 속으로 경탄했다.

진평공이 묻는다.

"전대前代의 음악을 탄주한대서 무슨 나쁠 것이 있으리오?"

사광이 대답한다.

"주왕紂王은 이 음탕한 곡조 때문에 나라를 망쳤습니다. 그러므로 이 음악은 상서롭지 못한 곡조입니다. 상감께서는 부디 듣지 마십시오."

"과인은 원래 새로운 곡조를 좋아한다. 사연은 과인을 위해 그 곡조를 끝까지 탄주하라."

사연은 다시 거문고 줄을 가늠하고 계속해서 탄주했다. 그 미묘한 억양은 호소하는 듯도 하고 흐느껴 우는 듯도 했다.

음악이 끝나자 진평공이 매우 감격하며 사광에게 묻는다.

"이 곡은 무슨 조調냐?"

사광이 아뢴다.

"소위 청상조淸商調라는 것입니다."

"그럼 청상조란 것이 가장 슬픈 곡인가?"

"청상조가 비록 슬프되 청징조淸徵調만은 못합니다."

"그럼 그 청징조란 걸 한번 들을 수 없겠는가?"

"그건 안 됩니다. 자고로 청징조는 덕이 있는 임금이라야만 들을 수 있습니다. 이제 상감께선 덕이 옛 임금만 못하니 그 곡조를 들으실 수 없습니다."

"그대도 알다시피 과인은 일찍이 듣지 못한 곡조를 좋아한다.

그대는 사양 말고 한번 수고하여라."

사광은 부득이 거문고를 앞에 놓고 한 손으로 줄을 뜯기며 한 손으로 줄을 짚기 시작했다.

음악이 시작된 지 얼마 안 되어 남쪽으로부터 한 떼의 현학玄鶴이 날아와 궁문 위에 모여들었다. 헤아려보니 모두가 여덟 쌍이었다.

사광의 음악이 진행되자 그 학들은 공중으로 날아올라 한 번 울더니, 이번엔 축대築臺의 섬돌 밑으로 내려와 좌우로 네 쌍씩 늘어섰다. 그리고 음악에 맞추어 학들은 목을 길게 늘이고 날개를 활짝 펴 너울너울 춤을 췄다. 그 곡조 중에서 궁상宮商의 음音은 하늘에까지 사무쳤다.

진평공은 부지중에 손뼉을 치면서 감동에 겨워 어쩌지를 못했다. 좌석에 가득 들어앉은 모든 사람들도 감동을 억제할 수 없었다. 대 위와 대 아래에 있는 사람들이 다 어깨를 으쓱대면서 감탄한다.

곡조가 끝나자 진평공은 곧 백옥白玉 잔에 아름다운 술을 가득 따라 친히 사광에게 줬다. 사광은 공손히 그 잔을 받아 마셨다.

진평공이 연신 찬탄한다.

"과인은 청징조보다 더 좋은 음악을 들어본 일이 없도다."

사광이 아뢴다.

"비록 청징조가 좋되 청각조淸角調만은 못합니다."

진평공이 짐짓 놀라면서 묻는다.

"그럼 청징조보다 더 훌륭한 곡조가 있단 말인가? 그렇다면 왜 과인에게 그걸 들려주지 않느냐?"

사광이 대답한다.

"청각조는 청징조의 종류가 아닙니다. 그러나 신은 감히 탄주할 수 없습니다. 옛날에 황제黃帝께서 태산泰山에서 귀신들을 소집하실 때에 코끼리가 이끄는 수레를 타시고, 교룡蛟龍을 몰고, 필방畢方(괴조怪鳥로 주로 화재火災를 맡은 새다.『산해경山海徑』을 보면 그 모양을 다음과 같이 말했다. '그 모양은 학鶴과 같으나 발이 하나다. 푸른 바탕에 붉은 문紋이 있고 주둥이는 희다.' 또『문선文選』「장형 부주張衡賦注」에 의하면, '필방이란 새는 늘 불을 입 속에 머금고 인가人家에 화재를 일으킨다'고도 했다)을 거느리셨습니다. 그때 치우蚩尤(황제에게 정벌당한 포학한 제후의 이름)는 앞을 인도하고, 풍백風伯은 먼지를 쓸고, 우사雨師는 비를 뿌리고, 호랑이는 앞에서 달리고, 귀신은 뒤를 따르고, 등사螣蛇(사신蛇神)는 땅에 엎드리고, 봉황은 위를 덮었습니다. 황제는 이렇게 귀신들을 소집하신 연후에 청각조를 지었습니다. 그 뒤의 모든 임금은 덕이 박薄해서 아무도 귀신을 소집하지 못했습니다. 이젠 귀신을 부릴 만한 신인神人이 없습니다. 그런데 이제 청각조를 탄주하면 모든 귀신이 모여듭니다. 그러고 보면 불행이 있을 뿐 무슨 도움이 되겠습니까?"

진평공이 청한다.

"이제 과인은 늙었다. 진실로 청각조를 한 번 들을 수 있다면 비록 죽어도 한이 없겠다."

그러나 사광은 굳이 사양하고 거문고를 탄주하지 않았다.

마침내 진평공은 자리에서 일어나 굳이 탄주하기를 명령했다. 사광은 부득이 거문고를 끌어당겨 탄주하기 시작했다.

보라, 검은 구름이 서쪽에서 일어난다.

곡조가 진행되면서 일진광풍一陣狂風이 휘몰아치면서 주렴과 비단 방장을 찢었다. 음식상에서 그릇이 굴러떨어지고, 궁실宮室의 기왓장이 어지러이 날아 흩어지고, 복도의 기둥이 기울어지고, 뇌성벽력이 일시에 진동하고, 큰비가 쏟아졌다. 순식간에 아래로 물이 몇척이나 괴었다.

대 아래 늘어서 있던 시종배들은 비를 맞고 놀라 허둥대며 달아났다. 진평공은 공포에 떨며 위영공과 함께 낭실廊室 곁에 가서 납작 엎드렸다.

한참 뒤에야 음악과 함께 바람은 자고 비도 끝났다.

그제야 시종배들이 다시 모여들고 숨었던 신하들도 나와, 진평공과 위영공을 부축해서 모시고 대 아래로 내려갔다.

그날 밤에 진평공은 놀란 가슴이 병이 되어 신음하다가 잠이 들었다. 이상한 괴물이 비틀거리면서 침실 문을 열고 들어왔다. 빛깔은 누렇고, 크기는 수레바퀴만하고, 모양은 흡사 자라〔鼈〕 같았다. 그 괴물은 앞에 발이 두 개 달리고 뒤엔 하나 달렸는데 밟는 곳마다 물이 솟았다.

진평공은 깜짝 놀라 부지중에 외마디 소리를 지르며 눈을 떴다. 꿈이었다. 몸이 계속 떨리고 가슴이 쉴 새 없이 뛰었다.

이튿날 아침에 모든 문무백관은 진평공에게 문안을 드리러 침실로 들어갔다. 진평공이 모든 신하에게 지난밤 꿈 이야기를 하고 묻는다.

"그 괴물이 무엇일까?"

그러나 모든 신하는 그 괴물이 무엇인지 알 수 없었다.

이때 역사驛使가 궁실로 들어와서 보고한다.

"정나라 군후께서 상감께 조례를 드리려고 이미 도착하사 지금 관역館驛에 드셨습니다."

진평공이 양설힐에게 분부한다.

"그대는 곧 관역에 나가 예로써 정후鄭侯를 영접하여라."

양설힐이 관역으로 나가기 전에 동료 대신들에게 말한다.

"이제야 임금의 꿈을 해몽할 때가 왔소."

모든 대신이 그 까닭을 묻는다.

양설힐이 대답한다.

"내 듣건대 정나라 대부 공손교는 널리 배우고 널리 들어서 아는 것이 많다고 합니다. 정나라 임금은 예禮를 교환할 때 반드시 공손교를 내세워 나와 서로 대하게 할 것이오. 그때 상감이 꿈에 보셨다는 그 괴물에 대해서 물어볼 작정이오."

양설힐은 관역으로 갔다. 그는 정간공을 환영하는 뜻에서 예물을 바치고 아울러 진평공이 지금 병으로 누워 계시다는 걸 말했다.

이때 위영공도 놀란 나머지 몸이 편치 않았다. 그래서 위영공은 진평공에게 하직 인사를 드리고 본국으로 돌아갔다. 정간공도 공손교만 남아서 진평공의 병을 문안드리게 하고 본국으로 돌아갔다.

양설힐이 정나라 공손교에게 묻는다.

"우리 상감께서 꿈에 자라처럼 생긴 괴물을 보셨다는데, 그 괴물의 몸이 누렇고 발이 세 개 달렸다고 하니 이것이 무슨 징조입니까?"

공손교가 대답한다.

"내가 들은 바에 의하면, 자라처럼 생긴 짐승으로서 발이 세 개 달린 것은 그 이름을 내能라고 한답니다. 옛날에 우禹임금의 아버지 이름은 곤鯀입니다. 곤은 산천치수山川治水할 사명을 받았으나 결국 아무 공로도 세우지 못했지요. 그래서 순舜임금은 요堯임금으로부터 정사를 물려받자 곧 곤을 잡아다가 동해東海의 우산羽山에서 죽였습니다. 곤을 처형할 때 그 다리 하나를 잘랐습니다. 그 뒤 곤의 넋은 변하여 황내黃能란 괴물이 되어 우연羽淵이란 못 속으로 들어갔습니다. 그후 우임금이 제위에 오르자 그의 아버지 곤의 넋을 제사지냈습니다. 그래서 삼대(하왕조夏王朝·상왕조商王朝·주왕조周王朝)로 내려오며 그 제사를 궐한 일이 없었지요. 그런데 오늘날에 와서 주 왕실은 쇠약해지고, 패업을 이룬 맹주가 모든 천하의 권력을 잡고 있는 형편이 아닙니까. 지금 귀국이 천하 패권을 잡고 있으니 말입니다만, 귀국 군후께선 마땅히 천자를 보필하고 모든 귀신들에게 제사를 지내야 할 터인데, 혹 그런 제사를 전혀 지내지 않은 것이 아닙니까?"

이날 양설힐은 공손교에게서 들은 말을 진평공에게 아뢨다.

이에 진평공은 대부 한기韓起에게 명하여 교례郊禮에 의해서 곤의 넋을 제사지냈다.

그런 뒤로 진평공의 병은 약간 차도가 있었다.

"정나라 자산子産•(공손교의 자字)은 참으로 박물군자博物君子로구나!"

진평공은 찬탄하면서, 지난날 거莒나라가 공물로 진나라에게 바친 솥[鼎]을 공손교에게 하사했다.

공손교는 정나라로 돌아가던 날 양설힐과 작별하면서,

"귀국 군후가 백성을 동정하지 않고 초나라 사치를 모방하고 있으니 탈이오. 곧 소견이 막혔단 말이오. 지금은 병이 좀 나은 것 같지만 다시 도지는 날이면 어찌해볼 도리가 없을 것이오. 내가 이번에 곤의 넋인 황내黃能에게 제사를 지내게 한 것은 방편을 써서 잠시 귀국 군후의 마음을 안정시킨 데 불과하오. 그런 줄이나 아시오."

하고 말했다.

그 당시 어떤 나그네 한 사람이 새벽에 위유魏楡(진晉나라 지명)

땅을 지나갔다. 그 사람이 산을 넘어 내려가는데 산 밑 쪽에서 여러 사람이 모여앉아 무엇을 상의하는 듯한 음성이 들려왔다. 분명히 들리진 않으나 진나라 국사에 관한 얘기를 속삭이고 있었다.

그 나그네가 가까이 가본즉 그것은 사람들이 아니고 다만 돌 10여 무더기가 놓여 있을 따름이었다. 사방을 둘러봐야 사람이라곤 하나도 없었다.

나그네는 그곳을 지나서 다시 내려가기 시작했다. 그때 등뒤에서 또 여전히 여러 사람이 모여앉아 수군거리는 소리가 들려왔다.

나그네는 하도 이상해서 갑자기 걸음을 멈추고 급히 돌아봤다. 사람들의 말소리가 바로 그 10여 무더기의 돌 속에서 나오고 있었다. 나그네는 깜짝 놀라 곧 산을 뛰어내려가서 그 지방 백성에게 이 이상한 사실을 말했다.

그 지방 백성이 대답한다.

"우리는 며칠 전부터 그 돌 무더기들이 사람 말을 하고 있다는 걸 알고 있었지요. 그러나 하 괴이한 일이어서 이곳 부락 사람들은 다른 지방 사람에겐 말하지 않기로 했소."

그러나 이 소문은 결국 강주성絳州城 안까지 퍼졌다.

진평공이 사광을 불러 묻는다.

"그대도 소문을 들어서 알겠지만 돌이 어찌 말을 할까?"

사광이 대답한다.

"돌이 어찌 사람 말을 할 수 있겠습니까? 돌에 귀신이 접接했을 것입니다. 대저 귀신들이란 백성들을 의지합니다. 그러므로 백성들이 원망을 품으면 귀신들도 불안해집니다. 귀신들이 불안해지면 그 다음엔 반드시 요기妖氣가 일어나게 마련입니다. 이제 상감께서는 호화찬란한 궁실을 지어 백성들의 재력財力을 다 말려버렸습니다. 아마 그 돌들은 바로 이런 원한을 말했을 것입니다."

진평공은 묵묵할 뿐 아무 대답도 하지 않았다.

사광이 궁에서 물러나가다가 양설힐을 만나 말한다.

"귀신들은 노怒하고 백성들의 원망은 높으니 상감께서도 오래 살지 못할 것이오. 우리 상감께서 사치하는 마음이 일어나게 된 원인은 실로 초나라 장화궁 때문이오. 그러니 초나라 임금인들 어찌 오래가리오. 장차 불행이 닥쳐올 날을 넉넉히 손가락으로 꼽을 수 있게 됐소!"

아니나 다를까, 한 달 남짓해서 진평공은 병이 재발했다. 그런 지 얼마 뒤 마침내 진평공은 죽었다.

진평공이 사기궁을 짓고서 세상을 떠나기까지가 불과 3년 사이 였다. 진평공은 일시적 사치 때문에 백성들을 가난으로 몰아넣고 병들어 죽은 것이다.

어찌 우습다 하지 않으리오. 또한 후세 사람은 누구나 이런 일이 없도록 조심해야 할 것이다.

사신史臣이 시로써 이 일을 읊은 것이 있다.


높은 대臺 넓은 궁실에서 새로운 곡조를 탄주하니
백성의 기름을 다 말리고 원망은 천지에 가득 찼도다.
괴물과 요기가 진평공의 목숨을 재촉해서 데리고 갔으니
사기궁을 짓느라고 공연히 재물만 탕진했도다.
崇臺廣廈奏新聲
竭盡民脂怨讟盈
物怪神妖催命去
虒祁空自費經營

진평공이 죽은 뒤, 모든 신하들은 세자世子 이이夷를 받들어 군위에 앉혔다. 그가 바로 진소공晉昭公이다.

한편, 제齊나라 대부 고채高蠆는 고지高止를 국외로 추방하고 여구영閭邱嬰을 죽였기 때문에 세상의 비난을 받다가 죽었다. 그래서 죽은 고채의 뒤를 이어 그 아들 고강高彊이 대부 벼슬에 올랐다는 것까지는 이미 앞에서 말했다.

이때 고강은 나이는 젊지만 술을 몹시 좋아했다. 늘 난시欒施와 함께 술을 마시는 동안 그들은 서로 절친한 사이가 됐다. 그래서 진무우陳無宇와 포국鮑國은 고강, 난시와 사이가 안 좋아졌다.

이리하여 제나라는 고씨와 난씨가 일당이 되고, 진씨와 포씨가 일당이 되어 결국 두 패로 나뉘었다.

고강과 난시는 서로 술만 취하면 진무우와 포국 일당에 대한 비난을 일삼았다. 따라서 진무우와 포국도 이런 소문을 듣고서 점점 고씨와 난씨를 의심하고 미워했다.

어느 날이었다.

그날 고강은 술이 취한 김에 사소한 일이었건만 매를 들어 시동侍童 아이 하나를 몹시 때렸다. 그때 난시가 곁에서,

"그놈 버릇을 가르쳐야 하오. 단단히 혼내주구려!"
하고 부채질을 했다.

덕분에 매를 단단히 맞은 시동 아이는 원한을 품고 그날 밤으로 진무우 집에 가서 근거 없는 말을 지껄였다.

"큰일났습니다! 고강과 난시가 가병을 거느리고 내일 대감 집과 포국 대감의 집을 습격하려고 지금 준비들을 하고 있습니다."

그 시동은 다시 포국의 집에 가서 역시 같은 말을 했다.

진무우도 이 급한 소식을 알리려고 수레를 타고 가병들을 거느리고서 포국의 집으로 달렸다.

그러나 원수는 외나무다리에서 만난다는 격으로 진무우는 도중에 수레를 타고 오는 고강과 만났다. 술이 얼근히 취한 고강이 진무우에게 묻는다.

"대감은 가병들을 거느리고 어디로 이렇게 급히 가오?"

진무우가 불쾌한 안색으로 대답한다.

"어떤 놈이 역적 모의를 한대서 그놈을 치러 가는 길이오. 그런데 그대는 지금 어디 가오?"

"난시 집으로 술을 마시러 가는 길이오."

고강이 지나간 뒤에 진무우는 더욱 급히 포국의 집으로 수레를 달렸다. 이미 포국의 집 앞엔 수레와 갑옷을 입은 가병들이 모여 있었다. 그리고 포국도 갑옷을 입고 활을 잡고 막 수레에 타려는 참이었다.

진무우와 포국은 서로 만나 곧 앞일을 상의했다.

먼저 진무우가 말한다.

"내가 지금 오는 길에 고강을 만났는데 난시 집으로 술을 마시러 간다고 합디다. 그것이 참말인지 거짓말인지 모르겠구려. 좌우간 사람을 보내어 알아보기로 합시다."

포국은 곧 심복 부하 한 사람을 난시의 집으로 보내어 동정을 살피고 오게 했다. 이윽고 그 심복 부하가 돌아와서 보고한다.

"난시와 고강 두 대부는 다 의관을 파탈하고 한창 술을 마시고 있습니다."

포국이 말한다.

"그럼 그 시동 놈이 와서 거짓말을 한 것이 아닐까요?"

진무우가 대답한다.

"그 시동 놈이 거짓말을 했을지라도 이젠 이러고 있을 수 없소. 내가 이리로 오다가 도중에 고강을 만났을 때, 그는 내가 갑옷을 입고 있는 걸 보고서 어디로 가느냐고 묻습디다. 그래서 나는 역적 모의를 하는 놈이 있대서 그놈들을 치러 가는 길이라고 대답했소. 지금 우리가 그들을 치지 않으면 그놈들이 도리어 우리를 의심하고 무슨 짓을 할지 모르오. 장차 후회하지 않으려면 우리가 먼저 그놈들을 치는 수밖에 없소. 더구나 그놈들은 지금 술을 마시는 중이라고 하오. 이 이상 좋은 기회가 어디 있겠소? 즉시 그들을 습격합시다."

포국이 쾌히 응락한다.

"그러는 것이 좋겠소!"

진무우와 포국은 서로 가병家兵들을 거느리고 일제히 출발했다. 마침내 두 대부는 난시의 집을 전후좌우로 철통같이 에워쌌다.

한편 집 안에선 난시가 큰 술잔을 들어 막 마시려는데 문지기가 뛰어들어왔다.

"진무우와 포국 두 대부가 가병을 거느리고 와서 집 바깥을 포위했습니다."

난시는 이 말을 듣자 들었던 술잔을 떨어뜨렸다. 그러나 고강은 비록 취했지만 정신은 제법 말짱했다.

"빨리 가병들에게 무기를 내주십시오. 그리고 속히 궁에 들어가서 상감을 받들고 진무우와 포국을 역적으로 몹시다. 그러면 그들을 무찔러버릴 수 있소."

난시는 즉시 일어나 가병들을 불러모았다.

이에 고강이 앞장을 서고 난시가 그 뒤를 따라 뒷문을 열고 나갔다. 고강과 난시는 진무우, 포국의 가병과 싸우며 한가닥 혈로血路를 열고서 곧장 궁 쪽으로 달아났다.

진무우와 포국은 고강과 난시가 상감을 등에 업고 반항하면 일이 자못 크게 벌어지겠기에 온 힘을 다하여 그들을 뒤쫓았다.

한편, 고씨 일족은 변란이 났다는 소문을 듣고 고강을 도우러 몰려왔다.

제경공은 진陳 · 포鮑 · 고高 · 난欒 네 씨족 사이에 큰 싸움이 벌어졌다는 보고를 받았다.

제경공은 그 원인을 알지 못해서,

"아무도 궁중으로 못 들어오게 호문虎門을 닫아걸어라!"

하고 분부했다. 그리고 일변,

"곧 안영에게 사람을 보내어 궁으로 들라 하여라."

하고 내시를 보냈다.

난시와 고강은 궁문이 굳게 닫혀 있어서 들어가지 못하고 궁문 오른편에 진을 쳤다. 진무우와 포국은 궁문 왼편에 진을 쳤다. 그리고 그들은 곧 싸우기라도 할 듯이 서로 상대쪽을 노려봤다.

잠시 뒤에 안영이 관복을 바로 고쳐 입고 단정히 수레를 타고서 궁문 앞에 당도했다.

난시와 고강, 진무우와 포국 등은 수레에서 내리는 안영에게 서로 사람을 보내어,

"할말이 있으니 잠시 우리와 좀 만나주오."

하고 간청했다. 그러나 안영은 그들에게,

"나는 다만 상감의 분부를 받고 왔을 뿐이다. 어찌 개인적인 태도를 취할 수 있으리오."

하고 거절했다. 수문장들이 호문을 열자 안영은 궁 안으로 들어갔다.

제경공이 안영에게 묻는다.

"네 씨족 간의 싸움이 궁문 밖까지 이르렀으니 장차 그들을 어찌다스릴꼬?"

안영이 아뢴다.

"난시와 고강은 조상 대대로 총애를 받아온 것만 믿고 이젠 못하는 짓이 없는 무리들입니다. 더구나 전날에 그 일당은 고지를 추방하고 여구영을 죽음으로 몰아넣었기 때문에 지금도 백성들로부터 원망을 받고 있습니다. 더욱이 그들은 지금 궁문까지 치려고 왔으니 그 죄를 용서할 수 없습니다. 또 진무우와 포국으로 말하면, 그들은 상감의 분부도 없이 제 맘대로 군사를 일으켰습니다. 그들의 죄 역시 용서할 수 없습니다. 그러니 상감께서 알아서 처리하십시오."

제경공이 묻는다.

"그렇다면 난시와 고강의 죄가 진무우나 포국보다 더 중하구나. 누가 감히 나가서 난시와 고강의 무리를 내쫓겠는가?"

안영이 대답한다.

"대부 왕흑王黑이라야만 이 일을 감당하리이다."

제경공은 대부 왕흑을 불러들여 이 일을 일임했다. 왕흑은 군사를 거느리고 호문 밖에 나가서 진무우와 포국을 도와 난시와 고강을 쳤다.

드디어 난시와 고강의 가병들은 대패하여 큰길까지 밀려나갔다. 이에 평소부터 난시와 고강을 미워하던 백성들이 나와서 팔을 걷어붙이고 덤벼들었다.

사세가 이 지경이 되자 아직 술이 덜 깬 고강은 더 싸울 용기가 나지 않았다. 이미 난시는 동문 쪽으로 달아나고 있었다. 고강도 그 뒤를 따라 달아났다.

왕흑은 진무우, 포국과 함께 그들을 뒤쫓아갔다. 드디어 동문에서 그들은 어우러져 싸웠다. 난시와 고강의 가병들은 각기 흩어져 달아났다. 결국 난시와 고강은 겨우 동문을 벗어나 노魯나라로 달아났다.

싸움에 이긴 진무우와 포국은 달아나버린 난시와 고강의 처자까지 국외로 추방했다. 그리고 그들의 재산을 몰수해서 각기 나눠가졌다.

안영이 진무우에게 권한다.

"그대는 상감의 분부도 없는데 대대로 내려오던 난欒과 고高 두씨족을 쳐서 국외로 추방하고 그들의 재산까지 나눠 가졌으니 세상 사람들이 그대를 뭐라고 하겠소? 그러니 이번에 몰수한 그 재산만은 다 나라에 바치오. 그러면 세상 사람들도 모두 그대를 칭송하리이다. 그러는 것이 그대에게 이익이 될 것이오."

진무우가 대답한다.

"참으로 고마우신 말씀이오. 내 어찌 훌륭한 가르치심을 받지 않으리이까."

마침내 진무우는 몰수한 두 씨족의 재산과 식읍食邑을 모조리 제경공에게 바쳤다. 제경공은 그 재물을 받고 여간 기뻐하지 않았다.

제경공의 어머니는 맹희孟姬라는 부인이었다. 진무우는 뒷구멍으로 자기 사유 재산의 일부를 맹희에게 바쳤다.

어느 날 맹희가 아들인 제경공에게 분부한다.

"이번에 진무우는 방자한 자들을 몰아내고 모든 이익을 상감에게 바쳤소. 어찌 그 공로를 모른 체할 수 있으리오. 이왕이면 고당高唐 땅을 진무우에게 하사하오."

제경공은 어머니가 시키는 대로 했다.

이리하여 진무우는 부자가 됐다.

어느 날이었다.

진무우가 가장 인자한 양 제경공에게 청한다.

"지난날 모든 공자公子는 아무 죄도 없이 고채高蠆에게 추방을 당했습니다. 참으로 억울한 일이었습니다. 상감께선 모든 공자를 다시 국내로 소환하시고 그들에게 벼슬을 내리십시오."

제경공은 머리를 끄덕이고 승낙했다. 이에 진무우는 모든 공자를 소환하는 데 필요한 비용을 제공했다.

그 뒤 모든 공자들은 제나라로 돌아왔다. 그들은 각기 자기 집이 깨끗이 수리되어 있고 모든 기구가 낱낱이 갖추어져 있는 걸 보고서 매우 만족했다. 더구나 그것이 다 진무우가 사재私財를 털어서 마련해준 것임을 알고 모든 공자는 감격했다.

진무우는 또 자기 재산을 풀어 가난한 홀아비와 과부들을 널리 조사하고 그들에게 곡식을 보내줬다. 그는 반드시 꿔주는 형식으로 주되, 받을 때엔 꿔준 것보다 적게 받았다. 또 워낙 가난해서 도저히 갚지 못하는 자에겐 그 채권 문서를 찢어버렸다.

그래서 제나라 사람은 다 진무우의 덕을 높이 칭송했다. 심지어 진무우를 위해선 기꺼이 목숨을 버리겠다는 사람까지 나날이 늘었다.

후세 사관이 진무우를 평한 것이 있다.

진씨(진씨陳氏의 후손이 전국戰國 시대 때 성을 전씨田氏로 고치고 마침내 제齊나라 군위君位를 빼앗는다)가 백성에게 후하게 한 것은 속에 딴마음을 품었기 때문이다. 그래서 그는 임금이 백성에게 은혜를 베푸는 형식을 취하지 않고, 신하로서 백성의 환심을 사려고 사재를 뿌렸던 것이다.

사관이 또한 시로써 이 일을 비난한 것이 있다.

　　재물과 위엄으로써 임금을 업신여기고
　　개인적으로 은혜를 베풀어 백성의 환심을 샀도다.
　　장차 진씨가 무슨 짓을 할 것인지 두고 보아라
　　그러나 그 당시는 모두가 그를 칭송했도다.
　　威福君權敢上侵
　　輒將私惠結民心
　　請看陣氏移齊計
　　只爲當時感德深

제경공은 안영을 정승으로 삼았다.

정승이 된 안영은 모든 민심民心이 다 진무우에게 쏠리는 걸 보고서 제경공에게 간한다.

"상감께선 형벌을 늦추고 세금을 감하고 백성들의 사업을 보조하고 백성들에게 은혜를 베푸사 민심을 잡으십시오."

그러나 제경공은 안영의 말을 듣지 않았다.

# 진陳과 채蔡를 빼앗는 초楚

초나라 초영왕楚靈王은 장화궁章華宮을 지었으나 모든 나라에서 전혀 반응이 없었다. 그런데 진晉나라에서 사기궁虒祁宮을 짓자 그와 반대로 모든 나라 제후들이 진평공을 한껏 축하했다.

이에 분노한 초영왕이 오거伍擧를 불러들여 상의한다.

"군사를 일으키고 중원中原을 쳐야만 이 분을 풀겠구나!"

오거가 대답한다.

"왕께서 덕과 의로써 모든 나라 제후를 불렀는데도 제후들이 오지 않았다면 그것은 모든 나라의 죄이겠지만, 장화궁 때문에 불렀은즉 그들이 오지 않았대서 모든 나라를 책망할 수는 없습니다. 만일 군사를 써서 중원에 위엄을 떨칠 생각이시라면 반드시 죄 있는 자를 쳐야 대의명분이 섭니다."

"그럼, 어느 나라를 쳐야 할까?"

"채蔡나라 세자 반般이 아비인 임금을 죽인 지도 이미 9년이 지났습니다. 왕께서 지난날 처음으로 모든 나라 제후를 소집했을 때, 채후蔡侯가 참석했기 때문에 그때 그를 죽이지 않고 용서해줬습니다. 그러나 임금을 죽인 죄는 비록 자손일지라도 벌을 받아야 하는 법이거늘, 하물며 그 죄인이 지금 살아 있는데야 더 말할 것 있습니까? 더구나 채나라는 우리 초나라에서 가깝습니다. 만일 채나라를 쳐서 그 땅을 얻는다면, 우리는 이익을 얻는 동시에 대의명분도 한꺼번에 세울 수 있습니다."

오거가 한참 설명하고 있는데 바깥에서 신하 한 사람이 들어왔다.

"지금 진陳나라에서 부고訃告가 왔습니다. 진후 익溺이 세상을 떠나고 공자 유留가 임금 자리를 계승했다고 합니다."

오거가 말한다.

"진나라 세자의 이름은 언사偃師입니다. 그런데 세자 대신 공자 유가 임금이 됐다니 필시 무슨 곡절이 있는 것 같습니다. 신의 생각으론 머지않아서 필시 진나라에 변란이 일어날 것 같습니다."

그럼 진陳나라에선 그간 무슨 일이 있었던가? 이야기를 잠시 진나라로 옮겨보기로 한다.

진애공陳哀公의 이름은 익溺이었다. 첫부인의 소생이 바로 아들 언사였다. 그래서 언사가 세자로 책봉되었다. 다음에 둘째부인은 공자 유를 낳고, 셋째부인은 공자 승勝을 낳았다.

둘째부인은 애교가 대단해서 진애공의 사랑을 받아 공자 유를 낳았던 것이다. 진애공은 마침내 세자 언사를 폐하고, 공자 유를 세자로 삼고 싶었으나 내세울 만한 명목이 없었다.

이에 진애공은 그의 동생이며 사도司徒인 공자 초招를 공자 유의 태부太傅로 삼고, 공자 과過를 소부少傅로 삼은 뒤 분부했다.

"그대들은 공자 유를 잘 가르치고 이끌어라. 다음날에 세자 언사가 임금 자리를 계승했다가 세상을 떠나면 반드시 공자 유에게 임금 자리를 물려줘야 한다."

그후 주경왕 11년 때에 진애공은 병으로 자리에 눕게 되어 오래도록 조회朝會를 열지 못했다.

공자 초가 공자 과에게 말한다.

"지금 세자 언사의 아들 공손오公孫吳가 제법 장성했다. 만일 세자 언사가 임금이 되면 자기 아들 공손오를 세자로 책봉할 것이다. 어찌 자기 동생인 공자 유에게 임금 자리를 전할 리 있으리오. 그러면 우리는 전날 상감께서 부탁하신 바를 달성할 수 없다. 지금 상감이 병으로 오래도록 꼼짝못하고 누워 계시니, 이제 우리가 모든 일을 처리해야 할 때가 왔다. 우선 상감이 죽기 전에 우리가 상감의 명령이라 속이고서 언사를 죽여버리고 바로 공자 유를 임금 자리에 세우도록 해야겠다."

공자 과는 즉시 찬성하고 대부 진공환陳孔奐을 불러 이 일을 상의했다.

진공환이 말한다.

"세자 언사는 매일 세 번씩 궁에 들어가서 상감을 문병합니다. 그러므로 우리가 상감의 명령이라 거짓말을 하고서 세자를 잡아 죽일 순 없습니다. 차라리 궁문 근처에 군사를 매복시켰다가 세자 언사가 출입할 때에 기회를 보아 찔러 죽이는 것이 좋을까 합니다. 그렇게만 한다면 한 사람으로도 일을 성취할 수 있습니다."

드디어 공자 과는 공자 초와 그렇게 일을 꾸미기로 작정하고 이 일을 진공환에게 맡겼다.

"만일 세자를 죽이고 공자 유가 상감이 되는 날엔 그대에게 더욱 큰 고을〔邑〕을 봉하도록 하겠소. 이 기회를 잃지 말고 성공해서 우리 함께 부귀를 누리도록 합시다."

그날로 진공환은 비밀리에 심복 부하인 장사 한 사람을 불러 계책을 일러줬다. 그리고 그 장사를 궁문 지키는 수문졸守門卒로 삼았다.

그날 밤이었다. 세자 언사가 상감께 문병을 마치고 궁문을 나오는데, 수문졸 사이에 섞여 있던 그 장사가 나아가서 앞에 오는 사람의 청사초롱을 뺏어 불을 꺼버렸다. 그리고 번개같이 비수를 뽑아 세자 언사를 찔러죽였다.

이에 궁문에선 일대 소동이 벌어졌다.

잠시 후, 공자 초와 공자 과가 달려왔다. 그들은 쓰러져 죽은 세자 언사를 보고 일부러 몹시 놀란 체하면서 추상같이 분부했다.

"속히 범인을 잡아오너라."

그들은 즉시 조당朝堂으로 들어가서,

"지금 상감의 병환이 위독하시니 마땅히 차자인 공자 유를 임금으로 삼아야 한다."

하고 선포했다.

그날 밤에 병중인 진애공은 세자 언사가 피살됐다는 보고를 받고 격분한 나머지 목을 매고 자살했다.

사신이 시로써 이 일을 탄식한 것이 있다.


　　장자가 임금이 되어야 나라가 편안하거늘
　　어찌하여 서자를 사랑하다가 이런 사태를 빚었는가!
　　자식에 대해서 편협한 세상 부모들이여
　　청컨대 진애공의 말로를 자세히 보아라.

　　嫡長宜君國本安


244

如何寵庶起爭端
古今多少偏心父
請把陳哀仔細看

　이튿날이었다. 공자 초는 공자 유를 상주喪主로 삼고 즉시 진陳 나라 군위에 올려모셨다. 그리고 대부 우징사于徵師를 초나라에 보내어 진애공이 병으로 세상을 떠났다고 고하게 했던 것이다.

　이때, 초나라에선 마침 오거伍擧가 초영왕 곁에 있다가 진나라 군위에 공자 유가 올랐다는 말을 듣고, 아직 세자 언사가 죽은 줄은 모르고 여러모로 의심하던 참이었다.

　다시 바깥에서 신하 한 사람이 들어와서 초영왕에게 아뢴다.

　"지금 또 진陳나라에서 진애공의 셋째아들 공자 승勝이 조카 공손오公孫吳를 데리고 와서 대왕을 뵙겠다고 청합니다."

　초영왕이 대답한다.

　"곧 이리로 안내하여라."

　진나라 공자 승이 조카 공손오를 데리고 들어와 초영왕에게 절하고 울면서 호소한다.

　"저의 형님 세자 언사는 간악한 공자 초와 공자 과에게 암살당했고, 그 때문에 아버지는 목을 매고 자살하셨습니다. 그리고 그들은 공자 유를 임금으로 세웠습니다. 우리는 그들의 무서운 손아귀에서 벗어나 대왕을 뵈오려고 도망쳐왔습니다. 이렇듯 억울할 데가 어디 있습니까?"

　초영왕은 우징사를 불러들여 공자 승과 공손오와 삼자대면을 시켰다.

　우징사는 처음엔 횡설수설했으나 공자 승이 사실을 들이대고 날카롭게 지적하자 아무 대답도 못했다.

초영왕이 격분하여 우징사를 꾸짖는다.

"네 이놈! 너도 바로 공자 초와 공자 과의 일당이로구나. 빨리 이놈을 끌어내어 목을 끊어라!"

도부수刀斧手들은 벌 떼처럼 달려들어서 진陳나라 사자 우징사를 결박하고 뜰 아래로 끌어내려 참했다.

오거가 아뢴다.

"왕께서 이미 역적의 사자를 참했으니, 이젠 공손오를 도와 진나라 역적 공자 초와 공자 과를 치십시오. 정의를 위한 대의명분이 뚜렷한즉 누가 감히 이 일에 복종하지 않겠습니까? 우선 진나라부터 친 연후에 채나라를 치도록 하십시오. 그러면 대왕의 업적은 선군先君 초장왕楚莊王이 남기신 업적보다 크리이다."

초영왕은 흐뭇해하며,

"즉시 군사를 일으켜 진나라를 치도록 하여라!"

하고 명령을 내렸다.

한편, 진나라 임금이 된 공자 유는 사자로 간 우징사가 초나라에서 참형을 당했다는 소문을 듣고 어찌나 놀랐던지 임금 노릇을 할 생각이 없어졌다.

그래서 공자 유는 혼비백산하여 정鄭나라로 달아났다.

한 대부가 공자 초에게 권한다.

"임금이 달아났으니 그대도 어서 다른 나라로 달아나 화를 면하도록 하오."

"염려 마오. 초나라 군사가 쳐들어오면 내 스스로 그들을 물리칠 계책이 서 있소."

하고 공자 초는 조금도 두려워하지 않았다.

마침내 초영왕은 대군을 거느리고 진陳나라로 쳐들어갔다.

그렇지 않아도 진나라 백성들은 세자 언사의 죽음을 불쌍히 생각하던 참이었다. 백성들은 초나라 군사가 세자 언사의 아들인 공손오를 데려온 것을 보고, 모두 다 기뻐하며 열렬히 환영했다. 공자 초는 사태가 급해지자 사람을 보내어 공자 과를 불렀다.

공자 과가 와서 공자 초에게 묻는다.

"초나라 군사가 와도 저절로 물러가게 할 수 있다고 장담을 했으니 그 계책이란 걸 좀 들려주오."

공자 초가 대답한다.

"초나라 군사를 물러가게 하려면 꼭 한 가지 필요한 것이 있는데 그걸 그대에게 빌려야겠소."

"내게서 빌려야겠다니 그것이 무슨 물건인지요?"

공자 초가 갑자기 눈을 부릅뜨고 대답한다.

"그건 바로 너의 대가리다!"

너무나 천만 뜻밖의 말이었다. 공자 과는 기겁을 하고 자리에서 벌떡 일어섰다. 동시에 공자 초는 가죽 매로 공자 과를 개 패듯 마구 후려갈겼다. 빗발치듯 떨어지는 가죽 매를 맞고 마침내 공자 과는 쓰러졌다. 공자 초는 즉시 칼을 뽑아 쓰러진 공자 과의 목을 끊었다. 참으로 간악하고 잔인한 처사였다.

공자 초는 대군을 거느리고 온 초영왕에게 가서 공자 과의 목을 바쳤다.

"세자 언사를 죽이고 공자 유를 임금 자리에 앉힌 것은 다 공자 과의 소행이었습니다. 이제 일월처럼 빛나는 대왕의 위엄을 빌려 신이 공자 과의 목을 끊어왔습니다. 대왕께선 신의 불민한 죄를 용서하십시오."

초영왕은 공자 초의 말이 매우 공손하고 태도가 지극히 겸손한 걸 보고서 은근히 만족했다.

공자 초가 감히 일어서지 못하고 무릎으로 기어가서 초영왕에게 조그만 소리로 아뢴다.

"지난날에 초장왕께선 우리 진나라의 난亂을 평정하시고 현縣으로 삼으셨다가 그 뒤 다시 독립시켜주셨습니다. 그런데 이제 공자 유는 자기가 저지른 죄가 무서워서 다른 나라로 달아났습니다. 지금 우리 진나라엔 임금이 없습니다. 원컨대 지난날처럼 진나라를 초나라 고을[縣]로 편입시켜주십시오. 그래야만 이 진나라는 다른 나라 소유가 되지 않을 것입니다."

초영왕은 반색을 했다.

"네 말이 바로 나의 뜻과 같다. 너는 돌아가서 과인을 위해 진나라 궁실을 무너버리고, 과인이 순행巡幸할 때를 기다려라."

공자 초는 자기 나라까지 팔아먹고 머리를 조아리며 초영왕에게 사은하고 돌아갔다.

공자 승勝은 초영왕이 공자 초를 그냥 돌려보냈다는 말을 듣고서 대성통곡했다.

공자 승이 초영왕에게 가서 호소한다.

"애초엔 공자 초가 음모했고, 막상 실행할 때엔 공자 과를 시켜서 대부 진공환으로 하여금 세자 언사를 죽이게 한 것입니다. 이제 그놈은 모든 죄를 공자 과에게 뒤집어씌우고 자기만 살짝 벗어나려는 수작입니다. 이래서야 선군과 세자가 어찌 지하에서 눈을 감을 수 있겠습니까?"

말을 마치자 공자 승은 더욱 슬피 통곡했다. 그 통곡 소리를 듣고 모든 초나라 군사도 슬퍼했다.

초영왕이 공자 승을 위로한다.

"공자는 과도히 슬퍼 마라. 과인이 알아서 처분하리라."

이튿날 공자 초는 예의를 갖추고 또다시 와서 초영왕을 모시고 성안으로 들어갔다.

마침내 초영왕은 유유히 진나라 임금 자리에 올라가서 앉았다. 진나라 문무백관들은 초영왕에게 일제히 배알拜謁했다.

초영왕이 대부 진공환을 불러내어 큰소리로 꾸짖는다.

"네놈이 세자 언사를 죽였다지? 네놈을 죽이지 않는다면 내 어찌 모든 사람을 교훈하리오."

이 말이 끝나기가 무섭게 좌우 초나라 장수들이 그 당장에서 진공환의 목을 참했다. 이리하여 초나라 군사는 국문國門 위에 공자 과와 진공환의 목을 높이 내걸었다.

초영왕이 다시 공자 초에게 분부한다.

"과인은 너를 용서해주고 싶다만 모든 공론公論이 그렇지 않으니 어찌하리오. 목숨만은 살려둘 테니 곧 집안 식구들을 데리고 멀리 동해로 떠나가거라."

공자 초는 창황망조하여 능히 대답도 못하고 연방 절만 했다.

초영왕은 군사를 시켜 공자 초를 월越나라로 압송시켰다. 곧 멀리 귀양을 보낸 것이었다.

이에 공자 승은 공손오를 데리고 초영왕 앞에 나아가 역적들을 쳐준 데 대해서 사은했다.

초영왕이 공손오에게 말한다.

"나는 본시 너를 진나라 임금으로 세울 생각이었다. 그러나 공자 초와 공자 과의 일당이 아직도 많이 남아 있다. 혹 네가 그놈들에게 피해를 입게 되면 어찌하느냐? 그러니 너는 잠시 과인을 따라 초나라에 가서 살도록 하여라."

드디어 초영왕은 종묘宗廟를 헐어버리고 진나라를 초나라 현으로 편입시켰다.

지난날에 정나라에서 잡혀온 황힐은 그간 충실히 초영왕을 섬겨왔다. 그래서 초영왕은 황힐에게 진나라 땅을 총독總督하게 하고 그에게 진공陳公이란 칭호를 주었다.

이리하여 진나라는 초나라 영토가 되었다. 진나라 백성들의 실망은 이만저만이 아니었다.

염옹이 시로써 이 일을 읊은 것이 있다.


본시 정의를 위해 역적을 치러 가서는
어찌 남의 나라를 탐하여 고을로 삼았는가.
이야말로 죄에 대한 벌이 너무나 가혹했으니
이럴 때 올바로 간한 사람이 없었다는 것은 탄식할 일이다.
本興義旅誅殘賊
却愛山河立縣封
記得蹊田奪牛語
恨無忠諫似申公


초영왕이 진나라 공손오를 데리고 본국에 돌아온 지 1년 후였다. 초나라는 채蔡나라를 치려고 다시 군사를 일으켰다.

오거가 계책을 아뢴다.

"채후蔡侯 반般이 그 아비를 죽인 지가 하도 오래돼서 이젠 세상이 그 죄를 잊고 있는 형편입니다. 우리가 이번에 채나라를 치면 채후 반이 뭐라고 변명을 늘어놓을지도 모릅니다. 그러니 채후 반을 유인해서 죽여버리도록 하십시오."

초영왕은 오거의 계책을 좇아, 지방을 순시巡視한다는 명목으로 군사를 거느리고 신申 땅으로 갔다. 그리고 사람을 시켜 예물을 채나라에 보내고 채후 반을 신 땅으로 초청했다.

채후 반은 초나라 국서國書를 받아 그 내용을 읽어보았다.

　　과인은 군후와 만나 한번 유쾌하게 놀고 싶소. 청컨대 군후는 신 땅으로 왕림하오. 약간의 예물을 보내니 웃으며 받아주기 바라오.

채후 반은 곧 출발할 준비를 서둘렀다. 대부 공손귀생公孫歸生이 간한다.

"초나라 왕은 원래 욕심만 많고 신의가 없는 사람입니다. 한데 이번에는 예물까지 보내고 또 편지 내용이 거만하지 않으니, 이는 그가 상감을 유인하려는 수작입니다. 상감께선 가지 마십시오."

채후 반이 대답한다.

"우리 채나라 국토가 초나라의 한 고을 정도밖에 안 되는데 어찌 아니 갈 수 있으리오. 그러다가 초왕이 군사라도 몰고 쳐들어온다면 누가 나가서 초나라 군사를 막아낼 테냐?"

공손귀생이 아뢴다.

"정 그러시다면 상감께선 세자나 세우고 가십시오."

이에 채후 반은 그의 아들 공자 유有를 세자로 세웠다.

채후 반이 귀생에게 당부한다.

"내가 다녀올 동안에 그대는 세자를 보좌하고 나랏일을 잘 보살펴라."

채후 반은 즉시 신 땅을 향해 떠났다. 신 땅에 당도한 채후 반은 초영왕을 배알했다.

초영왕이 반가이 채후 반을 영접한다.

"우리가 서로 못 본 지도 벌써 8년이 됐구려. 군후의 안색이 지난날과 조금도 다름없으니 또한 기쁘오."

채후 반이 몸을 굽히며 대답한다.

"저는 초나라 동맹同盟에 가입한 후로, 군왕君王의 위엄을 빌려 무사히 나라를 다스리고 있으니 그 은혜가 실로 막중합니다. 군왕께서 지난해에 진陳나라 땅을 개척하셨다는 소문을 듣고 곧 달려가서 하례를 드리려던 참이었는데, 이렇듯 불러주시니 더욱 황감하오이다."

초영왕은 신 땅 행궁行宮에서 성대히 잔치를 베풀고, 노래와 춤을 추게 하고, 채후 반과 함께 취하도록 마셨다. 동시에 오거는 채후를 따라온 신하들과 시종배를 외관外館으로 초청하고 그들에게 따로 술 대접을 했다.

채후 반은 초영왕이 권하는 대로 기꺼이 술을 마시다가 자기도 모르는 중에 대취했다. 이땐 이미 뒷복도에 무장한 무사들이 매복하고 있었다.

초영왕이 마시던 술잔을 대청 위에 던졌다.

그것이 신호였다.

무사들이 일제히 뛰어나와 그 술자리에서 채후 반을 결박했다. 그러나 워낙 취한 채후 반은 결박을 당하는 것도 몰랐다.

이에 초영왕은 사람을 외관으로 보내어 채후 반을 따라온 자들에게 선포했다.

"반은 지난날에 임금인 자기 아버지를 죽인 놈이다! 이제 과인은 하늘을 대신해서 반에게 벌을 내릴 작정이다. 허나 따라온 너희들이야 무슨 죄가 있겠느냐. 항복하는 자에겐 상을 주리라. 그러니 속히 과인에게 투항하여라."

원래 채후 반은 신하들에게 매우 인자했다. 그래서 따라온 신하들 중엔 한 사람도 투항하는 자가 없었다.

초영왕의 불호령이 한번 내리자 초나라 군사는 일제히 채나라 신하들을 포위하고 잡아 묶었다.

그제야 채후 반은 술에서 깨어났다. 그는 자기가 결박되어 있는 걸 알고서 초영왕에게 묻는다.

"내게 무슨 죄가 있다고 이러시오?"

초영왕이 꾸짖는다.

"너는 아비를 죽인 놈이다! 하늘의 이치를 거스른 놈인즉 벌써 죽었어야 마땅할 것이다."

채후 반이 길이 탄식한다.

"내 귀생의 말을 듣지 않다가 결국 이 꼴이 됐구나!"

마침내 초영왕은 채후 반을 장대[竿]에 비끄러매고 칼로 무수히 쳐죽였다. 이때 채후 반을 따라 죽은 자가 70여 명이었다.

한 사람도 항복하지 않는 걸 보고서 화가 난 초영왕은 채후 반을 모시고 온 하천배下賤輩들까지도 모조리 죽여버렸다. 그리고 목판에다 '채후 반은 그 아비를 죽인 놈이다'라고 크게 써서 국내에 선포했다.

연후에 초영왕은 공자 기질棄疾에게 명령을 내렸다. 이에 공자 기질은 초나라 군사를 거느리고 채나라로 쳐들어갔다.

송나라 선비가 이 일을 논평한 것이 있다.

아비를 죽인 채후 반은 마땅히 죽음을 당해야 하지만, 초영왕이 채후 반을 유인해서 죽인 것은 불법이었다.

한편, 채나라 세자 유有는 아버지 채후 반이 신 땅으로 떠난 뒤에도 마음이 놓이지 않아서 비밀히 세작細作을 딸려보냈다. 신 땅에서 무슨 일이 생기거든 즉시 돌아와서 보고하도록 한 것이다.

어느 날 그 세작이 황급히 돌아왔다.

"큰일났습니다. 신 땅에서 상감이 초왕에게 피살당하셨습니다. 그리고 머지않아 초나라 군사가 우리 나라로 쳐들어올 것이라고 합니다."

이야말로 청천벽력 같은 소식이었다. 세자 유는 즉시 군사를 일으키고 성을 지키게 했다.

마침내 초나라 군사가 쳐들어와서 성을 겹겹이 에워쌌다. 채나라는 사태가 위급했다.

공손귀생이 세자 유에게 아뢴다.

"우리 채나라는 비록 오랫동안 초나라를 섬겼지만, 지난날 진쯥나라와 초나라가 서로 동맹을 맺을 때 이 귀생도 그 회에 참석해서 화평을 위한 맹서盟書에 서명한 일이 있습니다. 그러니 즉시 사람을 보내어 진나라에 구원을 청하십시오. 그러면 진나라는 혹 그 당시에 우리 채나라가 동맹에 참가했던 것을 기억하고 군사를 보내 도와줄지도 모릅니다."

세자 유는 귀생의 의견을 좇아 진나라에 사자를 보내기로 했다.

이때 채유蔡洧란 사람이 진나라에 가겠다고 자청했다. 그의 아버지 채약蔡略은 전번에 채후 반을 따라 신 땅에 갔다가 초영왕에게 피살당한 70여 명 중의 한 사람이었다. 그래서 채유는 아버지의 원수를 갚고자 진나라 군사를 데려오려고 자원했던 것이다.

이에 채유는 국서를 가지고 한밤중에 몰래 성을 넘어 북쪽으로 달렸다. 진나라에 당도한 채유는 울면서 진소공晉昭公에게 초나라의 횡포를 호소했다.

진소공은 곧 모든 신하들과 채나라에 대한 대책을 상의했다.

순오荀吳가 아뢴다.

"우리 진나라는 천하 모든 나라의 맹주盟主입니다. 모든 나라 제후가 다 우리 나라만을 믿고 있습니다. 전번엔 진陳나라를 구원하지 않았고 이번에 또 채나라마저 구원하지 않는다면 천하 맹주인 우리 진나라 꼴이 뭐가 되겠습니까?"

진소공이 탄식한다.

"그러나 우리 나라 병력으론 초나라의 횡포를 막을 수 없으니 어찌할꼬?"

한기韓起가 앞으로 나아가 아뢴다.

"초나라 군사를 막을 수 없대서 가만히 앉아 구경만 할 순 없지 않습니까? 상감께선 왜 모든 나라 제후를 소집하고 그들과 함께 이 일을 도모하려 하지 않으십니까?"

진소공은 모든 나라 제후에게 각각 사람을 보내어 궐은厥慭 땅에 모이도록 기별했다.

송宋·제齊·노魯·위衛·정鄭·조曹 여섯 나라는 각기 대부 한 명씩을 대표로 궐은 땅에 보냈다.

이에 한기는 초나라의 손아귀에서 채나라를 구출해야 한다고 그들에게 역설했다. 그러나 모든 나라 대부는 각기 혀를 내두르며 머리를 흔들었다.

아무도 호응하지 않는 걸 보고서 한기가 외친다.

"여러분은 이렇듯 초나라를 무서워하오? 그럼 장차 천하 모든 나라가 초나라에 다 멸망당하기를 기다리겠소? 이미 진陳나라를 침략했고, 지금 다시 채나라를 침범한 초나라 군사는 장차 여러분의 나라까지 먹어들어갈 것이오. 그땐 우리 진나라를 원망하지 마오. 여러분이 지금 위급한 채나라를 구원하지 않으니 우리 진나라도 장차 여러분을 도울 수 없을 것이오."

모든 나라 대부는 서로 얼굴을 쳐다보며 당황해할 뿐, 역시 아무도 대답하는 자가 없었다.

이때 송나라 대표로는 우사右師 화해華亥가 참석했다.

한기가 모든 나라 대표를 둘러보다가 화해에게 말한다.

"지난날 송나라에서 맹회가 열린 것도 실은 그대의 선친先親이 천하의 평화를 위해서 우리 진나라와 초나라를 동맹케 한 것이었소. 그때 맹약한 조문條文에 의하면 모든 나라는 먼저 군사를 일으키는 나라를 치기로 되어 있소. 그런데 초나라는 먼저 이 맹약을 어기고 군사를 일으켜 진陳나라를 무찌르고 이제 또 채나라를 침범하는데, 특히 그대가 팔짱만 끼고 앉아서 말 한마디 없으니 비단 신의 없는 초나라만 나무랄 것이 아니라, 그대의 송나라도 우리 진나라를 속인 것이나 다름없구려!"

화해가 일어서서 허리를 굽실거리며 대답한다.

"어찌 우리 송나라가 귀국을 기만할 리 있습니까. 다만 남만南蠻 오랑캐 초나라가 전혀 신의가 없어서 그러하니 우리 나라인들 어찌합니까. 이제 모든 나라가 오랫동안 군사軍事에 힘쓰지 않았기 때문에 지금 군사를 일으킨대도 별로 이길 자신이 없습니다. 그러니 초왕에게 한 사람을 보내어 전날 맹약한 조문을 제시하고 채나라를 치지 말도록 타이르면 초왕인들 변명할 말이 없을 것입니다."

한기는 모든 나라 대부가 다 초나라를 무서워하는 걸 보고서 하는 수 없이 서로 상의하고 서신 한 통을 기초했다.

이에 대부 호보弧父가 그 서신을 가지고 초영왕을 만나러 신성申城으로 갔다. 동시에 채유는 모든 나라가 자기 나라를 도우려고 하지 않는 것을 보고 큰 소리로 통곡하면서 채나라로 돌아갔다.

한편 호보는 신성에 당도하는 즉시 초영왕에게 가서 그 서신을 바쳤다.

초영왕이 그 서신을 받아본즉, 그 글에 하였으되,

지난날 송나라에서 남북南北이 회합한 것은 서로 싸움을 쉬고 천하의 평화를 도모하기 위한 것이었습니다. 다음 괵虢 땅에서 재차 회합하고 다시 지난날의 맹약을 선서했을 때도 천지신명은 우리를 굽어 살피셨습니다. 그후로 우리 상감께선 모든 나라 제후를 거느리고 오로지 그 맹약을 지키고 한번도 싸움을 일으킨 일이 없습니다. 그런데 진陳·채 두 나라가 죄를 지었으므로 귀국이 대로하여 군사를 일으키고 의분義憤으로써 두 나라를 쳤다는 것은 비록 이해할 수 있다 할지라도, 이미 그 죄인들을 죽였는데도 불구하고 아직 싸움을 그만두려 않는 것은 무슨 곡절인지 알 수가 없습니다. 이에 국사를 맡아보는 모든 나라 대부들이 다 우리 진晉나라로 몰려와서 우리 상감께 약한 나라를 돕고 천하의 평화를 유지하도록 조처하라 항의하는지라, 이에 우리 진나라 상감은 난처한 입장에 놓여 있습니다. 곧 군사를 일으켜 귀국과 싸울 생각이 없지 않되, 지난날 맹약한 바가 있어서 우선 군사를 일으키지 않고 모든 나라 대부와 함께 이

글을 지어 사람을 보내는 바입니다. 그러니 청컨대 채나라에서 속히 물러가십시오. 비단 채나라 종묘사직을 위해서만이 아니라, 그래야만 초나라가 우리 나라 상감과 모든 나라 군후에게도 신의를 지키는 것이 됩니다.

서신 끝엔 송·제 등 모든 나라 대부의 이름이 서명되어 있었다.

초영왕이 껄껄 웃는다.

"채나라 성이 조석간에 함락될 지경인데 우리를 보고 물러가라 하니 너는 나를 삼척동자로 아느냐? 너는 곧 돌아가서 너의 나라 임금에게 '진陳·채 두 나라는 우리 초나라 속국이다. 그러니 북쪽 나라들은 쓸데없이 간섭 말라'고 일러라."

호보는 거듭 평화적으로 해결하기를 간청했다. 그러나 초영왕은 더 들으려 하지 않고 벌떡 일어나 안으로 들어가버렸다. 초영왕은 끝내 회답 한 장도 써주지 않았다. 호보는 하는 수 없이 불쾌한 심사를 참으며 진나라로 돌아갔다.

진나라 임금과 신하는 돌아온 호보의 보고를 듣고 다 함께 초나라를 원망했다. 그러나 그들은 초영왕에 대해서 아무런 조처도 취하지 못했다.

이야말로 다음의 옛 시와 같은 처지라고 하겠다.

힘만 있고 성심誠心이 없어서 신의를 잃었고
성심은 있으나 힘이 없어서 쓸데없이 고민만 했도다.
만일 마음과 힘이 똑같이 한결같았다면
바다를 말리고 산을 옮긴다 해도 누가 감히 말렸겠는가.
有力無心空負力

258

有心無力枉勞心
若還心力齊齊到
涸海移山孰敢禁

　진나라에 구원을 청하러 갔던 채유는 아무 성과도 없이 채나라로 돌아왔다. 그러나 채유는 본국에 들어서는 즉시 초나라 군사에게 붙들렸다. 그는 초나라 장수 공자 기질棄疾의 장전帳前으로 끌려갔다.

　공자 기질은 항복하라고 위협했다. 그러나 채유는 끝내 항복하지 않았다. 그래서 채유는 초나라 후군後軍의 수거囚車 속에 갇힌 몸이 되었다.

　동시에 초나라 장수 공자 기질은 진나라 군사가 오지 않는 것을 알고 더욱 맹렬히 채나라 성을 공격했다.

　한편, 채나라 성안에선 공손귀생이 세자 유有에게 아뢴다.

　"초나라 군사의 공격은 더욱 심해지고 사태는 급박해졌습니다. 신이 마땅히 목숨을 걸고 초나라 군사 진영에 가서 그들에게 물러가도록 권하겠습니다. 만일 그들이 물러가기만 한다면 백성은 도탄에서 벗어날 수 있습니다."

　세자 유가 처량히 대답한다.

　"성안의 모든 일을 다 대부에게 맡겼는데 이제 대부가 가면 나는 어쩌란 말이오?"

　귀생이 다시 아뢴다.

　"세자께서 만일 신을 보낼 수 없으시다면 신의 자식 조오朝吳를 초영楚營으로 보내십시오."

　세자 유는 조오를 불러 눈물을 머금고 초영에 갔다 오도록 분부했다. 조오는 즉시 채나라 성을 나가 초나라 진영에 가서 공자 기질을 만났다. 공자 기질은 예로써 조오를 대접했다.

조오가 청한다.

"공자가 대군을 거느리고 와서 우리 나라를 치니 우리 채나라는 장차 망할 것입니다. 그러나 우리는 무슨 죄가 있어서 망하는지 모르겠습니다. 만일 귀국이 우리 나라 전 임금인 반이 저지른 잘못을 용서할 수 없다면 그것은 충분히 이해하겠습니다. 그러나 우리 나라 세자에겐 또 무슨 죄가 있습니까? 또 우리 채나라 종묘 宗廟에야 무슨 죄가 있습니까? 공자는 우리 채나라의 억울한 정상을 참작하십시오."

공자 기질이 대답한다.

"나도 채나라가 어찌하여 망해야만 하는지 그 죄를 알지 못하오. 나는 다만 왕명을 받고 공격할 따름입니다. 만일 내가 공을 세우지 못하고 그냥 돌아가면 큰 벌을 받소."

조오가 청한다.

"내가 이왕 온 김에 꼭 한 가지 말씀드릴 것이 있습니다. 청컨대 좌우 모든 사람을 물러가게 해주십시오."

"하고 싶은 말씀이 있거든 하시오. 좌우에 사람들이 있대서 못할 건 없소."

조오가 조용한 목소리로 차근차근 말한다.

"공자는 잘 모르시겠지만 지금 왕위에 있는 초왕도 실은 왕을 죽이고 나라를 차지한 분입니다. 그러므로 초나라 백성들로서 조금이라도 생각이 있는 사람이라면 누구나 다 초왕의 과거에 대해서 분노하고 있습니다. 과연 초왕은 임금을 죽이고 나라를 뺏은 후, 안으론 장화궁을 짓느라고 백성들의 기름땀을 짰으며, 밖으론 늘 난리를 일으켜 백성들의 뼈를 다른 나라 산야에 뿌렸습니다. 초왕은 자기 욕심을 위해서 백성들을 악착스레 부려먹었을 뿐이지 조금도 사랑하진 않았습니다. 지난해엔 진陳나라를 없애버렸고, 금년 들어선 우리 채나라를 유혹했습니다. 그런데 공자는 어째서 백성을 대신해서 이 원수를 갚을 생각은 않고, 도리어 원수인 초왕에게 혹사만 당하고 계십니까? 그냥 이대로 가다간 나중엔 공자도 모든 잘못의 책임을 초왕과 함께 나누어져야 할지 모릅니다. 원래 공자는 현명하고도 슬기로운 분이십니다. 더구나 공자께선 어렸을 때 땅속에 묻어둔 구슬〔璧〕 위에서 걸음을 멈춘 그런 상서로운 일까지 있었던 분입니다. 그래서 초나라 사람들은 전부터 공자를 왕으로 모시려고 늘 기대하고 있었습니다. 공자는 곧 군사를 국내로 돌려 백성을 학대하는 초왕부터 죽이십시오. 그러면 모든 인심은 공자 편으로 쏠릴 것인즉 그 누가 감히 공자에게 항거하겠으며, 그 누가 무도한 초왕 편을 들겠습니까? 공자는 어서 초나라 만백성의 원망을 풀어주도록 하십시오. 만일 이러한 저의 진정만 들어주신다면 저는 망해가는 목숨을 다 바쳐서라도 공자를 위해 앞장을 서겠습니다."

이 말을 듣고 공자 기질이 소리를 지른다.

"필부匹夫가 감히 교묘한 말로 우리 임금과 신하 사이를 이간시키려 하는구나! 당장 네 목을 참할 것이로되 당분간 그냥 붙여두니, 네 곧 돌아가서 너의 나라 세자에게 내 말을 전하여라. 속히 스스로 자기 몸을 결박짓고 성문 밖에 나와서 항복하지 않으면 목숨을 보전하지 못하리라고 일러라! 이봐라! 저놈을 당장 영營 밖으로 끌어내어라!"

공자 기질의 호령이 떨어지기가 무섭게 초나라 군사는 조오를 개 끌듯이 밖으로 끌어냈다.

이야기는 잠시 지난날로 돌아간다.

원래 죽은 초공왕楚共王에겐 사랑하는 첩의 소생까지 합쳐서 아들 다섯이 있었다.

장자長子는 웅소熊昭니 죽은 초강왕楚康王이며, 차자次子는 위圍니 지금 왕위에 있는 초영왕楚靈王이며, 셋째는 공자 비比며, 넷째는 공자 흑굉黑肱이며, 다섯째 막내가 바로 공자 기질棄疾이었다.

초공왕은 생전에 다섯 아들 중에서 누구를 세자로 세울까 하고 늘 생각했다. 결국 스스로 결정을 짓지 못하고 우선 종묘의 모든 신위神位 앞에서 큰 제사를 지냈다.

제사를 지낼 때 초공왕은 제단祭壇 한가운데다 구슬 한 개를 올려놓고 맘속으로 빌었다.

'청컨대 선조 여러 신위께서는 이 마음을 살피사 저의 다섯 아들 중에서 어질고 복 있는 자 하나만을 골라서 이 나라 사직을 맡게 해주옵소서.'

이렇게 기도하고 나서, 초공왕은 태실太室 앞뜰에다 그 구슬을 비밀히 묻었다. 물론 초공왕 자신만 그 구슬이 묻힌 곳을 알고 있었다.

그후 다섯 공자는 아버지인 초공왕의 분부를 받고 각기 목욕재계沐浴齋戒하고 사흘째 되던 날 오경五更 때에 태묘 뜰로 들어가서 조상 신위들에 참배했다.

초공왕은 아들 다섯이 각기 서서 절하는 위치를 유심히 살펴봤다. 그 구슬이 묻힌 곳에 서서 절하는 아들이야말로 바로 조상 혼신혼神들이 세자로 지정해주는 것이 되기 때문이었다.

맨 처음에 들어온 공자 웅소는 구슬이 묻힌 곳을 밟고 지나가서 신위들에게 절했다. 다음 공자 위는 절할 때 겨우 팔이 구슬 묻힌 곳에 닿았을 정도였다. 그 다음 공자 흑굉은 구슬이 묻힌 곳과는 너무나 동떨어진 곳에서 절을 했다. 이때 공자 기질은 아직 어려서 궁녀에게 안겨 들어왔다. 그러나 어린 공자 기질은 아장아장 걸어가서 구슬이 묻힌 바로 그 위에 이르러 걸음을 멈추고 넙죽 엎드려 예쁘게 절을 했다.

초공왕은 이것을 보고 조상의 모든 혼령이 공자 기질에게 뜻을 두고 있다는 걸 알았다. 그후로 그는 공자 기질을 특히 사랑했다.

초공왕이 세상을 떠날 때, 공자 기질은 아직 장성하지 않았기 때문에 큰아들이 먼저 왕위를 계승했으니 그가 바로 초강왕이었던 것이다.

그러나 초나라 모든 대부들 중에서 선왕이 태묘에 구슬을 묻고 세자를 간택했던 일을 아는 사람은 모두 공자 기질이 초나라 왕위를 계승해야 한다고 생각했다.

이번에 채나라 조오가 공자 기질에게 땅속에 묻어둔 구슬 위에서 걸음을 멈춘 그런 상서로운 일까지 있었다고 한 것은 바로 이 일을 지적한 것이다.

그러나 공자 기질은 만일 조오가 한 말이 널리 퍼져서 형님인 초영왕한테 시기와 모해를 받지나 않을까 두려워한 나머지 일부러 노기를 띠고 조오를 몰아냈던 것이다.

한편, 조오는 채성蔡城으로 돌아가서 초나라 공자 기질이 하던 말을 그대로 보고했다.

세자 유가 처량히 말한다.

"원래 한 나라 임금이란 사직을 위해서라면 죽음도 무릅쓰는 법이다. 내 비록 아버지의 상사喪事를 마치고 군위에 오른 건 아니지만, 이미 섭정攝政으로서 이 나라를 지켜왔으니 내 마땅히 이 나라 성과 함께 생사를 같이할지언정, 어찌 원수 앞에 나가서 무릎을 꿇고 노예가 될 수 있으리오."

그 뒤로 세자 유는 있는 힘을 다 기울여 채나라 성을 지켰다.

이리하여 초나라 군사는 여름 4월부터 그해 겨울 12월에 이르도록 채나라 성을 함락시키지 못했다. 그러나 채나라 성안은 말이 아니었다.

채나라 공손귀생은 성을 지키기에 완전히 심신을 소모하고 마침내 병석에 드러눕고 말았다. 성안은 벌써 식량이 없어서 그동안에 굶어죽은 자가 전 인구의 태반이 되었다.

이 지경이 되고 보니 살아남은 자도 지칠 대로 지쳐서 초나라 군사를 막아낼 수가 없었다. 마침내 초나라 군사는 개미 떼처럼 성 위로 올라오기 시작했다. 이리하여 오랫동안 버티어오던 채나라 성은 마침내 함락되고야 말았다.

이날 세자 유는 성루城樓에 단정히 앉아서 초나라 군사의 결박을 받았다. 채성으로 들어온 초나라 공자 기질은 백성들을 위로하고 세자 유를 수거囚車에 싣고서, 그동안 잡아뒀던 채유와 함께 초영왕에게 보냈다. 동시에 승리의 글을 올렸다.

그러면서도 공자 기질은 전날 조오가 자기에게 와서 초영왕을 죽이고 임금이 되라고 권한 일이 있었기 때문에 그만은 뒤로 빼돌리고 초영왕에게 보내지 않았다.

그후 얼마 안 되어 채나라 공손귀생은 결국 병으로 죽고, 그의 아들 조오는 마침내 초나라 공자 기질의 심복 부하가 되었다.

참으로 어수선한 세상이었다. 이때가 바로 주경왕周景王 14년이었다.

이런 일이 있기 전에 초영왕은 이미 초나라 도읍 영도郢都에 돌아와 있었다.

어느 날 밤 꿈이었다.

한 신인神人이 초영왕 앞에 나타나서,

"나는 구강산九岡山 산신이다. 어찌하여 너는 나에게 제사를 지내지 않느냐? 나에게 제사만 지내주면 너에게 천하를 얻게 하리라." 하고 말했다.

꿈에서 초영왕은 아주 기뻐했다. 그래서 초영왕이 채비를 하고 막 구강산으로 떠나려는데, 마침 공자 기질로부터 채성이 함락됐다는 승리의 보고가 왔다.

초영왕이 첩보捷報를 가지고 온 장수에게 분부한다.

"마침 잘됐다. 이번에 구강산 산신에게 제사를 지내야겠는데, 채나라 세자 유를 희생으로 쓰도록 하여라."

이 끔찍한 소리를 듣고 곁에 있던 신무우申無宇가 깜짝 놀라 간한다.

"옛날에 송양공宋襄公은 증자鄫子를 잡아다가 사직社稷에 제물로 썼기 때문에 모든 나라 제후들이 송나라를 쳤습니다. 왕은 이런 옛일을 되풀이하지 마십시오!"

초영왕이 대답한다.

"채나라 세자 유는 바로 역적 반般의 자식이다. 어찌 모든 나라 제후와 죄인의 자식을 비교하느냐. 내 마땅히 짐승 대신 그를 희생으로 쓰리라."

신무우는 물러가 길이 탄식한다.

"왕이 이렇듯 잔인하니 어찌 좋은 결과가 있으리오!"

마침내 신무우는 늙었다는 핑계를 대고 벼슬을 버리고 시골로 돌아갔다.

그런 지 며칠 뒤에 채나라 세자 유는 마침내 제물로 희생되었다.


초나라에 함께 잡혀온 채유는 세자 유가 제물로 피살당하는 걸 보고서 사흘 동안 밤낮없이 통곡했다.

초영왕은 채유의 충성심을 높이 평가하고 결박을 풀어준 뒤 자기에게 충성을 다하라고 분부했다. 채유는 내심 전날 초영왕에게 피살당한 자기 아버지의 원수를 갚을 작정으로 쾌히 승낙했다.

채유가 초영왕에게 아뢴다

"지금 천하 제후들이 진晉나라만 섬기고 초나라를 잘 섬기지 않는 이유는, 그들 나라가 진나라와 거리가 가깝고 초나라와는 멀기 때문입니다. 이제 왕께서 진陳과 채蔡 두 나라를 얻었으므로 이젠 중원中原 땅과 직접 접경接境하게 됐습니다. 그러니 그 접경 지대에 성을 높이 쌓고, 각기 천승千乘을 봉하고 모든 나라 제후에게 그 위세를 보인다면 어느 나라가 감히 왕의 위엄 앞에 복종하지 않겠습니까? 그런 후에 오吳나라와 월越나라를 쳐서 먼저 동남쪽을 굴복시키고, 다음에 서북쪽을 도모한다면 왕께선 가히 주周나라를 대신해서 천자天子가 되실 수 있습니다."

초영왕은 이렇듯 아첨하는 말을 곧이듣고서 채유를 더욱더 총애했다.

이에 초영왕은 진陳·채 두 나라의 성을 전보다 배나 더 높게 쌓고, 공자 기질을 채공蔡公으로 삼았다. 곧 채나라를 멸망시킨 그의 공로를 표창한 것이었다.

또 동서에다 불갱성不羹城을 쌓고 초나라 요새지要塞地로 삼았다. 초영왕은 천하에 초나라보다 강한 나라는 없다고 확신했다. 그는 당장이라도 천하를 손아귀에 넣을 듯이 자신만만했다.

어느 날이었다.

초영왕이 태복太卜을 불러들여 분부한다.

"과인이 언제면 왕이 될지 한번 거북점을 쳐보아라."

태복이 자기 귀를 의심하듯 초영왕을 우러러보고 묻는다.

"왕께서 언제 왕이 되겠느냐고 다시 물으시니 신은 그 뜻을 알지 못하겠습니다."

"우리 초나라가 주周나라와 대립하고 있는 한 나는 진짜 왕이라고 할 수 없다. 내가 천하를 다스려야만 비로소 진짜 왕이 되지 않겠느냐!"

그제야 태복은 황급히 거북을 불에 구워 점을 쳤다. 이윽고 거북의 껍질이 불기운에 터지면서 금이 갔다.

태복이 머리를 조아리며 아뢴다.

"거북 껍질에 나타난 금을 보건대 아무것도 이루지 못하실 징조입니다."

이에 몹시 노한 초영왕이 거북 껍질을 뜰에 내던지고 팔을 미친 듯이 휘두르며 외친다.

"하늘이여, 하늘이여! 왜 나에게 그까짓 천하를 기꺼이 주려 하지 않는가! 그러면서 이 세상에 나를 태어나게 한 것은 무슨 심사인가!"

곁에서 채유가 선뜻 아뢴다.

"만사는 사람의 능력 여하에 달려 있습니다. 저까짓 썩은 거북 껍질에서 무슨 징조가 나타나겠습니까."

순간 초영왕은 얼굴빛을 누그러뜨리고 채유의 어깨를 만지면서 자신감을 가졌다.

이때부터 모든 나라 제후는 초나라의 위세에 겁을 먹었다. 조그만 나라 임금은 친히 초나라에 가서 조례를 드렸고, 큰 나라는 초나라에 초청장을 보냈다. 이리하여 초나라로 가는 길엔 모든 나라에서 보내는 사자들과 공물貢物을 실은 짐이 그치지 않았다.

어느 날, 어떤 사람이 초나라로 가고 있었다. 그는 바로 제나라 상대부上大夫 안영晏嬰이었다. 안영의 자는 평중平仲이다. 그래서 세상 사람들은 안영을 안평중晏平仲이라고도 했다.

안영은 제경공의 분부를 받고 친선차 초나라로 가는 길이었다.

한편, 초영왕이 모든 신하에게 묻는다.

"내 듣건대, 제나라의 안영은 키가 5척도 못 되건만 그 명성이 모든 나라 제후 사이에 널리 퍼졌다고 하더라. 지금 모든 나라 중에서 제나라가 가장 번영한다고 하니, 과인은 이번에 안영이 오면 창피를 톡톡히 주고 우리 초나라의 위세를 과시할 작정이다. 경들에게 무슨 묘책이 없느냐?"

태재太宰 위계강蔿啓疆이,

"안영은 응구첩대應口輒對를 잘한다고 합니다. 그러니 섣불리 나서서는 그에게 창피를 줄 수 없습니다. 그런즉 이러이러하게…… 하면 어떻겠습니까?"

하고 한동안 귀엣말로 아뢴다. 초영왕은 무슨 말을 들었는지 머리를 끄덕이면서 매우 흡족해했다.

그날 밤이었다.

위계강은 병졸들을 거느리고 영성郢城 동문으로 갔다. 그는 병졸들을 시켜 동문 바로 곁에다 겨우 5척이 될까 말까 한 구멍을 뚫었다.

그러고는 동문을 지키는 군사들에게 분부했다.

"제나라 사신이 오거든 성문을 열어주지 말아라. 그리고 저 뚫어놓은 구멍으로 들어오라고 하여라."

이튿날 새벽이었다. 제나라 안영은 떨어진 갖옷〔裘〕을 입고 털이 벗어진 당나귀가 이끄는 수레를 타고 영성 동문에 당도했다.

안영은 성문이 굳게 닫혀 있어서 들어가지 못하고 어자에게,

"네가 성문을 열어달라고 큰소리로 좀 외쳐보아라."

하고 분부했다. 어자가 큰소리로 문을 열라고 외쳤다. 그제야 성문 위로 초나라 수문군守門軍이 나타나 안영을 굽어보면서 말한다.

"제나라 대부는 성문 옆에 뚫어놓은 저 구멍으로 들어오십시오. 그런 조그만 몸으론 넉넉히 들어오고도 남습니다. 굳이 이런 성문까지 열 필요는 없습니다."

안영이 태연히 대답한다.

"저것은 개구멍이지 사람이 출입할 곳은 못 된다. 개의 나라에 왔다면야 개구멍으로 들어가야 하겠지만, 사람이 사는 나라에 왔다면 사람이 드나드는 문으로 들어가야 하지 않겠느냐?"

수문군은 대꾸할 말이 없었다. 그들은 초영왕에게 가서 안영이 하던 말을 보고했다.

초영왕이 분부한다.

"그를 희롱하려다가 도리어 희롱을 당했구나. 곧 문을 열어주고 성안으로 들게 하여라."

이에 안영은 영도성郢都城으로 들어가서 큰 거리를 따라가며 초나라 장안을 자세히 살펴봤다. 성곽은 높고 튼튼하며 시정市井은 빽빽이 들어차서, 터가 좋으면 인걸人傑이 난다는 격으로, 방

위方位가 강남江南의 승지勝地였다.

후세 사람인 소동파蘇東坡가 지은 「형문荊門」이란 시를 보아도 초나라의 풍경을 짐작할 것이다.

나그네가 삼협을 나서니
넓은 초나라 땅이 활짝 열린다.
북쪽 손님은 남쪽으로 몰려들고
돛대는 북쪽을 배경으로 하고 솟아 있다.
강물은 평야를 나누고
바람은 백사장을 맘껏 휘젓는다.
흥하고 망한 뜻을 물을 것인가
자고로 큰 성은 튼튼하니라.
游人出三峽
楚地盡平川
北客隨南度
吳檣隔蜀船
江侵平野斷
風掩白沙旋
欲問興亡意
重城自古堅

안영이 영도성 안을 구경하면서 가던 참이었다. 문득 저편에서 두 대의 병거가 큰 거리를 달려온다. 그 병거 위엔 특별히 뽑아서 보낸 듯한 키가 크고 수염이 긴 장수가 선명한 투구와 갑옷을 입고 손에 큰 활과 긴 창을 들었는데, 그 풍채는 마치 천신天神이 안영을 영접하러 나온 듯했다.

초영왕은 몸집이 조그만 안영을 비웃어주려고 일부러 체구가 장대한 그들을 보낸 것이었다.

안영이 마중 나온 두 장수를 꾸짖는다.

"나는 오늘 친선하러 온 것이지 싸우러 온 것이 아니다. 이런 처지에 군인이 무슨 소용 있느냐? 속히 물러서기 바라노라."

안영은 그들을 길 옆으로 물러서게 하고 수레를 몰아 바로 초궁楚宮으로 달려갔다.

조문 밖엔 이미 10여 명의 관원들이 각기 높은 관冠을 쓰고 넓은 띠를 두른 채 정중히 두 줄로 늘어서서 안영을 기다리고 있었다.

안영은 그들이 바로 초나라의 모든 호걸豪傑들인 것을 알고 황망히 수레에서 내렸다. 그 10여 명의 관원은 안영 앞으로 와서 일일이 읍揖했다. 그들과 안영은 초궁 안에서 기별이 나올 때를 기다리며 좌우로 나눠섰다.

그들 관원 중에서 한 사람이 안영에게 수작을 건다.

"대부가 바로 안영이 아니십니까?"

안영이 본즉 그 사람은 바로 투위구鬪韋龜의 아들 투성연鬪成然이었다. 투성연의 벼슬은 교윤郊尹이었다

안영이 대답한다.

"그렇소이다. 대부는 나에게 무슨 좋은 말씀이라도 일러주시려오?"

투성연이 말한다.

"내 듣건대, 제나라는 옛날에 강태공姜太公이 천자로부터 받은 나라라고 합디다. 그 병력은 진秦나라와 우리 초나라를 대적할 만하고, 재화는 노나라와 위나라에까지 유통되고 있다지요? 그런 나

라가 지난날 제환공이 한번 천하의 패권을 잡은 이후론 끊임없이 서로 임금 자리를 탐하여 피를 흘리고, 송나라나 진晉나라와 싸우기가 일쑤고, 이젠 아침에는 진나라를 섬겼다가 저녁엔 우리 초나라를 섬기기 위해서 임금과 신하가 사방으로 분주히 돌아다니기에 잠시도 쉴 여가가 없으니 참 딱하오. 지금 제후齊侯의 뜻이 제환공만 못할 리 없고 그대의 재주가 관중管仲만 못하지 않을 터인데, 임금과 신하가 서로 힘을 합쳐 천하에 경륜經綸을 크게 펴려고는 생각지 않고 도리어 제환공의 옛 패업을 모독하듯 큰 나라만 찾아다니며 복종하기에 급급한 모양이니, 나의 어리석은 소견으로는 참 이해할 수가 없구려."

안영이 소리를 높여 대답한다.

"대저 천하 대세에 대해서 마땅히 할 바를 아는 자가 바로 호걸이며, 기회機會와 변화變化에 따라 일을 성취시키는 자가 바로 영웅이라. 주周나라 법이 천하를 다스리지 못하게 되자 다섯 패후覇侯가 교대로 일어났던 것이오. 곧 제나라와 진晉나라는 중원 땅을 제패했고, 진秦나라는 서융 땅을 제패했고, 초나라는 남만 땅을 제패했음이라. 비록 그동안에 이렇듯 인재人材가 많이 났지만 그들 또한 천지 기운氣運에서 벗어나진 못했소. 저 진양공晉襄公은 큰 포부를 가진 이였지만 자주 외국의 침략을 받았으며, 진목공秦穆公은 나라를 강성히 일으켰지만 그 자손들이 다 약해빠졌으며, 그대의 나라도 초장왕楚莊王 이후론 늘 진晉나라와 오나라에 여러 가지 모욕을 당하고 있으니 어찌 우리 제나라만 탓하리오. 그러므로 우리 제나라 상감께선 천운天運의 성쇠盛衰를 아시고 오늘날 천하의 대세와 모든 변화의 기회를 통찰하시어 군사를 기르고 장수를 단련시키며 지금 때를 기다리시는 중이오. 오늘날 내가 친선 온 것은 이웃 나라 사이에 서로 오가는 예법을 지키기 위해서요. 그 예법은 서적書籍에 소상히 있는 바라. 그런데 그대는 어찌하여 나를 남의 나라로 돌아다니며 구걸이나 하는 사람으로 취급하오? 지난날 그대의 조상 투곡어도鬪穀於菟는 초나라 명신名臣으로서 천하 대세와 변화하는 기회를 알았거니, 그대는 바로 그분의 직계 자손이 아닌가? 어찌 이렇듯 몰상식한 말을 하오!"

투성연은 얼굴을 붉히고 물러섰다.

이번엔 좌반左班 중에서 한 선비가 나와 묻는다.

"그대가 천하 대세를 잘 알고 변화하는 기회에 통달했다고 자부한다면, 최저와 경봉이 난을 일으켰을 때 무얼 했소? 그때 제나라 신하로서 절개와 대의를 위해 죽은 자만 해도 무수했고, 다른 나라로 떠나가 난신亂臣들과 끝까지 타협하지 않은 사람도 많았소. 그런데 그대는 조상 때부터 제나라 녹祿을 먹어온 사람이거늘, 어찌하여 역적도 치지 못하고 벼슬도 버리지 못하고 대의를 위해서 죽지도 못한 채 구차스러이 부귀만 탐했는가?"

안영이 보니 그 사람은 바로 초나라 상대부上大夫인 양개陽匄였다.

안영이 즉시 대답한다.

"대저 큰 뜻을 품은 자는 조그만 절개에 구속되지 않는 법이오. 먼 앞날을 생각하는 자가 어찌 바로 눈앞의 일만 도모하리오. 내 듣건대 임금이 국가를 위해 죽을 땐 그 신하도 마땅히 따라서 죽어야 한다고 합디다. 그러나 우리 선군 제장공齊莊公은 국가를 위해서 죽은 것은 아니었소. 그때 따라 죽은 사람으로 말할지라도, 그들은 평소 개인적으로 은총恩寵을 받은 자들이었지 국가를 위해서 목숨을 버린 자들은 아니었소. 내가 비록 재주는 없지만, 자기 일신一身을 위해서 임금에게 아첨하고 임금의 총애를 받던 그런 무리와 함께 목숨을 버림으로써 스스로 자기 이름을 더럽힐 수야 있겠소? 또한 나라의 신하 된 자는 국가가 변란을 당했을 때 국가의 위기를 건질 만하면 이를 도모해야 할 것이며, 만일 그럴 만한 능력이 없을 때엔 국가를 버리고 다른 나라로 떠나갈 수도 있는지라. 그러나 내가 제나라를 떠나지 않았던 것은 새로 임금을 세우고 종묘사직을 보호하기 위해서였지 결코 벼슬 자리를 탐한 것은 아니었소. 만일 모든 사람이 다 다른 나라로 떠나가버렸다면 장차 제나라 꼴은 무엇이 됐겠소? 더구나 오늘날 같은 세상에선 임금에 대한 변란이란 어느 나라고 간에 흔히 있는 일들이오. 그대에게 묻노니, 과연 지금 초나라 조정에 있는 제공諸公들은 다 역적을 치고 대의를 위해서 죽을 수 있는 사람들이라고 생각하오?"

안영의 말 속엔 날카로운 뜻이 담겨 있었다. 초영왕이 지난날에 그 임금을 죽였을 때, 당시 모든 신하는 역적인 초영왕을 임금으로 받들어 모셨던 것이다. 곧 너희들은 남을 책망할 줄만 알지 자기 자신을 반성할 줄은 모르지 않느냐는 뜻이었다. 그래서 양개는 아무 답변도 못하고 물러섰다.

이번엔 우반右班 중에서 한 사람이 나와 안영에게 묻는다.

"그대는 새로이 임금을 세우고, 종묘사직을 보호했다지만 그건 지나친 과장이오. 최저와 경봉이 서로 난을 일으키고 난欒·고高·진陳·포鮑 네 씨족들이 싸웠을 때도 그대는 중립적인 태도를 취하며 구경만 했지, 하등의 적극적인 대책을 세우진 못했소. 천하 만사는 다 사람과 사람의 힘으로 된다는데, 그래 국가에 충성을 다한다는 자가 겨우 그 정도로 만족할 수 있단 말이오?"

안영이 보니 그는 바로 우윤右尹 벼슬에 있는 정단鄭丹이었다.

안영이 웃으며 대답한다.

"그대는 하나만 알고 과연 둘을 모르는도다. 최저와 경봉이 일을 꾸밀 때도 그러했거니와 네 씨족의 파쟁派爭에도 오직 안영 나 하나만이 그들의 당쟁에 휩쓸려 들어가지 않고 임금의 곁에 있으면서, 혹은 강하게 혹은 부드럽게 사세를 보아서 움직였소. 이는 오로지 임금과 국가를 지키기 위해서 전력을 기울인 것이거늘 어찌 방관적인 중립자의 태도라고 하는가?"

좌반左班 중에서 또 한 사람이 나서며 말한다.

"대장부가 시국을 바로잡고 임금을 잘 모시려면 반드시 대규모의 재주와 계략이 있어야 할지라. 그러나 내가 보기에 그대는 보잘것없고 인색한 인물에 불과하오."

안영이 보니 그는 바로 태재 위계강이었다.

안영이 묻는다.

"그대는 어찌하여 나를 보잘것없고 인색한 사람이라 하오?"

위계강이 대답한다.

"대장부가 임금을 섬겨 정승政丞의 귀貴를 누리면, 마땅히 좋은 의복을 입고 타고 다니는 수레와 말을 호화롭게 장식하여 그 임금의 총애함을 나타내야 할 것이오. 그런데 어찌하여 그대는 떨어진 갖옷과 비루먹은 말이 이끄는 수레를 타고 남의 나라에 왔소? 나라에서 그대에게 주는 녹이 넉넉지 못한 때문인지요? 소문에 듣건대 그대는 여우 가죽으로 만든 갖옷 한 벌을 30년 동안이나 입었다 하며, 또한 제사를 지낼 때면 제기祭器도 가리지 못할 정도로 조그만 돼지고기를 놓는다고 하니 참으로 옹졸하고 인색한 사람이 아니고 무엇이오?"

안영이 손바닥을 쓰다듬으면서 큰소리로 웃는다.

"그대의 소견은 어찌 그리 좁소? 내가 제나라 정승의 자리에 있은 후로 부족父族은 모두 갖옷을 입고 모족母族도 다 육식肉食을 하며, 심지어 처족妻族까지도 배고프고 헐벗는 사람이 없소. 또 내가 명령만 하면 수족처럼 움직이는 초야草野의 선비가 70여 집이나 있소. 비록 내 집은 검소하지만 삼족三族이 다 넉넉히 살고, 내 자신은 인색한 것 같지만 모든 선비가 별로 부족을 느끼지 않으니 이만하면 임금의 사랑을 선양宣揚함이라. 이 또한 크지 않은가!"

말이 끝나기도 전에 우반 중에서 또 한 사람이 나와 손가락으로 안영을 가리키며 껄껄 웃는다.

"내 듣건대 옛날 어진 임금인 성왕成王과 탕왕湯王은 키가 9척이었고, 진晉나라 공손지公孫枝는 능히 만부萬夫도 당적할 만한 거인으로서 명장名將이 되었는지라. 자고로 밝은 임금과 통달한 선비란 다 그 용모와 풍신이 거대하고 뛰어나며, 그 용기가 한 시대를 눌렀다고 하오. 그래서 능히 큰 공로를 세우고 후세에 그 이름을 남겼소. 한데 이제 그대의 키로 말하면 겨우 5척이 못 되며, 힘은 닭 한 마리도 잡지 못할 정도건만 공연히 입만 놀려 능사能事를 삼고 그러면서도 부끄러워할 줄을 모르는구려."

안영이 보니 그 사람은 바로 공자 진眞의 손자인 낭와囊瓦였다. 낭와는 바로 초영왕의 차우車右 벼슬에 있었다.

안영이 가벼이 미소를 지으며 대답한다.

"내 듣건대 저울의 추는 비록 작지만 능히 천근의 무게를 달며, 배[舟]의 노櫓는 길지만 결국 물 속에 들어가 있는 부분이 많은지라. 교여僑如는 키가 컸지만 노나라에서 죽음을 당했고, 남궁만南宮萬은 힘이 천하장사였지만 송나라에서 죽음을 당했소. 그대도 보아하니 키가 크고 힘이 꽤 센 모양이나 그들과 견주어 별로 다를 것이 없는 것 같소. 물론 이 안영은 아는 것도 없으려니와 능한 것도 없소. 그대들이 묻기에 대답한 것뿐이오. 내 어찌 입을 놀릴 리 있으리오."

낭와는 무색해서 아무 대답도 못했다.

이때 한 사람이 나와서 알린다.

"영윤令尹 위파蒍罷께서 나오시오."

모든 관원이 두 손을 끼고 영윤 위파를 영접한다.

영윤 위파와 함께 나온 오거가 안영에게 정중히 읍하고 모든 대부를 가벼이 꾸짖는다.

"안영은 제나라의 어진 선비시라. 그대들은 어찌 함부로 언변言辯을 부려 실례를 하오?"

이윽고 초영왕이 나타나 전상殿上에 올랐다. 영윤 위파는 안영을 데리고 전각殿閣으로 들어가서 초영왕을 뵈옵게 했다.

초영왕이 안영을 굽어보고 묻는다.

"그래, 제나라엔 원래 인물이 없소?"

안영이 대답한다.

"우리 제나라엔 한 번 기침만 해도 구름을 일으키고 한 번 땀을 흘리면 비를 내릴 수 있는 그런 정도의 인물이 걸으면 서로 어깨가 맞닿고 서면 서로 앞뒤에 있을 만큼 많은데, 어찌하여 사람이 없느냐고 물으십니까?"

"그렇다면 어째서 그대처럼 조그만 사람이 우리 나라에 친선하러 왔는가?"

안영이 태연히 대답한다.

"우리 제나라는 다른 나라에 사람을 보내는 데도 법이 있습니다. 현명한 사람은 현명한 나라로 보내고, 못난 사람은 못난 나라로 보냅니다. 곧 대인大人은 큰 나라로 보내고, 소인小人은 조그만 나라밖에 보내지 않습니다. 신은 제나라 인물들 중에서도 소인에 불과하며 가장 못난 축에 듭니다. 그러므로 우리 상감께선 신을 초나라로 보내셨습니다."

초영왕은 이 말을 듣고 부끄럽기도 하고 놀랍기도 했다.

안영이 사절의 임무를 마쳤을 때였다.

이때 마침 교외 백성이 궁에 와서 합환귤合歡橘을 진상했다. 초영왕은 그중에서 한 개를 안영에게 하사했다. 안영이 합환귤을 벗기지 않고 껍질째 먹는다.

이를 보고 초영왕이 손뼉을 치면서 웃는다.

"제나라 사람은 귤도 먹을 줄 모르는가? 어째서 껍질도 벗기지 않느냐?"

안영이 대답한다.

"신이 듣건대 임금이 하사하신 과일은 그냥 먹는 법이라고 하옵니다. 이제 대왕께서 하사하신 이 귤은 바로 우리 임금이 하사하신 것이나 다름없다고 신은 생각합니다. 그러므로 대왕께서 벗겨 먹으라는 분부가 없으신데 어찌 맘대로 껍질을 벗길 수 있겠습니까?"

이 말을 듣자 초영왕은 자기도 모르는 사이에 벌떡 일어서서 안영에게 공경하는 뜻을 표했다. 그리고 안영을 윗자리[上座]에 앉게 한 뒤에 시신侍臣에게 술을 내오라고 분부했다.

조금 지났을 때였다.

이번엔 무사 서너 명이 한 죄수를 결박지어 가지고 전각殿閣 밑을 지나간다.

이를 보고 초영왕이 묻는다.

"끌고 가는 죄수는 어디 놈이냐?"

무사들이 대답한다.

"예, 제나라 사람입니다."

"그놈이 무슨 죄를 저질렀느냐?"

"도적질을 했습니다."

초영왕이 안영을 돌아보고 묻는다.

"제나라 사람은 다 도적질하는 버릇이 있는가?"

안영은 초영왕이 자기를 조롱하려고 연극을 꾸민 걸 알고 머리를 조아리며 대답한다.

"신이 듣건대 강남엔 귤이 난다고 합니다. 그러나 그것을 강 북쪽으로 옮겨 심으면 귤이 열리지 않고 탱자가 열립니다. 그것은 토질土質이 다르기 때문입니다. 제나라에 사는 사람은 도적질을 모릅니다. 그런데 제나라 사람이 초나라에 오면 도적질을 합니다. 초나라 기후와 토질이 그렇기 때문입니다. 그러니 우리 제나라와는 아무 상관이 없습니다."

초영왕은 한참 만에야,

"과인은 본시 그대를 모욕하려 했는데, 이제 그대에게 도리어 모욕을 당하는구나."

하고 예로써 안영을 후대했다. 안영은 초영왕의 융숭한 대접을 받고 사명을 마친 후 제나라로 돌아갔다.

제경공은 안영이 초나라에 가서 제나라의 위신을 선양하고 돌아온 데 대해서 그 공로를 가상히 여기고 다시 상상上相의 벼슬을 내린 뒤, 천금짜리 갖옷을 하사하고 많은 땅을 주었다. 그러나 안영은 굳이 사양하고 받지 않았다. 제경공은 안영의 집을 더 크게 지어주려고 했다. 안영은 이 또한 끝까지 사양했다.

어느 날이었다.

제경공이 안영의 집으로 행차했다. 안영의 아내도 나와서 제경공을 영접했다.

제경공이 안영에게 묻는다.

"저 여인이 경의 아내인가?"

"그러하옵니다."

"너무나 늙고 못났도다. 과인의 딸이 젊고 아름다우니 그대에게 주리라."

안영이 대답한다.

"여자가 시집가서 남자를 섬기는 마음은, 다음날 늙고 보기 싫어질지라도 버리지 말아달라는 부탁과 믿음입니다. 신臣의 아내가 비록 늙고 보기 싫으나, 이미 신은 아내로부터 그런 부탁과 믿음을 받았습니다. 이제 와서 어찌 동고동락同苦同樂한 아내를 저버릴 수 있겠습니까."

제경공이 감탄한다.

"경은 아내를 저버리지 않는구나! 그러니 더구나 임금을 저버릴 리 있으리오."

그후로 제경공은 안영을 더욱 신망했다.

# 진晉의 세勢는 다하고

주경왕周景王 12년에 초영왕楚靈王은 진陳과 채蔡 두 나라를 초나라 영토로 삼고, 허許·호胡·심沈·도道·방房·신申 등 조그만 여섯 나라 임금을 형산荊山으로 몰아냈다. 그래서 여섯 나라 백성들은 사방으로 흩어지고 도로마다 슬픔과 원성이 자자했다.

초영왕은 손만 내밀면 금세 천하가 다 자기 것이 될 줄로만 믿고 장화궁章華宮에서 밤낮 잔치를 베풀고 즐겼다.

초영왕이 명을 내린다.

"곧 주周나라로 사신을 보내어 주 천자天子가 천자의 상징으로 가지고 있는 구정九鼎(아홉 개의 솥)을 우리 초나라로 옮겨오너라!"

우윤右尹 정단鄭丹이 아뢴다.

"지금 제齊·진晉 두 나라가 아직도 강하고, 또 오吳·월越 두 나라는 아직까지 우리에게 복종하지 않고 있습니다. 비록 주나라는 우리 초나라가 두려워서 구정을 내줄지 모르지만, 모든 나라 제후는 그냥 구경만 하지 않고 다 들고일어나서 우리 나라를 칠 것입니다."

초영왕이 큰소리로 외친다.

"과인이 깜빡 잊어버릴 뻔했구나! 지난날 신申나라에서 회會를 열었을 때, 나는 서徐나라 임금의 죄를 용서해주고 그들과 함께 오나라를 쳤다. 그때 서나라 임금은 오나라를 좋아했기 때문에 우리 초나라를 위해서 힘껏 싸우지 않았다. 내 이제 먼저 서나라를 쳐서 무찌르고 그 다음에 오나라를 쳐서 강동江東 땅을 다 과인의 속국으로 삼으리라. 그러면 우리 초나라는 곧 천하의 반을 차지하게 된다."

이에 초영왕은 위파와 채유蔡洧로 하여금 세자 녹祿을 도와 나라를 지키게 하고, 친히 병거와 군마軍馬를 사열하고 연후에 군사를 거느리고서 동쪽 지방을 순수巡狩하며 영수潁水 가에 이르렀다.

초영왕은 사마司馬 독督에게 병거 300승을 주어 서나라를 치게 했다. 초나라 군사는 물밀듯이 서나라로 쳐들어가 곧 서성徐城을 포위했다.

한편 초영왕은 대군을 거느리고 건계乾谿 땅에 둔치고서 하회를 기다렸다.

이때가 바로 주경왕 15년이며, 초영왕 11년이었다.

마침 겨울이었는데, 그해에 유난히 큰눈이 내려 3척 남짓이나 쌓였다.

여기에 옛 시를 인용해서 그 당시를 회상해보기로 한다.

구름은 하늘을 덮고 바람은 울부짖는데
거위털 같은 함박눈이 펄펄 날리도다.

순식간에 모든 산은 푸른빛을 잃고
평지마다 은빛 파도가 일어나도다.
彤雲蔽天風怒號
飛來雪片如鵝毛
忽然群峯失靑色
等閒平地生銀濤


모든 나무의 찬 둥지에 새들도 얼어죽는 판이니
화로는 있으나마나, 두터운 갖옷으로도 어한이 안 되도다.
이럴 때 싸움 마당에 선 군사들의 고생이 오죽하랴
쇠옷이 얼어붙으니 어찌할꼬.
千樹寒巢僵鳥雀
紅爐不煖重裘薄
此際從軍更可憐
鐵衣氷凝愁難著


초영왕이 좌우 장수에게 분부한다.

"날씨가 매우 춥구나. 지난날 진秦나라가 과인에게 바친 복도구復陶裘와 취우피翠羽被를 가지고 오너라. 추워서 입어야겠다."

초영왕은 좌우 장수가 가져다준 복도구와 취우피를 입고, 머리에 피관皮冠을 쓰고, 발에 표석豹舃을 신고, 손에 자사편紫絲鞭을 잡고 장막帳幕을 나와 설경雪景을 바라봤다.

우윤 정단이 뒤따라나왔다.

초영왕이 관冠과 복도구 등을 벗어 정단에게 주고 혼잣말로 중얼거린다.

"이거 몹시 춥구나!"

정단이 대답한다.

"왕께선 두터운 갖옷을 입으시고 털로 된 신을 신은 채 호장虎帳 안에 계시면서도 오히려 추워하시니 짧은 옷을 입고, 쇠로 만든 투구와 갑옷을 입고, 무기를 들고, 풍설風雪 속에서 싸우는 군사들의 고생이야 어떻겠습니까? 왕께선 국도國都로 돌아가셔서 서나라를 치는 군사들을 소환하시고, 일기가 화창할 때를 기다려 내년 봄에 다시 적을 치도록 하십시오."

"그대의 의견이 매우 좋긴 하나, 과인은 지금까지 다른 나라를 칠 때 한번도 후퇴해본 일이 없다. 조금만 더 기다리면 반드시 사마司馬 독으로부터 승첩勝捷했다는 소식이 올 것이다."

정단이 부드러운 목소리로 아뢴다.

"그러나 지난날의 진陳·채蔡 두 나라와 오늘날의 서나라는 경우가 다릅니다. 우선 진과 채는 우리 초나라에서 가깝고 서나라는 우리 나라에서 동북쪽으로 3,000리나 떨어져 있으며, 더구나 그들은 오나라 세력을 등에 업고 있는 나라입니다. 만일 왕께서 서나라를 무찌르려는 욕심만으로 삼군三軍을 오래도록 먼 곳에서 싸우게 두면 결국 그들은 추위와 굶주림에 배겨날 수 없을 것입니다. 뿐만 아니라 군사가 없는 틈을 타서 만일 국내에 변란이라도 일어난다면 어찌하시렵니까?"

초영왕이 껄껄 웃는다.

"천봉술穿封戌은 진陳나라를 다스리고, 공자 기질棄疾은 채나라를 다스리고, 오거伍擧는 세자를 도와 나라를 지키고 있으니 이것이 바로 삼초三楚라. 그들이 있는 한 내 무엇을 염려하리오."

이때 좌사左史 의상倚相이 초영왕 앞을 지나간다.

초영왕이 정단에게 말한다.

"저 좌사 의상은 박식한 선비다. 삼분三墳(삼황三皇의 책), 오전五典(오제五帝의 책), 팔색八索(팔괘八卦에 관한 설說), 구구九邱(중국의 구주지九州志)를 모르는 것 없이 다 알고 있다. 그대는 의상에게 물어보라. 의상도 반드시 과인의 뜻과 같으리라."

정단이 대답한다.

"왕께선 잘못 생각하고 계십니다. 옛날에 주목왕周穆王이 팔준마八駿馬를 타고 천하를 두루 돌아다녔을 때, 제공祭公 모부謀父는 기초祈招(기祈는 오늘날 사령관으로서 사마司馬 벼슬이며 초招는 인명)의 시를 지어 주목왕에게 간했습니다. 그때 주목왕은 그 시를 듣고 즉시 장안長安으로 돌아갔기 때문에 변란을 미연에 방지했다고 합니다. 신이 지난날 의상에게 그 기초의 시를 아느냐고 물었더니 의상은 그 시를 모르고 있었습니다. 본조本朝에 있었던 일도 모르는 그가 어찌 미래를 알겠습니까?"

초영왕이 묻는다.

"기초의 시란 무엇인가? 그대는 과인을 위해서 능히 그 시를 외울 수 있겠느냐?"

"예, 신은 그 시를 외울 수 있습니다."

그 시는 이러했다.

사마司馬가 거느리는 군사가 편안하고 화평하니
이는 다 우리 천자의 큰 덕 때문이시라.
천자께서 우리 백성을 생각하심이여
옥돌과 황금처럼 귀중히 여기시는도다.
항상 우리 백성의 힘을 아끼시기 때문에

천자는 허영과 욕심을 부리지 않으시는도다.
招之憭憭
式昭德音
思我王度
如玉如金
恤民之力
而無醉飽之心


초영왕은 정단이 기초의 시를 인용해서 자기에게 간하는 줄 알고 아무 대답도 하지 않았다. 한참 만에야 초영왕이 대답한다.

"경은 물러가라. 과인이 생각해보겠다!"

그날 밤에 초영왕은 장차 사람을 보내어 군사를 소환하고 회군回軍하기로 결심했다.

이튿날 아침이었다.

한 군사가 사마 독의 보고를 가지고 달려왔다.

"우리 초군은 연전연승連戰連勝하고 마침내 서성을 완전히 포위했습니다."

"머지않아 서나라가 함몰되겠구나!"

이에 초영왕은 다시 생각을 바꿔 그냥 건계乾谿 땅에 주둔하기로 했다.

초영왕은 그 이듬해 봄까지 건계 땅에서 날마다 짐승 사냥을 하며 즐겼다. 또 건계 땅에다 대臺를 쌓고 궁宮을 지었다. 그는 본국으로 돌아갈 생각은 하지도 않았다.


한편, 채나라 대부 공자 귀생歸生의 아들 조오朝吳는 총독總督

으로 와 있는 초나라 공자 기질을 끔찍이 섬겼다. 그러면서도 속으론 채나라를 다시 독립시키려고 늘 관종觀從과 상의했다.

어느 날이었다.

관종이 조오에게 속삭인다.

"초왕이 군사를 거느리고 먼 곳으로 갔으니, 좀처럼 속히 돌아오지는 못할 것이오. 지금 초나라는 속이 비어 있소. 더구나 사방에서 초나라를 원망하는 원성이 극도에 달했소. 이는 하늘이 초나라를 망치려는 것이오. 이런 좋은 기회를 놓친다면 우리 채나라는 영영 독립할 수 없을 것이오."

조오가 묻는다.

"그럼 장차 어떤 계책을 써야겠소?"

관종이 더욱 조그만 목소리로 속삭인다.

"초왕은 지난날에 선왕을 죽이고 왕이 된 사람이오. 그래서 초왕의 동생인 공자 간干과 공자 석晳과 공자 기질은 다 속으로 그 형인 초왕을 미워하고 있소. 이 세 공자는 힘이 없어서 아직 홀로 거사를 못하고 있는 형편이오. 그러니 우리가 공자 간과 공자 석을 일단 우리 채나라로 불러들여 이러이러…… 하면 초나라를 뒤엎을 수 있으며, 그렇게 되면 초왕은 죽었지 별수 없소이다. 이리하여 초나라 왕이 바뀌면 우리 채나라도 자연히 독립할 수 있소."

조오는 그 계책을 좇아 우선 망명 중인 두 공자에게 관종을 보냈다.

관종은 진晉나라에 가서 망명 중인 초나라 공자 간을 만나보고, 다음엔 정鄭나라에 가서 공자 석을 만나보고 똑같은 거짓말을 했다.

"지금 공자의 아우님 되시는 공자 기질께서 채나라를 통솔하고 있다는 것은 들어서 아시리라고 믿습니다. 지금 공자 기질께선 진

陳·채 두 나라 군사를 동원시켜 두 공자를 초나라로 귀국시킬 생각으로 특별히 저를 보내셨습니다. 그러니 두 공자는 속히 채나라로 가셔서 아우님인 공자 기질과 만나보시고 장차 초왕을 없애버릴 일을 서로 의논하십시오."

이에 두 공자는 득의만만하여 각기 진나라와 정나라를 떠나 동생인 공자 기질을 만나보려고 채나라로 향했다.

이때 관종은 한걸음 앞서 채나라로 돌아가 조오에게 다녀온 경과를 보고했다. 조오는 즉시 교외에 나가서 기다리다가 두 공자를 영접했다.

"먼 길을 오시느라고 수고하셨습니다. 사실 공자 기질께서 두 공자를 초청한 것은 아닙니다. 하지만 두 분은 낙심 마시고 스스로 힘써 일을 성취시켜야 합니다."

이 천만 뜻밖의 말을 듣고 공자 간과 공자 석은 얼굴이 파랗게 질렸다.

조오가 계속 말한다.

"지금 초왕은 허욕을 즐기느라 초나라에 돌아오지도 않고 있습니다. 그래서 지금 초나라는 군사도 없고 아무런 방비도 없습니다. 지금 초나라엔 우리 채나라의 신하였던 채유蔡洧가 그 아버지의 원수를 갚으려고 기회를 기다리면서 초나라 벼슬을 살고 있습니다. 또 지금 초나라에 있는 교윤交尹 투성연鬪成然으로 말할 것 같으면, 지금 우리 채나라를 다스리고 있는 공자 기질과 자별한 사이입니다. 공자 기질께서 이 일을 거사하기만 하면, 투성연이 초나라 안에서 반드시 내응內應할 것입니다. 게다가 지금 천봉술穿封戍이 비록 진陳나라를 다스리고 있지만, 그 역시 속으론 초왕을 좋아하지 않는 형편입니다. 그러므로 만일 공자 기질이 부르기만 하면 천봉술은 곧 와서 우리를 도울 것이며, 이리하여 우리가 진나라와 채나라에 있는 모든 군사를 거느리고서 텅 빈 초나라를 무찌르기만 하면 쉽사리 성공할 수 있습니다. 그러니 공자들께선 조금도 염려 마십시오."

이렇듯 이해利害를 따져서 말하는 조오의 계책을 듣고 공자 간과 공자 석은 비로소 마음을 놓았다.

"원컨대 끝까지 우리 형제를 잘 지도해주기 바라오."
하고 두 공자는 조오에게 부탁했다. 조오는 짐승을 잡아 두 공자와 함께 입술에 희생의 피를 바르고 앞일을 맹세했다.

"억울하게 죽은 초나라 전왕前王(초왕楚王 웅균熊麇) 겹오郟敖의 원수를 갚기 위해서 우리 세 사람은 엄숙히 맹세하노라."

세 사람은 서로 이렇게 맹세했으나 서서誓書에는 공자 기질의 이름을 맨 먼저 쓰고, 그 다음에 공자 간, 공자 석, 조오의 이름을 차례로 썼다. 그리고는 희생 위에다 그 서서를 얹어서 땅속에 묻었다.

맹세가 끝나자 공자 간과 공자 석은 조오의 부하들에게 안내를 받아 채성蔡城으로 들어갔다.

채공蔡公 공자 기질은 아침 식사를 하다가, 천만 뜻밖에도 타국에 망명 중인 두 형이 뜰 안으로 들어오는 걸 보고서 화들짝 놀라 몸을 피하려고 일어섰다. 한발 앞서 먼저 들어온 조오가 몸을 피하려는 공자 기질의 소매를 잡고 말한다.

"일이 이미 이쯤 됐는데 공자는 어디로 가시려 합니까?"

그러는 동안에 공자 간과 공자 석이 달려와서 동생인 공자 기질을 덥석 안고 방성통곡한다.

"초왕은 형과 조카를 죽이고 우리 형제까지 타국으로 내쫓고 왕이 된 역적이다. 동생아, 이게 몇 해 만이냐! 이제 우리 두 사람은 너의 병력을 빌려 형님의 원수를 갚으려고 왔다. 우리 삼형제가 형님의 원수를 갚는 날엔 너에게 초나라 왕위를 주마!"

공자 기질은 갑자기 두 형이 나타나서 이러고 말하는 데엔 얼른 뭐라고 대답할 수가 없었다.

"두 형님께선 울음을 멈추십시오. 조용히 서로 상의하기로 합시다."

삼형제는 함께 앉아 식사를 했다.

조오가 모든 관리와 장병들에게 큰소리로 외친다.

"채공 공자 기질께서 이번에 형님 되시는 두 공자를 부르신 것이오. 큰일을 도모하기 위하여 세 분은 이미 교외에서 맹세까지 마쳤소. 이제 앞으로 두 공자부터 초나라로 들어가시게 할 작정이오."

이 말을 듣고 공자 기질이 깜짝 놀라 조오를 말린다.

"그런 거짓말로 나를 모략하지 마오."

조오가 태연히 큰소리로 대답한다.

"조금 전에 교외에서 희생과 서서誓書까지 묻는 걸 많은 사람들이 봤습니다. 공公은 이 일을 더 이상 감추려 하지 마십시오. 속히 일을 성취하고 함께 부귀를 누리는 것이 상책입니다."

그리고 조오는 시정市井으로 나갔다. 그가 많은 백성들 앞에서 또 소리 높이 외친다.

"무도한 초왕은 우리 채나라를 망쳤다. 이번에 채공 공자 기질께선 특히 우리 나라를 동정하사, 나에게 우리 채나라를 독립시키겠다고 약속하셨다. 우리는 다 채나라 백성이 아니냐! 어찌 나라가 망하고 종묘의 제사가 폐지된 것을 참을 수 있으리오. 너희들은 다 나와 채공 공자 기질을 따라 두 공자와 함께 일제히 우리의 원수 초나라로 쳐들어가자!"

채나라 백성들은 조오의 말을 듣자 일제히 소리를 지르며 열렬히 호응했다. 백성들은 각기 손에 칼을 들고 채공 공자 기질이 있는 관가로 몰려갔다.

조오가 공자 기질이 거처하는 방으로 들어가서 청한다.

"보시는 바와 같이 민심이 하나로 뭉쳤습니다. 속히 저들을 위로하고 명령을 내려 저들을 쓰십시오. 그렇지 않으면 변란이 일어납니다."

공자 기질이 묻는다.

"어쩌자고 그대는 나를 호랑이 등에 타라고 조르는가? 장차 이 일을 어찌할 셈이오?"

조오가 대답한다.

"두 공자는 교외에서 준비를 서두르고 있습니다. 속히 채나라 백성을 총동원하십시오. 나는 이 길로 진陳나라에 사람을 보내어 진공陳公 천봉술을 타일러 군사를 일으키도록 하겠습니다."

이젠 어쩔 수가 없었다. 마침내 공자 기질은 조오의 계책을 따르기로 결심했다.

이리하여 공자 간과 공자 석이 거느리고 온 심복 부하와 공자 기질 일파는 완전히 합세했다.

동시에 조오는 관종觀從을 진陳나라로 보내어 진공 천봉술을 설복시키도록 했다. 관종이 밤낮없이 진나라로 말을 달려 가던 도중이었다.

그는 도중에서 우연히 진나라 사람 하설夏齧을 만났다. 하설은 바로 하징서夏徵舒의 현손玄孫뻘 되는 사람으로 일찍부터 관종과는 서로 잘 아는 처지였다.

관종은 하설에게 지금 채나라가 독립하려고 이미 일을 시작했다는 것을 말했다.

하설이 관종에게 말한다.

"나도 진공 천봉술 밑에서 일을 보며 어떻게 하면 우리 진나라가 독립할 수 있는지를 늘 생각했소. 진공 천봉술은 오래 전부터 병으로 드러누워 지금 일어나지 못하고 있소. 그러니 진공을 만나러 진나라까지 갈 필요는 없소. 내 마땅히 진나라 사람을 거느리고 그대들의 일을 돕겠소. 우리는 힘을 합쳐 초나라 지배에서 벗어나 각기 나라를 독립시킵시다."

그래서 관종은 다시 채나라로 돌아가서 채공 공자 기질에게 이 사실을 보고했다.

이에 조오는 다시 밀서 한 통을 써서 밀사密使에게 내줬다. 밀사는 초나라에 가서 초나라 벼슬을 살고 있는 채유에게 그 밀서를 전하고 내응할 것을 부탁했다.

마침내 채공 공자 기질은 가신家臣인 수무모須務牟를 선봉으로 삼고, 사패史狽를 부장副將으로 삼고, 관종을 향도鄕導로 삼고 정예 부대를 거느리고서 먼저 초楚나라로 출발하려던 참이었다.

마침 이때 진나라 하설이 진나라 백성들을 거느리고 채나라 성으로 들어왔다.

하설이 채공 공자 기질에게 말한다.

"천봉술은 이미 병으로 죽었습니다. 저는 진나라 백성들에게 대의大義를 말하고 특별히 이번 의거를 돕고자 그들을 거느리고 왔습니다."

공자 기질은 아주 기뻐하며 하설을 환영하고 명을 내렸다.

"그러면 조오는 채나라 사람들을 거느리고 우군右軍이 되고,

하설은 진나라 사람을 거느리고 좌군左軍이 되시오. 이젠 일각도 지체할 수 없소. 즉시 출발합시다."

이리하여 그들은 채나라 성을 떠나 밤낮을 가리지 않고 초나라 도읍 영도郢都로 진군했다.

한편, 초나라에 있는 채유는 조오의 밀서를 받고 이제야 아버지의 원수를 갚을 때가 왔다고 기뻐했다. 그후 채유는 공자 기질의 군사가 왔다는 보고를 받고 즉시 심복 부하를 성 밖으로 보내어 그들을 영접했다. 평소부터 공자 기질을 사모하던 투성연도 교외까지 나가서 그들을 영접했다.

이때 영윤 위파는 국내에 있는 약간의 군사를 소집하고 성문을 굳게 지킬 작정이었다.

그러나 그땐 이미 채유가 성문을 열고 채나라에서 온 군사를 영접해들인 후였다. 영성郢城에 들어온 선봉 수무모가 네거리에서 초나라 백성들에게 큰소리로 외친다.

"공자 기질께선 이미 건계乾谿 땅을 쳐서 초왕을 잡아죽이고 지금 대군을 거느리고 성 밖에 당도하셨다!"

원래 초나라 백성들은 초영왕의 무도함을 미워했다. 그들은 모두 공자 기질을 왕으로 모시고 싶어하던 차라 아무도 거역하지 않았다.

사태가 이에 이르자 영윤 위파는 세자 녹을 모셔내어 다른 나라로 달아날 작정을 했다. 그러나 이땐 이미 수무모가 초나라 왕궁을 포위한 후였다. 그래서 위파는 세자를 모시러 궁으로 가지도 못하고 자기 집으로 돌아가서 칼을 물고 자살했다.

참으로 애달픈 일이었다!

호증 선생이 시로써 이 일을 탄식한 것이 있다.

당을 지어 주인을 섬긴다며 자랑하더니
초나라 도읍이 이렇듯 무너질 줄이야 뉘 알았으리오.
만일 저 세상에서 겹오와 만난다면
위파여, 너는 무슨 면목으로 옛 임금을 대하겠느냐?
漫誇私黨能扶主
誰料强都已釀奸
若遇郟敖泉壤下
一般惡死有何顏


　채공 공자 기질은 군사를 거느리고 곧 뒤따라 왕궁으로 쳐들어
가서 조카인 세자 녹과 공자 파적罷敵 형제를 잡아죽였다.
　연후에 공자 기질은 왕궁을 말끔히 소제시키고 공자 간을 받들
어 왕위에 세우려고 했다. 그러나 공자 간은 왕위를 사양했다.
　채공 공자 기질이 권한다.
　"장유長幼가 다르니 사양하지 마십시오. 형님이 왕위에 오르셔
야 합니다."
　이에 공자 간이 마침내 초나라 왕위에 올랐다. 그리고 공자 석
은 영윤令尹이 되고, 공자 기질은 사마司馬가 됐다.
　그날 밤이었다.
　조오가 공자 기질에게 조그만 소리로 묻는다.
　"이번 의거는 공자가 일으켰는데 어째서 왕위를 형님에게 사양
하셨습니까?"
　공자 기질이 대답한다.
　"아직도 영왕靈王이 건계에 살아 있다는 걸 알아야 하오. 그런
만큼 아직 이 나라의 운명이 완전히 정해진 건 아니오. 또 형이 둘

이나 있는데 내가 동생으로서 왕위에 오르면 사람들이 나에게 호감을 갖지 않을 것이오."

조오가 머리를 끄덕이며 공자 기질에게 계책을 말한다.

"지금 영왕의 군졸들은 오래도록 고향 산천을 떠나 있으니 만큼 반드시 고국으로 돌아오고 싶은 생각이 간절할 것입니다. 그러니 사람을 보내어 이해로써 타이르고 그들을 소환하면 군사들은 틀림없이 영왕을 버리고 뿔뿔이 흩어질 것입니다. 그런 후에 공자께서 대군을 거느리고 가면 영왕을 가히 사로잡을 수 있습니다."

공자 기질은 여러 번 머리를 끄덕였다.

이에 관종이 조오의 지시를 받고 건계 땅에 가서 초나라 군졸들에게 선포한다.

"공자 기질께서 이미 초나라에 들어오사 영왕의 두 아들을 죽이고 지금 공자 간이 왕위에 오르셨다. 이번 신왕新王의 명령을 그대들에게 전하노라. 먼저 초나라로 돌아오는 자에겐 그 사유 재산을 인정하지만, 만일 뒤늦게 돌아오는 자는 다 코를 베어 처벌할 것이다. 또 만일 영왕을 따르는 자는 그 죄가 삼족三族까지 미칠 것이며, 혹 영왕에게 음식을 주는 자가 있으면 그자의 죄도 역시 삼족에게까지 미치리라."

이 말을 듣고 군졸들은 그날로 그 반이 흩어졌다.

그날도 초영왕은 술이 취해서 건계 땅의 임시 궁宮에 누워 있었다.

밖에서 정단이 황망히 들어와서 초영왕을 깨운 후에 군졸들로부터 들은 말을 보고했다.

초영왕은 두 아들이 피살됐다는 말을 듣자 정신이 아찔해졌다. 초영왕이 침상에서 마룻바닥으로 몸을 던져 데굴데굴 구르면서 대성통곡한다.

정단이 아뢴다.

"군졸들의 마음이 변했으니 왕께선 속히 영도郢都로 돌아가셔야 합니다."

초영왕이 눈물을 닦고 묻는다.

"남들도 자식을 사랑하는 마음이 과인과 같을까?"

"새나 짐승도 새끼를 사랑할 줄 아는데 하물며 사람이야 더 말할 것 있습니까?"

초영왕이 탄식한다.

"과인이 남의 자식을 많이 죽였으니, 남이 내 자식들을 죽인 것도 괴이할 게 없구나!"

조금 후였다. 이번엔 초마군哨馬軍이 달려와서 아뢴다.

"새 왕이 공자 기질을 대장으로 삼고, 투성연이 진陳·채蔡 두 나라 군사를 거느리고서 이곳 건계 땅으로 쳐들어오는 중이라 합니다."

초영왕은 분기충천한다.

"과인은 평소에 투성연에게 박하게 대우하지 않았거늘 그놈이 어찌 나를 배반했단 말이냐! 내 차라리 싸우다가 죽을지언정 그놈들의 손에 결박당할 순 없다."

드디어 초영왕은 영채營寨를 뽑아 군사를 거느리고 하구夏口를 경유하여 한수漢水를 따라올라가서 양주襄州 땅으로 향했다. 그는 양주 땅에서 초나라 영성郢城을 엄습할 작정이었다.

그러나 가는 도중에도 군졸들이 달아나 나날이 수효가 줄어들었다. 초영왕은 친히 칼을 뽑아서 달아나다 잡혀온 군졸 몇 사람을 쳐죽였다. 그래도 소용이 없었다.

초영왕이 자량訾梁 땅에 당도했을 때였다. 남은 군사라곤 겨우

296

100명 정도였다.

초영왕이 길이 탄식한다.

"대세는 이미 기울어졌구나!"

그는 관冠과 옷을 벗어 버드나무 가지에 걸었다.

정단이 아뢴다.

"국내에 가까이 가서 백성들의 뜻을 한번 살펴보시는 것이 어떻겠습니까?"

"초나라 백성이 다 나를 배반했는데 가서 살펴보면 뭘 하나!"

"그렇다면 우선 다른 나라에 가서 그 나라 군사를 빌려와서라도 싸워야 합니다."

초영왕의 대답은 힘이 없었다.

"모든 나라 제후들 중에서 누가 나를 반기겠나? 내 들으니 큰 복福은 두 번 다시 오지 않는다더라! 남의 나라에 군사를 빌리러 간대야 모욕만 당할 뿐이다."

정단은 초영왕이 자기 계책을 좇지 않는 걸 알고서 이러다간 자기 신세마저 망치지나 않을까 하고 겁이 났다. 그래서 그는 의상倚相과 함께 도망쳐 초나라로 돌아갔다.

정단마저 달아나버리자 초영왕은 손발을 잃은 셈이었다. 초영왕은 홀로 이택釐澤 근처를 방황했다. 이젠 아무도 초영왕을 따르는 자가 없었다. 그는 우선 시장해서 견딜 수가 없었다.

그는 동네를 찾아가서 밥을 좀 얻어먹으려고 했지만 어디에 동네가 있는지조차 알 수가 없었다. 촌백성들은 군사들이 달아나며 퍼뜨린 소문을 들었기 때문에 새 왕의 법령法令이 매우 무섭다는 걸 잘 알고 있었다. 그래서 촌사람들은 겁이 나서 초영왕을 보고도 피했다.

이리하여 초영왕은 연 사흘 동안을 굶고 방황했다. 마침내 초영왕은 기진맥진해서 땅바닥에 쓰러져서는 몸을 움직이지 못했다. 그저 두 눈을 크게 뜨고 혹 지나가는 사람이라도 있으면 구원을 청하려고 길만 바라봤다.

이윽고 저편에서 한 사람이 온다.

점점 가까이 오는 걸 보니 바로 지난날에 수문守門지기로 있었던 주疇라는 자였다.

초영왕이 있는 힘을 다 내어 애원한다.

"주야! 나를 구해다오!"

주는 땅바닥에 쓰러져 있는 사람이 바로 초영왕인 걸 보고 즉시 꿇어엎드려 머리를 조아렸다.

초영왕이 사정한다.

"과인이 굶은 지 사흘이 됐다. 네가 밥 한 그릇 얻어와 과인의 숨을 좀 돌게 해다오."

주가 대답한다.

"백성들은 다 새 왕의 법령을 무서워합니다. 그러니 신이 어디가서 밥을 얻어올 수 있겠습니까?"

초영왕이 길이 한숨을 몰아쉰다.

"너는 가까이 와서 내 옆에 앉아라. 네 무릎이나 베개 삼아 베자."

기진맥진한 초영왕은 주의 무릎을 베고 어느덧 잠이 들었다. 주는 자기 무릎 대신 흙덩어리로 초영왕의 머리를 괴어주고 황망히 달아났다.

잠에서 깨어난 초영왕은 주를 불렀으나 대답이 없었다. 머리 밑을 만져본즉 자기가 베고 있는 것은 흙덩어리였다. 초영왕은 자기도 모르는 사이에 하늘을 우러러 흐느껴 울었다. 그러나 이젠 기운이 없어 울음소리도 제대로 나오지 않았다.

얼마 후였다.

저편에서 어떤 사람이 조그만 수레를 타고 왔다. 그 사람은 울음소리를 듣고 수레에서 내렸다. 그는 쓰러져서 울고 있는 사람이 바로 초영왕인 걸 한눈에 알아보고 황망히 꿇어엎드렸다.

"대왕께서 어찌하사 이런 곳에서 이러고 계시나이까?"

초영왕이 눈물 어린 눈으로 묻는다.

"너는 누구냐?"

"신의 성은 신申이며 이름은 해亥입니다. 지난날 대왕 밑에서 우윤右尹 벼슬을 산 일이 있는 신무우申無宇의 자식입니다. 신의 아비는 지난날 두 번씩이나 대왕께 죄를 지었건만 대왕께선 죽이지 않고 살려주셨습니다. 신의 아비는 죽을 때 유언하기를, '내 두 번이나 왕께서 죽이지 않으신 은혜를 입었으니 다음날 왕께서 혹 곤란한 처지를 당하시거든 너는 목숨을 바쳐 충성을 다하라'고 하셨습니다. 신이 어찌 아비의 유언을 잠시나마 잊을 리 있겠습니까. 요즘 소문을 들으니 이미 영도가 함몰되고 공자 간이 제 맘대로 왕위를 차지했다 하기에 즉시 밤낮을 가리지 않고 건계 땅으로 달려갔습니다. 그러나 대왕께서 계시지 않기에 이리저리 찾아 헤매다가 이곳까지 오는 길입니다. 이제 하늘의 지시로 이곳에서 대왕을 뵈옵게 됐습니다. 지금 사방에 공자 기질의 부하들이 깔려 있으니, 대왕께선 다른 곳으로 가실 생각일랑 마시고 신의 집으로 가사이다. 신의 집은 보잘것없는 누옥陋屋이지만 이곳에서 과히 멀지 않습니다. 대왕께선 잠시 신의 집에 머무르시면서 다시 앞날을 도모하도록 하십시오."

말을 마치고 신해는 꿇어앉아 초영왕에게 마른 음식을 바쳤다.

초영왕은 그 마른 음식을 먹고서 겨우 일어섰다.

신해는 수레에 초영왕을 태우고 급히 자기 마을로 돌아갔다.

지금까지 웅장한 장화대와 찬란한 왕궁에서 기거하던 초영왕은 보잘것없는 신해의 농장農莊으로 갔다. 사립문은 쓰러져가고 방문은 매우 낮았다. 초영왕은 머리를 잔뜩 숙이고 허리를 굽혀 방 안으로 들어갔다. 산다는 것이 뭔지 처량하기만 했다. 그저 쉴 새 없이 눈물만 흘러내렸다.

신해가 꿇어앉아 아뢴다.

"대왕께선 마음을 편히 가지소서. 이곳은 궁벽진 곳이라 왕래하는 행인도 없습니다. 불편하시겠지만 며칠 동안 이곳에 머무르시면서 바깥 소문을 알아본 후에 다시 조처하도록 하십시오."

초영왕은 그저 슬프기만 해서 대답도 못했다.

신해가 음식상을 바쳤으나 초영왕은 아무것도 먹지 않고 울기만 했다.

그날 밤에 신해는 자기 딸 둘을 방으로 들여보내어 초영왕을 모시고 자게 했다. 슬퍼만 하는 초영왕의 마음을 위로하자는 뜻에서였다.

그러나 그날 밤 초영왕은 옷도 벗지 않고 구슬피 탄식만 했다.

밤 오경五更쯤 됐을 때였다.

방 안에서 초영왕의 탄식 소리가 들리지 않았다.

이윽고 방에서 두 딸이 나왔다. 두 딸이 아버지 방에 가서 고한다.

"왕께서 친히 목을 졸라매고 자결하셨습니다."

호증 선생이 시로써 초영왕의 죽음을 읊은 것이 있다.

　　잡초가 수북이 장화대에 자라난 걸 보고

지난날 초영왕의 사치를 비웃는도다.
건물의 흙이 마르기도 전에 풍악 소리 그쳤으니
그 몸이 가난한 농가에서 죽을 줄이야 뉘 알았으리오.
茫茫衰草沒章華
因笑靈王昔好奢
臺土未乾簫管絶
可憐身死野人家

신해는 초영왕이 죽었다는 말을 듣고 슬픔을 참지 못했다. 그는 손수 시체를 빈렴殯殮하고 다시 자기 딸 둘을 죽여 초영왕과 함께 묻어주었다.

후세 사람이 이 일을 논평한 것이 있다.

신해가 초영왕을 잘 장사지내고 은혜를 갚은 것은 좋다. 그러나 자기 두 딸을 죽여서 순장殉葬한 것을 어찌 옳다 할 수 있으리오.

그리고 또다시 시로써 이 일을 탄식한 것이 있다.

장화의 패업이 무너졌는데
두 여자는 무슨 죄로 함께 묻혀야만 했는가!
슬프다! 폭군은 몸이 죽은 후에도
그 불행이 오히려 두 처녀에게까지 미쳤도다.
章華覇業已沉淪
二女何辜伴窆窀

堪恨暴君身死後

餘殃猶自及閨人


한편 공자 기질은 투성연 · 조오 · 하설 등 장수를 거느리고 초
영왕을 잡으려고 건계 땅으로 가다가 저편에서 도망쳐오는 정단
과 의상 두 사람을 만났다.

정단은 공자 기질에게 그간 초영왕에 대한 일을 대충 말했다.

"시위侍衛하던 군사들도 다 흩어졌고 그가 혼자서 어쩔 줄 몰라
하는 걸 차마 볼 수 없어서 우리도 그를 버리고 오는 길입니다."

공자 기질이 묻는다.

"너희들은 지금 어디로 가느냐?"

"본국으로 돌아가는 중입니다."

"그대들은 우리 군사와 함께 초왕을 찾도록 하여라. 그러고서
우리와 함께 돌아가는 것이 좋을 것이다."

이리하여 공자 기질은 다시 대군을 거느리고 자량 땅까지 갔으
나 초영왕을 찾지 못했다.

촌사람이 초영왕의 관과 옷을 가지고 와서 공자 기질에게 바치
며 아뢴다.

"사흘 전 강 언덕 버드나무 가지에 이런 것이 걸려 있었습니다."

"너는 왕이 죽었는지 살았는지 아느냐?"

"모릅니다."

공자 기질은 그 관과 옷을 가지고 온 촌사람에게 많은 상을 주
었다.

공자 기질은 다시 초영왕을 찾기 위해서 진군하려는 참이었다.

조오가 아뢴다.

"초왕이 관과 옷을 버린 걸 보면 형세가 매우 급했던 모양입니다. 필시 지금쯤은 어느 산골짜기나 시궁창 같은 곳에서 죽어 있을 것입니다. 그러니 더 이상 찾을 필요는 없습니다. 오히려 지금 공자 간이 왕위에 있으면서 자기 맘대로 법을 펴고 선심을 써서 민심을 수습한다면, 우리는 지금까지 애써온 일이 다 수포로 돌아가고 맙니다."

공자 기질이 묻는다.

"그럼 어쩌면 좋겠소?"

"지금 국내 백성들은 초왕이 죽었는지 살았는지 모릅니다. 이렇듯 인심이 안정되지 못한 기회를 이용해서 군사 100여 명을 우리의 패잔병처럼 가장시켜 국내로 먼저 들여보내십시오. 그리고 그들에게 영성 밖을 돌아다니며 '초영왕이 대군을 거느리고 오는 중이다. 우리 공자 기질은 불행히 전사했고 우리는 겨우 도망쳐왔다' 하고 외치게 하십시오. 그리고 투성연을 보내어 공자 간에게 이러이러하게 말하라고 하십시오. 그러면 겁 많고 무능한 공자 간과 공자 석은 그 말을 곧이듣고 반드시 혼비백산해서 자살할 것입니다. 그런 후에 공자께선 대군을 거느리고 천천히 국내로 돌아가서 왕위에 오르십시오. 그러면 베개를 높이 베고 모든 시름을 잊게 될 것입니다. 이 어찌 아름다운 일이 아니겠습니까?"

공자 기질은 조오의 계책대로 관종觀從에게 군졸 100여 명을 내줬다.

이에 관종은 군졸을 거느리고 싸움에 패한 체 꾸미고서 영성으로 돌아갔다.

그들이 영성 주변을 돌아다니면서 외친다.

"공자 기질은 싸움에 패하고 피살당했다. 머지않아 초영왕의 대군이 당도할 것이다!"

이 소리를 듣고 백성들은 모두 깜짝 놀랐다.

잇달아 이번엔 투성연이 돌아와서 같은 말을 퍼뜨렸다. 초나라 백성들은 더욱 곧이듣고 성 위로 올라가서 멀리 바라봤다.

그러는 동안에 투성연은 곧장 왕궁으로 들어갔다. 투성연이 왕위에 앉아 있는 공자 간에게 고한다.

"큰일났습니다. 초왕은 분을 참지 못하고 있습니다. 곧 돌아가서 자기 맘대로 왕위에 오른 놈을 치겠다면서 '마치 채나라 반과 제나라 경봉과 같은 놈이다' 하고 펄펄 뜁니다. 곤욕을 당하기 전에 어서 다른 조처를 취하십시오. 나는 초왕이 오기 전에 달아나야겠습니다."

투성연은 말을 마치기가 무섭게 왕궁 밖으로 달아났다. 공자 간은 황망히 동생인 공자 석을 불러들여 이 일을 어찌하면 좋겠느냐고 우는 소리로 상의했다.

공자 석이 대답한다.

"채나라 조오가 결국 우리 신세를 망쳤소!"

공자 간과 공자 석 두 형제는 서로 끌어안고 통곡했다. 그때 한 군사가 뛰어들어와서,

"초왕이 이미 성안으로 들어왔습니다! 속히 몸을 피하도록 하십시오!"

하고 달아나듯 나가버렸다.

이에 공자 석은 칼을 뽑아 자기 목을 찌르고 죽었다. 공자 간은 떨리는 손으로 아우의 목에 꽂힌 칼을 뽑아 역시 자기 목을 찌르고 곁에 쓰러져 죽었다.

이 지경이 되자 궁중은 한바탕 소란했다.

그간 공자 간에게 붙었던 환관과 궁녀들은 서로 놀라 자살하는 자들이 많았다. 여기저기서 통곡 소리가 그치지 않았다.

이튿날 투성연은 군사를 거느리고 다시 왕궁으로 들어가서 모든 시체를 치우고, 문무백관을 거느리고 교외로 나가서 공자 기질을 영접했다.

초나라 백성들은 영접을 받고 들어오는 사람이 바로 초영왕인 줄로만 믿었다. 그런데 성안으로 들어오는 사람을 본즉 죽었다던 공자 기질이 아닌가?

그제야 초나라 백성들은 모든 일이 다 공자 기질의 계책이었다는 걸 알았다.

공자 기질은 궁으로 들어가서 왕위에 즉위하고, 이름을 웅거熊居라고 고쳤다. 그가 바로 초평왕楚平王이다.

지난날 초공왕이 태묘에서, '구슬이 묻혀 있는 곳에 서서 절하는 자가 있으면 그에게 왕위를 물려주겠습니다' 하고 마음속으로 축원한 일이 있었다. 이제야 그것이 들어맞은 셈이다.

그러나 초나라 백성들은 초영왕이 죽은 걸 몰라 인심이 흉흉했다.

어느 날 밤중이었다.

누가 퍼뜨린 것인지 혹은 착각했든지 '초영왕이 돌아오셨다!'는 헛소문이 삽시간에 퍼졌다. 이에 단잠을 자던 백성들이 놀라 깨어 성문으로 몰려가는 소동이 일어났다.

초평왕은 걱정이 되어 비밀히 관종을 불러들여 상의했다.

이튿날, 관종은 지난날 왕궁에서 자살한 자들 중에 그 형체를 알아볼 수 없을 만큼 썩은 송장 하나를 파냈다. 그리고 그 시체에다 초영왕의 관과 옷을 입혔다. 그는 그 시체를 한수漢水 상류로 운반해가서 하류로 떠내려보냈다. 그런 후에 관종이 돌아가서 초평왕에게 아뢴다.

"한수 가에 떠내려온 초영왕의 시체를 발견하였기에 자량 땅에다 우선 예를 갖추어 염殮해뒀습니다."

초평왕은 천연스레 투성연을 불러,

"속히 자량 땅에 가서 전왕前王을 후장厚葬하여라."

하고 분부해 보냈다.

그리고 초영왕이 죽었다는 방榜을 써서 시정市井에 내걸었다. 그제야 초나라 인심은 차차 안정됐다.

그후 3년이 지나서다. 초평왕은 지난날에 신해申亥가 묻은 초영왕의 무덤을 알게 되어 곧 친히 가서 무덤을 다른 곳으로 옮겼다.

한편, 서徐나라를 공격하던 초나라 군사는 어찌 됐는가? 초나라 장수 사마司馬 독督은 군사를 거느리고 서나라를 포위했으나 그후 오래도록 아무런 진전이 없었다. 결정적인 공을 세우지 못한 사마 독은 초영왕이 자기를 죽일 것만 같아서 감히 회군하지 못했다.

마침내 사마 독은 서나라와 내통하고 영채만 지키고 있었다.

그후 그는 초영왕의 군사가 흩어져 달아나고 왕이 죽었다는 소문을 듣고서야 서나라의 포위를 풀고 회군했다.

사마 독이 거느린 초나라 군사가 예장豫章 땅에 이르렀을 때였다. 원래 서나라와 친분이 두터운 오吳나라 공자 광光이 군사를 거느리고 와서 돌아가는 초나라 군사를 습격했다.

이에 초나라 군사는 대패하여 사마 독과 병거 300승이 다 오나라 군사의 포로가 됐다.

이리하여 오나라 공자 광은 초나라 군사를 모조리 사로잡고 초나라 주래州來 고을까지 점령한 후에 돌아갔다. 이는 다 초영왕의 무도한 욕심이 저질러놓은 결과였다.

한편 초평왕은 공자公子에 대한 예법으로써 그 형 공자 간과 공자 석을 장사지냈다. 그리고 공로에 따라, 또는 어진 사람들에게 벼슬을 줬다. 곧 투성연을 영윤으로 삼고, 양개陽匃를 좌윤으로 삼고, 극완郤宛을 우윤으로 삼고, 위사蔿射와 위월蔿越을 다 대부로 삼고, 조오와 하설과 채유를 하대부下大夫로 삼고, 공자 방魴을 사마로 삼았다.

이땐 이미 오거가 죽은 후였다. 초평왕은 오거가 생전에 곧잘 직간直諫하던 기상이 있었음을 사랑하고 그 아들 오사伍奢에게 연連 땅을 주고 연공連公이라는 칭호를 내렸다. 또 오사의 아들 오상伍尙에게도 당棠 땅을 주어 다스리게 하고 당군棠君이라는 칭호를 내렸다.

그외 위계강, 정단 등 초영왕 때의 일반 신하들까지도 지난날의 관직에 그냥 머물러 있게 했다.

다음에 초평왕은 관종觀從에게 벼슬을 내리려 했는데, 관종이 자청해서 복윤卜尹이 되기를 원했기 때문에 그의 소원대로 복윤 벼슬을 시켰다. 이리하여 모든 신하들은 초평왕에게 사은숙배謝恩肅拜했다.

그러나 조오와 채유만은 초나라 벼슬을 사양하고 본국인 채나라로 돌아가겠다는 뜻을 아뢨다.

초평왕이 묻는다.

"경들은 어찌하여 과인과 함께 부귀를 누리려 하지 않고 돌아가려고만 하오?"

조오와 채유 두 사람이 대답한다.

"본시 우리가 대왕을 도와 군사를 일으켜 초나라를 친 것은 결

국 우리 채나라를 독립시키기 위한 일념에서였습니다. 이제 대왕
께선 이미 보위寶位를 정했으나, 우리 채나라의 종묘사직은 아직
도 제사를 받지 못하고 있는 형편입니다. 그러니 신들이 무슨 면
목으로 대왕의 조정에 설 수 있겠습니까? 지난날 초영왕은 욕심이
많고 침략을 일삼았기 때문에 모든 인심을 잃었습니다. 대왕께선
전왕前王과 정반대로 행동하셨기 때문에 모든 인심을 얻었습니
다. 더욱 인심을 얻기 위해서 진陳과 채蔡 두 나라를 독립시켜주
십시오."

초평왕은 즉시,

"그대들 말이 옳도다."

하고 쾌히 수락했다. 그리고 널리 사람을 시켜 진·채 두 나라 임
금의 후손을 찾게 했다.

이리하여 진나라 세자 언사偃師의 아들 공자 오吳와 채나라 세
자 유有의 아들 공자 여廬를 찾아냈다.

초평왕은 곧 태사太史에게 명하여 택일하게 하고 그 길일吉日
에 공자 오를 진후陳侯로 봉했으니 그가 바로 진혜공陳惠公이며,
공자 여를 채후蔡侯로 봉했으니 그가 바로 채평공蔡平公이다. 그
들은 각기 자기 고국으로 출발했다.

조오와 채유는 채평공을 따라 채나라로 돌아갔고, 하설은 진혜
공을 따라 진나라로 돌아갔다.

그리고 초평왕은 전날 초영왕이 진·채 두 나라 부고府庫에서 노
략질한 보물을 다 돌려보냈다. 뿐만 아니라 지난날에 형산荊山으로
추방당한 조그만 여섯 나라 백성들을 각기 본국으로 돌아가게 했
다. 그는 추호도 그 조그만 여섯 나라 물건을 건드리지 않았다.

이에 모든 나라 임금과 신하와 상하가 다 우레 같은 환호성으로

초평왕을 칭송했다. 이는 마치 메마른 나무에 다시 잎이 피고 썩은 뼈가 부활한 것이나 다름없었다. 이것이 바로 주경왕周景王 16년 때 일이었다.

염옹이 시로써 이 일을 읊은 것이 있다.

공연히 백성을 동원시켜 두 나라를 뺏고
채나라를 총독한 공자 기질만 인심을 사게 했도다.
아무리 남의 나라를 뺏어도 결국은 돌려줘야 한다는 걸 좀더 일찍 알았더라면
초영왕도 구태여 그 당시 원망을 사지는 않았을 것이다.
枉竭民勞建二城
留將後主作人情
早知故物仍還主
何苦當時受惡名

초평왕의 장자長子 이름은 건建이다. 건의 생모는 채나라 운양鄖陽 땅을 다스리던 지방관의 딸이었다.

건은 장성하자 세자가 됐다. 초평왕은 연윤連尹 오사伍奢를 불러들여 세자 건의 스승인 태사太師로 삼았다.

이때 비무극費無極은 평소 초평왕을 잘 섬겼다. 그는 곧잘 아첨하는 버릇이 있었기 때문에 초평왕의 총애를 받았다. 그래서 비무극은 대부 벼슬을 얻었다.

그는 세자 건을 보필하겠다고 자청해서 소사少師가 됐다. 그리고 초평왕은 분양奮揚을 동궁東宮 사마司馬로 삼았다.

이리하여 초나라는 사방이 무사했다. 따라서 초평왕은 점점 음

악과 여색을 즐겼다.

오나라 군사가 이미 주래州來 땅을 점령하고 있었건만 초평왕은 보복하지 못했다.

비무극은 비록 세자 건의 소사가 됐으나 날마다 초평왕 곁에 붙어서 음악과 여색만 권했다. 세자 건은 간사한 비무극을 미워했다.

이때 영윤 투성연은 지난날의 자기 공로만 믿고서 방자하기 짝이 없었다. 그러다가 간신 비무극의 참소譏訴에 걸려들어 투성연은 마침내 죽음을 당했다.

이에 죽은 투성연의 뒤를 이어 양개陽匃가 영윤 벼슬에 올랐다.

이런 후로 세자 건은 늘,

"투성연이 간신 때문에 억울하게 죽었구나!"

하고 한탄했다.

이때부터 세자 건과 비무극 사이에 노골적으로 틈이 생기기 시작했다. 그후 비무극은 초평왕에게 언장사鄢將師를 추천했다. 초평왕은 언장사를 우령右領으로 삼고 총애했다.

그러나 초나라 이야기는 여기서 잠시 중단하기로 한다.


한편 진晉나라가 사기궁虒祁宮을 지은 후로 모든 나라 제후는 진나라의 속뜻을 살폈다.

모든 나라 제후는 진나라의 속뜻이 그저 무사제일주의無事第一主義란 걸 알자 각기 딴 뜻을 품게 됐다.

진소공晉昭公은 그저 지난날에 이루어진 업적을 유지하고만 싶었다. 그래서 제경공이 친선차 안영을 초나라로 보냈다는 소문을 듣고 그는 제경공齊景公을 자기 나라로 초청했다.

제경공은 진晉·초楚 양대 세력의 미묘한 알력을 알고 있었기 때문에 이런 기회에 천하 패권을 한번 잡아야겠다는 생각으로 진소공의 사람됨도 한번 볼 겸 초청에 응했다. 제경공은 모든 채비를 하고 진나라로 떠났다. 그들 일행 중엔 장사壯士 고야자古冶子가 있었다.

그들 일행은 황하黃河에 이르러 배를 탔다. 제경공이 타고 온 좌참左驂이란 말은 가장 사랑을 받는 명마名馬였다. 그래서 어인御人은 말을 뱃머리에 맸다. 제경공은 어인이 말에게 사료를 주는 것까지도 친히 감독했다.

문득 비가 쏟아지면서 큰 파도가 일어났다. 금세 배가 뒤집힐 듯 요동했다.

바로 이때였다.

강물 위로 이상한 괴물이 머리를 쳐들고 나타났다. 적어도 수천 년은 묵은 듯한 큰 자라였다. 그 큰 자라는 물위로 떠올라 목을 길게 뽑더니 제경공이 사랑하는 말인 좌참을 한입에 덥석 물고 강물 속으로 들어가버렸다.

깜짝 놀란 제경공은 어쩔 줄을 몰라 했다.

고야자가 곁에서 아뢴다.

"상감께선 무서워 마십시오. 신이 상감을 위해 말을 찾아오겠습니다."

고야자는 옷을 벗고 칼을 뽑아들고 강물로 뛰어들어 파도 속으로 사라졌다.

고야자는 한참 만에 물위로 떠올랐다가 다시 물 밑으로 사라지곤 했다. 그러면서 그는 어디론지 가는 것이었다. 배는 고야자를 따라 10리쯤 갔다.

물 속으로 사라진 고야자는 다시 떠오르지 않았다. 사방을 둘러

봐도 흔적조차 없었다.

제경공이 탄식한다.

"고야자가 죽었구나!"

조금 지나서다. 갑자기 풍랑이 멈추고 시퍼런 강물 위로 끊임없이 피가 솟아올랐다. 이윽고 물 속에서 고야자가 왼손으로 말꼬리를 잡아당기며, 오른손엔 피가 뚝뚝 떨어지는 자라 목을 들고서 물결을 뒤집어쓴 채 올라왔다.

제경공이 다시 대경실색한다.

"참으로 고야자는 신용神勇하도다! 지난날 선군은 공연히 용작勇爵이라는 벼슬까지 뒀지만 어찌 그들 중에 고야자만한 용사가 있었으리오."

제경공은 그를 격찬하고 많은 상을 하사했다.

수일 후 제경공은 진나라 도읍 강주성絳州城에 당도했다.

진소공은 곧 잔치를 베풀고 제경공을 환영했다.

잔치 자리에서 양국을 대표하여 진나라 쪽에서는 순오荀吳가 나오고, 제나라 편에선 안영이 나와서 서로 예를 교환했다.

모두 다 얼근히 취했을 때였다.

진소공이 제경공에게 청한다.

"잔치 자리에 즐길 만한 일이 없으니 군후는 나와 함께 투호投壺를 하며 술 내기나 합시다."

제경공이 대답한다.

"좋습니다. 어디 해보실까요?"

이에 좌우 사람들은 호壺를 설치하고 진소공과 제경공에게 화살을 바쳤다.

제경공은 정중한 태도를 보이면서 진소공에게 먼저 던지라고 사양했다. 진소공은 항아리에 화살을 던지려고 자세를 취했다.

이때 순오가 진소공 앞에 나아가서 덕담德談을 한다.

"술은 회수淮水만큼 많고 고기는 산처럼 쌓였습니다. 상감께선 화살을 던져 호壺 속에 넣으시고 제후를 통솔하소서."

진소공은 화살을 던졌다. 화살은 정통으로 항아리 속에 들어갔다. 진소공은 의기양양하여 여봐란듯이 쥐고 있던 나머지 화살을 땅바닥에 버렸다.

그러자 진나라 신하들이 일제히 땅에 꿇어엎드려,

"우리 상감 천세千歲!"

하고 외쳤다.

제경공은 이 우스꽝스러운 광경을 못 본 체하고 역시 그 흉내를 내어,

"술은 황하만큼 많고 고기는 산만큼 쌓였으니 이 화살을 호에 넣어 과인이 군후를 대신해서 천하를 일으키리라."

하고 화살을 던졌다.

화살은 정통으로 호 속에 들어갔다. 제경공은 크게 껄껄 웃으며 쥐고 있던 나머지 화살을 땅바닥에 버렸다.

이에 안영이 땅에 꿇어엎드려,

"우리 상감 천세!"

하고 외쳤다.

순간 진소공의 표정이 변했다.

순오가 제경공에게 항의한다.

"군후의 말씀은 잘못이외다. 오늘날 군후께서 우리 나라에 왕림하신 것은 우리 상감이 천하 제후의 맹주이시기 때문입니다. 그런데 우리 상감을 대신해서 천하를 일으키겠다는 건 무슨 말씀이

십니까?"

안영이 제경공을 대신해서 대답한다.

"맹주란 반드시 한 사람이 늘 하도록 정해진 것이 아니오. 오직 덕 있는 분이 천하를 통솔하게 마련이지요. 옛날에 우리 나라가 패업을 잃었을 때, 진나라는 우리 나라를 대신해서 천하 패권을 잡지 않았소? 진나라가 지금도 덕이 있다면 그 어느 나라가 복종하지 않으리오. 그러나 만일 진나라가 덕이 없다면 하다못해 오나라나 초나라도 천하 패권을 잡을 수 있소. 그러하거늘 하물며 우리 제나라가 어째서 패권을 잡지 못하리오!"

양설힐羊舌肸이 나서며 말한다.

"우리 진나라는 이미 모든 나라 제후를 통솔하고 있거늘, 설혹 상감께서 호에 화살을 못 넣으셨다 할지라도 그것이 우리 나라 패업과 무슨 상관이 있단 말이오? 순오가 애초에 말을 잘못한 것이오."

순오는 동료인 양설힐의 말을 듣고 아무 대꾸도 못했다.

이때 계단 아래에서 제나라 신하 고야자가 큰소리로 아뢴다.

"이미 해가 기울었습니다. 상감께서도 피곤하실 터이니 이만 돌아가시지요."

이에 제경공은 정중히 감사하다는 뜻을 말하고 진궁晉宮에서 나왔다.

이튿날 제경공은 진나라를 떠나 제나라로 돌아갔다.

양성힐이 진소공에게 아뢴다.

"장차 모든 제후가 우리 진나라에 복종하지 않으려는 기색이 엿보입니다. 이런 때에 그들을 위협이라도 하지 않으면 우리 진나라는 패업을 잃고 맙니다."

진소공은 이 말을 듣고 즉시 진나라 모든 군사를 사열했다. 병거가 4,000승에 총 군사가 40만 명이나 되었다.

양설힐이 또 아뢴다.

"비록 덕은 부족할지라도 많은 군사를 부릴 순 있습니다."

이에 진소공은 주周나라 천자天子에게 사신을 보내어 왕신王臣 한 사람을 보내달라고 청했다. 그리고 한편으론 모든 나라 제후에게 글을 보내어 가을 7월에 위나라 평구平邱 땅에 다 모이도록 소집했다.

모든 나라 제후는 주 천자의 신하도 대회에 왕림한다 하니 싫어도 가지 않을 수 없었다.

7월이 되자 진소공은 한기韓起에게 국내를 지키게 하고, 순오·위서魏舒·양설힐·양설부羊舌鮒·적담籍談·양병梁丙·장격張骼·지역智躒 등을 거느리고서 병거 4,000승을 모조리 일으켜 위나라 복양성濮陽城을 향해서 길을 떠났다.

진나라 30만 대군이 위나라에 이르러 30여 영채를 세우고 보니 위나라 땅이 모두 다 진나라 군사로 가득했다.

주나라에선 주왕周王을 대신해서 경사 벼슬에 있는 유헌공劉獻公 지擊가 먼저 당도했다. 그리고 계속해서 제齊·송宋·노魯·위衛·정鄭·조曹·거莒·주邾·등滕·설薛·기杞·소주小邾 등 열두 나라 군후가 모여들었다.

여러 나라 군후들은 진나라 군사가 득실거리는 걸 보고서 은근히 겁이 났다.

드디어 대회가 열렸다.

양설힐이 두 손으로 반우盤盂를 받들고 나아가서 선포한다.

"지난날에 우리 진晉나라 선신先臣 조무趙武가 공연히 불가침 조약을 맺어 초나라와 우호한 이후로, 초왕은 신의를 지키지 않다가 스스로 죽음을 취했습니다. 이제 우리 상감께선 진문공晉文公이 천토에서 대회를 소집한 옛일을 본뜨사 특히 천자를 대신해서 오신 왕신王臣을 모시고 중원中原의 모든 나라를 위로하실 생각이십니다. 청컨대 모든 나라 군후께선 함께 입술에 피를 바르고 신의를 굳게 합시다."

모든 나라 제후들이 머리를 숙이고 일제히 대답한다.

"분부대로 거행하리이다."

그러나 제경공만은 머리를 꼿꼿이 들고 아무 대답도 하지 않았다.

양설힐이 제경공에게 묻는다.

"제후齊侯께선 어찌하여 우리와 동맹하기를 원하지 않습니까?"

제경공이 대답한다.

"모든 제후가 복종하지 않는다면 그야 다시 동맹할 필요가 있지만, 모두 다 순종하고 있는데 굳이 다시 동맹할 이유가 없지 않소?"

양설힐이 위협한다.

"그럼 지난날 천토에서 대회했을 땐 특별히 복종하지 않는 나라가 있어서 여러 나라를 소집했던가요? 만일 군후께서 우리와 동맹하기를 거절하신다면 우리 상감께선 오직 병거 4,000승으로 귀국 성 아래 가서 단판을 짓겠습니다."

양설힐의 말이 채 끝나기도 전이었다. 단 위에서 북소리가 요란스레 울리면서 동시에 진나라 군사의 모든 영채에서 큰 깃발들이 일시에 숲처럼 일어섰다.

제경공은 그 삼엄한 깃발을 보고 언사를 고쳤다.

"귀국이 이미 동맹을 하겠다는데야 과인이 어찌 반대하리오."

이에 진소공이 맨 먼저 입술에 희생의 피를 바르고, 그 다음은 송후宋侯 이하 차례로 피를 바른 뒤 맹세했다.

유지劉摯만은 주 천자의 대리로 임석했기 때문에 동맹엔 가입하지 않고 대회를 증명하기만 했다.

주邾·거莒 두 나라 임금이 진소공에게 호소한다.

"노나라가 심심하면 우리 나라로 쳐들어오기 때문에 이젠 견딜 수가 없습니다."

진소공은 곧 노소공魯昭公을 불러내어 크게 꾸짖고 노나라 상경 계손의여季孫意如를 잡아 막부幕 안에다 가두었다.

자복子服 혜백惠伯이 순오에게 속삭인다.

"노나라 땅은 주·거 두 나라보다도 열 배나 더 크오. 우리 진 나라가 만일 노나라를 괄시하면 노나라는 반드시 제나라나 초나라 편에 붙고 말 것이오. 그러면 우리 진나라에 무슨 이익이 있으리오. 지난날 초왕이 진陳·채蔡 두 나라를 쳐서 없앴을 때도 우리는 두 나라를 구해주지 못했는데, 이제 또 형제의 나라인 노나라마저 버린다면 장차 어찌 되겠소?"

그렇다고 체면상 금세 잡아가둔 노나라 상경 계손의여를 풀어 줄 수도 없었다.

대회를 마치고 진나라로 돌아간 순오는 이 뜻을 한기韓起에게 말했다. 한기는 또 이 뜻을 진소공에게 아뢨다. 붙들려온 계손의여는 비로소 풀려나 노나라로 돌아갔다.

이로부터 모든 나라 제후는 진晉나라를 더욱 신임하지 않았다. 그리고 아무리 현상 유지나마 하려고 애를 썼으나 결국 진나라는 다시 모든 나라의 맹주 노릇을 하지 못했다.

사신이 시로써 이 일을 탄식한 것이 있다.

진晉나라가 초나라를 흉내내어 사기궁을 지은 이후로
모든 나라는 진나라에 대해서 딴 뜻을 품었도다.
이에 운수는 나가버리고 모든 제후도 흩어졌으니
진나라 산천은 예와 같지만 대세는 이미 기울었도다.
一心效楚築虒祁
列國離心復示威
妙矢有靈侯統散
山河如故事全非

〔8권에서 계속〕

# 주周 왕실과 주요 제후국 계보도

*— 부자 관계, ㄴ 형제 관계.
* 네모 안 숫자(①, ②…)는 주나라 건국 이후와 각 제후국 분봉 이후의 왕위, 군위 대代 수.

### 동주東周 왕실 계보 : 희성姬姓

… —— 23 영왕靈王 설심泄心(B.C.571~545) —— ┌ 태자 진晉

└ 24 경왕景王 귀貴(B.C.544~520) —— …

### 노魯나라 계보 : 희성姬姓

… — ┌ 21 성공成公 흑굉黑肱(B.C.590~573) ┐

└ 공자 숙힐叔肸

┌ 22 양공襄公 오午(B.C.572~542) —— ┌ 공자 훼毁

├ 23 소공昭公 주裯(일명 소裯 B.C.541~510)

└ 24 정공定公 송宋(B.C.509~495) —— …

### 제齊나라 계보 : 강성姜姓

… — ┌ 20 경공頃公 무야無野(B.C.598~582) ┐

├ 공자 난欒 —— 자기子旗

└ 공자 고高 —— 자미子尾 —— 자량子良

┌ 21 영공靈公 환環(B.C.581~554) —— ┌ 22 장공莊公 광光(B.C.553~548)

├ 공자 아牙

└ 23 경공景公 저구杵臼(B.C.547~490) —— …

## 진晉나라 계보 : 희성姬姓

··· ── 28도공悼公 주周(B.C.573~558) ── 29평공平公 표彪(B.C.557~532) ──┐

┌─────────────────────────────────────────────────────────

└ 30소공昭公 이이夷(B.C.531~526) ── ···

## 초楚나라 계보 : 웅성熊姓

··· ── 23공왕共王 심審(B.C.590~560) ─┐

┌──────────────────────────────────┘

├ 24강왕康王 소昭(일명 초招 : B.C.559~545)──┐

├ 26영왕靈王 위圍(일명 건虔 : B.C.540~529) │

├ 왕자 비比(시호 : 자오訾敖, 일명 간干) │

├ 왕자 흑굉黑肱(자字는 자석子晳) │

└ 27평왕平王 기질棄疾(일명 거居 : B.C.528~516) │

┌──────────────────────────────────────────────┘

└ 25겹오郟敖 균麋(일명 원員 : B.C.544~541)──┬─ 공자 막莫

                                              └─ 공자 평하平夏

## 진秦나라 계보 : 영성嬴姓

··· ── 17환공桓公 영榮(B.C.603~577) ── 18경공景公(B.C.576~537)──┐

┌──────────────────────────────────────────────────────────

└ 19애공哀公(B.C.536~501) ── ···

320

**정鄭나라 계보 : 희성姬姓**

··· ─── ⑥목공穆公 란蘭(B.C.627~606) ─── ⑦영공靈公 이夷(B.C.605)

⑧양공襄公 견堅(B.C.604~587) ───

공자 거질去疾(자량子良) ─── 공손 첩輒°(자이子耳)

양소良霄(백유伯有)

공자 언偃 ─── 공손 채蠆°(자교子蟜) ┬ 자명子明

└ 공손 유길游吉

(자대숙子大叔)

공자 희喜(자한子罕) ─── 공손 사지舍之°(자전子展)

공손 한호罕虎(자피子皮)

공자 비騑°(자사子駟) ─── 공손 하夏(자서子西)

공자 발發°(자국子國) ─── 공손 교僑(자산子産)

공자 가嘉°(자공子孔)

⑨도공悼公 비費(혹 濆, 沸 : B.C.586~585)

⑩성공成公 곤륜崙(B.C.584~571) ─── ⑪희공僖公 곤완髡頑(일명 운惲 : B.C.570~566) ───

⑫간공簡公 가嘉(B.C.565~530) ─── ···

• °표시한 이들이 정鄭의 6경卿 = 6목穆(정목공의 후예인 6대 세경가世卿家)

**송宋나라 계보 : 자성子姓**

··· ── ㉒문공文公 포鮑(B.C.610~589) ── ㉓공공共公 고固(일명 하瑕 : B.C.588~576) ─

㉔평공平公 성成(B.C.575~532) ── ㉕원공元公 좌佐(B.C.531~517) ── ···

321

### 진陳나라 계보 : 규성嬀姓

··· ── 20 성공成公 오午(B.C.598~569) ── 21 애공哀公 익溺(B.C.568~530) ──

── 도태자悼太子 언사偃師 ── 22 혜공惠公 오吳(일명 유留 : B.C.529~506) ── ···


### 위衛나라 계보 : 희성姬姓

── 21 정공定公 장臧(B.C.588~577) ──

── 22 헌공獻公[1] 간衎(B.C.576~544) ──

── 22 상공殤公[2] 표剽(일명 추秋·적狄·염燚 : B.C.558~547) ──

── 23 양공襄公 악惡(B.C.543~535) ── 24 영공靈公 원元(B.C.534~493) ── ···

- 1·2 시기에 위나라는 1국 2군주 체제였음. 위헌공은 BC.559년에 대신 손임보와 영식에 의해 제나라로 추방되어 547년까지 국외에서 체류하였음. 그 사이 위나라에서는 상공이 옹립되었으므로 이 기간 중 국내·국외에 2인人의 군주가 있게 되었음. 위나라는 이전에 혜공(BC.699~669), 금모(BC.695~688) 시기에도 유사한 상황이 전개되었음.


### 채蔡나라 계보 : 희성姬姓

··· ── 14 장공莊公 갑오甲午(B.C.645~612) ── 15 문공文公 신申(B.C.611~592) ──

── 16 경공景公 고固(B.C.591~543) ── 17 영공靈公 반般(B.C.542~530) ──

── 세자 유有 ── 18 평공平公 여廬(B.C.529~522) ── ···

## 오吳나라 계보 : 희성姬姓

주周 왕실 선조 : 고공단보古公亶父 ── 태백太伯[1]

── 중옹仲雍(일명 우중虞仲) ── 계간季簡

── 계력季歷 ── 문왕文王 ── 주周 왕실

── 숙달叔達 ── ① 주장周章(무왕武王 시기)[2] ── ② 웅수熊遂 ── ③ 가상柯相

── 우중虞仲(우虞나라 시조)[3]

── ④ 강구이彊鳩夷 ── ⑤ 여교의오餘橋疑吾 ── ⑥ 가로柯盧 ── ⑦ 주요周繇 ── ⑧ 굴우屈羽 ──

── ⑨ 이오夷吾 ── ⑩ 금처禽處 ── ⑪ 전轉 ── ⑫ 파고頗高 ── ⑬ 구비句卑 ── ⑭ 거제去齊 ──

── ⑮ 수몽壽夢(B.C.585~561)[4] ── ⑯ 제번諸樊(B.C.560~548)

── ⑰ 여제餘祭(B.C.547~544)

── ⑱ 이말夷末(일명 여매餘眛, 이매夷眛 : B.C.543~527) ── ···

── 계찰季札

1 고공단보의 장자이자 계력季歷의 장형인 태백太伯은 말제末弟 계력이 현명한데다 그 아들 창昌(서백西伯, 훗날의 문왕文王)도 성인聖人이라는 칭송이 자자한 것을 알고 계력 가문이 주 왕실 혈통을 잇도록 하기 위해 형만荊蠻(중원 남쪽의 만이蠻夷 지역을 통칭하던 말)으로 은닉해버렸음. 그후 현지에서 민심을 얻어 토착민들과의 연합하에 부족 국가를 건립했는데 이것이 바로 오나라의 전신. 태백이 자식이 없는 채로 사망하자 함께 형만으로 도망갔던 동생 중옹仲雍과 그 후예들이 지위를 계승.

2 태백으로부터 5대째인 주장周章 시기(서주 무왕武王 시기)에 천하를 통일한 주 왕실로부터 오나라 제후 지위를 분봉받음. 오나라 분봉은 후대의 윤색일 뿐 실제 역사 사실이 아닐 것이라는 의견도 있지만 일단은 『사기史記』 등의 기록에 의거해 주장周章부터를 1대로 계산.

3 주장周章이 오나라 제후로 분봉된 동시에 그 아우 우중虞仲(태백 동생 중옹仲雍)은 우虞 땅을 분봉받아 우나라의 시조가 됨. 우나라는 주장으로부터 13대째 군주인 구비句卑 시기에 진晉나라의 계책에 의해 멸망했음.

4 15대 군주인 수몽壽夢 시기에 오吳나라는 본격적으로 발전하여 중원 제후국들과 충분히 대적할 정도가 되었음. 곧 이전에는 장강長江 하류의 미미한 부족 국가에 불과했으나 이때부터 중원의 정세에도 상당한 영향을 미치는 군사 강국으로 부각되면서 천하 패권을 도모하게 됨. 이러한 오나라의 성장은 남방의 맹주라고 자타가 공인했던 초나라에게 상당한 부담을 주게 되고 그리하여 초와 오의 항쟁이 춘추 열국 항쟁의 중요한 또 하나의 축을 이루게 됨.

## 진晉나라의 유력 세경가世卿家 계보

#### 난씨欒氏

⑥진정후晉靖侯(B.C.858~841) ── ? ── 난숙欒叔 ── 난빈欒賓 ── 난성欒成(난공자欒共子) ──

└── 난지欒枝(난정자欒貞子) ── 난돈欒盾 ──┐

└── 난서欒書(난무자欒武子) ──┬── 난염欒黶(난환자欒桓子) ── 난영欒盈(난회자欒懷子)[1]

└── 난침欒鍼

1 난영 대에 몰락.
- 이 밖에 계통이 불분명한 난경려欒京廬 · 난불기欒弗忌 · 난방欒魴 · 난규欒糾 · 난낙欒樂 등이 있음.
- 난공자 · 난정자 · 난무자 등은 후손들이 조상의 공적을 추존追尊하여 지어 올린 일종의 시호.

#### 양설씨羊舌氏

양설대부羊舌大夫 ── 양설직羊舌職 ──┬── 양설적羊舌赤(백화伯華) ── 자용子容

├── 양설힐羊舌肸(숙향叔向) ── 양설식아羊舌食我(백석伯石)

├── 양설부羊舌鮒(숙어叔魚)

├── 양설호羊舌虎

└── 계숙季夙

# 관직

＊ °표시를 한 것은 그 나라에만 있는 독특한 관직을 지시하고, 표시가 없는 것은 공통 관직을 의미한다.

## 제齊

**시인寺人**  궁중 업무와 심부름을 담당하는 내관內官.

**태사太史**  사관史官의 수장. 국가의 역사 기록 · 천문 · 역법 · 택일擇日 등을 관장하던 직책.

**우상右相°**  국정의 총책임자인 재상宰相의 부관副官이거나 2인의 재상 중 1인을 지칭하는 용어.

**좌상左相°**  국정의 총책임자인 재상의 부관이거나 2인의 재상 중 1인을 지칭하는 용어. 대체로 좌상이 우상보다 실권이 좀더 많았던 것으로 추정됨.

## 위衛

**우재右宰**  궁정宮廷, 공실公室 업무를 총괄하는 태재太宰(각계각층 가재家宰의 최고 수장)의 부관, 보좌관. 혹은 2인의 태재를 두었을 경우의 한쪽의 태재를 지칭.

## 송宋

**좌사左師**  교육, 충간, 공문서 기록 등을 관장하는 태사太師의 부관이나 보좌관.

## 초楚

**교윤郊尹°**  도성都城 밖의 교야郊野 지역의 행정 · 치안 · 생산 및 도성과 교야 간의 출입 등을 관리하는 직책.

**우윤右尹°**  초나라의 재상직인 영윤令尹의 부관 내지 보좌관. 우윤과 함께 좌윤左尹도 설치되었는데, 좌윤은 사법 소송과 형옥刑獄, 법률 등을 관리하는 직책으로 중원 국가들의 사구司寇에 상당한다는 점이 최근에 밝혀졌지만, 우윤의 직무에 대해서는 아직도 불분명하다.

# 기물器物

**척**戚　악무樂舞와 의식儀式 등에 주로 사용되던 도끼. 전투용 무기나 연장보다는 주로 의례용이었음(호북성湖北省 형문시荊門市 출토 괴수대무척獸大武戚).

**작**爵　제사나 연회시에 사용되던 의례용儀禮用 술잔의 한 종류(북경 고궁박물원古 宮博物院 소장의 봉황鳳凰 문양이 새겨진 작爵).

**기**旂   전투 지휘용 깃발의 일종으로 교룡蛟龍을 그린 붉은 기(『삼재도회三才圖會』
수록).

**고대의 수렵狩獵 광경**　　위는 호북성湖北省 수주시隨州市 출토 의상衣箱(옷 상자)
위에 그려진 수렵도. 아래는 북경 고궁박물원 소장 동호銅壺(청동 술병) 위에 그려
진 수렵도.

고대의 시장 풍경

고대의 도살장 풍경

# 주요 역사

**멸국치현**國滅置縣　(강대국이) 타 제후국을 멸망시킨 후 그곳에 자국의 현縣(현 장
관을 파견하여 직접 통치하는 직할 행정 단위)을 설치한다는 의미로, 계절존망繼
絶存亡과 존왕양이尊王攘夷로 상징되는 춘추 시대 특유의 분산적이고 간접적
인 지배를 벗어나 각국이 중앙 집권적 지배를 확대하기 위해 도입한 새로운
통치 방책이었음. 춘추 중기에서 후기로 넘어가면서 진晉·초楚·진秦 등 강
대국들은 전쟁을 통해 획득한 피정복국들에 대해 이전과 같은 봉건적 자치를
더 이상 용인하지 않고, 대신 피정복국의 구군舊君과 구공족舊公族들을 강제
추방한 후 피정복국의 영토 전체를 현縣이라는 새로운 직할 행정 조직으로 편
성하고 그곳에 자국 관료를 현 장관으로 파견하여 중앙 통치를 직접 받게 하
는 집권 방식으로 전환했음. 이를 통해 예전에는 정복을 당했어도 여전히 옛
군주와 옛 공족들의 통할하에 있었던 피정복민들이 이제는 온전히 강대국 군
주의 신민臣民이 됨으로써 피정복국의 국통國統과 종묘사직宗廟社稷은 완전
소멸되었음. 또 피정복민들의 상당수는 외지로 강제 사민徙民, 식민植民됨으
로써 오랫동안 유지해온 혈연적·지연적 기반을 하루아침에 상실하는 경우
도 왕왕 발생했음. 이 같은 직할 현제縣制를 통해 정복국은 많은 세금과 병사
들을 피정복국으로부터 직접 징발함으로써 춘추 후기 이후 계속 확대된 전쟁
규모와 그로 인한 재정 부담을 감당하고 타국들과의 경쟁에서도 도태되지 않
을 수 있었음. 전국 시대부터는 춘추 시대의 부용附庸(곧 위성국) 지배는 자취
를 감추고 현제縣制가 보편화되면서 날로 증가하는 현을 효율적으로 통할하
기 위해 군郡이라는 상위 행정 조직을 창설하여 십수 개의 현을 하나의 군郡
으로 묶어 통치하는 방식을 적용하기 시작했음. 이로부터 서서히 군현제郡縣
制가 정착되어 진한 제국秦漢帝國 통치 체제의 근간을 이루게 됨. 진한 제국
시대(진秦 : B.C.221~207, 한漢 : B.C.206~A.D.220)의 군현제郡縣制는 수당隋
唐 시대(수隋 : 581~618, 당唐 : 618~907)에 주현제州縣齊로 전환되었고, 오대

십국五代十國(907~960)과 송대宋代(960~1279)에 다소 복잡해졌다가 원대元代(1279~1368)에 최초로 지방 행성行省이 출현한 이후 명청明淸 시대(명明 : 1368~1644, 청淸 : 1644~1911)에 들어 성현제省縣制가 정착되어 오늘에 이르고 있음.

**상하기수**上下箕手　B.C.547년에 초楚나라와 진秦나라가 함께 정鄭나라를 침입하여 성균城濮에서 전투를 벌였을 당시 초나라 군사가 정나라 장수 황힐皇頡을 생포하게 되자 초나라 장군 천봉술穿封戌과 공자 위圍(훗날의 영왕靈王)가 서로 자신의 공을 다투었음. 실제 황힐을 체포하는 데는 천봉술의 공이 더 많았으나 공자 위는 자신의 위세를 이용해 억지 주장을 했던 것. 이에 중재로 나선 백주리伯州犁는 포로 당사자에게 물어보자고 하면서도 공평히 판결하지 않고 다분히 공자 위에게 아부하는 의미에서 황힐에게 손을 위로 들어 공자 위를 가리키고 손을 아래로 들어 천봉술을 가리키면서 어느 쪽이 자신을 생포했냐고 교묘하게 물었음. 사태를 재빠르게 눈치챈 황힐은 공자 위에게 유리한 내용으로 말을 해 천봉술을 노하게 했는데, 이로부터 사정私情에 얽매여 잘못인 줄 알면서도 억지로 일을 다른 방향으로 돌리거나 불공평하게 처리하는 것을 지시하는 말로 쓰이게 됨.

**장화궁**章華宮　초楚나라의 영왕靈王이 B.C.535년을 전후해 완성했다고 하는 별궁別宮. 실제 정확한 축조 연대는 불분명하나 공식 역사 기록인 『좌전左傳』에 장화궁에 얽힌 일화가 최초로 등장하는 것을 보면 적어도 이 무렵에는 이미 장화궁이 완성되어 있었던 듯함. 외국의 망명자들을 수용한(아마도 초나라에 귀화시키거나 포섭하려는 정치적 목적에서 망명자들을 집단 거주시키고 우대해준 듯함) 특수 궁전이었다고 하나 본 소설에서는 영왕이 환락을 즐기기 위해 축조한 것처럼 폄하貶下해서 묘사했음. 특히 허리 가는 여자들을 이 궁전에 많이 모아놓았기 때문에 세칭 세요궁細腰宮이라고도 했다는데, 이처럼 왕이 허리 가는 여자들을 좋아하자 초나라 도성 안에 허리를 가늘게 하려다 굶어 죽는 여자들이 속출했다고 함.

# 등장 인물

## 경봉慶封

제나라의 간신. 최저崔杼와 공모하여 제장공齊莊公(B.C.553~548 재위)을 시해한
후 좌상左相이 되어 국정을 농단했음. 장공 시해 후 2년 만에 최저의 전처 아들들
인 성成, 강彊과 후처 당강棠姜 소생의 명明이 종주宗主 지위와 영읍領邑 승계 문
제를 놓고 분란을 일으키자, 이 틈을 이용해 최저 가문을 멸망시키는 간악한 행위
를 저질렀음. 이듬해인 B.C.545년에 경봉 일파의 전횡과 황음무도함에 불만을
품은 대부 고채高蠆와 난조欒竈가 노포별盧蒲嫳, 노포계盧蒲癸 형제 및 왕하王何
가 공모해 경씨慶氏 일족을 멸문하고 재산을 몰수했음. 이 와중에 경봉은 노魯나
라로 도망했다가 다시 오吳나라로 도망하여 오나라 군주 구여句餘에게서 주방朱
方 땅을 분봉받고 정착했음. 그러나 불과 6년 만인 B.C.539년에 초나라 대부 굴
신屈申이 채蔡 · 진陳 · 허許 · 돈頓 · 호胡 · 심沈 · 회이淮夷 등의 연합군을 이끌고
오나라를 공격했을 때 처형당했음. 이후 그 후손들은 열국을 전전하여 그 분명한
사적을 알 수 없는데, 다만 전국 시대 말에 진왕秦王 정政(훗날의 진시황秦始皇)을
시해하려다 실패한 유명한 자객 형가荊軻가 그 자손이라고 함.

## 계찰季札

오吳나라의 성인聖人. 오왕 수몽壽夢(B.C.585~561 재위)의 네 아들 중 막내. 네 형
제 중 가장 현명하여 부왕 수몽이 일찌감치 그를 후계자로 지명했으나 세 형들을
위해 양보하고 굳이 사양하여 받지 않은 일화로 유명함. 비록 왕위에는 오르지 않
았지만 세 형들인 제번諸樊(B.C.560~548 재위), 여제餘祭(B.C.547~544), 이말夷
末(여매餘昧, 이매夷昧 : B.C.543~527 재위)을 차례로 보좌하면서 오나라의 부강을
이끌었음. 특히 셋째형인 이말이 즉위한 직후에는 새 왕의 즉위를 알리기 위해 각
국을 순방하면서 정나라의 자산子産, 제나라의 안영晏嬰, 진나라의 숙향叔向 등
당대의 내로라 하는 현인 정치가들과 교류하고 문화 · 역사 · 정치에 대해 담론함

으로써 그 현명함을 만방에 떨쳤음. 그러나 이말의 아들인 요료(B.C.526~515 재위)를 공자 광光(합려閣廬, B.C.514~496 재위)이 시해했을 당시 난신 적자인 광(합려)을 벌하지 않고 그대로 즉위하도록 방관했기 때문에 완전한 성인으로 볼 수 없다는 견해도 제기됨.

### 안영晏嬰

제齊나라 장공莊公~경공景公(B.C.547~490) 시기의 현신賢臣으로 자字는 평중平仲. 역신逆臣 최저崔杼와 경봉慶封이 난을 일으켜 제장공을 시해했을 당시, 군주가 사직社稷을 위해 죽거나 도망가면 나라의 신료臣僚된 자는 마땅히 그를 따라야 하지만 사사로운 일로 죽거나 도망갈 경우(장공은 최저의 후실인 당강棠姜과 통정하여 최저에게 사원私怨을 사 시해되었으므로 사사로운 일로 죽은 것임) 신료는 종묘사직宗廟社稷 보존과 백성의 위무慰撫를 군주의 안위보다 우선시 해야 한다고 설파하면서 망명하지 않고 국내에 남아 침착하게 난리를 수습하고 역신들을 견제하는 역할을 훌륭히 해냈음. 이후 최저와 경봉이 부덕不德과 어리석음으로 인해 제풀에 차례로 몰락하자 경공景公의 재상이자 고문이 되어 경공을 선도하면서 제나라의 내정 부흥을 이끌고 대외적으로도 소패업小覇業이라 할 만한 성과를 이룩했음. 제환공齊桓公의 패업을 보좌한 관중管仲에 비견될 만한 제나라의 명재상으로 후대에 신료의 사표師表로 널리 회자되었음. 또한 안영의 사적과 올곧고 뛰어난 경세술經世術을 제경공과의 대화 형식으로 정리한 『안자춘추晏子春秋』라는 저서가 후세에 저술되어 경세사상經世思想의 중요 고전으로 애독되었음.

### 오거伍擧

초영왕楚靈王(B.C.540~529 재위)의 책사이자 충복. 영왕의 겹오郟敖 시해와 군위 찬탈을 적극적으로 도왔으며 즉위 후에도 영왕을 계속 꿋꿋하게 보필하면서 많은 군사적 업적을 쌓았음. 영왕의 야심이 지나쳐 자신의 충언이나 직간이 받아들여지지 않는 경우도 왕왕 있었으나 끝내 그 곁을 떠나지 않고 최후까지 충직하게 보좌했음. 오거의 활약으로 미미한 가문이었던 오씨伍氏가 초나라에서 득세하기 시작했으며 그 아들인 오사伍奢도 영왕, 평왕平王(B.C.528~516 재위) 시기를 통해 많은 공적을 쌓았음. 그러나 후에 천하의 간신 비무극費無極의 오사를 참소함으로써 오씨 가문은 멸문지화滅門之禍를 당하게 되었고 오사의 차남 오자서伍子胥만이 천신만고 끝에 오나라로 도망쳐 초나라를 멸망시키기 위해 와신상담臥薪嘗膽하게 되었음.

### 자산子産(공손교公孫僑, B.C.585?~522)

정鄭나라의 최고 귀족인 6목穆(목공穆公의 직계 후손인 6대 귀족 ; 공손첩公孫輒=자이子耳, 공손채公孫蠆=자교子蟜, 공손사지公孫舍之=자전子展, 공자 비騑=자사子駟, 공자 발發=자국子國, 공자 가嘉=자공子孔) 중 한 사람인 자국子國의 아들. B.C.543년에 공손흑公孫黑이 대부 양소良霄를 사적인 원한으로 살해하자 이 내란을 수습한 후 숙부뻘인 자피子皮의 원조하에 정나라의 국정을 담당하여 내정 쇄신, 형벌刑罰 정비, 도덕 교화 등을 추진했음. B.C.536년에는 중국 최초의 성문법인 형정刑鼎(형법과 법률 조문들을 새겨넣은 철제의 대정大鼎)을 주조鑄造하여 전국 시대에 보편화된 법전 편찬과 법치 확립의 선하先河가 되었으며, 토지 제도를 정비하여 농민 생활을 향상시켰음. 이로 인해 집권 3년 만에 정나라 백성들 사이에 자산을 칭송하는 노래가 유행하게 되었음. 제나라의 안영晏嬰, 진晉나라의 숙향叔向 등과 함께 춘추 중후기의 손꼽히는 현인 정치가였음.

### 제장공齊莊公(B.C.553~548 재위)

제나라의 22대 군주로 본명은 광光. 부친인 영공靈公이 애첩 중자仲子 소생의 이복 동생 아牙를 세자로 책립하는 바람에 억울하게 폐세자가 되었으나, 영공의 와병 중에 최저가 그를 옹립하여 즉위시킴으로써 우여곡절 끝에 군주가 되었음. 원래부터 성격이 황음무도하여 즉위 직후 큰 은혜를 입은 최저에게 전권을 맡긴 채 유희와 환락만을 일삼았음. 최저의 후처이자 절세의 미인인 당강棠姜을 농락함으로써 최저의 원한을 사 마침내 시해되었음.

### 초영왕楚靈王(B.C.540~529 재위)

초나라의 26대 군주로 본명은 위圍이고 즉위 후 건虔으로 개명했음. 공왕共王

(B.C.590~560 재위)의 아들이고 강왕康王(B.C.559~545 재위)의 동생. 형 강왕 서거 후 그 아들인 겹오郟敖(B.C.544~541 재위)가 왕위를 계승하자 영윤令尹직을 장악하여 연소한 왕을 겁박하면서 막강한 실권을 누렸음. 여기에 만족하지 못하고 마침내 조카인 겹오와 그 소생인 공자 막莫, 평하平夏까지 시해한 후 왕위를 찬탈했음. 본래 야심만만하고 성취욕, 명예욕이 대단하여 초楚나라의 패권을 재확립하고자 고군분투했음. 장화궁章華宮을 축조하여 외국의 망명객을 대거 수용하는 한편 B.C.534년에는 진陳나라를 장왕莊王 시기에 이어 2차로 멸국치현滅國置縣하고 B.C.531년에는 채蔡나라를 멸국치현했으며, 이어 허許 · 호胡 · 심沈 · 도道 · 방房 · 신申 등 6개 소국을 초나라 내지로 이동시키는 등 (전국 시대 이후로는 보편화되었으나) 당시로서는 파격적인 정책들을 연속적으로 추진하여 대내외의 지탄을 받았음. 부왕인 공왕共王 시기부터 빠른 속도로 성장해 초나라의 남방 맹주 지위를 위협하던 장강長江 하류의 신흥국 오吳나라를 견제하기 위해 수차 원정군을 파견했고, B.C.529년에는 몸소 출정했다가 그 틈을 이용해 동생들인 비比 · 흑굉黑肱 · 기질棄疾(영왕 사후 평왕平王으로 즉위, B.C.528~516 재위)이 진陳, 채현蔡縣의 군사들과 국내외 주요 반대파들을 모두 규합하여 난을 일으키자 고립무원의 사태를 짐작하고 자결했음. 오랫동안 무도한 군주인 것처럼 폄하되었고 본 소설에서도 패륜적인 인물로 묘사되었으나 그가 추진한 정책이나 사적들을 볼 때 단순히 패륜무도형의 군주로만 몰아세울 수는 없는 혁신적인 측면들이 적지 않음.

**최저**崔杼

제齊나라 영공靈公(B.C.581~554 재위), 장공莊公(B.C.553~548 재위) 시기의 권신. 자신의 손으로 옹립한 장공이 자신의 후처인 당강棠姜을 계속 농락하는 데 대해 원한을 품은 나머지 B.C.548년에 난을 일으켜 장공을 시해하고 가거賈擧 · 주작州綽 · 병사邴師 · 공손오公孫敖 등 장공의 절친한 가신들까지 대거 처형한 후 공자 저구杵臼를 경공景公(B.C.547~490)으로 옹립했음. 경공 즉위 직후 자신은 우상右相이 되고 공모자인 경봉慶封은 좌상左相이 되어 경공 초반기의 제나라 공실을 농단하고 전권專權을 장악했음. 이때 태사太史 백伯(태사 가문의 장남)이 죽음을 두려워하지 않고 '5월 을해乙亥일에 최저가 주군 광光(장공)을 시해했다'고 직필直筆하자 그를 살해했으며, 그 동생인 중仲, 숙叔도 형의 뒤를 이어 직필直筆하자 두 형제마저 죽였음. 그러나 말자 계季마저 역시 죽음을 불사하면서 형들처럼 직필하자 사관들의 필봉筆鋒을 한탄하면서 살려주었음. 그로부터 불과 2년 만인 B.C.546년에 전처 아들들인 성成, 강彊과 당강棠姜 소생의 명明 사이에 종주권宗主權과 영읍領邑 계승 문제를 놓고 분란이 일어났고, 이 틈을 이용해 경봉慶封이 계략을 써 최저 가문을 멸망시키자 운명을 한탄하면서 자살했음.

『열국지』 7권에서 다루는 시기는 패업覇業의 영광을 일시적으로 되살렸던 진나라 도공悼公(B.C.573
~558 재위)이 서거한 후 이렇다 할 강자가 부재한 상태에서 진晉·제齊·초楚 등 주요 열국들이 지리
멸렬한 전쟁과 내부 정쟁政爭을 반복하던 약 30년 간의 시기다. 이 기간에는 특히 각 나라의 유력 경대
부卿大夫들이 주군인 제후를 대신하여 전권을 휘두르거나 임의로 주군을 교체시키는 사건들이 빈번하
게 발생했다. 그러나 아직은 전국 시대와 같이 대부大夫가 주군主君인 제후를 시해하고 스스로 제후가
되거나 각 제후들이 천자의 지위를 넘보는 등의 전형적인 하극상 정변은 발생하지 않고 있다. 곧 주군
에 대한 개인적인 원한을 복수하거나 자기 가문의 이익을 높이는 데 장애가 되는 주군을 폐하고 새로운
주군을 옹립하는 사례는 이전보다 훨씬 빈번해졌지만 경대부가 직접 제후위를 찬탈함으로써 봉건 제도
하에서의 정해진 신분 질서를 깨뜨리는 사건들은 발생하지 않았던 것이다. B.C.552~550년 간에 일
어난 진晉나라의 난씨欒氏 정변, B.C.547년에 제齊나라의 최저가 장공莊公을 시해하고 경공景公을 옹
립한 사건, B.C.546년에 위衛나라의 영희 일파가 일으킨 정변과 그들의 몰락 등 주요 사건들은 모두
이 같은 동일 구조들을 보여준다. 이들은 진晉나라의 한씨韓氏·위씨魏氏·조씨趙氏 등 3경卿이
B.C.453년에 진경공晉敬公(B.C.451~434 재위)을 몰아내고 진나라의 영토를 3분해 사실상 제후나
다름없는 지위를 확보한 다음 B.C.403년에 주 천자의 승인을 받아 정식 제후로 등극하는 과정과는 본
질적인 차이를 지닌다(이 사건들을 전국 시대의 출발점으로 본다). 이로부터 춘추 시대가 시작된 이래
나날이 이완되어가지만, 서주 왕실이 제정한 봉건 제도의 정신적인 영향력이나 저변의 힘이 의외로 아
직도 상당하다는 사실을 알 수 있다.

**[기원전 559]** **(주영왕周靈王 13년, 노양공魯襄公 14년)** 손임보孫林父와 영식寗殖이 위헌공
의 숙부인 공손표公孫剽를 위의 25대 군주 상공殤公(B.C.558~547 재
위)으로 옹립.

**[기원전 558]** **진晉의 패업을 부활시킨 영명한 군주 도공悼公 서거.**

**[기원전 557]** 진晉의 29대 군주 평공平公(B.C.557~532 재위) 즉위. **제영공齊靈公**
(B.C.581~554 재위)이 노魯나라 출신 종희鬷姬 소생의 **세자 광光을 폐**
**하고 중자仲子 소생의 공자 아牙를 세자로 책립.** 이 문제로 노나라와 의
가 상해 노를 공격.

**[기원전 556]** 진晉의 29대 군주 평공平公(B.C.557~532 재위) 즉위.

**[기원전 555]** 진晉·송·노·위·제·조·거·진陳·주·등·설薛·기杞·소주의 12국 연합군이 제나라를 정벌. 평음平陰에서 연합군이 제나라 군대를 대파. 12연합군이 제나라 정벌을 틈타 정鄭나라를 친 초楚나라를 응징하기 위해 제에서 정나라로 이동. 초나라는 성과가 없자 조기 철수. 12연합군도 각기 귀국.

**[기원전 554]** 진晉나라의 노신 순언荀偃 사망. 제영공이 병든 틈을 타 최저崔杼가 폐세자 광光을 옹립. 영공 서거. **진晉의 사개가 제를 공격했다가 영공 서거 소식을 듣고 회군.**

**[기원전 553]** 세자 광이 제나라의 22대 군주 **장공莊公(B.C.553~548 재위)으로 즉위.** 진晉·노·제·송·위·정·조·거·주·등·설·기·소주 등 13국이 전연澶淵에서 회맹. 위 손임보를 따라 헌공을 내쫓고 상공殤公을 옹립했던 영식甯殖이 임종하면서 아들 영희甯喜에게 헌공을 다시 옹립하여 죄를 씻으라고 유언.

**[기원전 552]** 진에서 범씨范氏가 난씨欒氏 일문을 참소해 멸족시킨 참화 발생. 곧 범개范匃의 딸이자 난염欒黶의 처인 난기欒祁가 남편 사후 가신 주빈州賓과 수시로 밀통했는데, 아들 난영欒盈이 이를 눈치채고 단속하자 난기는 부친 범개에게 난영이 범씨를 멸문시킬 의도라고 참소. 이에 **범개와 아들 범앙은 난씨를 멸족시키고 그 일파를 모두 체포, 처형.** 난영은 가신 형괴邢蒯, 주작州綽과 함께 제나라로 도망. 이때 은퇴한 노신 기해祁奚는 난씨 사건에 억울하게 연루된 현신賢臣 양설힐羊舌肹(숙향叔向), 양설적羊舌赤 형제를 구함.

**[기원전 550]** **진晉의 난영이** 제장공의 원조하에 비밀리에 자신의 영읍領邑이었던 곡옥曲沃으로 돌아옴. 돌아온 직후 **서오胥午와 위서魏舒(위헌자魏獻子)의 원조하에 군사를 모아 진 도읍을 공격**했으나, 원래 난씨의 반대파가 많은데다 위서가 도중에 배반하여 **난영 측이 대패**하고 난방欒魴만이 송나라로 도망감(본 소설에서는 제의 재상 최저崔杼가 사원私怨이 있는 제장공을 몰락시키기 위해 난영欒盈 일파의 반란을 원조하도록 제장공을 사주했다고 각색했지만, 실제 공식 역사 기록에는 그런 내용이 없다. 곧 최저의 사주

는 픽션이 가미된 부분이다). 제장공은 진에서 별 소득을 올리지 못한 채 귀국하다가 **거나라를 침공**. 이때 기량杞梁 · 화주華周 · 습후중隰侯重 3인의 용맹과 희생으로 거나라를 함락하고 화평을 체결.

**[기원전 549]** 진평공은 자국 내정에 간섭하고 난씨를 음으로 도운 제나라를 정벌하기 위해 **진 · 노 · 송 · 위 · 정 · 조 · 거 · 주 · 등 · 설 · 기 · 소주 등 12개국을 소집해 이의夷儀에서 회합하고 제나라 정벌을 상의**. 그러나 때마침 대홍수가 나서 황하가 범람하는 바람에 제 정벌 계획을 포기하고 각국 군대를 귀환시킴

**[기원전 548]** 제의 권신 최저가 장공이 자신의 후처 당강과 계속 통정하는 데 대해 원한을 품고 **장공을 시해한 후 전권專權을 장악**. 이 와중에 가거賈擧 · 주작州綽 · 병사邴師 · 공손오公孫敖 · 탁보鐸父 · 양이襄伊 · 누인僂堙 등 장공의 절친한 가신들이 대거 처형되거나 자살함. 안평중晏平仲(안영晏嬰, 안자晏子)만은 군주가 사직을 위해 죽거나 도망가면 신료된 자로서 마땅히 그를 따라야 하지만, 이처럼 사사로운 일로 죽거나 도망갈 경우 **신료는 사직 보존을 위해 그를 따르지 않고 국내에 남아 난리를 수습해야 한다**고 하면서 근신. 최저는 공자 저구杵臼를 제나라의 23대 군주 **경공景公(B.C.547~490)으로 옹립한 후 우상右相이 되고** 그를 도운 경봉慶封은 좌상左相이 됨. **제나라의 태사太史 백伯**(태사 가문의 장남)**이 '5월 을해乙亥일에 최저가 주군 광光(장공)을 시해했다' 고 기록**하자 **최저는 그를 살해**하고 그 동생인 중仲, 숙叔도 형의 뒤를 이어 직필直筆하자 두 형제도 죽였음. 그러나 **말자 계季마저 죽음도 불사하면서 직필하자 사관들의 필봉筆鋒을 한탄하면서 살려주었음**. 오왕吳王 제번諸樊이 초나라 정벌 도중 소巢에서 전사. 제나라에 망명해 있는 위헌공이 국내의 영희甯喜(영식甯殖의 아들)와 내응해 손임보孫林父 일파를 타도할 계획을 수립. 오나라의 획책으로 강회江淮(장강長江과 회수淮水 사이 일대) 지역의 **서구舒鳩가 초에 대해 반란**. 영윤 굴건屈建이 출정해 **서구를 멸망시킴**. 오왕 제번이 서거하면서 말제末弟 계찰季札에게 왕위를 계승시키려 했으나 계찰이 고사하여 첫째 동생 여제餘祭(B.C.

340

547~544년 재위)가 계승.

**[기원전 547]** **위 영희 일파가** 거사하여 손양孫襄을 죽이고 위상공衛殤公을 시해한 후 **헌공을 영접해 복위시킴.** 헌공은 24대(B.C.576~559 재위)를 이어 26대(B.C.546~544) 군주가 됨. 태숙太淑 의儀는 국난을 막지 못했음을 한탄하며 고국을 떠나려 했으나 헌공이 만류. 척戚 땅의 손임보는 진晉에 구원을 청해 300명의 지원병을 받았으나 영희가 손씨를 공격해 진군晉軍 300명을 몰살함. 이에 격노한 **진평공은 제후들과 전연에서 회맹**하면서 위나라 정벌을 상의하는 한편 참석한 **위헌공과 영희를 체포.** 초楚, 진秦이 함께 정鄭나라를 침입하여 성균城麇에 도달, 여기서 정의 황힐皇頡을 생포하자 초나라의 천봉술穿封戌과 공자 위圍(후의 영왕靈王)가 서로 자신의 공이라고 다툼. 이에 백주리伯州犁가 황힐에게 손을 위로 들어 공자 위를 가리키고 손을 아래로 들어 천봉술을 가리키면서 어느 쪽임을 묻자 황힐은 공자 위가 자신을 잡았다고 대답**(상하기수上下箕手의 고사). 제의 안영은 군신의 질서를 세우려는 의미에서 위헌공의 석방을 요구.** 영희도 뇌물을 주어 석방됨.

**[기원전 546]** 영희의 전정專政이 갈수록 심해지자 공손면여公孫免餘는 헌공의 방조 아래 공손무지公孫無知, 공손신公孫臣과 공모하여 영희 일문을 몰살. 헌공 아우 공자 전鱄은 진으로 망명해 일생 초야에서 은둔. 공손면여는 30읍을 상사賞賜받고 위의 경卿이 됨. **송宋나라 좌사左師 향술向戌의 주선으로 진晉과 초楚가 화평을 체결.** 이때 초는 오吳나라의 서진西進을 막기 위해, 진은 정나라 문제를 가라앉히려는 목적에서 화평 체결을 수락. 제齊 최저崔杼의 전처 아들들인 성成과 강彊이 후처 당강棠姜 소생의 명明에게 종주宗主 지위를 뺏긴 데 이어 영읍領邑인 최읍崔邑마저 당강 동생 동곽언東郭偃과 당강의 전부前夫 소생 당무구棠無咎의 반대로 물려받지 못하게 되자 경봉慶封에게 불만을 토로. 이를 틈타 **경봉은 계략을 써서 최저 가문을 멸망시키고 전권專權을 장악**한 후 망명한 진수무陳須無의 아들 진무우陳無宇를 불러들여 등용.

**[기원전 545]** **주영왕周靈王 붕어**(영왕의 요절한 태자 진晉이 신선이 되어 영왕을 영접하

러 왔다는 고사가 전해짐). 제의 경봉 일파의 전횡에 불만을 품은 대부 고채高蠆와 난조欒竈가 노포별盧蒲嫳 · 노포계盧蒲癸 형제 및 왕하王何가 공모해 **경씨慶氏를 멸하고 재산을 몰수**. 경봉은 노나라로 도망했다가 다시 오나라로 도망. 오나라 군주 구여句餘로부터 주방朱方 땅을 분봉받아 경봉은 더 부유해짐. 이후 고채와 난시欒施가 국정을 장악. 주영왕 붕어.

**[기원전 544]** **(주경왕周景王 1년) 주영왕의 차자 귀貴가 주의 24대 천자(B.C.544~520)로 즉위.** 오吳나라가 인근 신흥 강국 월越나라를 경계, 정벌. 이에 **월越나라의 포로가 오나라의 군주 여제餘祭를 시해.** 이에 오나라 사람들은 현명한 공자 계찰季札을 새 왕으로 삼고자 했으나 계찰이 이번에도 사양하여 그 형 이매夷昧(B.C.543~527)가 즉위. 계찰은 새 왕의 즉위를 알리기 위해 각국을 순방하면서 그 현명함을 만방에 떨침.

**[기원전 543]** 정나라의 공손흑公孫黑이 자신에게 제나라로 사신 가도록 강요하는 대부 양소良霄에게 사적인 원한을 갖게 되어 사대駟帶, 공손단公孫段의 협조하에 양소를 살해. 이 내란을 수습한 **공손교公孫僑(자산子産)가 정의 국정을 담당하여 내정 쇄신, 형법刑法 정비, 도덕 교화 증진 등을 추진.** 이로 인해 정나라 백성들 사이에 공손교를 칭송하는 노래가 유행. **채蔡의 16대 군주 경공景公**(B.C.591~543 재위)가 며느리 미씨芈氏를 취함, 이에 **세자 반般이 부친을 시해**하고 17대 군주 **영공靈公(B.C.542~530)으로 즉위. 송 궁성에 화재.** 송평공宋平公(B.C.575~532 재위)의 부인 백희伯姬는 위엄과 법도를 지키다 불 속에서 타 죽음.

**[기원전 542]** 노양공 서거.

**[기원전 541]** **(노소공魯昭公 1년)** 노 공자 주禰가 23대 군주 소공昭公(B.C.541~510 재위)으로 즉위. **초 영윤 공자 위圍가 전권專權을 장악**한 이래 교만무도함이 점점 증가함. 정에서 초, 진晉 간에 화평의 맹약이 체결되었을 때 공자 위는 무례하게도 초왕인 겹오郟敖('모오某敖'는 요절하거나 흉사한 초나라 군주에게 붙여주는 일종의 시호, B.C.544~541 재위) 대신 참석하되 경卿이 아닌 제후의 태도로 거만스레 회합을 주도하면서 **왕후王**

侯의 행차·의복·기구를 참용僭用해 천하 제후국들의 비난을 샀음. 진 조무趙武는 공자 위의 평판을 더 악화시키려는 속셈에서 일부러 회맹의 주도권을 위에게 넘겨주었음. **초 공자 위圍가 회맹에서 귀국한 후 조카인 초왕 겹오와 그 소생인 공자 막莫, 평하平夏까지 죽인 후 초의 26대 군주 영왕靈王(B.C.540~529 재위)으로 즉위**, 즉위 후 건虔으로 개명. 진의 실권자 조무 사망.

**[기원전 538]** 3월에 **초영왕이 신申에서 진晉·채·진陳·서徐·등·돈頓·호胡·침沈·소주 등과 회맹함**. 패업을 성취하려는 일환으로 굴신屈申을 파견해 오에 도망해 있는 제나라의 역신 경봉慶封 일족을 몰살. 그에 대한 보복으로 겨울에 오나라 군사들이 초나라의 극棘읍·역櫟읍·마麻읍 등을 침략.

**[기원전 537]** 초영왕이 전년에 오나라 정벌에 큰 공을 세운 굴신을 오나라와 내통하지 않았나 의심하여 처형. **초영왕楚靈王이** 전년 겨울에 오나라 군사가 침입해 온 것을 보복하기 위해 **채·진陳·호·돈頓·심沈·서徐·월越나라 군사들을 이끌고 오를 벌伐하고 저기산에서 관병식觀兵式을 가짐**. 그러나 그다지 큰 전공은 거두지 못했음.

**[기원전 536]** **정나라의 자산子産이 중국 최초의 성문법인 형정刑鼎**(형법과 법률 조문들을 새겨 넣은 철로 만든 대정大鼎)**을 주조鑄造했음**.

**[기원전 535]** **초나라의 영왕이 장화궁章華宮을 축조**(정확한 축조 연대는 불분명하나 이 해의 공식 역사 기록에 장화궁에 얽힌 일화가 등장하는 것을 보면 적어도 이 무렵에는 이미 장화궁이 완성되어 있었던 듯하다). 허리 가는 여자들을 이 궁전에 모아놓았기 때문에 **세칭 '세요궁細腰宮'** 이라고도 했는데, 이처럼 영왕이 허리 가는 여자들을 좋아하자 초나라 도성 안에는 허리를 가늘게 하려다 굶어 죽는 여자들이 속출함. 이 장화궁에 우현芋縣 현윤縣尹 신무우申無宇의 혼인閽人(문지기)이 은닉해버리자 신무우는 그를 잡으려다 체포됨. 무우는 영왕 앞에서 **'인유십등人有十等'**(천하 인간 세상에는 왕王-공公-대부大夫-사士-조阜-여輿-예隸-료僚-복僕-대臺의 10등급이 있어 귀천과 존비의 차별이 엄존한다는 것)을 논하

면서 예외 없이 도둑을 인도해줄 것을 요청. 영왕은 그를 수락. **영왕은 장화궁의 낙성식을 성대하게 거행해 초나라의 위신을 만방에 드날리고자 각국 제후를 초청**하고자 함. 이에 태재太宰 위계강蔿啓彊이 노나라의 소공을 겁박하여 드디어 3월에 소공이 초나라를 방문. 초영왕은 노소공을 여러모로 후대하면서 보궁寶弓인 대굴大屈까지 선물했으나 곧 후회. 이에 위계강蔿啓彊이 교묘한 말로 대굴을 도로 뺏어옴. 오거伍擧가 이를 듣고 영왕의 단견短見과 신의 없음을 한탄. 8년 전(B.C.543)에 억울하게 죽은 양소의 귀신이 나타나 정나라 전체가 불안해함. 이에 공손교가 양소 아들 양지良止를 대부로 삼고 조상 제사를 받들게 하자 귀신이 사라짐.

**[기원전 534]** 진평공晉平公이 초나라의 장화궁을 시기하여 사기궁虒祁宮을 짓자 민간에 원성이 자자함. **진陳나라의 공자 초招와 과過가** 애공哀公 익溺 (B.C.568~530)이 병든 틈을 타 제1부인 소생의 **도태자悼太子 언사偃師를 죽이고** 총희寵姬인 제2부인 소생 **공자 유留를 후계자로 옹립**. 충격을 받은 애공은 목을 매어 죽고 이를 알리러 초나라에 간 간징사干徵師를 초영왕이 처형. 공자 유는 정나라로 도망. 초의 위협을 두려워한 공자 초招는 모든 죄를 공자 과過에게 전가해 그를 처형. **초영왕은 공자 기질棄疾을 파견해 진陳을 완전히 멸국滅國시킨 후** B.C.598년에 이어 두번째로 **초현楚縣으로 삼고 천봉술穿封戌을 진현陳縣 현공縣公으로 임명함.** 공손오公孫吳(도태자의 아들)의 호소로 공자 초를 귀양보냄.

**[기원전 533]** **초 공자 기질棄疾이 허**(이미 B.C.576=초공왕楚共王 15년에 엽葉으로 1차 천도했음)**를 이夷=성부城父로 옮기고** 회수淮水 유역 소국 주래州來의 전토田土를 일부 더해줌. 대부 연단然丹은 **성부城父 사람들을 진陳으로 옮기고** 이夷의 박수濮水 서쪽 전토田土를 일부 떼어주었음**(춘추 시대 멸국치현滅國置縣과 사민徙民 정책의 중요 사례).**

**[기원전 532]** 제나라 내에 파벌 발생. 신흥 문벌인 진씨陳氏와 포씨鮑氏 대 전통 명문들인 혜씨惠氏·고씨高氏·난씨欒氏의 양 진영으로 나뉘어 대립. 진씨-포씨 측이 승리를 거두어 고씨-난씨를 노나라로 추방. 이 와중

에 진무우陳無宇가 득세하게 됨.

**[기원전 531]** **초영왕이 채영공蔡靈公을 초나라 내의 신현申縣으로 유인하여 처형**하고 그를 봉행한 70인의 군사도 몰살시킴. 이에 채는 진晉에 구원 요청. 진은 송·제·노·위·정·조 6국을 궐은厥慭 땅에 소집. 모든 나라들이 원조를 회피. **초영왕은 채를 멸국시켜 (진陳처럼) 초현楚縣으로 삼고** 동생인 공자 기질棄疾을 채현蔡縣의 현공縣公으로 삼음. 이 과정에서 채 대부 조오朝吳가 기질의 심복이 됨. 영왕은 세자 유有를 죽여 구강산九岡山 제사의 인간 희생犧牲으로 삼는 극단의 조처를 취함. 또한 진陳·채蔡·동불갱東不羹·서불갱西不羹에 성성을 높게 쌓아 북방 방어를 철저히 하는 한편 **허許·호胡·심沈·도道·방房·신申 등 6개 소국을 형지荊地(초성楚城 내부)로 이동시킴**. 진晉의 30대 군주 소공昭公 (B.C.531~526 재위) 즉위.

**[기원전 529]** 초영왕은 패업을 부활시키려는 야심에서 동진東進하여 강회江淮 간의 군서群舒 지대로 진출. 먼저 서徐를 정벌하기 위해 건계乾谿에 주둔. 이 틈을 타 **채 대부 조오朝吳와 채유蔡洧, 진陳의 하설夏齧**(하징서夏徵舒의 현손)**, 허 대부 위圍, 초의 투성연鬪成然, 위엄蔿掩, 위거蔿居 등과 진陳·채蔡·불갱不羹·허許·엽葉의 군대들이 초의 3공자 비比와 흑굉黑肱, 기질棄疾 등을 내세워 난을 일으킴**. 반란 소식을 들은 영왕은 고립무원을 절감하고 자결. 난 성공 후 공자 비比가 일시 즉위했으나 기질 책사들의 계책으로 공자 비, 흑굉이 모두 자결한 뒤 공자 기질이 초의 27대 군주 평왕平王(B.C.528~516 재위)으로 즉위. **평왕은 즉위 직후 진, 채와 기타 영왕 시기에 멸국치현된 다수 도읍都邑들을 복국시킴으로써 흉흉한 민심을 안정시킴.** 또한 진陳의 도태자悼太子 언사偃師 아들인 공손오를 진의 22대 군주 혜공惠公(B.C.529~506 재위)으로 옹립하고, 채 세자 유有의 아들 여廬를 채의 18대 군주 평공平公(B.C.529 ~522 재위)으로 옹립.

# 동주 열국지 7

새장정판 1쇄 발행 2015년 7월 25일
새장정판 3쇄 발행 2023년 8월 28일

지은이 풍몽룡
옮긴이 김구용
펴낸이 임양묵
펴낸곳 솔출판사

주소 서울시 마포구 와우산로29가길 80(서교동)
전화 02-332-1526
팩스 02-332-1529
이메일 solbook@solbook.co.kr
블로그 blog.naver.com/sol_book
출판 등록 1990년 9월 15일 제10-420호

ISBN    979-11-86634-16-5    04820
ISBN    979-11-86634-09-7    (세트)